Eerlijk zullen we alles delen

TESS STIMSON

EERLIJK ZULLEN WE ALLES DELEN

the house of books

Oorspronkelijke titel
What's Yours is Mine
Uitgave
Copyright © 2010 by Tess Stimson
Copyright voor het Nederlandse taalgebied © 2011 by The House of Books,
Vianen/Antwerpen

Vertaling
Eefje Bosch
Omslagontwerp
marliesvisser.nl
Omslagbeeld
Vanessa Munoz/Trevillion Images
Foto auteur
© Hugo Burnand
Opmaak binnenwerk
ZetSpiegel, Best

www.thehouseofbooks.com

ISBN 978 90 443 2980 3
D/2011/8899/56
NUR 302

Voor mijn dochter
Lily Jane Isabeau:
mijn dierbaarste geschenk

1

Grace

Dankzij mijn zus was ik het grootste deel van mijn volwassen leven als de dood om zwanger te raken. Ik nam geen enkel risico met anticonceptie: condooms en de pil, de pleister en een spiraaltje, de ovulatiekalender en een pessarium (na mijn dertigste was ik me zorgen gaan maken over bloedproppen en hartaanvallen).

Nu sta ik dus mooi voor schut.

'Geen enkele mogelijkheid?' vraag ik voor alle zekerheid.

'Het spijt me heel erg, Grace. Als je tien jaar geleden bij me was gekomen hadden we misschien iets voor je kunnen betekenen, hoewel ik zelfs daar mijn twijfels over heb. Mocht jij of Tom nog vragen hebben...'

Ik luister en maak een eind aan het gesprek voordat het beroepsmatige medeleven van dokter Janus ons allebei in verlegenheid brengt.

'Volgens mij hebt u het allemaal heel helder uitgelegd, dokter. Dank u wel,' voeg ik eraan toe.

Voor ik naar buiten loop, geeft zijn secretaresse me een verzegelde crèmekleurige envelop mee. Ik gooi hem ongeopend in mijn Birkin-tas.

Veertien maanden van tests en bakken met geld, alleen maar om erachter te komen dat het met 'je ontspannen' en 'het de tijd geven' nooit zou gaan lukken. Bergen zinkrijk eten en bladgroenten, exotische bessenextracten, rode klaver, acupunctuur, hypnotherapie, B6, B12, temperatuur opnemen, met mijn bekken twintig minuten omhoog op een kussen liggen: het haalt allemaal niets uit, net zomin als 'genieten van het oefenen of de natuur haar gang laten gaan'. Niets van dat alles, helemaal niets zal er ooit voor zorgen dat ik een baby krijg.

Ik blijf even stilstaan op de trap van de spreekkamer om tot mezelf te komen, met mijn Birkin als een rood schild tegen mijn borst geklemd. Dit doet me eigenlijk meer dan ik had verwacht. En dat zou niet zo moeten zijn. In tegenstelling tot Tom had ik van het begin af aan al het gevoel dat er iets niet in orde was. Susannah's leven is één grote ravage, maar Tom en ik hebben ons leven perfect op orde voor een kind: solide huwelijk, vaste banen, een prachtig huis op het platteland in Oxfordshire met genoeg bomen om in te klimmen. Natuurlijk ben ík dan de zus die niet zwanger raakt.

Ik ben in gedachten meteen begonnen te zoeken naar een maas in het web: een uitweg, een oplossing. Volgens mijn moeder denk ik als een man, en dat is uit haar mond zeker geen compliment.

Ik kan niet geloven dat dit het dan is. Al meer dan een jaar heb ik Plan B's lopen maken voor alle mogelijke scenario's: als ik binnen zes maanden niet zwanger word, ga ik naar een specialist. Als die het niet kan oplossen, proberen we ivf. Als Tom met losse flodders blijkt te schieten, nemen we een donor.

Na ons eerste consult bij dokter Janus – dat gesprek waarin hij mijn zevenendertigjarige eitjes als 'bejaard' omschreef – begon ik, zonder dat mijn man ervan af wist, naar klinieken te kijken. Ik evalueerde de klinieken met de hoogste ivf-succesgraad en zette trouw geld opzij zodat we ons niet zouden hoeven overleveren aan de grillen van de gezondheidszorg. Wat het probleem ook was, we zouden er wel uitkomen. We zouden het blijven proberen, hoelang het ook duurde.

Het was nooit in me opgekomen dat het probleem misschien wel niet te verhelpen was.

Dokter Janus had bij onze eerste afspraak het onderwerp draagmoederschap aangestipt, maar ik ben niet bereid het risico te lopen dat de draagmoeder de baby op het laatste moment niet meer wil afstaan. Je leest in de krant zo vaak van die tragische touwtrekkerijverhalen. Adoptie is ook kansloos; dat heb ik maanden geleden al ontdekt. Tom heeft een hartafwijking. Hij is ermee geboren en zal er, volgens de artsen, waarschijnlijk gewoon oud mee worden, maar de sociale instanties zien dat anders. Volgens hen kan hij op elk moment dood neervallen. We mogen niet adopteren zolang we in dit land wonen, en we zijn niet zo rijk of beroemd dat we naar Afrika kunnen vertrekken om een regenboogfamilie te stichten.

Er moet iets aan te doen zijn. Dit kan niet einde verhaal zijn. Denk buiten de gebaande paden, Grace. Bekijk alle facetten. Ik ben juridisch accountant; ik ben opgeleid om de mazen te vinden. *Er moet iets aan te doen zijn.*

Ik druk mezelf tegen het traliewerk van Harley Street terwijl de mensen gejaagd langs me heen lopen, hun hoofden gebogen tegen de snijdende februariwind. In een crisis ben ik altijd kalm, ik sta erom bekend dat ik rustig blijf, maar opeens kan ik niet meer helder nadenken. Ik weet niet welke kant ik op moet. Letterlijk: ik sta midden op straat en kan niet eens beslissen of ik nou links- of rechtsaf zal gaan. Ik weet niet meer wat ik moet doen. Mijn hoofd is helemaal leeg.

9

Nee, niet leeg. Zo extreem overladen dat het alleen maar zo lijkt.

Een wirwar van gedachten zit verstrikt in mijn hoofd. *Aangeboren baarmoedermisvorming... blootstelling aan diëthyl-stilbestrol... niemand had het kunnen zien aankomen... incompetente cervix... onmogelijk om een foetus te voldragen... bijkomende factoren... zevenendertig jaar... PCOS, endometriosis... niet mogelijk om eitjes te verzamelen... spijt ons heel erg, ontzettende pech...*

Tom. Arme Tom.

Dat enorme huis; vier slaapkamers. Ik heb al die jaren mijn lego bewaard. En mijn trouwjurk. Wat moet ik nu nog met mijn trouwjurk?

Mama. Zij zal er kapot van zijn. Ze heeft al twee kleinkinderen verloren, door Susannah. Ze had al haar hoop op mij gevestigd. Nu, voor het eerst in mijn leven, zal ik haar moeten teleurstellen.

Geen mogelijkheid.

De woorden echoën in de wind. Een bus trilt met ze mee. Stilettohakken tatoeëren ze op de stoep. *Geen mogelijkheid geen mogelijkheid geen mogelijkheid.*

Een ijskoude natte sneeuwbui zet in. Ik blokkeer de winkelstraat: voorbijgangers botsen met hun tassen tegen mijn benen om me dat duidelijk te maken. Een handjevol buitenlandse studenten stuift luidruchtig voorbij over de stoep. Terwijl ze voorbijrennen, laat ik mezelf blindelings meevoeren in hun voetsporen en vergeet dat ik die middag een afspraak heb.

Ik weet dat ik in shock ben, maar ik ben niet in staat er iets aan te doen. Mijn toekomst is zojuist aan diggelen gevallen. De film ervan speelt zich af in mijn hoofd, een montage van mislukkingen. Nooit kerstsokken om op te hangen, of schilderijen in primaire kleuren op de koelkast. Geen zandkastelen tijdens vakanties. Geen moederdagkaarten, geen eerste dag op de peuterspeelzaal. Geen huiswerk om mee te helpen, of ruzies om kamers die moeten worden opgeruimd en exorbitante telefoonrekeningen. Geen eerste zoenen, eerste afspraakjes, liefdesverdriet, trouwerijen, kleinkinderen. Niemand die na mij komt, niemand om te luisteren naar alles wat ik heb geleerd.

Alleen Tom. En ik.

Ik ben een geamputeerde die staart naar de plek waar vroeger een ledemaat zat. Zich ervan bewust dat het binnenkort verschrikkelijke pijn gaat doen en dat het verlies ervan nooit zal wennen, maar nog niet in staat om iets te voelen.

De stroom voetgangers komt abrupt tot stilstand aan de rand van de stoep. Ik kijk omhoog en besef dat ik bij Oxford Circus ben, in een totaal ander deel van de stad dan waar ik moet zijn voor mijn afspraak. Ik zou me moeten omdraaien, op mijn schreden terugkeren, een taxi aanhouden. Ik doe niets van dat alles.

Het ongeduldige winkelpubliek duwt van achteren tegen me aan terwijl we wachten voor het stoplicht. Ik val tegen een vrouw aan die beladen is met winkeltassen en door mij bijna onderuitgaat. Ik bied mijn excuses aan en ga naar achteren staan, waardoor de mensenmassa langs me heen kan schuiven. Een wandelwagen schuurt langs mijn enkel waardoor er een ladder in mijn panty schiet. Een klein kind slaat met een knuffel tegen mijn knieën: ik denk een meisje, want ze draagt een zuurstokroze jasje en een paars spijkerbroekje. Ik heb geen idee hoe oud ze is. Zou dat vanzelf komen als je moeder werd, de kunst om de leeftijd van kinderen te schatten?

Ik kan mijn ogen niet van haar afhouden. Ze is niet knap. Door de wind zijn haar bolle wangen rood gekleurd, twee sporen van snot druipen uit haar neus en haar haar zit door de regen plat tegen haar hoofd geplakt. Haar ogen staan te dicht bij elkaar en ze heeft korstige eczeemvlekken rond haar mond.

Ik had nooit gedacht dat ik een kind zou willen. Toen we klein waren was het altijd Susannah die zwerfkatjes mee naar huis bracht en om een hondje smeekte. Ik was de slimmerik, degene die zou gaan studeren en carrière ging maken. Susannah was de moederkloek. Dat zei mijn moeder altijd. Zij zou degene worden met vier kinderen, een Aga-fornuis en honden die in de keuken lagen te slapen. Niet Grace. Grace kon nog geen ei koken!

Het kwam in die tijd nooit bij me op dat mijn moeder op die manier probeerde Susannah iets te geven waar ze goed in was. Iets wat ik niet al had weggekaapt.

Jarenlang voegde ik me naar de rol die mijn familie voor me had bedacht. Ik was niet huiselijk; ik kon niet koken; ik was niet goed met kinderen. Ik was goed in het halen van tentamens en geld verdienen en succes boeken in mijn werk. Zelfs nadat ik Tom had ontmoet en erachter kwam dat ik heus wel een omelet in elkaar kon flansen en een stofzuiger kon hanteren, werd ik nog steeds doodsbenauwd bij de gedachte aan kinderen. Maar ineens, twee jaar geleden, was dat gevoel weg.

Het kleine meisje laat haar knuffel op de grond vallen en probeert hem te pakken, maar het lukt niet. Haar dikke zeestervormige handjes gaan gefrustreerd open en dicht. De moeder negeert haar en wandelt in de richting van een etalage een paar meter verder. Ze drukt haar hand tegen het glas als een victoriaans straatschoffie bij de bakker en staart naar de spijkerbroeken die erachter uitgestald liggen. Ze is zelf bijna nog een kind, net geen tiener meer. Haar haar zit strak achterovergekamd met een witte plastic diadeem en ze draagt een kort, strak katoenen rokje en een roze spijkerjasje, allebei veel te dun voor dit weer. Een grote blauwgroene tatoeage van een draak kronkelt om haar blote kuit. Ze doet me denken aan mijn zus.

Ik denk niet vaak aan Susannah. Als ik dat zou doen, zou ik de spijt en schuldgevoelens weer moeten toelaten die me de afgelopen vijf jaar elke dag hebben achtervolgd; ik zou moeten toegeven dat ik ondanks alles wat mijn zus heeft gedaan, alle pijn en verdriet en schade die ze heeft veroorzaakt, haar nog steeds mis.

Het signaal klinkt, we kunnen oversteken. Ik kijk even rond op zoek naar de moeder van het kleine meisje, maar die staat te kletsen met een jongen die de stoep van de winkel aanveegt en heeft niet in de gaten dat het licht op groen is gesprongen. De mensen achter ons stormen de weg op, krioelen langs de wandelwagen en schoppen de knuffel van het meisje weg. Haar gezicht betrekt wanneer ze het zicht op haar moeder verliest. Ze trekt aan haar veiligheidstuigje en buigt haar lichaampje in een verstijfde, gespannen houding.

Ik voel even onder de wielen van de wandelwagen en trek het flanellen konijn eronder vandaan. Snel veeg ik het stof ervan af. 'Alsjeblieft liefje. Zocht je deze?'

Ze slingert hem weg en brult met een rood aangelopen gezicht om haar moeder, die nog steeds te druk is met flirten om op haar kind te letten.

Een vlaag van woede komt in me op. Sommige vrouwen verdienen het niet om baby's te krijgen.

De kleuter stampt verwoed met haar hielen tegen het voetenplankje van haar wagen. Niet één van de haastige voorbijgangers keurt haar een blik waardig. Hoe kan haar moeder haar hier zo laten staan? Haar wandelwagen is maar een paar centimeter verwijderd van een vierbaansweg. Hij zou zo de straat op kunnen rijden en midden in het verkeer terecht kunnen komen. Niemand die op haar let. Er kan van alles gebeuren.

Ik stop de zachte knuffel in het mandje onder de goedkope wandelwagen en beweeg de handgreep zachtjes heen en weer terwijl ik wat geruststellende woordjes mompel. Het gezicht van het meisje glimt van de tranen. Wie laat haar kind nou achter, compleet overgeleverd aan een vreemde? Beseft ze niet hoe kostbaar haar kindje is? Realiseert ze zich niet dat sommige vrouwen er alles voor over zouden hebben om te hebben wat zij heeft?

Wedden dat ze haar kind ziet als een bron van overlast, iets wat haar in haar sociale leven belemmert? De baby was vast niet gepland. Haar moeder heeft haar waarschijnlijk sinds haar geboorte bij iedereen gestald die ook maar even een halfuurtje op haar kon letten. Het zal niet lang meer duren voor ze haar helemaal in de steek laat.

Ik zal het Susannah nooit vergeven. Nooit.

Ik aai de arme dreumes over haar wang, veeg haar tranen weg en stop de versleten fleecedeken goed om haar heen om haar te beschermen tegen de ijskoude regen. Ze verdient zoveel meer dan dit. Wat moet er ooit van haar terechtkomen? Als haar kaarten net iets anders waren geschud, had ze toegang gehad tot privéscholen en sportclubs, had ze skitripjes naar Italië, een moeder en een vader wiens oogappel ze zou zijn. Maar in plaats daarvan mag ze van geluk spreken als ze op haar zestiende verjaardag zelf niet zwanger is.

Het kind ademt uitgeput in, hikt, en dan wordt het gesnik langzamaan wat minder. Het verkeer komt weer in beweging en een nieuwe menigte van ongeduldige winkelende mensen verzamelt zich om ons heen terwijl we weer op het groene mannetje wachten.

Haar moeder kijkt heel even onze kant op, vangt onverschillig mijn blik en draait zich dan weer om naar de knappe jongen die haar aan het lachen maakt. Ze houdt vast wel van haar dochter, op haar manier, maar is het niet zo dat je van kindjes op hún manier moet houden, niet alleen op de manier die jij prettig vindt? Ze moeten belangrijker zijn dan avondjes uit en vreemden in een winkelportaal. Als dit lieve, kleine meisje van mij was, zou ik haar geen seconde uit het oog verliezen. Ik zou mijn werk laten wachten, een uitzendkracht inhuren en elke seconde met mijn dochter doorbrengen, zodat ze zou leren wat liefhebben betekent.

Ik denk zelfs dat deze moeder haar kindje niet eens zou missen, zolang ze zou weten dat ze in goede handen was. Susannah heeft die van haar nooit gemist. Ze is nog maar een tiener, waarschijnlijk zou het een hele opluchting voor haar zijn. Ze zou zoveel kunnen flirten en lol hebben als ze maar wilde. Arm kind. Het is niet eens echt haar schuld, net zomin als het Susannah's schuld was. Ze is gewoon nog niet toe aan zoveel verantwoordelijkheid.

Als iemand het kind zou... meenemen, dan zou diegene haar bijna een plezier doen.

Ik denk geen twee keer na. Ditmaal pak ik, zodra het groene mannetje tikt, de handgreep vast, buk en haal de wandelwagen voorzichtig van de rem.

2

Susannah

Het is maar goed dat Dex' lul geen centimeter korter is, want dan hadden we allebei mooi een probleem gehad. Rechtop seks hebben is niet zo makkelijk als het eruitziet. Dit is nou iets waarbij de grootte er dus wel degelijk toe doet.

Hij zit nog in me als mijn mobieltje overgaat. Onmiddellijk gooit hij me tegen de muur van het steegje, waarbij ik nog net mijn ribben niet breek. 'Babe! Zet dat fucking ding uit voordat iemand ons hoort!' blaft hij. 'Moet iedereen soms weten dat we hier aan het freaken zijn?' Hij praat alsof hij 50 Cent of Ja Rule is. Sorry hoor, maar denkt hij nou echt dat iemand daarin trapt? Het is een ballerig blank jochie uit Boston dat Cola Light drinkt en zich druk maakt om zijn pensioen. Praten als Ali G en zijn broek zo laag laten hangen dat het eruitziet alsof hij hem vol gescheten heeft wanneer hij loopt, maakt hem nog niet zwart. Alle andere inktzetters in de winkel noemen hem Witte Neger, en geloof mij maar, ze lachen niet zo hard omdat hij zulke goeie grappen maakt.

Ik duw hem tegen zijn borstkas om lucht te krijgen, het zweet parelt tussen mijn borsten. Zelfs in februari draai ik helemaal door van de vochtigheid in Florida. 'Gast, noem me para, maar ik denk dat ze ons misschien wel door-hebben.'

'Aan wie heb je het verteld? Als mijn vrouw…'

'Kom op, Dex. Het is hier nou niet echt privé, hè. Er wer-ken hier vijf mensen. Als twee van hen naar achter gaan voor een vluggertje, valt dat wel soort van op.'

'Moet je nou echt zo lomp doen?'

'Moet jij nou echt zo zeiken?'

Hij trekt zichzelf uit me en veegt zijn pik af aan zijn glim-mende trainingspak. Hoe charmant.

Ik kijk op mijn telefoon om te zien wie me gebeld heeft, maar ik zie alleen maar 'privénummer' staan. Ik bijt op mijn lip. Ik heb de laatste vier afbetalingen van mijn auto over-geslagen en het is vier maanden geleden dat ik ook maar iets aan mijn creditcards heb betaald. Maar ik ga ervan uit dat ik nog even heb voor ze echt mijn benen komen breken.

Ik pak mijn slipje, stop het in de zak van mijn minirok en duw de achterdeur open zonder op Dex te wachten. Ik wip het personeelstoilet in waar ik op de wastafel snel een lijntje coke fijnhak, check of er iets op mijn neus is blijven zitten en loop dan snel weer terug de winkel in.

Oakey is vlak bij het raam bezig met iemands arm, en bui-ten staat het gebruikelijke clubje pottenkijkers door het raam te gluren en te wijzen. Hij legt zijn tatoeagepistool neer zodra hij me ziet en komt naar me toe.

'Ik heb geen drab meer. Jij?'

Ik rommel even op de planken onder mijn werkplek om de crème te zoeken die we altijd aan klanten geven nadat ze iets hebben laten zetten. 'Hier. Hoe gaat het?'

Oakey rolt met zijn ogen. 'Die gast is de tweede Michelan-gelo.' Hij zet een geïrriteerd toontje op. '"Doe het in passie-rood. Ik denk dat de vleugels turkoois moeten." Maar ik heb

17

wel respect voor hem. Hij heeft er vandaag goed van langs gekregen.'

'Heb ik iets staan voor vanmiddag?'

Ik vraag het meer omdat ik het hoop dan omdat ik het verwacht. Een tattoo laten zetten is iets anders dan naar de kapper gaan. Mensen komen haast nooit op afspraak, behalve als ze iets vet ingewikkelds willen. Je stuurt nooit een klant weg, maar niemand heeft zin in een laatste klant die dertig minuten voor sluitingstijd binnen komt lopen en per se een tattoo van twee uur wil.

'Sorry, pop. Maar die vrouw met dat rode haar van gisteren is wel weer langs geweest. Ze wilde je flashes nog een keer zien. Ze zei dat ze ergens zaterdag zou langskomen, ik zei dat je er dan was.'

'Dat meen je niet. Ik had nooit gedacht dat die terug zou komen.' High van de coke bekijk ik mijn ontwerpen, die op de muur achter me hangen. 'In welke had ze interesse?'

'De Mucha.'

Ik trek mijn wenkbrauw op. 'Zeker weten dat ze niet iets kleiners wil om mee te beginnen?'

'Ze vond die tof, zei ze.'

'Ik vind het prima. Ik kan het geld goed gebruiken.'

Ik pak een elastiekje uit mijn la en bind mijn blonde dreads naar achteren. Dex paradeert achter me langs naar de voorkant van de winkel en begint zich aan te stellen voor de toeristen. Loser. Ik zou hem nooit geneukt hebben als hij niet gedreigd had me aan te geven bij de Immigratiedienst omdat ik zonder vergunning werk.

'Als je vanavond tijd hebt, kan ik wel even aan je schouder werken,' biedt Oakey aan. 'Bronx heeft het laten afweten, dus ik heb een paar uurtjes over.' Oakey is de enige die ik tegenwoordig nog vertrouw om iets bij me te zetten. Hij doet het bezopen nog beter dan wie dan ook die helemaal nuchter is. We ontmoetten elkaar vier jaar geleden bij het Tattoobal in Hollywood, waar ik na mijn scheiding verzeild was geraakt, en we rotzooiden een poosje met elkaar. We kwamen er al snel achter dat we waarschijnlijk beter gewoon vrienden konden zijn. Sindsdien waren we onafscheidelijk, en reisden naar het oosten, van Californië naar Florida, waarbij we nooit ergens langer dan een paar maanden bleven hangen.

Hij heeft nu een nieuw vet ontwerp bedacht dat mijn rechterschouder helemaal bedekt en overgaat in de waardeloze *half sleeve* die ik had laten zetten toen ik op mijn zestiende van huis was weggelopen. Ik was er toen vandoor gegaan met een gast uit Brighton en liet elke dag iets zetten, net zo lang tot mijn moeder me vond. Kostte haar tien dagen, en tegen die tijd zag mijn hele bovenarm eruit als een prerafaëlitische Lilith. Mama was aardig over de rooie maar Grace, die bleef er helemaal zowat in. Ze was net toegelaten op Oxford en niemand die het daarover had, omdat ze allemaal veel te druk bezig waren met hysterisch over mij doen.

Oakey pakt iets vanachter de kassa. 'Hier. Je hebt post vandaag.'

Ik spring op van mijn werkkruk en raus door de stapel enveloppen heen. Ik zit er echt niet op te wachten dat die klotehuisbaas mijn post achterhoudt als ik te laat ben met de huur, wat zo ongeveer elke maand is, dus daarom gebruik ik het adres van de winkel.

Ik gooi drie luchtpostenveloppen van mijn moeder opzij (e-mail is nooit helemaal tot haar doorgedrongen) en ruk de nogal officieel uitziende envelop van de Immigratiedienst open. Mijn high is gelijk naar de vaantjes als ik lees wat erin staat.

Damon, jij gore klootzak.

Ik was nog getrouwd met Marty, mijn tweede man, toen ik ongeveer vijf jaar geleden Damon in een club tegen het lijf liep. Toen Marty merkte dat er iets speelde tussen ons – oké goed, toen hij ons in bed betrapte – kreeg ik een supersnelle scheiding voor mijn kiezen. Dat betekende dat ik, tegen de tijd dat ik erachter kwam dat Damon een compleet doorgedraaide weirdo was, al met die sukkel getrouwd was. Ik had al mijn schepen in Engeland achter me verbrand en was met hem mee gegaan naar zijn geboortestad Kalamazoo, Michigan.

Het moge duidelijk zijn dat dit huwelijk niet lang duurde. Om precies te zijn honderdnegenenvijftig dagen. Ik vind het niet erg als een gast achter mijn rug om met anderen neukt, zolang hij het maar veilig doet, maar ik trek de grens bij puberjochies.

Toen Damon en ik uit elkaar gingen, sloten we een deal: hij zou mij helpen om een Green Card te krijgen zodat ik in de VS kon blijven, en ik zou mijn kop houden over zijn piepkuikentjes en ervoor zorgen dat hij me nooit meer tegen zou komen. Ik heb me aan mijn woord gehouden.

Ik verfrommel de immigratiebrief. Ik heb die gast geen cent gekost. Alles wat hij had hoeven doen, was een paar formulieren ondertekenen. Klootzak. Nu heb ik dertig dagen om het land te verlaten voordat ik word gedeporteerd.

Ik draai nerveus aan het ringetje in mijn onderlip. Ik zou hier kunnen blijven zonder papieren, maar dan zou ik ontslag moeten nemen, en in deze tijd is het echt niet makkelijk om zonder papieren iets nieuws te vinden, zelfs niet in mijn bedrijfstak. Geen werkvergunning is één ding: geen visum is een heel ander verhaal. En dan verdomme nog al die controles en boetes voor het inhuren van illegalen. Ik kan op zijn hoogst een of ander krot vol kakkerlakken huren als ik geen referenties kan opgeven, en dat kan weer niet zonder bankrekening. En naar een creditcard of ziektekosten-verzekering kan ik ook wel fluiten.

'Slecht nieuws, pop?'

Ik strijk de verfrommelde brief glad en geef hem aan Oakey.

'Ik ben de lul. Nu Damon de stekker eruit heeft getrok-ken, kan ik wel fluiten naar een werkvisum. Tattookunste-naars hebben nou niet bepaald topprioriteit.'

'Kun je ze niet bellen om het uit te leggen?'

'Zo werkt het niet, Oaks. Shit. Als jij nou geen Kiwi was, kon ik gewoon met jou trouwen.'

'Maar wat ga je nou doen dan? Terug naar Engeland?'

Ik grijp naar mijn pakje lights en negeer Dex met zijn smerige blik aan de andere kant van de winkel. Het is echt een eikel. 'Mijn leven was nou niet wat je noemt een dave-rend succes voordat ik daar wegging, en dat was nog voor-dat iedereen woest op me was. Ik heb daar helemaal niets te zoeken. In het beste geval kan ik er een of andere woning-bouwflat krijgen, zonder baan, zonder geld, zonder vrien-den, en geen reet om naar uit te kijken.'

'Heb je geen familie bij wie je kunt intrekken?'

'Haha, ik dacht het niet, nee. Ik ben voor hen staatsvijand nummer één. Ik word waarschijnlijk gelijk afgeschoten als ik binnen een straal van dertig meter van mijn geboortehuis kom.'

'Dat is allemaal vijf jaar geleden, pop. Ze zijn het waar-schijnlijk allang vergeten. Ik durf te wedden dat zij jou net zo missen als jij hen.'

Ik neem een dikke hijs nicotine. *Wat je hebt gedaan is on-vergeeflijk, Susannah. Dit is niet meer terug te draaien. Ik hoef je nooit meer te zien. Je bent mijn zus niet meer.*

Ik ken Grace. Al zij eenmaal iets heeft besloten, dan is het klaar. Al ga je op je kop staan, zij zal nooit toegeven. Ik denk dat ze zich de afgelopen tijd überhaupt niet met mij heeft beziggehouden, laat staan dat ze me gemist heeft.

Kon ik haar maar net zo makkelijk vergeten.

Ik zit wat nieuwe ontwerpen te schetsen wanneer er net voor de lunch een jongen van een jaar of negentien, twintig komt binnenwandelen. Dex stort zich gelijk op hem, maar de jongen moet niets van hem hebben. 'Ik zoek ene Zee,' roept hij de winkel in.

'Yo man, ik ken je wel helpen...'

'Sorry gozer. Volgens Mace moest ik het meisje hebben.' Hij wijst naar een van mijn flashes aan de muur. 'Zou jij zoiets achter in mijn nek kunnen doen?'

Ik werp een blik op het ontwerp. 'Yep. Hij past beter op je schouder, maar ik kan hem in je nek zetten als je het oké vindt dat ik er hier en daar wat aan verander. Ben je ooit eerder op je ruggengraat getatoeëerd?'

De jongen reageert geprikkeld. 'Ik kan het wel aan.'

Ik haal het voorbeeld van de muur en sleutel er wat aan om het op de achterkant van zijn nek te laten passen. Het kost me een halfuur, waarna ik de ruwe schets naar zijn huid verplaats en die met behulp van een spiegel aan hem laat zien. Zijn hele arm zit al onder de slechte tekeningen, gezet door krabbelaars van het kaliber Dex, die te diep gaan of de verkeerde hoek nemen waardoor de lijnen vervagen of littekens ontstaan. Een echt goeie tattoo moet een leven lang meegaan en er in je grafkist nog net zo uitzien als op de dag dat je hem liet zetten.

Het verbaast me niks dat de jongen flauwvalt in de stoel zodra ik in de buurt van het bot kom. Dat gebeurt vaker dan je zou verwachten, en hoe groter en stoerder de kerel is, hoe harder hij piept. Meisjes klagen nooit.

We sluiten om acht uur, en Oakey werkt een paar uurtjes aan mijn schouder. Ik sla zijn uitnodiging om mee naar de kroeg te gaan af en rij langs het strand terug naar huis. De veiligheidsriem snijdt in mijn zere schouder, maar ik durf hem niet af te doen en het risico te lopen dat de politie me aanhoudt. Mijn verzekering is al twee maanden verlopen en ik loop ook achter met mijn autoregistratie.

Een warm briesje waait vanaf de Golf naar binnen op het moment dat ik onder mijn appartementenblok parkeer. Ik schakel de motor uit en staar naar de zwarte oceaan. Ik vind het vervelend om aan thuis te denken. Het haalt te veel slechte herinneringen naar boven.

Ik stap uit de auto, maar in plaats van naar mijn appartement te gaan wandel ik over de duinen heen het witte zand op. Een paar late joggers ploffen over het strand en ontwijken stelletjes die hand in hand naar de horizon kijken. Een paar kinderen trappen een balletje bij het maanlicht en er zitten een paar families rond een kampvuur marshmallows te roosteren en s'mores te maken. Ik loop naar de rand van het water, schop mijn slippers uit en laat de zilverkleurige golven zachtjes over mijn voeten kabbelen. Ik zou mijn kleren wel willen uittrekken en erin springen, maar ik ben te bang voor haaien.

Bekijk het maar. Ik wil dit allemaal niet achterlaten. Florida past bij me: niemand hoort hier thuis. We komen allemaal ergens anders vandaan, toeristen, gepensioneerden, zwervers. Wat heb ik nou nog in Engeland?

Misschien ga ik wel naar Miami, dan haal ik Oakey over om mee te gaan. Zijn goede reputatie zou me kunnen helpen. Ik zal in het geniep moeten werken, en dus voor een hongerloontje, maar ik heb hier niet zoveel nodig om rond te komen. Als de nood aan de man komt kan ik altijd nog op het strand slapen.

Op het moment dat ik de boulevard oversteek om naar mijn appartement te gaan, komt er een rode Mustang de parkeerplaats op gereden. Ik duik achter een betonnen pilaar, maar het is al te laat.

'Hey! Punkertje! Ik zie je wel!'

Tegen mijn zin in kom ik tevoorschijn. 'Meneer Varthaletis. Ik was net onderweg om...'

'Ik krijg nog huur van je! Je bent drie weken te laat!'

'Ja, dat weet ik en u krijgt het ook, dat beloof ik, maar...' Hij prikt in mijn borst, en geeft intussen zijn ogen de kost.

'Morgen kom ik terug! En dan is het de huur of de sleutels, begrepen?'

'Luister, ik weet niet of het morgen gaat lukken, meneer Varthaletis, maar u krijgt het geld zo snel mogelijk, dat zweer ik u. Als u me nou iets meer tijd zou kunnen geven...'

'Misschien kunnen we het op een akkoordje gooien, hm?' Zijn zweterige hand glijdt omhoog, langs de achterkant van mijn dij onder mijn minirokje. 'Ik doe iets voor jou en jij iets voor mij. Voor wat, hoort wat.'

Vieze smeerlap. Zijn rotappartementje is geen hol waard. Ik hoef dit niet te pikken.

Ik heb geen geld, kan nergens heen, en heb dertig dagen om te vertrekken of het land uit te gaan. Ik zal dit dus wel moeten pikken.

'Geen slipje,' hijgt de huisbaas. 'Vuile hoer. Vuile hóér.' Hij duwt zijn vlezige vingers bij me naar binnen. Ik dwing mezelf om niet te bewegen en me te concentreren op een barst in de betonnen pilaar achter hem. Het lijkt op de staart van een slang. Ik stel me voor hoe die eruit zou zien in het groen, om een schouder of bovenarm heen gekronkeld, met zijn rode oog dat nooit knippert. Grace heeft een hekel aan mijn tattoo's en piercings. Ze noemt ze slettenstempels. Toen ze voor het eerst de dikke metalen ring in mijn wenkbrauw zag, kreeg ik een klap in mijn gezicht. Zij draagt altijd een paar nette diamanten knopjes die Tom haar gaf toen ze een jaar getrouwd waren. Ik heb zo het vermoeden dat zij nog nooit zonder onderbroek de deur uit is geweest.

Zij zou nooit in deze situatie terechtkomen.

Ik zwaai met mijn hand naar achteren en mep de smeerlap op zijn wang, zo hard dat er een afdruk achterblijft van mijn ring met rode doodskop en gekruiste botten.

'Jij kleine kuthoer! Morgen geef je me al het geld dat je me schuldig bent, of ik bel de politie!'

'Krijg de tyfus, vuile teringlijer!' antwoord ik.

Hij spuugt op de grond, maar loopt weer terug naar zijn Mustang. Ik steek mijn middelvinger op en storm naar boven, naar mijn appartement.

Hoe slecht kan een dag zijn.

3

Grace

Tom staat als een van de heksen uit *MacBeth* in een grote zinken pan op het Aga-fornuis te roeren, wanneer ik iets na zevenen de keukendeur opendoe. De stoom vult de warme ruimte en blijft om ons heen hangen als in een thermische bron. Zijn gezicht is rood en bezweet, zijn roodbruine haar plakt op zijn hoofd.

Ik gooi mijn Birkin op de keukentafel en schud mijn jas van me af, die bevroren is door de natte sneeuw. 'Wat voor kleur wordt het vandaag?'

'Geelgroen,' zegt Tom. 'Wat vind je ervan?'

Ik kijk even over zijn schouder in de pan. 'Mooi. Staat goed bij je ogen.'

'Nou, hartelijk dank, mevrouw. Mijn inspiratie was die canvasbroek met grasvlekken.'

We glimlachen en onze blikken kruisen elkaar, allebei denken we aan een lange, lome zondagmiddag naast het jaagpad, twee zomers geleden, in de tijd dat we nog gewoon met elkaar vreeën omdat we daar zin in hadden en ervan genoten.

Ik voel me somber worden. Ik verpest het moment expres

door voorover te leunen en in de pruttelende groene ketel op het fornuis te roeren. Tom heeft een paar maanden geleden een programma over recyclen gezien en sindsdien is hij helemaal *back to basic*, hij bewaart elk stukje touw, loopt rond als een onnozel jochie van acht met zijn (lang niet slechte) benen in een afgeknipte spijkerbroek en brouwt zijn eigen bier. De quote van A.N. Didron: HET IS BETER TE BESCHERMEN DAN TE REPAREREN, BETER TE REPAREREN DAN TE RESTAUREREN, BETER TE RESTAUREREN DAN TE RECONSTRUEREN, pronkt op het krijtbord in de keuken.

Ik moet wel lachen om zijn milieubewustzijn. Laatst droeg hij in bed een geweldige paarse pyjama ('Ik denk dat er nog wat rood in de pan zat toen ik het blauw erin deed'), en een paar van zijn wat meer psychedelische tie-dye-experimenten hebben onze waslijn veel meer karakter gegeven, nu de energieslurpende wasdroger echt niet meer kan.

'Wat ben je laat,' zegt Tom en hij roert nog een laatste keer in de pan, waarna hij het vuur laag zet. 'Hoe was het bij de tandarts?'

Er schiet een nieuwe golf nerveuze adrenaline door mijn lichaam. Alleen ik zal ooit weten hoe ik de afgelopen middag op het punt heb gestaan het ondenkbare te doen. O, god. Wat nou als ik die wandelwagen met dat kleine meisje de andere kant op had geduwd? Wat als ik was weggelopen van haar moeder, en was blijven doorlopen tot we uit het zicht waren verdwenen, in plaats van de wandelwagen door de mensenmassa naar haar toe te manoeuvreren en haar te vertellen dat haar dochter aan het huilen was, doodsbang voor de mensenmenigte?

De jonge moeder had alleen haar schouders opgehaald en was doorgegaan met haar gesprek. Ze had niet eens even gebukt om haar kind te troosten.

Ik kan haast niet geloven wat ik bijna had gedaan. Ik was er altijd van overtuigd dat mensen die hun impulsen volgden, in de kern anders waren dan ik. Ik denk dat ik ze zwak vond. Dat ze geen zelfdiscipline en beheersing hadden. Ik dacht altijd dat dat mensen als Susannah waren.

Het is een schok om erachter te komen dat ik geen haar beter ben.

'Tom, ik moet je wat vertellen...'

Hij laat koud water in de wasbak stromen, klaar voor het laatste stadium van het groene verfavontuur, en vouwt zijn hand om zijn oor om aan te geven dat hij me niet goed kan verstaan. Ik word misselijk bij de gedachte aan wat ik hem moet gaan zeggen. Hij is nota bene kinderanesthesist; hij heeft ervoor gekozen zijn leven lang met kinderen te werken. Waarom moet ik degene zijn door wie hij ze zelf niet kan krijgen?

Wat zal hij wel niet van me vinden, als hij het weet?

Ik draai de kraan dicht en haal diep adem. 'Tom, ik was niet bij de tandarts.'

Hij kijkt verrast, maar wacht af tot ik verderga.

Ik durf niet meer. Hoe moet ik beginnen? Allereerst moet ik hem vertellen dat ik in mijn eentje naar dokter Janus ben geweest. Ik weet dat hij daardoor gekwetst zal zijn, hoewel het niets is vergeleken bij wat daarna komt. Maar ook al is hij mijn man en wordt hij hier diep door getroffen, het is en blijft voornamelijk mijn tragiek, niet de zijne. Ik wilde hem er niet bij hebben omdat ik wist dat het een slechtnieuwsgesprek zou worden, en ik wilde niet ook nog eens zijn pijn en teleurstelling naast de mijne moeten verdragen.

Een seconde lang wilde ik dat Susannah hier was. Alsof die iets zou kunnen betekenen. Ik heb haar al vijf jaar niet gesproken. Ik heb haar nummer niet eens.

Mijn vingers duwen zich in mijn handpalm. 'Tom...'

De keukendeur vliegt open en Blake, Toms beste vriend en echtgenoot van mijn hartsvriendin, stormt de kamer binnen in een wolk van natte sneeuw en seksuele energie. Ik weet niet of ik moet lachen of huilen om mijn uitstel van executie.

'Verrekte koud daarbuiten,' zegt Blake vrolijk, en hij laat zich zijdelings op een keukenstoel vallen. 'Claudia komt er zo aan, Grace. Ze stopt de meisjes nog even in bed. Ons buurmeisje past een uurtje op. Loop ik het risico op een biertje, Tom?'

'Ik zat al op je te wachten,' grijnst Tom, en hij verdwijnt naar de kelder. Zijn stem klinkt daarvandaan als vanuit een grafkelder. 'Heb een nieuw brouwsel waar ik al een tijdje mee bezig ben. Zou nu wel ongeveer klaar moeten zijn.'

Hij komt terug met twee grote bierglazen, gevuld met evenveel schuim als troebele amberkleurige vloeistof, en geeft er een aan Blake. Ze houden ze allebei omhoog om te proosten en nemen dan een flinke teug.

Zelfs met een schuimsnor straalt Blake rauwe glamour uit. Jarenlang ben ik een beetje verliefd op hem geweest. Hij is lang en hoekig, en met zijn warrige donkerblonde krullen ziet hij eruit als een rockster op zijn vrije dag. Hij is geboren in New York en hoewel hij vanaf zijn tweede in Engeland heeft gewoond, heeft hij op de een of andere manier die ondefinieerbare Amerikaanse glans weten te behouden. Zelfs midden in de Engelse winter heeft hij een kleurtje dat goed afsteekt bij zijn witte tanden, die sexy zijn in hun onregelmatigheid, en zijn ogen zijn het zachte leigrijs van de zee na een storm. Als hij naar je kijkt, krijg je het gevoel dat hij je ook echt zíet. Ik vraag me af hoe Claudia hem in de hand houdt.

Tom drinkt zijn glas leeg, hengelt dan met een grote wastang in zijn ketel en hevelt de smaragdgroene spijkerbroek over naar een emmer. Hij stommelt door de keuken en laat hem in het koude water in de wasbak vallen. Hij loopt erbij als een clown.

Ik krijg ineens een brok in mijn keel. Zijn oude roze overhemd zit tegenwoordig misschien wat strakker om zijn buik dan om zijn borstkas, en de jongensachtige gelaatstrekken zijn vervaagd, maar hij is wel mijn Tom, de man van wie ik al bijna twee decennia hou. Hij heeft niet de opvallende charme of het filmsterrenuiterlijk van Blake, en na al die tijd samen zijn er nog maar weinig dingen die me verrassen. Maar hij is mijn beste vriend. Ik vertrouw hem volkomen. Met Tom weet ik waar ik sta.

Als dat onromantisch klinkt, dan is dat niet de bedoeling. Een goed huwelijk ziet er, net als een goed bedrijf, van buiten gewoontjes uit. Tom en ik zijn samen opgegroeid. We kennen elkaar door en door.

We ontmoetten elkaar zeventien jaar geleden aan het begin van ons tweede jaar op Oxford. Het had even geduurd voor ik me op mijn gemak voelde op de universiteit en ik had dan wel een paar goede vriendinnen, maar waar het op jongens aankwam, was ik nog steeds vreselijk verlegen. Claudia, een van de acht studenten met wie ik een huis deelde, had bedacht dat we met Halloween een feestje gingen geven en ik had aangeboden om bij de deur te gaan staan. Op die manier zou ik wel meedoen met het feest, zonder dat ik veel meer zou hoeven zeggen dan 'De keuken is die kant op'.

Tom was veel te vroeg. Ik lette niet echt op hem, een jongen met roestbruin haar, groene ogen en een onopvallend gezicht, totdat hij zijn fles cider – dat hoofdingrediënt van studentenfeestjes in de jaren tachtig – vlak voor mijn voeten liet vallen, waardoor we allebei overgoten werden met glasscherven en zoete alcohol.

'Jij bent dat meisje van de bibliotheek,' bracht hij hijgend uit. 'Jij zit elke dinsdagochtend in de Duke Humfrey-lees-zaal met dat zwarte hippiemeisje. Je haalt altijd heel saaie boeken over Angelsaksische literatuur en gaat vervolgens in de geschiedenisboeken van je vriendin zitten lezen. Je was drie weken geleden jarig, ik zag de verjaardagskaarten in je tas zitten.' Inmiddels glimlachte hij. Hij had een leuke lach. 'Je gaat altijd iets voor twaalven weg om warme chocolade-melk te halen aan de overkant van de straat.'

Niemand had ooit op die manier op me gelet.

Het was geen liefde op het eerste gezicht, maar het was íéts. Misschien herkende ik een verwante geest, iemand die even onzeker en vastberaden was als ik. Drie maanden lang gingen we veel samen uit, en toen ik op een ochtend wakker werd besefte ik dat ik me een leven zonder Tom niet meer kon voorstellen.

Het volgende weekend werd ik door hem ontmaagd. Tom had nauwelijks meer ervaring dan ik; hij had voor mij maar twee vriendinnen gehad, maar we deden ons best om elkaars lichaam te leren kennen, en experimenteerden erop los. We waren algauw aangekomen bij de hoofdstukken voor ge-vorderden uit *Plezier in seks* en feliciteerden elkaar met onze glansrijke start. We waren, als we de verhalen van onze vrienden moesten geloven, ongetwijfeld avontuurlijker dan de gemiddelde beginneling, en het was fijn om te merken dat, hoewel dat kennelijk niet gebruikelijk was, vertrouwd-heid in bed bij ons eerder voldoening dan minachting met zich meebracht. Algauw waren we zo'n stel waarvan de namen in één adem werden uitgesproken: Grace&Tom. Een samenstelling waarvan de som groter was dan de losse delen, lang vóór Brangelina.

Aan het begin van ons laatste jaar gingen we samenwonen in een smal rijtjeshuis met zes andere arme studenten, onder wie Blake en Claudia. Nadat Tom en ik allebei cum laude waren afgestudeerd, pendelden we een paar jaar tussen mijn flatje in Londen en zijn kamer vlak bij de medische faculteit van Edinburgh. Dit was wat onhandig, maar uiteindelijk keerde Tom terug naar het zuiden voor een baan bij het John Radcliffe-ziekenhuis in Oxford, en daarna naar Londen. Tegen die tijd had ik mijn naam gevestigd als juridisch accountant en was ik druk bezig mijn eigen bedrijf op te zetten. Trouwen leek de logische volgende stap: we waren allebei negenentwintig en waren onze wilde haren inmiddels kwijt; hoewel we eigenlijk allebei nooit echt wat je noemt onbezonnen waren geweest.

Zes jaar later, toen ik vijfendertig werd, besloten we dat het tijd was voor een baby. Het was nooit in ons opgekomen dat dat niet zou lukken. Waarom ook? We hadden daarvoor allebei nog nooit gefaald, op wat voor gebied dan ook.

Claudia komt binnen, net wanneer Blake naar de kelder is verdwenen voor een tweede rondje huisbier. Ik onderdruk een zucht. De lucht van Toms bier vind ik nog niet eens zo erg (hoewel het hele huis inmiddels, niet onaangenaam, naar een rottende appelgaard ruikt), maar wel de ongelukkige uitwerking die het heeft op zijn spijsverteringskanaal. Je zou heel zuidoost-Engeland van energie kunnen voorzien met de winden die hij laat.

Claudia doet haar sjaal af en neemt haar gebruikelijke positie in boven op de gesloten fornuisklep van de Aga. Ze is net een kat, altijd op zoek naar een warm plekje om te slapen. Volgens haar komt dat door haar Zuid-Afrikaanse achtergrond: haar moeder komt uit Soweto, haar vader is een Boer. Zij vluchtten naar Engeland nog voor Claudia geboren was, om te ontsnappen aan een regime waarin interraciale relaties niet alleen illegaal waren, maar ook een religieuze doodzonde. Ik wijs haar er altijd vergeefs op dat ik het hier ook altijd koud heb, en de oorsprong van mijn genen is terug te voeren naar de inheemse Kelten op ons eigen mistige eiland.

'Heb je wel in de gaten dat zelfs jouw slotgrachtje bevroren is?' klaagt ze, terwijl ze haar armen om zich heen slaat en haar handen onder haar oksels stopt. 'Bij iedereen bloeien de narcissen, maar jij bent blijven hangen in de ijstijd.'

'Wij hebben ons eigen microklimaat,' zegt Tom monter. 'Wanneer Oxfordshire door de opwarming van de aarde tot woestijn is omgetoverd, zul je ons nog smeken om hier te mogen wonen.'

Tom en ik wonen in een geweldig voorbeeld van victoriaanse extravagantie: een gotisch miniatuurkasteeltje, compleet met een rond torentje, waterspuwers, stenen kantelen en, inderdaad, een slotgrachtje: hoewel het hele perceel niet veel groter is dan een gemiddelde twee-onder-een-kapwoning met vier slaapkamers. Een negentiende-eeuwse ondernemer had het op de grond van een veertiende-eeuwse begraafplaats laten bouwen, zomaar ergens midden in een schilderachtig dorpje in Oxfordshire. De man had zijn fortuin gemaakt door tijdens de Amerikaanse Burgeroorlog aan beide zijden wapens te verkopen, en hechtte weinig belang aan bijgeloof of geschiedenis.

Het is bizar, onpraktisch en schandelijk duur in onderhoud, en toen we het voor het eerst zagen, een jaar nadat we getrouwd waren en we terug naar Londen reden na een pediatrisch congres in Oxford, vielen Tom en ik er als een blok voor. Het stond niet officieel te koop; we waren even iets gaan eten in het café ertegenover en konden het niet laten ernaartoe te lopen om het van dichtbij te bekijken. Op dat moment greep Het Lot in: de makelaar die er zojuist mee was opgezadeld nadat de vorige bewoner was overleden (helemaal blut en met een schuld van honderdduizenden ponden – iets waar we pas achter kwamen toen het al veel te laat was) was er toevallig en liep rond over het perceel. Hij moet in zijn handjes hebben geknepen toen wij al opdoken nog voor hij ook maar de kans had gehad om alle bijzonderheden op te schrijven.

We kwamen tot overeenstemming over een prijs die destijds een koopje leek, en achteraf je reinste oplichterij bleek te zijn. In de vijf jaar die volgden hebben we het leien dak vervangen (twee keer; de eerste aannemer had dakpannen gebruikt die niet door monumentenzorg waren toegestaan), alle fietsen en bierblikjes uit de slotgracht gedregd, drie maanden gekampeerd in de logeerkamer van Claudia en Blake terwijl het asbest op de pijpen werd vervangen. Verder zijn we op een kerstochtend wakker geworden met een halve meter ongezuiverd afvalwater in de kelder nadat de beerput overstroomd was, hebben we in het hele huis de elektriciteitsleidingen vervangen en verder nog honderden kleine ongemakken het hoofd geboden, variërend van verstopte toiletten tot opkruipend vocht. Alles wat we voor onze flat in Londen hadden gekregen is eraan opgegaan, plus de erfenis van Toms ouders en een kleine nalatenschap van mijn grootmoeder aan moederskant, maar het is het allemaal waard geweest. Ik ben helemaal verknocht aan dit huis. Hier wil ik oud worden.

De enige kamer waar we nog niks aan hebben gedaan, is de kinderkamer op de derde verdieping in het torentje, waar bij oplevering van het huis al een origineel gehouwen victoriaans hobbelpaardje stond. We wachtten nog met schilderen om te zien of het roze of blauw moest worden.

Blake klettert weer omhoog uit de kelder, maar in plaats van twee glazen van Toms brouwsel, houdt hij een fles champagne vast, nog van hun laatste drankreis met de jongens naar Noord-Frankrijk, die hij en Claudia in onze wijn-kelder bewaren.

Tom kijkt verward. 'Gaan we een kurkje ploppen? Mis ik misschien iets, jongen?'

Claudia lacht geheimzinnig en haar hand fladdert naar haar buik. Ze weet niet dat Tom en ik proberen een kindje te krijgen. Ik vond het altijd te privé om dit te delen, het was iets tussen Tom en mij.

Ze is mijn beste vriendin en ik ben dol op haar, maar mijn hemel, wat is dit oneerlijk.

Later die avond, wanneer Blake en Claudia weg zijn, vol van respectievelijk champagne en verrukking – 'Ik weet dat we altijd zeiden dat we geen kinderen meer zouden nemen tot de tweeling op school zat,' fluistert Claudia, terwijl ze me bij het weggaan omarmt, 'maar we konden gewoon niet wachten' – vraag ik Tom te gaan zitten en vertel hem over mijn gesprek met dokter Janus.

En Tom vindt het niet erg. Hij is verdrietig voor mij, uiter-aard, omdat hij heel veel van me houdt en weet hoe belang-rijk dit voor me is, maar voor zichzelf is hij het niet.

Ik zou blij moeten zijn, opgelucht zelfs, dat ik genoeg ben voor mijn man. Hij wilde zeker wel kinderen, het was net zo goed zijn beslissing als de mijne om te proberen zwanger te raken, en hij zou een betrokken vader zijn, een echte 'doe-papa', maar het lijkt wel alsof hij het prima vindt om zijn ideeën over de toekomst bij te stellen en zich te richten op alleen ons tweeën. Maar ik ben niet blij of opgelucht. Ik ben niet dankbaar dat hij er zo over denkt. Ik ben gekwetst en boos. Zijn gelatenheid voelt als verraad. Hoe kan het nou dat hij niet net zo in de rouw is als ik? Waarom gaat hij niet tekeer tegen Het Lot? Hoe kan hij dit zomaar accepteren?

'Maar één ding begrijp ik niet,' zegt Tom, terwijl ik op de rand van het bed verwoed mijn haar zit te kammen. 'Als je het van je moeder hebt geërfd, waarom heeft Susannah dan niet hetzelfde?'

De grote vraag.

Voorzichtig leg ik de haarborstel neer en probeer de impuls te onderdrukken hem tegen de muur te smijten. 'Het medicijn werd pas begin jaren zeventig voorgeschreven, om miskramen en vroeggeboortes te voorkomen. Mijn moeder had twee miskramen gehad voor ze mij kreeg. Maar tegen de tijd dat ze zwanger was van Susannah, drie jaar later, was het alweer uit de handel gehaald.'

'Maar met jou gaat het verder goed?' vraagt Tom gespannen. 'Je wordt niet ziek of zo?'

Ik kan het wel uitschreeuwen. Nee, het gaat niet goed! Ik bén al ziek! Mijn moeder heeft iets geslikt waardoor me de kans om een kind te krijgen voorgoed ontnomen is; en het was haar schuld niet, natuurlijk niet, dat weet ik wel, en ik zou dit helemaal niemand toewensen, maar als het dan toch een van ons had moeten overkomen, als het echt móést, waarom dan mij? *Waarom niet Susannah?*

Ik was de brave dochter. Ik was als tiener altijd zo voorzichtig en plichtsgetrouw. Ik ging nooit laat uit, en al helemaal niet met foute jongens, ik stal of spijbelde niet. Mijn ouders hebben zich nooit een moment zorgen om mij hoeven maken, behalve misschien dat ik zou kunnen flauwvallen van al het studeren. Susannah is degene die het allemaal heeft verpest. Zij was nog maar dertien toen ze voor het eerst van huis wegliep; nog geen tien jaar later was ze al getrouwd geweest en weer gescheiden. Ze wilde niet eens kinderen. Ze heeft tegen iedereen die van haar hield gelogen, iedereen bedrogen en verraden. Ik heb nooit kunnen puberen omdat pap en mam één kind nodig hadden om trots op te zijn. Dus waarom ben ík dan degene die gestraft wordt?

Dit zeg ik niet hardop, natuurlijk. Dat doe ik nooit.

Tom aarzelt even, en gaat dan naast me zitten, het bed wiebelt zachtjes onder zijn gewicht. Mijn tranen vallen op zijn groengeverfde vingers als hij mijn hand vastpakt. 'Heb je je moeder al gesproken?' vraagt hij zacht.

'Ik wilde het eerst aan jou vertellen.'

Dat is niet helemaal waar. Ik kan het niet opbrengen om naast mijn eigen wanhoop ook met mijn moeders teleurstelling om te gaan. Ze heeft me vanmiddag drie keer op mijn mobiel gebeld en voor één keer heb ik de oproepen genegeerd. Ik zal wel met haar praten. Binnenkort. Zo gauw als ik een beetje aan de situatie heb kunnen wennen.

Wanneer ik niet meer zo verdomde woedend ben.

'Grace, er bestaan andere opties,' zegt Tom voorzichtig. 'Er zijn zoveel kinderen die een thuis nodig hebben. We zouden ze een goed leven kunnen bieden. Ik weet dat dit het laatste is waar je op dit moment aan moet denken, maar misschien dat we over een tijdje...'

'We kunnen niet adopteren, Tom. Ik heb het al uitgezocht.'

'O, kom op. We zijn toch zeker niet te oud? We hebben genoeg geld, en ik weet zeker dat we een paar gekken bij elkaar kunnen sprokkelen die we bereid kunnen vinden om te zeggen dat we fantastische ouders zullen zijn...' Hij stopt en zijn glimlach vervaagt plotseling. 'O, ik snap het al. Het ligt aan míj.'

'Niet meer dan dat mijn onvruchtbaarheid aan mij ligt,' zeg ik bitter.

Tom trekt me naar zich toe en ik verstop mijn hoofd snikkend in zijn schouder. 'Grace, Grace. Ik hou van jóú. Ik ben met jóú getrouwd. Als daar kinderen bij waren gekomen, zou dat geweldig zijn geweest, maar jij bent degene die ik wil, degene die ik altijd gewild heb.

Ik richt mijn kin naar hem op en hij kust me, zijn tong

glijdt tussen mijn lippen, warm en zoet. Ik word verrast door een plotselinge golf van warmte tussen mijn benen. Vanaf het moment dat we begonnen met 'proberen', werd de seks zo beladen dat er geen ruimte meer was voor zoiets simpels als lust.

Maar nu word ik verteerd door een heet, onverwacht, dierlijk verlangen. Ik sla mijn benen om zijn middel en laat me terugvallen op het bed, trek hem met me mee. Ik hunker ernaar hem in me te voelen. Mijn vingers raken verstrikt in zijn dikke krullen wanneer ik zijn hoofd tegen het mijne aan druk, ik kus hem hard en dwingend. Toms reactie is net zo verhit. De lust laait tussen ons op als een vuur op de prairie. We bijten in elkaars lippen, rukken de kleren van elkaars lijf. Ruw haalt hij mijn borsten uit mijn nachthemd, en ik kreun van genot terwijl hij hard en snel in mijn tepels bijt.

Ik trek zijn shirt omhoog en ruk aan de gesp van zijn riem. Mijn handen draaien zich om zijn pik, maar wanneer ik hem bij me naar binnen wil leiden duwt hij mijn knieën uit elkaar en gaat langzaam naar beneden. Zijn tong komt uit bij mijn clitoris en gaat heen en weer als een slang, ik kronkel. In een plotselinge vonkenregen knal ik uit elkaar, mijn orgasme overstroomt mijn lichaam als een zomerstorm aan zee.

Tom gaat op me liggen, houdt mijn armen vast aan weerszijden van mijn hoofd en duwt zichzelf bij me naar binnen. Ik draai mijn heupen naar hem toe, en met mijn dijen duw ik hem dieper. Het zweet druipt van zijn haar in zijn ogen; hij is zo gefocust op wat hij wil dat hij geen moment met zijn ogen knippert. De pure lust op zijn gezicht is extreem opwindend. Plotseling word ik overmand door een tweede orgasme, nog intenser dan het eerste, en ik verlies elk besef van controle. Met een hese schreeuw komt Tom klaar, tegelijk met mij, terwijl hij in me op en neer gaat met iets wat verdacht veel op woede lijkt.

Even later liggen we naast elkaar op de gekreukte lakens, zonder elkaar aan te raken. Toms ademhaling wordt steeds langzamer en gaat ten slotte over in het ritme van de slaap. Nu ik stillig in de kille kamer heb ik het ineens koud en trek de deken over me heen.

Door deze beweging voel ik iets nats tussen mijn benen. *Toms zaad, dat op onvruchtbare grond terechtkomt.* Overmand door verdriet spring ik uit bed en ren naar de badkamer, waar ik mijn dijen net zo lang boen tot elk spoortje ervan is weggeschrobd.

Met een gebroken hart ga ik weer in bed liggen. Ik doe mijn ogen dicht en bid dat ik snel in slaap val.

Maar ik ben nog steeds wakker als om 3.48 uur de telefoon gaat.

4

Susannah

Je zou denken dat ze op zijn minst businessclass geregeld had. Deze hele dramatische reddingsactie was tenslotte haar idee. Ik voel me net een legbatterijkip hier in economyclass, weggestopt tussen de schreeuwende kinderen en roodverbrande toeristen in hun joggingpakken en 'gemakkelijke' schoenen. En dan hebben zij nog het lef om mij te begluren alsof ík hier de weirdo ben waar niemand naast wil zitten.

'Ik heb geregeld dat je je ticket op het vliegveld kunt ophalen,' had Grace me gisteravond op een bazig toontje laten weten, zonder ook maar even te checken of ik überhaupt wel zin had om zo snel naar huis te vliegen. 'Alles is betaald. En zorg ervoor dat je genoeg kleding bij je hebt voor op zijn minst een paar weken. Ik weet niet hoe lang je hier moet blijven.'

Ik nam niet eens de moeite om uit te leggen dat al mijn spullen makkelijk in één koffertje pasten.

'Ik kan niet zomaar alles uit mijn handen laten vallen hier,' zei ik koppig. 'Ik ben kunstenaar, Grace. Ik word betaald per opdracht. Als ik geen werk heb, heb ik ook geen eten. En als ik hier zomaar met de noorderzon vertrek, ben ik als ik terugkom mijn baan misschien wel kwijt.'

'Susannah, dit is een noodgeval. Hoe kun je nou aan geld denken?'

'Omdat ik niet anders kan, maar daar kun jij je natuurlijk niks bij voorstellen.'

Een diepe, lijdzame zucht volgt, en dan: 'Goed dan. Ik regel alles voor je verblijf hier.'

O, wat ben ik haar toch dankbaar. Alsof zij het zich niet kan veroorloven. Maar het zal voor iets langer zijn dan ze dacht, aangezien ik Amerika straks niet meer in kom zonder visum; dit hoeft Grace nog niet te weten.

'Je moet voorlopig maar bij ons logeren,' had ze er kribbig aan toegevoegd. 'Papa wil jou natuurlijk niet bij hem in huis hebben, en een hotel kun je je overduidelijk niet permitteren.'

'Kun je me wat cash sturen? Voor een taxi naar het vliegveld...'

'Het is te kort dag om voor je vertrek morgenochtend nog geld over te maken. Maar je hebt toch zeker wel íémand die je even kan brengen?' zei Grace veelbetekenend.

Trut. Maar ze heeft wel gelijk. Ik heb altijd wel íémand.

Ik was een jaar of elf toen ik erachter kwam dat ik iets had wat andere meisjes van mijn leeftijd niet hadden; iets belangrijks. Niet alleen kreeg ik echte borsten toen zij hun kinderbehaatjes nog volpropten met zakdoeken, en werd ik ongesteld vóór Grace (wat ze echt niet uit kon staan), maar jongens vonden me leuk. En dan bedoel ik ook écht leuk. Mannen ook. Ik zag hoe de vrienden van mijn vader naar me keken en dan snel hun hoofd weer afwendden, geschrokken van hun eigen reactie.

Ik was altijd degene achter wie de jongens met tikkertje renden. Ze duwden me op de grond, zelfs als ik om genade riep. Ze pikten mijn broodtrommel en hielden hem omhoog, zodat ik met ze moest vechten om hem terug te krijgen. Het leek wel of er altijd een kudde jongens om me heen hing. Ze kwamen op me af als bijen op de honing; of, zoals papa het altijd zo charmant uitdrukte, als vliegen op een hoop stront.

Ik kwam er algauw achter dat de aandacht die ik van jongens kreeg ervoor zorgde dat meisjes tegen me opkeken; zelfs Grace, die hard haar best deed om te doen alsof ze er niks van merkte. Dus begon ik ze op te hitsen. Ik jatte lipgloss met colasmaak bij Woolies en liet een extra knoopje van mijn schooluniform openhangen. Ik had als eerste van de klas een vriendje en liet hem – op mijn vijftiende – als eerste 'alles' bij me doen.

De seks was natuurlijk waardeloos; en is dat eerlijk gezegd meestal nog steeds. Seks is wat mij betreft gewoon een middel: iets wat je gebruikt om te krijgen wat je wilt. Ik heb zelden een orgasme gehad door toedoen van iemand anders.

Oké, ik was niet bepaald een lieverdje, maar laten we wel wezen: ik had verder niet bepaald veel wat voor me sprak. Het was zó ontzettend fijn om in het gouden voetspoor van Grace te treden. *Little miss Perfect*. Mijn grote zus haalde alleen maar negens en tienen, won vijf jaar achter elkaar een provinciale wedstrijd in algemene kennis, was steengoed in tennis, werd hoofd van alle mentoren, won een beurs voor Oxford, en zorgde er in het algemeen altijd voor dat Haar Ouders Trots Op Haar Waren. Ze had zelfs nog wat tijd over om geld in te zamelen voor het Anthony Nolan Bone Marrow Fonds (wat haar een artikel in de lokale krant opleverde met de bijzonder originele titel 'Amazing Grace'). Het enige waar ik ooit een tien voor haalde op school was biologie, en dan heb ik het dus niet over het examen.

Vanaf de kleuterschool werd ik om de oren geslagen met 'Wat zul je trots zijn op Grace'. Na dertien jaar op school te hebben gezeten, wist de helft van de leraren nog steeds niet hoe ik heette; ik bleef altijd de zus van Grace Latham.

Het gekke was dat ik het haar niet kwalijk nam. Ik wás ook trots op haar. Ik zou liever sterven dan dat ik het zou toegeven, maar ik was haar allergrootste fan. Ik ben een keer een week geschorst omdat ik een meisje in elkaar had geslagen dat over Grace liep te roddelen. Ik vertelde natuurlijk aan niemand waarom ik het had gedaan. Ik deed altijd alsof ik het supersuf vond om haar zus te zijn.

Zij dacht dat ze op mij lette, maar in werkelijkheid was ík degene die háár beschermde. Zonder mij zou de populaire kliek op school haar echt het leven zuur hebben gemaakt. Arme, nerdy Grace. Ze was lang en onhandig en had geen idee hoe ze zich moest kleden; ze weigerde haar benen te ontharen of gaatjes te nemen voordat ze naar de universiteit ging, alsof maagd blijven tot je achttiende iets was om trots op te zijn. Haar ogen waren te klein, haar neus te groot en haar lange haar (dat ze pertinent weigerde te verven) was dun en vaal. In die tijd was het enige wat mooi aan haar was haar mond, die net zo groot en vol was als die van Julia Roberts en veel sexyer dan ze zich realiseerde, en haar handen: elegant en gracieus, met lange bleke vingers en ovale nagels die ze altijd perfect verzorgde en lichtroze lakte.

Als je háár vroeg naar haar mooiste lichaamsdeel, zei ze natuurlijk haar brein. Wat nog maar eens onderstreept hoe weinig mijn zus van mannen wist.

De lichten in het vliegtuig gaan uit. Ik trek mijn oogmasker naar beneden en probeer een comfortabele houding te vinden in deze stoel die meer wegheeft van een doodskist. De combi van drie wodka-tonics met een Xanaxje begint zijn werk te doen. Ik doe mijn ogen dicht en geef me over aan de sluier van warmte om me heen.

Ondanks de lullige dingen die we de laatste keer dat we elkaar zagen zeiden, kijk ik ernaar uit om mijn zus weer te zien. Ik zou voor Grace door het vuur gaan. Niet dat dat ooit nodig zal zijn. Volgens mij heeft Grace haar hele leven nog nooit iemand nodig gehad.

Ik rol mijn bagagekarretje langs de douane en snak naar een sigaret. Ongeduldig wacht ik tot de dikke toeristen voor me eindelijk aan de kant gaan. Waarom is roken aan boord in godsnaam verboden? Je kunt meer dan ooit een sigaret gebruiken wanneer je negen uur lang, gevangen in een veewagen, in de lucht hangt met honderden zwetende toeristen om je heen. Ik moet me inhouden om niet keihard tegen de opgezwollen enkels van die randdebielen voor me te trappen. Nicotinewoede.

'Pardon, mevrouw?'

O godallejezus, wat nou weer?

De douanebeambte glimlacht vlak. 'We moeten uw tas even contoleren. Gewoon routine.'

Hij kan die routine van hem in mijn perzikkleurige reet stoppen. Ze zullen nooit het perfecte huismoedertje aanhouden dat iets verderop staat in haar twinsetje met parelketting. Hm, eens kijken. We hebben de keuze tussen de knappe Stepfordwife in ballerina's en Burberry, of het punkmeisje met dreads en tattoos. O jeetje, wie moeten we er nou toch uitpikken?

Ik sla mijn armen over elkaar en kijk chagrijnig toe hoe de douanebeambte mijn canvas weekendtas op een tafel zet en hem openritst met de eerbiedige zorg van een jonge vader die voor het eerst een babyluier verschoont. Alsof hij vol springstof zit. Maar ze gaan niks vinden. Oakey heeft er-

44

voor gezorgd dat ik mijn hele voorraadje heb weggedaan en heeft voor ik wegging al mijn kleren in zijn wasmachine gegooid, zodat er niks in achter zou blijven. Ik hoop maar dat ik een dealer kan vinden in dat vreselijke klote-Oxfordshire. Ik zal echt flink wat farmaceutica nodig hebben, wil ik de komende tijd bij Grace overleven.

Ik zet mijn beste glimlach op en leun voorover, om hem een mooi uitzicht te geven. 'Luister. Ik heb de hele nacht in een vliegtuig opgesloten gezeten en snak naar een sigaret. Zouden we dit snel kunnen afhandelen?'

Hij haalt een paar groezelige zwarte All Stars uit mijn tas, tovert er dan een stel handboeien uit en houdt ze betekenisvol aan zijn wijsvinger omhoog.

'Die zijn alleen voor in bed,' zeg ik geïrriteerd. 'Als ik er een vliegtuig mee wilde kapen zou er geen bont omheen zitten. Ik smokkel geen drugs, en ik heb geen ivoor in mijn slipje zitten. Mijn zus staat buiten op me te wachten en we hebben elkaar vijf jaar niet gesproken. Als ik niet binnen vijf minuten een sigaret opsteek, flip ik.'

Hij knikt in de richting van een afgeschermde ruimte aan de zijkant van de hal. Er is daar geen cameratoezicht. 'Ga op de grond zitten en blaas de rook naar beneden, zodat de rookmelder niet afgaat. En als iemand je betrapt, heb ik je nooit gezien, oké?'

Ik glip weg achter het scherm, zak in elkaar op de koude marmeren vloer en vul bijna extatisch mijn longen met nicotine. Had ik nu maar wat van die miniflesjes wodka uit het vliegtuig meegenomen. Nuchter is wel het laatste wat ik wil zijn wanneer ik Grace onder ogen kom.

Vijf minuten later geeft de douanebeambte me mijn tas terug en mijn instapkaart, waar hij zijn telefoonnummer op gekrabbeld heeft. Ik beloof dat ik hem zal bellen, en mik het de prullenbak in zodra hij weg is.

Mijn buik is één knoop van opwinding en zenuwen wanneer ik de aankomsthal binnenloop. Ik zie Grace al staan voordat ze mij ziet, hoewel ik haar de eerste twee seconden niet herken. Niet dat ze echt veranderd is sinds de laatste keer dat ik haar zag, maar ik denk gewoon nog steeds aan haar als een meisje van achttien. Ze heeft haar haar geknipt waardoor het dikker lijkt, en het diep hazelnootbruin geverfd wat haar gezicht warmer maakt en haar bruine ogen mooi doet uitkomen. Ik heb geen verstand van designermerken, maar zelfs ik kan zien dat haar laarzen en kaneelkleurige suède jasje duur zijn; ik zou durven wedden dat alleen al haar spijkerbroek meer gekost heeft dan mijn hele garderobe bij elkaar. Ze heeft die glans over zich die je alleen met veel geld kunt krijgen. Ze is nog steeds niet knap, maar je kijkt nu wel twee keer naar haar. Mama zei altijd dat Grace het type gezicht had waar ze 'in zou groeien' als ze dertig werd. Voor het eerst zie ik nu wat ze bedoelde.

Tom daarentegen is er met de jaren niet op vooruitgegaan. Er zitten heel wat meer kilo's aan dan de laatste keer dat ik hem zag, en zijn bruine krullen zijn inmiddels te ver uitgedund om nog weg te kunnen komen met de hippe *drummerlook*. Toch zou ik hem niet mijn bed uit schoppen. Ik heb Tom altijd wel aantrekkelijk gevonden, maar misschien alleen maar omdat hij van Grace is.

Grace stapt naar voren als ze me ziet, haar laarzen klikken vastberaden door de hal.

'Wat was er aan de hand?' wil ze weten, zonder ook maar iets van een begroeting. 'Je vliegtuig is al een uur geleden geland. Alle anderen zijn eeuwen geleden door de douane gekomen.'

'Ik werd eruit gepikt…'

'Dat verbaast me niks, als je ziet wat je aanhebt.'

Tom geeft me een kus op mijn wang. 'Fijn dat je er weer bent, Zee.'

'Dank je, John.'

'Hij heet Tom,' zegt Grace geïrriteerd.

'Dat weet ik heus wel,' zeg ik glimlachend.

Tom neemt mijn karretje over. 'Heb je een goede vlucht gehad?' vraagt hij vriendelijk.

'Ik heb een paar uurtjes kunnen slapen, maar je weet hoe dat gaat in een vliegtuig,' zeg ik huiverend, terwijl ik achter hen aan naar de parkeergarage loop. Ik trek mijn leren jasje omhoog tot over mijn oren. 'Jezus! Ik was vergeten hoe godvergeten koud het is in dit land!'

'Je krijgt nog een longontsteking als je niks behoorlijks aantrekt,' snuift Grace. 'Het is februari, Susannah, je kunt niet rondwandelen in een minirok.'

'Florida is niet echt de plek voor schapenleren jassen en bontlaarzen, Grace.'

'Je wilde er zelf naartoe.'

Ik kan haar wel slaan, maar ik blijf rustig. Het heeft geen zin om haar op de kast te jagen voor we goed en wel het vliegveld af zijn. Ik laat haar maar even vanwege mam, maar ze moet wel uitkijken.

Tom loopt voor ons uit naar de glimmend zwarte Jeep, maar net als ik een flauwe grap wil maken over zijn ecologische voetafdruk, blijft hij staan naast een piepkleine driedeurs en haalt hem met zijn afstandsbediening van het slot. 'Heb jij een hybride?' proest ik uit.

'Bijna één op dertig,' zegt Tom trots. 'En soms nog zuiniger.'

'En hoe zit het dan met "de Landrover maakt de man"?'

'Hij heeft dat kreng nog steeds,' zegt Grace bits. 'Hij staat achter de garage. Hij houdt er kippen in.'

'Wel eerlijk zijn, schat,' protesteert Tom. 'Alleen de kuikentjes. Ze blijven er goed warm in en kunnen niet door de andere vogels worden aangevallen.'

Mijn zus en ik kijken elkaar even aan. Ze geeft me een korte maar gemeende glimlach en helpt me mijn tas in de achterbak te leggen terwijl Tom het karretje terugbrengt naar een verzamelplaats aan de andere kant van de parkeerplaats.

'Hoe is het met mam?' vraag ik.

'Hetzelfde als gisteren. Volgens de artsen kan ze nog weken in coma blijven. Voor ze wakker wordt, kunnen we niet zien hoeveel schade die beroerte heeft aangericht.'

'Maar ze gaat niet dood?'

Ze zucht. 'Ik weet het niet, Susannah.'

Grace weet altijd álles. Mijn hele leven lang wist zij altijd wat er moest gebeuren. Het is de enige zekerheid die ik mijn hele leven heb gekend, naast die van de dood en belastingontduiking.

Ik klim ongemakkelijk op de achterbank van de driedeurs, en vraag me voor het eerst af of er behalve mama nog een andere reden is waarom ze per se wilde dat ik naar huis kwam.

'Het was niet makkelijk om je te vinden,' zegt Grace plotseling. 'Zelfs je ex-echtgenoot wist niet waar je was. Uiteindelijk heb ik Donny moeten bellen voor je nummer.'

'Donny?'

'Je zoon,' bijt ze me toe.

'Dank je, maar ik weet echt wel wie Donny is. Ik wist alleen niet dat je contact met hem had.'

'Waarom zou ik dat niet hebben? Het is belangrijk dat de jongens weten dat ze ergens nog familie hebben.'

'Ik bel ze heus wel...'

'Volgens Donny was de laatste keer dat je de moeite nam om hem te bellen, meer dan een jaar geleden.'

Ik frunnik aan mijn nagels. 'Het is niet makkelijk, met het tijdsverschil en zo...'

'Het zijn je zoons, Susannah. Het minste wat je zou kunnen doen is ze bellen om te horen hoe het met ze gaat. Zelfs als dat betekent dat je midden in de nacht je bed uit moet. Je gaat ze toch zeker wel opzoeken, nu je hier bent?'

'Volgens de maatschappelijk werker zou dat het moeilijker voor ze maken om te wennen aan hun nieuwe gezin.'

'Dat was vijf jaar geleden, Susannah. Het zijn geen kinderen meer, ze zijn vijftien en twaalf. Ze begrijpen bij welk gezin ze horen. Maar jij bent hun moeder. Je bent hun iets verschuldigd.'

'Noem me geen Susannah,' zeg ik kinderachtig.

'Waarom niet? Zo heet je toch.'

Ik sta op het punt om weer uit de auto te stappen, maar dan komt Tom terug, vrolijk klagend over hoe moeilijk het was om wisselgeld te vinden voor de parkeerautomaat. Zijn gemoedelijke opgewektheid is bijna even irritant als de hatelijkheid van Grace. Maar ik ben tot ze veroordeeld, of ik moet een raampje kapotslaan. En dan nog? Ik kan niet terug naar Florida: ik heb geen geld en ik kan nergens heen. Of ik het leuk vind of niet, ik zit vast aan Grace, en zij zit net zo vast aan mij.

Het is druk op de weg vanuit Heathrow en zodra we de M25 op komen, belanden we in de file. Ik ben te opgefokt om in slaap te vallen, dus leun ik tussen de stoelen in naar voren. 'Is het oké als ik een peuk opsteek?'

'Nee, dat is het niet…'

'Grace, laat haar nou toch. We kunnen een raampje openzetten.'

Grace haalt haar schouders op en draait zich met haar rug naar ons toe, een behoorlijke prestatie in dit kleine autootje. Eerlijk gezegd begrijp ik niet hoe Tom het met haar uithoudt. Nog geen halfuur in haar gezelschap en ik heb het alweer helemaal met haar gehad.

'Kan ik van hieruit bij de trunk?' vraag ik aan Tom. 'Mijn sigaretten zijn op.'

'Trúnk?' snauwt Grace. 'We weten heus wel dat je het er lekker van genomen hebt in Florida, Susannah. Je hoeft er niet mee te koop te lopen. We zijn niet bepaald onder de indruk.'

'Pff, sorry hoor,' antwoord ik.

De rest van de rit zegt niemand nog een woord. Uiteindelijk lukt het me in slaap te vallen. Wanneer Tom me wakker schudt, zijn we aangekomen in de ondergrondse parkeergarage van het ziekenhuis. Ik klim onhandig van de achterbank en loop achter hem en Grace aan naar de lift. Ik ben helemaal versuft van vermoeidheid en te veel wodkatonics met Xanax.

'Ze ligt op de intensive care, Susannah,' zegt Grace plotseling. 'Je moet beseffen wat dat betekent. Er zijn allemaal machines en slangetjes. Ze ligt op het moment aan de beademing, maar ze hopen dat ze daar snel vanaf kan. Ze hebben haar aan een infuus gelegd, en er staan allerlei monitors die haar hartslag en bloeddruk in de gaten houden. Het is heel wat anders dan bij *ER*,' voegt ze er hees aan toe. 'Het is zoveel erger.'

'Is papa er?'

Ze drukt weer op de liftknop. 'Ik denk het wel.'

Tom legt zijn arm terloops om haar schouders en we gaan omhoog naar de IC op de vijfde verdieping. Als ik zie hoe ze tegen hem aan leunt voel ik een steek van jaloezie. Ik ben drie keer getrouwd geweest en heb meer mannen geneukt dan ik me kan herinneren, maar dit soort intimiteit heb ik nooit met iemand gedeeld.

Grace drukt op de zoemer bij de ingang van de IC. Ik zoek nerveus naar de sigaretten in mijn jaszak, bedenk dan waar ik ben en stop ze weer weg.

'Het komt wel goed, Zee,' zegt ze ineens.

Ik knik, en ineens zit mijn keel dicht. Grace kan echt super-irritant zijn, maar mam... als er iets met mam gebeurt... dan is Grace nog de enige overgebleven persoon op aarde die ook maar iets om me geeft.

Een verpleegkundige op roze klompen steekt haar hoofd om de deur. 'Mevrouw Hamilton? De dokter wil u graag even spreken voor u uw moeder ziet. Als u en uw man even willen meelopen, hij komt er zo aan.'

Ik maak aanstalten om achter ze aan te lopen, maar de vrouw houdt me tegen. 'Ik vrees dat er op dit moment alleen nog maar familie bij haar mag...'

'O, en wie ben ik dan, het dienstmeisje?' vraag ik.

'Het is goed,' zegt Grace. 'Dit is mijn zus.'

Ik schuif langs het oude wijf en moet me inhouden om die verwaande glimlach niet van haar gezicht te meppen. Ik heb verdomme echt een sigaret nodig.

We worden een piepkleine wachtkamer in geleid, inge-richt met vierkante, beige banken, pluizige beige tapijttegels en beige geverfde muren. Als je niet al depressief was voor je hier binnenkwam, dan werd je het na vijf minuten wel. Een plant in de hoek heeft de strijd opgegeven, zijn stoffige groene bladeren zijn langzaam bruin aan het worden, zodat ze mooi bij de rest van de kamer passen. Het enige raam is op twee meter hoogte, waardoor je helemaal het gevoel krijgt dat je opgesloten zit. Het doet me denken aan de serie *Prisoner: Cell Blok H.*

Ik negeer de afkeurende blik van Grace en trek een laag koffietafeltje naar de muur toe, klim erop en forceer het raam open. Dan haal ik een Marlboro tevoorschijn en zuig zoveel mogelijk carcinogeen mijn longen in. Net als ik mijn peuk uitdruk, gaat de deur weer open en komt mijn vader bin-nen. Achter hem loopt een man in een witte jas, misschien wel om mij mee te nemen.

51

Mijn vader knikt even naar Grace terwijl ik van de tafel af spring, en kijkt vervolgens dwars door mij heen.

Wauw, pap. Lekker warm welkom voor je verloren dochter.

'Zijn we er allemaal?' vraagt de arts. 'Mooi. Zullen we even gaan zitten?'

'Ik blijf liever staan,' zegt papa stijfjes.

'Oké. Zoals jullie allemaal weten is Catherine erg ziek. Ze heeft op zich het herseninfarct overleefd, maar we kunnen niet zeggen wat de schade is totdat ze weer bij bewustzijn komt...'

Hij begint met zijn ER-jargon, maar bij 'vitale functies' raak ik de draad kwijt. Het is raar om te horen hoe hij mama Catherine noemt, alsof hij het over een kind heeft.

Ik kijk even opzij naar mijn vader. Hij is zo stijf, koppig en onderkoeld dat je zou denken dat hij bij het leger zat. Het is schokkend om te zien hoe oud hij is geworden. Maar ik heb hem dan ook al negen jaar niet gezien: onze ruzie begon al veel eerder dan mijn bonje met alle anderen. Om precies te zijn, eigenlijk zo rond de dag dat ik werd geboren.

'... Meneer Latham, u zult misschien een paar zeer moeilijke beslissingen moeten nemen,' zegt de arts. 'Ik weet dat dit op het moment het laatste is waar u aan wilt denken, maar u kunt maar beter goed voorbereid zijn. We doen uiteraard alles wat binnen onze macht ligt, maar er kan een punt komen waarop u misschien besluit dat het beter is om haar te laten gaan. Als haar naaste verwanten moet u...'

'Pap,' zegt Grace. 'Je laat ze toch niet zomaar de stekker eruit trekken?'

'Heeft Catherine haar wensen ooit aan jullie kenbaar gemaakt?' vraagt de arts. 'Heeft ze een wilsverklaring getekend... een euthanasieverklaring of behandelverbod?'

'Ze is negenenvijftig,' zegt pap. 'Niet eens oud genoeg om met pensioen te gaan.'

'Ik begrijp dat dit heel moeilijk is, meneer Latham, maar als uw vrouw...'

'Pap?' zegt Grace, en ze trekt aan zijn mouw alsof ze weer een kind van vijf is.

'Ik ga nu geen beslissingen nemen,' zegt papa, terwijl hij zich met veel moeite goed weet te houden. 'Ik wil niet dat jullie haar afschrijven. Ze is een vechter. Ze komt hier wel doorheen, dat weet ik zeker. Ik wil dat jullie...'

'Eerlijk gezegd...' zeg ik helder, '... eerlijk gezegd heb jij daar niets over te zeggen, papa.'

Ze schrikken allebei op, alsof ze waren vergeten dat ik er nog was. Voor het eerst sinds hij de kamer in kwam lopen – voor het eerst in negen jaar – draait mijn vader zich om en zíét me.

'Waar heb je het verdomme over?' weet hij uiteindelijk uit te brengen.

O, wat heb ik hier lang op gewacht.

'Mama is bij me geweest vlak voordat ik uit Engeland vertrok, vijf jaar geleden,' zeg ik. Het lukt me niet om de triomfantelijkheid uit mijn stem te bannen. 'Ze heeft me toen iets gegeven. Een volmacht, voor het geval haar iets zou overkomen. Grace en jij zijn niet degenen die mogen beslissen wat er met haar gebeurt. Dat ben ik.'

5

Catherine

Ik voel me prima. De zeurende hoofdpijn waar ik de afgelopen dagen door geplaagd werd is eindelijk verdwenen, net als mijn beginnende keelpijn.

Ik voel me zelfs béter dan prima. Op je negenenvijftigste ben je wel gewend aan allerhande kwaaltjes en pijntjes die elke dag door je lichaam trekken als kwik in een glazen buisje. De ene ochtend is het rugpijn, de volgende dag kun je je knieën bijna niet meer buigen. Maar deze ochtend heb ik nergens last van.

Ik hoor gemompel in de ziekenhuisgang naast mijn kamer. Ik ga rechtop zitten en luister ingespannen. Ik heb zo'n hekel aan al dit gedoe. Ik was gewoon een beetje duizelig, meer niet. David had echt geen ambulance hoeven bellen! Ik kan niet geloven dat het ziekenhuis me heeft opgenomen. Ik ben niet zíék. Waarschijnlijk had ik gewoon de centrale verwarming weer te hoog gezet.

Ik glij uit bed, strijk mijn grijze wollen rok glad en kijk of mijn haar goed zit in het kleine spiegeltje boven de wastafel in de hoek. Ik moet heerlijk hebben geslapen want ik voel me beter dan ik me in weken heb gevoeld. Wat een geluk dat ik een eigen kamer heb, als je bedenkt hoe het tegenwoordig gesteld is met de gezondheidszorg.

De glazen deur zwaait open en ik draai me om, een zuster in iets wat lijkt op een roze pyjama duwt een klein karretje de kamer in.

'Pardon,' zeg ik. 'Weet u misschien waar mijn echtgenoot David is?'

Ze is zo druk bezig met haar andere patiënt dat ze me niet hoort. 'Zo, hoe gaat het vandaag?' vraagt ze aan de vrouw in het bed, terwijl ze naar boven reikt om haar infuuszak te vervangen. 'Je hebt ons even goed laten schrikken. Je familie is er; ze maken zich ontzettende zorgen. Het zou aardig zijn als je even rechtop ging zitten en ze met een glimlach verwelkomt.'

Ze scant het klembord aan het voeteneind en checkt dan de monitors die staan te sissen en te piepen aan de zijkant. Ik wil haar niet van haar werk houden, maar wil mijn echtgenoot nu toch wel heel graag zien. Ik kuch beleefd terwijl ze de bandjes bijstelt die het beademingsmasker op zijn plek houden. 'Sorry dat ik u stoor, maar als u me zou kunnen vertellen waar de receptie is, dan weet ik zeker dat ik hem zelf wel kan vinden.'

Ze moet me hebben gehoord, maar ze kijkt niet op of om. Is ze soms doof? Of gewoon onbeleefd?

'Ik weet het,' verzucht ze vriendelijk, terwijl ze de onbeweeglijke hand van de vrouw recht legt en er zachtjes over aait. 'Als je het kon, zou je wakker worden.'

Ik sta voor de deur. Nu kan ze niet om me heen.

Ze duwt het karretje recht door me heen.

Ik voel me duizelig, alsof ik te dicht bij de rand van een afgrond sta. Het beademingsapparaat sist ritmisch achter me. Het klinkt of er iemand in mijn oor ademt.

Dit is een privékamer, maar er ligt een patiënt in het bed.

Het bed waar ik net uit ben gestapt.

Op de groene bezoekersleunstoel bij het raam heeft iemand met veel zorg een stapeltje kleren opgevouwen: een donkere rok, een roze met grijs gestreepte blouse, een roze trui. De teen van een antracietkleurige panty steekt onder de stapel uit. Onder de stoel staan twee zwarte damesschoenen netjes naast elkaar.

Dezelfde kleren die ik droeg toen ik het ziekenhuis binnenkwam. De kleren die ik nu nog draag.

Je zou denken dat ik bang was, maar dat ben ik niet. Ik weet dat ik niet dood ben. Dat zie ik aan de machines. Ik sta aan het voeteneind van het bed en kijk naar mezelf. De ene ademt voor me, de andere meet elke hartslag. Ik ben niet dood. Maar ik ben ook niet híér.

Aan mijn hals – de hals van de vrouw in het bed – glinstert het gouden kruisje dat ik van mijn moeder heb gekregen. Ik heb het sinds haar sterfdag, zeventien jaar geleden, niet meer afgedaan. Mijn hand gaat automatisch naar mijn keel, en sluit zich om zijn weerkaatsing. Hij voelt echt aan – ik voel echt aan.

Ik weet niet of ik binnenkort doodga. Ik weet niet of ik een tunnel met een wit licht zal zien; of dat ik nog... terug kan... mijn lichaam in. Ik weet niet hoelang ik heb om te kiezen, en of ik dat überhaupt wel zelf in de hand heb. Maar als ik doodga, moet ik eerst David zien.

De deur zwaait weer open; je zou denken dat een geest niet kon opspringen, maar toch doe ik het.

De zuster is terug, met de arts. Achter hen aan loopt mijn gezin. David, Grace en Tom had ik wel verwacht, maar ik schrik als ik Susannah zie. Ik dacht dat ik de enige was die ook maar wist waar mijn jongste dochter te vinden was. Ze belt me ongeveer eens in de zes weken, en dan maak ik geld aan haar over. Dit heb ik David uiteraard nooit verteld.

Grace moet haar hebben opgespoord en over hebben laten komen. Dat zou betekenen dat ik langer ziek ben dan ik dacht. Hoeveel dagen lig ik hier al? Wat is er met me aan de hand?

Ik roep hun namen, maar ze horen me uiteraard niet.

O, David. Hij ziet er moe en aangedaan uit, zoals hij daar staart naar de vrouw die in het bed ligt. Ik raak zijn gezicht aan, maar hij voelt me niet. En wat erger is, ik kan hem niet voelen. Mijn vingers aaien zijn wang maar het lijkt alsof ik over lucht strijk.

Hij pakt de hand van zijn vrouw vast, en plotseling verlang ik er wanhopig naar om zijn aanraking te voelen. Ik sluit mijn ogen en beveel mezelf om terug te keren naar mijn eigen lichaam. Ik doe ze open, en ik ben nog steeds op dezelfde plek, in de tussenwereld.

Deze gedachte leidt me heel even af. Is dat waar ik ben? De tussenwereld?

Allerlei frasen uit mijn godsdienstlessen van de lagere school komen ineens weer terug. *De Tussenwereld is de grens tussen Hemel en Hel waar de zielen ronddolen aan wie, hoewel ze niet tot straf zijn veroordeeld, het geluk van het eeuwige leven met God onthouden wordt.* Maar dat gaat over kinderen die nooit gedoopt zijn, of die leefden voor Christus geboren was, niet over volwassen, belijdend katholieken zoals ik.

Geen tussenwereld dus. Maar… misschien het vagevuur.

Het vagevuur. Voor hen die boete moeten doen voordat ze vergeven kunnen worden. Het is niet meer van deze tijd om het over het vagevuur te hebben; tegenwoordig gaat het allemaal om tolerantie en houden van de zondaar, en anders wel van de zonde zelf. Maar dat wil niet zeggen dat het vagevuur niet bestaat. Is er iets wat ik moet rechtzetten voor ik door kan? Iets waar ik nog voor moet blijven?

Ik kijk naar mijn dochters, ieder aan een kant van het bed,

zelfs nu zijn ze niet in staat om nader tot elkaar te komen. Ik kijk naar mijn man, die al negen jaar niet met zijn jongste kind heeft gesproken.

Ik ben klaar om te sterven. Ik sta niet te springen, absoluut niet, maar ik ben er klaar voor. Ik geloof dat God op me wacht. Ik heb het geluk gehad dat ik liefde heb gekend in mijn leven; de liefde van een goede man en de liefde van mijn kinderen. Veel meer valt er over mij eigenlijk niet te zeggen; ik heb geen carrière opgebouwd of de wereld veranderd. Ik vond het heerlijk om thuis te zijn en voor mijn gezin te zorgen. Ik denk dat meisjes het tegenwoordig veel moeilijker hebben, ondanks hun wasmachines en dure kleren. Al die keuzes. In mijn tijd was het zoveel makkelijker, toen wist je wat er van je verwacht werd en hoe je dat moest geven.

David redt zich wel zonder mij. Hij zal verdrietig zijn, uiteraard, maar dat hoort erbij. En dan zal hij erbovenop komen en de rest van zijn leven leven, en zo hoort het ook.

Maar ik maak me zorgen om Susannah. Zij heeft me nog steeds zo hard nodig.

Ik volg haar terwijl ze naar het raam loopt en de luxaflex met een vinger omhooghoudt om erdoorheen te kijken. Ik kan zien dat ze snakt naar een sigaret. Zachtjes aai ik haar over haar haren, hoewel ik weet dat we het allebei niet kunnen voelen. Toen ze klein was had ze zulke mooie blonde krullen. En moet je nu zien: dikke, doffe rattenstaarten die bijna tot over haar billen hangen, naar achter gebonden met een oud elastiekje. En hoe ze zich kleedt. Als een emoe, zo zegt Grace, zo heet dat. O nee, een *emo*, dat is het. Alles zwart en lelijk. Als je nagaat hoe voorzichtig ik met haar was als baby, bij elk schrammetje was ik bang voor een litteken. En moet je nu zien: al die lelijke tatoeages en die stukken ijzer in haar gezicht. Ze loopt erbij als een natte krant. Waarom zou zo'n mooi meisje zichzelf zo willen toe-takelen?

Dan zie ik hoe ze kijkt wanneer David zijn arm om Grace heen slaat. Grace, onze perfecte dochter; de dochter met wie het zo goed gaat, de dochter waar we trots op kunnen zijn. Zo'n sieraad voor haar ouders.

Het lijkt wel alsof het nooit in David is opgekomen dat als we met de eer willen strijken voor Grace, we ook de schuld voor Susannah op ons moeten nemen.

'Dit is bizar,' zegt Susannah plotseling, en ze wijst naar het bed. 'Kijk nou. Je ziet gewoon dat ze er niet is.'

'Hou op,' snauwt Grace. 'Natuurlijk is ze er wel.'

Typisch Grace. Altijd denken dat als ze iets maar graag genoeg wil, ze het wel voor elkaar krijgt. Dat geldt mis-schien voor examens halen of toegelaten worden tot Oxford, maar niet voor het leven. Ze heeft nog een zware les te leren.

Ze vraagt te veel van zichzelf. Ze is zo dún geworden. Ze eet niet goed. Ik weet dat zij en Tom proberen om een kind te krijgen, maar ze moet beter voor zichzelf zorgen als ze wil dat dat lukt. Ze zou een voorbeeld aan Susannah moeten nemen en proberen om zich wat meer te ontspannen. Ik weet hoe trots David erop is dat ze op hem lijkt, maar een carrière is niet alles. Ik heb me prima gered zonder.

Tom legt een hand op haar schouder om haar te onder-steunen. Als je hen nu zo ziet, lijken ze het perfecte stel, hoewel ik daar nooit zo zeker van ben geweest. Ze hebben hun leven perfect voor elkaar, maar dat is niet bepaald het-zelfde.

Maar dan nog: Grace wordt omringd en ondersteund door haar echtgenoot en haar vader. En Susannah heeft niemand.

We hebben Susannah alleen verwekt omdat David, ooit een eenzaam enig kind, een speelkameraadje wilde voor Grace.

Al voor ze geboren was, was haar bestaan ondergeschikt aan dat van haar zus.

In tegenstelling tot mijn eerste zwangerschap, had ik het heel moeilijk toen ik in verwachting was van Susannah. Ze hadden het medicijn van de markt gehaald waardoor ik Grace had gekregen, en daardoor maakte ik me continu zorgen dat ik de baby zou verliezen. Ik was de hele tijd moe, had verschrikkelijke last van ochtendmisselijkheid, sliep slecht en mijn bloeddruk was de ene keer hoog en de andere keer laag. Grace was thuis geboren met alleen een vroedvrouw erbij, maar dat zou bij Susannah overduidelijk niet gaan lukken.

Uiteindelijk braken mijn vliezen vijf weken te vroeg. Na een pijnlijke bevalling van veertien uur kwam Susannah in foetale nood en moest ze worden gehaald met de verlostang. Ik bloedde hevig. Er werd me verteld dat ik geen kinderen meer zou kunnen krijgen. Geen zoon om de familienaam door te geven.

Al vanaf het begin had David lang niet zo'n sterke band met de nieuwe baby als met Grace. Hij pakte haar zelden op als ze huilde, en stond erop dat ze in haar eigen bed sliep in plaats van het onze. Hij maakte alleen foto's van haar wanneer Grace haar vasthield. Mijn moeder beweerde dat dat niet meer dan normaal was, volgens haar vonden alle mannen baby's saai, maar ik kon me nog goed herinneren hoe gek hij was geweest met Grace toen zij net geboren was, en dat was echt niet alleen omdat hij voor het eerst vader was geworden. Hij was helemaal verknocht. Te erg zelfs, volgens mijn moeder. Hij stond 's nachts op om naar Grace te kijken, troostte haar toen haar tandjes doorkwamen en wreef over haar ruggetje als ze krampjes had. Hij nam haar zelfs mee naar zijn werk toen ze net negen maanden was.

Grace daarentegen was ontzettend gelukkig met de nieuweling; Susannah werd een maand voor haar derde verjaardag geboren, waardoor ze oud genoeg was om haar nieuwe taak van grote zus heel serieus te nemen. Ze vond het heerlijk om haar samen met mij in bad te doen of te voeren, door voorzichtig wat geraspte appel met een lepel in Susannah's kleverige glimlach te stoppen. Haar eigen mond ging automatisch mee open en dicht, precies zoals moeders over de hele wereld hun baby's onbewust nadoen.

Maar Grace merkte hoe Davids onverschilligheid overging in een koele afstandelijkheid en sloot zich uiteindelijk als vanzelfsprekend aan bij haar vader. Ze hield nog steeds van haar zus, maar de liefde werd getemperd door een vaag gevoel van afkeuring; zelfs al voor er daadwerkelijk iets was om af te keuren. Dit heb ik David altijd moeilijk kunnen vergeven.

Ik had gehoopt dat de verdeeldheid in mijn gezin, met David en Grace aan de ene kant en Susannah en ik aan de andere, uiteindelijk vanzelf zou verdwijnen. Maar toen Susannah vier was werd ze plotseling ziek, en op dat moment begreep ik dat er nooit iets zou veranderen.

David kijkt me recht aan; dat zou hij tenminste doen als hij me kon zien. Zijn ogen zijn nog droog, maar ik kan aan de spanning in zijn mondhoeken zien dat het hem moeite kost. David huilt vaak, in het geheim, iets wat zijn dochters zich niet zouden kunnen voorstellen, maar ik kan me niet herinneren wanneer hij voor het laatst in het openbaar gehuild heeft. Misschien op zijn moeders begrafenis.

Hij knijpt in Grace haar schouders. 'Waarom altijd maar Grace?' roep ik gefrustreerd en met tranen in mijn ogen, hoewel ik weet dat hij me niet kan horen. 'Wat heeft Susannah toch gedaan waardoor haar eigen vader niet van haar kan houden? Zij is ook je dochter! Waarom kun je het verleden niet laten rusten?'

Hij draait zijn hoofd abrupt om. Ik weet niet of dit toeval

is, of dat ik hem op de een of andere manier heb weten te bereiken.

De arts kucht om hun aandacht te trekken, en het moment is voorbij. 'Jullie moeder is niet in staat te reageren, maar het kan zijn dat ze jullie wel hoort,' zegt hij. 'Het helpt als jullie vrolijk tegen haar praten, haar aanmoedigen. Het is belangrijk dat ze weet dat jullie er zijn.'

'Ik wil graag even alleen met haar zijn,' zegt David.

'Pap…'

'Alsjeblieft, Grace. Ga maar gewoon even naar de wachtkamer. Ik kom je wel halen als ik er klaar voor ben. Ik wil graag even alleen met je moeder praten.'

Susannah en Grace buigen zich over het bed, en ik sluit mijn ogen en probeer me voor te stellen dat hun lippen mijn huid raken. Ik weet nog hoe ze roken als baby; die warme, desemachtige mix van melk en talkpoeder. Ik ben nog niet klaar om weg te gaan. Niet nu Susannah me nog zo hard nodig heeft.

Terwijl de deur dichtgaat, trekt David een harde zwarte plastic stoel naar het bed en zakt erin neer.

'Ik ga je niet laten afschrijven,' zegt hij fel. 'Ik zal je hoe dan ook niet laten gaan.'

'Dat weet ik,' zeg ik. 'En dat is precies waarom ik mijn volmacht aan Susannah heb gegeven.'

Hij pakt mijn slappe hand, voorzichtig vanwege het infuus, en streelt hem zachtjes. 'Ga niet bij me weg, Cathy. Ik weet dat ik het niet vaak genoeg zeg, maar ik hou zoveel van je. Al vanaf het moment dat ik je zag, daar op het eind van de pier. Je liet de hele wereld stralen.'

Hij houdt met moeite een snik binnen. Ik sla mijn armen van achteren om hem heen en leg mijn wang tegen de zijne. Er gaat een huivering door hem heen en hij raakt zijn schouder aan, het lijkt bijna alsof hij me kan voelen.

'Ik hou ook van jou,' fluister ik. 'Meer dan je denkt. Ik wil je niet alleen laten. Als ik terug kan komen, dan doe ik dat. Maar er is iets wat ik eerst moet doen.'

Door de glazen deur zie ik dat de verpleegkundige er weer aan komt. Ik ga staan en zodra de deur open glijdt, glip ik langs haar heen. Misschien kan ik wel door muren lopen, zoals een goede geest betaamt, maar ik geloof niet dat ik al klaar ben om dat uit te proberen.

Ik kijk nog een keer om naar David. Ik zou zo graag bij hem willen blijven, maar ik heb geen keus.

Ik slaak een diepe zucht en ga op zoek naar mijn dochters.

6

Grace

Er klinkt muziek vanachter de tuinmuur wanneer ik mijn lage BMW-sportwagen achter het huis parkeer. Het was een cadeautje aan mezelf voor mijn vijfendertigste verjaardag en ik weiger hem weg te doen, zelfs niet voor Toms groene zaak. Ik stap uit, huiver even in de frisse lentelucht en onderdruk een plotseling gevoel van verbittering.

Drie weken. Ze is hier nog maar drie weken en in die tijd heeft ze voor elkaar gekregen wat mij in vijf jaar nooit gelukt is.

Zodra ik het hek door ben en naar de keuken loop, hoor ik de schaterlach van een man in de tuin. Ik wil niet dat meisje zijn dat jaloers op haar zus is, omdat die het waagt lol te hebben. Ik wil niet kinderachtig en bekrompen zijn. Maar dit is míjn huis, in míjn dorp; dit zijn míjn vrienden. Ik woon hier al vijf jaar. In minder dan een maand heeft Susannah ervoor gezorgd dat ik me een indringer voel, een figurant in mijn eigen leven.

Tom heeft de tuindeuren opengezet en de verwarming op zonne-energie aangezet, zodat de serre aan de kant van de achteroprit open is. Ik blijf even staan kijken in de schaduw, waar niemand me kan zien.

Mijn zus bevindt zich zowel in het middelpunt van de tafel als van de aandacht, zoals gewoonlijk. Aan haar ene kant zit Tom en aan de andere Blake. Claudia voert een serieus gesprek met onze buurman Paul, terwijl diens partner Ned iedereen wijn inschenkt. Ik zie hoe Blake ze trakteert op een of ander grappig roddelverhaal uit de modellenwereld waartoe hij dankzij zijn avant-gardistische fotografie onbeperkt toegang heeft. Hij zit naar mijn zus te staren, dat is zelfs van deze afstand duidelijk. Zelfs al kan ik zijn gezicht niet zien. Misschien is dat waarom Paul Claudia zo zorgvuldig afleidt.

Blake is een versierder in hart en nieren. In tegenstelling tot Tom valt het hem altijd op wanneer ik naar de kapper ben geweest of een nieuwe jurk aanheb. Zijn hand blijft altijd een fractie van een seconde te lang op mijn rug liggen als hij me laat voorgaan bij een van de vele etentjes die we zo vaak met zijn vieren hebben. Maar zijn geflirt met mij gaat automatisch, het is een ingebouwde reflex. Bij mijn zus is het een heel ander verhaal. Hier gaat het om iets donkerders, iets primitievers. Ze haalt het slechtste in mannen naar boven.

Het is je zus, Grace. Ze heeft je nodig. Waarom probeer je haar geen kans te geven?

Het lijkt wel of mijn moeder naast me staat, zo duidelijk kan ik haar horen. Met een zucht stap ik uit de schaduw.

'Grace!' roept Tom. Hij staat op van tafel en geeft me een kus op mijn wang. 'We dachten al dat je nooit meer terug zou komen.'

'Sorry, ik had even moeten bellen. Die zaak Baxter waar ik je over vertelde – nou, de rechter heeft het verzoek om uitstel afgewezen, dus we hebben minder dan vier weken om alles voor te bereiden. Het is een zware dag geweest, zoals je je voor kunt stellen.' Ik dwing mezelf om wat vrolijker te klinken. 'Hebben jullie een feestje?'

Hij draait ongemakkelijk heen en weer. 'Claudia en Blake kwamen langs, en toen vroeg Susannah of Ned en Paul ook wilden komen.'

'Dat is prima, Tom. Je hoeft het niet uit te leggen.'

'We hebben Chinees besteld, er is nog wat over.'

'Ik heb geen honger.'

'Ik zal even een glas voor je pakken. Er is rood en wit open...'

'Eerlijk gezegd ben ik een beetje moe, Tom. Ik denk dat ik naar bed ga.'

'Kom op, Grace!' roept Susannah ineens. 'Niet zo flauw. Kom erbij.'

'Nee, echt niet.'

'Ach, toe nou. Mens, durf te leven!'

'Er zijn mensen die de volgende ochtend moeten werken,' zeg ik venijnig.

'Er zijn ook mensen die weten wat voor dag het is,' zegt ze met een zelfgenoegzame glimlach.

'Het is morgen zaterdag, Grace,' zegt Claudia vriendelijk. 'Kom, neem een glas. Daar ontspan je van.'

Probeer af en toe eens een voorbeeld te nemen aan je zus, Grace. Lach eens wat vaker. Het staat je zoveel beter dan dat zure gezicht.

Ik druk mijn moeders stem weg uit mijn hoofd. Claudia heeft gelijk. Ik moet een beetje ontspannen.

'Misschien zou ik wel een glaasje kunnen gebruiken,' zeg ik en ik trek een stoel bij. 'Die scheiding waar ik aan werk zou iedereen naar de fles doen grijpen. De vrouw heeft miljoenen gehamsterd, maar niemand weet waar, en haar man kan er niet bij.'

Blake buigt over me heen om de fles wijn te pakken.

'Claudia probeert je zus over te halen om een tatoeage bij haar te zetten. Wat denk jij dat ze zou moeten nemen?'

'Mag je überhaupt wel een tatoeage laten zetten als je zwanger bent?' vraagt Ned.

Blake grijnst. 'Het is een goeie voorbereiding op de bevalling. Je had haar moeten horen krijsen toen ze de tweeling kreeg. Een beetje pijn voor ze er weer aan moet zal haar goeddoen. Wordt ze hard van.'

Claudia stompt tegen zijn arm. 'Probeer jij maar eens een watermeloen uit te poepen. Eens zien hoe je dan piept.'

Ik neem een grote slok wijn.

'Ik zit er sowieso over te denken om te stoppen met tatoeëren,' zegt Susannah.

Blake kijkt verrast. 'O? Wat ga je dan doen?'

Mijn zus leunt met haar ellebogen op tafel, waarmee ze Blake een onbelemmerd uitzicht op haar borsten gunt, plus het voorrecht om in haar blauwe ogen te kijken, warm en uitnodigend als de Caribische Zee. Hij kan zijn ogen niet van haar afhouden.

'Lapdancing,' zegt ze met een stalen gezicht.

Het zou na al die jaren niet meer moeten steken, en toch doet het dat. Er heeft nog nooit een man naar mij gekeken zoals Blake nu naar Susannah kijkt. Zelfs Tom niet.

Het is niet eens alleen het feit dat ze mooi is, wat absoluut het geval is, zelfs met al haar tatoeages en piercings. Ze heeft een gevaarlijke, onverschrokken charme waardoor je naar haar toe gezogen wordt; Tom noemt haar altijd een klein duiveltje. Ze is grappig en sexy en leuk; niet alleen mannen vinden haar onweerstaanbaar, maar vrouwen ook. Ze willen in haar buurt zijn, alsof ze hopen dat er dan iets van haar charme op hen afstraalt.

Ik ben niet mooi. Ik ben niet eens leuk om te zien; met veel moeite ben ik enigszins aantrekkelijk. Dat weet ik. Ik weet ook dat uiterlijk niet belangrijk zou moeten zijn. Maar dat is hetzelfde als te horen krijgen dat geld niet gelukkig maakt: de enige mensen die dat werkelijk geloven, zijn diegenen die het hebben. Lelijk zijn, zeker als je jong bent, is iets wat je moet ondergaan om te weten hoe ellendig het is. Die praatjes over dat ware schoonheid van binnenuit komt zijn allemaal leuk en aardig, maar het is gewoon zo dat het als puber, en ook in de rest van je leven, wél belangrijk is. Het is zelfs het enige wat telt, en als je het niet hebt, ben je inferieur, wat je verder ook doet.

Mijn moeder heeft ooit, onder druk, toegegeven dat mijn zus mooier was dan ik. Ze omschreef het daarna vlug met woorden als *opvallend* en *knap* en *een intelligent gezicht*, maar alles wat ik hoorde was dat mijn zus mij overtrof in het enige wat telde.

Natuurlijk kunnen dingen veranderen. Ik leerde hoe ik me moest kleden, hoe ik behendig als een tovenaar mensen kon afleiden met gevatte opmerkingen, chique accessoires en hippe vrienden. Door succes ga je er beter uitzien, net als door geld. Als je die twee dingen hebt, word je een ander persoon. Maar zodra Susannah in de buurt is, ben ik weer dat meisje van zeventien, onelegant, lelijk en ongeliefd.

'Susannah heeft geen baantje nodig,' zeg ik plotseling. Ik sla mijn glas wijn achterover. 'Ze blijft niet meer zo lang.'

Het komt er gemener uit dan de bedoeling was, maar ik neem het niet terug. Ik ben net thuis na een vreselijke veertienurige werkdag, na een hele week van alleen maar veertienurige werkdagen, ik ben uitgeput en gestrest en ik maak me zorgen, zoveel zorgen, om mijn moeder. En Susannah zit hier blakend en ontspannen, terwijl ze continu mijn kleren leent en ze kapot weer teruggeeft, natte handdoeken op de badkamervloer laat rondslingeren, geld steelt uit mijn portemonnee, mijn telefoonoplader kwijtmaakt, rookt in de woonkamer hoewel ik haar heb gevraagd dat niet te doen, gaten in de bank brandt met haar sigaretten, Toms vijfentwintig jaar oude whisky opdrinkt, urenlang met Amerika aan de telefoon zit, mijn computer laat crashen, een deuk in Toms auto rijdt, de man van mijn beste vriendin verleidt en...

... en ja, ik weet dat ik klink als een puber, *dat weet ik*, maar Susannah gedraagt zich als een puber.

'Grace!' roept Tom uit.

'Nou, ze kan hier toch zeker niet eeuwig blijven. Haar eigen leven wacht op haar. Haar werk. Ik weet zeker dat ze niet kan wachten om de zon weer op te zoeken.'

'O ja, Grace. Nu we het er toch over hebben. Over het feit dat ik hier logeer, bedoel ik,' zegt Susannah aarzelend. 'Ik heb een klein probleempje met mijn visum. Ik weet zeker dat het in orde komt, maar het kan misschien even duren...'

'Wat voor probleem?'

'Nou, als ik terugga, word ik het land uitgezet. Maar ik weet zeker dat ik het zo opgelost heb,' voegt ze er haastig aan toe. 'Het is alleen een kwestie van even wat formulieren invullen.'

Ze glimlacht uitdagend. *Ze wist hiervan*, besef ik ineens. Ze wist het al voordat ze uit Florida vertrok. Ze heeft me haar laten smeken om naar huis te komen, me haar vlucht te laten betalen en haar bij me te laten logeren, terwijl ze dit wist. En ze vertelt het me uitgerekend nu, waar mijn vrienden bij zijn, omdat ze weet dat ik er dan niks van kan zeggen.

Ik had het kunnen weten. *Ik had het kunnen weten*.

Toms kalmerende hand ligt op mijn arm. 'Ik weet zeker dat het allemaal in orde is tegen de tijd dat Catherine het ziekenhuis uit komt, Grace. De artsen weten nog steeds niet wanneer ze bijkomt. Tot die tijd kan Susannah sowieso niet weg.'

'We zoeken wel iets om haar bezig te houden,' glimlacht Claudia, 'ook al is dit dorpje waarschijnlijk nog niet helemaal klaar voor een tatoeageshop.'

'Al die ontwerpen die je maakt,' vraagt Paul. 'Heb je op de kunstacademie gezeten of heb je het jezelf aangeleerd?'

'Susannah heeft op de Slade gezeten,' zegt Tom, dankbaar gebruikmakend van de verandering van onderwerp. 'Een jaartje of twee, toch?'

'Ik ben er aan het eind van mijn eerste jaar mee gekapt,' zegt Susannah terwijl ze haar schouders ophaalt.

'O ja. Toen raakte je zwanger van Davey, toch?' zeg ik.

Ned pakt de fles wijn en schenkt zijn glas nog een keer vol. 'Ze zou eens met Michael moeten praten. Denk je niet, Paul? Dat is een kunstenaar, hier uit het dorp,' legt hij uit en hij kijkt naar Susannah. 'Heel getalenteerd. Hij barst van de contacten in Oxford. Hij zou je misschien wel aan een baantje kunnen helpen in een galerie of zo, mocht je hier nog een poosje blijven.'

Mijn hand trilt terwijl ik mijn glas aan mijn lippen zet. Ze is haar web nu al aan het spinnen, ze werkt zich naar binnen in hun leven, of ze het doorhebben of niet. Ik heb voor haar reis naar huis betaald omdat ik vond dat ik dat moest doen, omdat ik haar zus ben, omdat ik, ondanks alles, van haar hou en er niet aan zou moeten denken dat ze haar moeder zou kwijtraken zonder de kans om afscheid te nemen. Maar nu wilde ik dat ik haar nooit had gebeld.

'Ga je nog op bezoek bij Davey en Donny, nu je hier bent?' vraag ik, veel te hard. 'Of heb je het te druk met alles om even langs te gaan bij je zoons?'

'Het gaat niet om wat ik wil, Grace,' zegt Susannah koeltjes. 'Het gaat om wat het beste voor ze is.'

Ik kan een spottend proestje niet onderdrukken. 'Sinds wanneer is dat belangrijk?'

'Daar wil ik het nu niet over hebben. Als je zelf kinderen had, zou je het begrijpen.'

Het overvalt me elke keer weer even plotseling. De pijn. Ik heb geleerd de openlijke valkuilen te vermijden – ik steek de straat over zodat ik niet langs de winkel met babykleren hoef, ik regel mijn uitstapjes zo dat ik de school niet uit zie gaan, maar ik word nog steeds honderd, duizend keer per dag overvallen. Een op straat verloren speen. Een zwangere vrouw in de metro. Een schreeuwend kind in de rij van de supermarkt, een tv-reclame voor Pampers, een folder over gezinsverzekering in de brievenbus. Elke keer is het even pijnlijk en bitter en nieuw als toen ik de spreekkamer van dokter Janus uitkwam.

'Als ik zelf kinderen had,' roep ik, 'zouden ze de afgelopen vijf jaar niet bij volstrekte vreemden hebben gewoond terwijl ik mijn tijd doorbracht met het neuken van alles wat een broek aanheeft.'

Deze keer is het volkomen stil.

'Grace...'

'Kom nou toch, Tom!' roep ik en ik keer me woedend tegen hem. 'Je gaat me toch niet vertellen dat je goedkeurt wat ze heeft gedaan! Ze heeft die jongens in de steek gelaten! Ze is bij ze weggegaan; ze heeft ze bij de pleegzorg gedumpt, zodat zij lekker met haar nieuwe vriendje naar Amerika kon. Ze is hier al weken en ze heeft nog niet één poging ondernomen om ze te zien!'

'Grace, hier kunnen we het beter een andere keer over hebben.'

Susannah staart naar de tafel, alsof ze hevig gefascineerd is door de houttextuur. Haar gezicht ziet bleek, met twee felrode vlekken op haar wangen.

Mijn woede verdwijnt even snel als hij gekomen is. Ik voel me beroerd.

Ik sta op en lach stijfjes. 'Het spijt me. Vinden jullie het heel erg als ik me terugtrek? Ik denk dat ik een kop thee voor mezelf maak en mijn bed in duik. Ik heb echt ontzettende hoofdpijn.'

Eenmaal in de keuken leun ik tegen het aanrecht en doe mijn ogen even dicht. Ik schaam me dood. Hoe kon ik dat nou zeggen? Zelfs al is het waar, hoe kon ik dat nou zeggen waar iedereen bij was? Wat is dat toch met mijn zus, dat ze altijd het slechtste in me naar boven haalt?

Het is jouw schuld niet. Ze zal het heus wel begrijpen wanneer je haar alles eenmaal hebt uitgelegd. Ze weet dat ze slechte keuzes heeft gemaakt. Alles wat ze wil is een tweede kans.'

'O mam,' fluister ik. 'Waarom ben je er niet als ik je nodig heb?'

Dit gaat niet om Susannah, niet echt in elk geval. Ik vind wat ze gedaan heeft verschrikkelijk, maar ik hou van haar, echt waar. Maar door haar word ik geconfronteerd met alles wat ik ben kwijtgeraakt; met alles wat ik nooit zal kunnen hebben. Dat ze haar moederschap zo achteloos bij het vuil heeft gezet, kan ik gewoonweg niet verkroppen.

'Wat is er aan de hand, Grace?' vraagt Claudia zachtjes vanuit de deuropening.

Ik druk mijn handpalmen tegen mijn ogen. 'Ik ben gewoon moe. Ik moet naar bed.'

Claudia pakt de ketel uit mijn handen. 'Grace, ik weet hoe je je voelt. Ik reageer precies hetzelfde als mijn broer er is. Susannah is interessant en anders, maar ze is niet jou.'

Het is geen wedstrijd. Dat maak je er zelf van.

Ik grinnik even. 'Je lijkt mijn moeder wel.'

'Ik weet hoe moeilijk dit voor je moet zijn. Jij en Catherine hadden zo'n goede band...'

'Hébben zo'n goede band. We hébben zo'n goede band.'

Ze bloost. 'Ja, natuurlijk. Ik bedoelde ook niet... sorry.' Ze twijfelt even. 'Grace, is er misschien iets anders? Iets wat je voor me verzwijgt? Ik wil me nergens mee bemoeien, maar je lijkt al een paar weken niet helemaal jezelf. Als het iets is met Tom, dan weet je dat je het bij me kwijt kunt. Ik zal er ook niet met Blake over praten.'

'Er is niets met Tom.' Ik bijt op mijn lip. 'In elk geval niet op de manier die jij bedoelt.'

Claudia wacht af. Ze heeft het buitengewone vermogen om je het idee te geven dat je alle tijd van de wereld hebt, dat jij op dit moment de enige persoon in haar leven bent die er werkelijk toe doet.

'Ik heb het je niet verteld,' zeg ik. 'Ik kon het niet... Ik wilde wel, maar ik kon het niet. Ik was er zo van overtuigd dat ik het kon oplossen... en toen lukte het niet, maar jij was zwanger... hoe had ik het je toen kunnen vertellen, daarmee zou ik alles voor jou toch verpesten?'

Ze slaat haar armen om me heen en eindelijk komt alles eruit, snikkend op haar schouder: het wachten, de tests, de harde, onontkoombare waarheid dat ik nooit een kind van mezelf zal hebben. Na al die weken van opkroppen en proberen om Tom niet met mijn verdriet op te zadelen omdat hij het al druk genoeg heeft met zijn eigen verwerking, is het zo'n opluchting om het eindelijk bij iemand kwijt te kunnen.

'Had het me maar verteld,' verzucht Claudia, als ik eindelijk klaar ben en aangeland bij het stadium van uitgeput nahikken. 'Wat vreselijk dat je dit in je eentje hebt moeten doormaken.'

'Ik had Tom.'

Ze geeft me een doos tissues. 'Dat is waar. Je had Tom. En wat ga je nu doen? Adopteren?'

'Nee. Ik neem een kat. Een heleboel katten. Ik word het kattenvrouwtje dat stinkt naar pies en ik zal alleen sterven, met mijn katten. Kinderen zullen snel de straat oversteken als ze me aan zien komen.'

'Dat doen ze al! Grace,' zegt ze, zachtjes, om er zeker van te zijn dat ik luister, 'Grace, je weet dat ik een kind voor je zou baren als je me dat zou vragen. Nadat de huidige bewoner het pand heeft verlaten, uiteraard,' voegt ze eraan toe, met een blik op haar buik. 'Dat meen ik echt. Dat weet je toch, hè?'

Eén ogenblik lang ben ik te ontroerd om een woord uit te brengen.

Ik snuit hard mijn neus. 'Vergeet het maar. Zo'n oud besje als jij zullen ze nooit toestaan om draagmoeder te worden. Je wordt veertig deze kerst. Die eitjes van jou lopen al bijna met een rollator.'

'Ik maak anders prachtige baby's, hoor,' zegt Claudia quasi-verontwaardigd.

'Ja, dat is waar.'

Ze knijpt even in mijn hand. 'En jij bent een prachtige peet-tante.'

Ik sta op het punt een gevatte opmerking terug te maken, iets over koetsen en paarden en goede petemoeien, maar ik word afgeleid doordat ik iets zie bewegen in de donkere gang. Mijn zus staat met haar rug naar me toe. Ze staat op haar tenen, haar korte zwarte rokje, míjn zwarte rokje, zie ik nu, kruipt omhoog terwijl ze haar armen om iemands hals heeft geslagen. Ze houdt haar hoofd schuin, en kust hem.

En de man die haar terugkust is Tom.

7

Susannah

Grace is echt pissig op me. Dat zie ik altijd gelijk. God mag weten waarom: dit zijn verdomme toch zeker allemaal haar vrienden. Je zou denken dat ze blij zou zijn dat ik dit feestje heb georganiseerd. Als het aan haar lag, zou ze helemaal geen sociaal leven hebben.

Ze slaat haar wijn achterover en kijkt me woedend aan over de rand van haar glas. Ik negeer haar en richt mijn blauwe kijkers op Blake.

'Ik zit er sowieso over te denken om te stoppen met tatoeëren,' zeg ik en gun hem op een blik op mijn decolleté.

Hij slikt. 'O? Wat ga je dan doen?'

'Lapdancing,' zeg ik met een stalen gezicht.

Ik zou een mooie paaldans om Blake's pik kunnen doen, als ik zijn gezichtsuitdrukking zo zie. Ik hoef maar met mijn vinger te knippen en hij komt in een drafje achter me aan hollen, of zijn prachtige vrouw nou zwanger is of niet. Mannen. Ze zijn ook allemaal hetzelfde.

Grace' ogen boren zich in de mijne. Jezus, ze is zo'n ontzettende zeikerd.

Ze ziet eruit alsof ze een bezemsteel in haar reet heeft zitten en als ze nog iets harder in dat glas knijpt, knapt het uit elkaar. Het is toch niet mijn schuld dat ze geilt op Blake; niet dat ze dat ooit toe zal geven. Ik wil haar niet voor de voeten lopen, maar hij zou in geen miljoen jaar naar haar kijken. Ze is gewoon totaal niet zijn type. Zelfs al zou ze een keertje roekeloos doen en met haar benen wijd gaan, wie zou er nou een avontuurtje willen met zo'n brave tuthola? Blake krijgt thuis ongetwijfeld al zijn portie aan missionarisstandjes en gezeik over niet doorslikken.

'Susannah heeft geen baantje nodig,' gooit Grace er plotseling uit. 'Ze blijft niet meer zo lang.'

O jee.

'Grace!' roept Tom.

'Nou, ze kan hier toch zeker niet eeuwig blijven. Haar eigen leven wacht op haar. Haar werk. Ik weet zeker dat ze dolgraag de zon weer op wil zoeken.'

'O ja, Grace,' zeg ik, en ik bid dat ze niet helemaal over de rooie zal gaan. 'Nu we het er toch over hebben. Over het feit dat ik hier logeer, bedoel ik. Ik heb een klein probleempje met mijn visum...'

Slim van me om het haar te vertellen waar iedereen bij is. Grace heeft het altijd door wanneer ik de boel belazer. Ze zou me zo de straat op hebben gepleurd als we alleen waren geweest. Maar omdat haar vrienden erbij zijn, zegt ze niets. Arme, sneue Grace. Altijd maar aardig gevonden willen worden.

Tom en Claudia doen een heldhaftige poging om het gesprek in rustiger vaarwater te krijgen, maar het is een verloren zaak. Ik zet me schrap. Er is veel voor nodig om mijn zus haar zelfbeheersing te laten verliezen, maar als het eenmaal zover is, flipt ze echt finaal.

'Susannah heeft op de Slade gezeten,' zegt Tom enthousiast. 'Een jaartje of twee, toch?'

Ik maak mijn pakje sigaretten open. 'Ik ben er aan het eind van mijn eerste jaar mee gekapt.'

'O ja. Toen raakte je zwanger van Davey, toch?' snauwt Grace.

De trut. Dat had echt niet iedereen hoeven te weten. Die baby heeft me mijn carrière gekost.

Ik zou nooit zwanger zijn geworden als Brady niet zo had lopen zeuren dat hij vader wilde worden, en dat we van die mooie kinderen zouden krijgen. Oké, hij heeft misschien niet letterlijk gezegd dat hij wilde dat ik met de pil zou stoppen, maar het was overduidelijk dat hij dat bedoelde. Hij was zevenendertig, bijna twee keer zo oud als ik; ik ging ervan uit dat hij klaar was om zich te settelen. Hoe naïef kun je zijn. Hij bleef maar zeggen hoe geweldig hij het vond, tot de dag dat hij het allemaal niet zo geweldig meer vond en zich uit de voeten maakte. Hij had niet eens een koffer gepakt.

Inmiddels was ik toen al zeven maanden zwanger en was het te laat voor een abortus. Daar zat ik dan: negentien jaar, helemaal alleen in een studiootje met een krijsende baby. Van mama kreeg ik geld, maar papa praatte een jaar lang niet tegen me.

'Ga je nog op bezoek bij Davey en Donny, nu je hier bent?' wil Grace nu weten. 'Of heb je het te druk met alles om even langs te gaan bij je zoons?'

Fijn. Wrijf me maar lekker in dat ik het twee keer heb verkloot.

'Het gaat niet om wat ik wil, Grace. Het gaat om wat het beste voor ze is.'

'Sinds wanneer is dat belangrijk?' snauwt ze.

Het gaat haar allemaal zo godvergeten gemakkelijk af. *Amazing Grace*, altijd alles perfect onder controle. Het perfecte leventje, het perfecte huis, de perfecte man, de perfecte baan. Ze heeft er geen idee van hoe het voelt, als alles in je leven mislukt. Ze weet niet wat het is om er alleen voor te staan. Zij had altijd Tom. Ze heeft nooit ergens voor hoeven vechten, het werd haar allemaal op een presenteerblaadje aangeboden. Ik weet zeker dat wanneer ze besluit dat ze klaar is voor een paar perfecte kinderen in haar perfecte leventje, ze die ook meteen krijgt, een jongetje en een meisje, die natuurlijk precies op de uitgerekende datum geboren worden zodat ze gelijk weer aan het werk kan.

Ik wilde mijn kinderen helemaal niet achterlaten, maar ik had geen keus. Ik was al gescheiden van Donny's vader nog voordat Donny geboren was, en hij heeft nooit een rooie rotcent bijgedragen. Ik zou wel eens willen zien hoe Grace zich in die situatie staande had gehouden. Waar was zij toen ik in dat lullige woningbouwflatje zat met twee krijsende kinderen, zonder geld, zonder baan en zonder kerel? Ik kon niet slapen, niet eten; ik woog minder dan veertig kilo en er waren dagen bij dat ik het gewoon niet op kon brengen om uit bed te komen. Grace kwam niet eens op bezoek toen ik na een overdosis antidepressiva in het ziekenhuis lag en mijn maag moest worden leeggepompt. Goed, ze heeft geld gelapt voor een privékamer. Maar dat kon me aan mijn reet roesten. Ik was net mijn kinderen kwijtgeraakt – de kinderbescherming had ze al in een pleeggezin gestopt nog voordat ik goed en wel was bijgekomen – en ik had een beetje warmte en liefde van mijn zus nodig, geen klotebankbiljetten.

Mijn hand trilt als ik mijn peuk uitdruk. 'Daar wil ik het nu niet over hebben,' zeg ik. 'Als je zelf kinderen had, zou je het begrijpen.'

'Als ik zelf kinderen had,' snauwt Grace, 'zouden die de afgelopen vijf jaar niet bij volstrekte vreemden hebben gewoond terwijl ik mijn tijd doorbracht met het neuken van alles wat een broek aanheeft.'

Iedereen houdt zijn adem in. Ik bijt op mijn lip. Ik kan gewoon niet geloven dat ze dat net gezegd heeft, waar iedereen bij zit. Hoe kón ze?

Denkt ze soms dat ik het leuk vond om mijn leven te verneuken? Dat ik er als klein meisje in mijn bed van had liggen dromen dat ik op mijn vierendertigste drie scheidingen achter de rug had, al tien jaar niet met mijn vader sprak, en twee zoons had van verschillende mannen, die me niet zouden herkennen als ik ze op straat tegenkwam? Maar natuurlijk, en ze leefden nog lang en gelukkig. Ik heb in mijn hele leven nooit iets gedaan wat ertoe deed, behalve dan misschien dat ik mijn zoons heb losgelaten om hun de kans op een beter leven zonder mij te geven.

'Dat meende ze niet,' zegt Tom, terwijl Grace het huis in stormt.

'Dat meende ze wel, Tom.'

Claudia staat op. 'Ik ga wel even met haar praten.'

'Grace is zichzelf niet,' verzucht Tom, als Claudia naar binnen gaat. 'Ze maakt een moeilijke tijd door. Ze haalt gewoon uit, en jij bent een makkelijk doelwit.'

Ik schuif mijn stoel naar achteren. 'Ze heeft wel gelijk. Ik kan hier niet voor eeuwig blijven. De artsen hebben geen idee wanneer mama weer wakker wordt en het laatste wat jullie nodig hebben is een permanente logé. Morgenochtend ben ik weg.'

'Doe niet zo raar. Het waait wel weer over. En trouwens, waar wou je dan heen?'

Da's een goeie. Maar ik wil hier niet blijven, niet als het zo moet. Ik loop nog liever het risico dat de Amerikaanse Immigratiedienst me vindt. Ik dacht dat we misschien wat dichter bij elkaar zouden komen, nu mam ziek is, maar Grace hangt alleen maar het gemene kutwijf uit. En dan te bedenken dat ik medelijden met haar had in het ziekenhuis

omdat ze zo verdrietig was over mam! Ik vind het onvoor-
stelbaar dat we familie van elkaar zijn, en al helemaal zussen. We zijn geen vriendinnen. En dat zullen we ook nooit
worden. Hoe eerder ik hier weg ben, hoe beter het voor iedereen is.

Ik loop naar binnen, en stop even in de gang om een
nieuw pakje sigaretten uit mijn tas op de tafel te pakken. Er
komt zacht gemompel uit de keuken; en dan hoor ik iemand
snikken. *Grace.*

Oké, ik weet dat ik niet mag afluisteren. Maar Grace die
huilt? Grace huilt nooit. Zelfs niet eens toen ons jonge katje
Orlando in de wieldop van de auto van de buren was gaan
zitten om een dutje te doen en platgereden werd toen meneer Tanner naar zijn werk ging. Stijve, akelig kalme Grace
loopt nooit buitensporig met haar emoties te koop. Ze zou
nog eerder haar hoed opeten dan hysterisch doen over een
man.

'... een second opinion vragen,' hoor ik Claudia zeggen. 'Dit is maar één arts, één test. Hij zou er naast kunnen
zitten...'

'Hij zit er niet naast. Ik heb de echo gezien. Er zit zoveel
littekenweefsel op mijn eierstokken dat er geen enkel normaal eitje uit te halen valt, zelfs niet met IVF.'

'En als je een donoreitje zou gebruiken?'

Grace lacht kortaf. 'Ik ben kennelijk net die ene vrouw uit
een miljoen die ook gezegend is met een T-vormige baarmoeder, wat betekent dat ik nooit een baby zal kunnen voldragen. Er is geen enkele mogelijkheid, Claudia. We kunnen
niet eens adopteren, vanwege Toms hart. Ik zal nooit moeder worden. Ik zal nooit een kind krijgen.'

Een tijdlang hoor ik alleen het gedempte geluid van mijn
zus die op de schouder van haar beste vriendin aan het huilen is. Grace die geen kinderen kan krijgen? De succesvolle

vrouw, de dame die alles heeft, het meisje met het perfecte leventje? Zij kan net datgene niet wat ik altijd veel te makkelijk kon?

Het is gemeen, ik weet het, maar ik kan een korte opwelling van voldoening niet onderdrukken. Het werd eens tijd dat zij iets proeft van de shit die ik mijn hele leven heb moeten doormaken. De ironie is toch wel ongelofelijk. Mijn leven werd verpest doordat ik een baby kreeg. En nu wordt mijn zus haar leven waarschijnlijk verpest omdat ze er géén krijgt.

Claudia is weer aan het woord, en ik sluip dichter naar de keuken, terwijl ik mijn best doe om te horen wat ze zeggen. 'Grace, je weet dat ik een kind voor je zou baren als je me dat zou vragen. Nadat de huidige bewoner het pand heeft verlaten, uiteraard,' voegt ze eraan toe, met een blik op haar buik. 'Dat meen ik echt. Dat weet je toch, hè?'

Jezus. Dat is verdomme nobel van haar. Ik zou dat nooit uit mezelf aanbieden, en ik ben nog wel haar zus. Ik haatte het om zwanger te zijn. Dat wil ik echt nooit meer meemaken.

Achter me gaat een deur open. Ik spring op en druk mijn peuk uit in een depressief ogende gatenplant.

'Susannah?' vraagt Tom. 'Gaat het een beetje?'

Arme kerel. Geen wonder dat hij er zo beroerd bijloopt. Hij zit voor de rest van zijn leven vast aan Grace, en nu komen er geen kinderen bij om de droevige sfeer een beetje op te vrolijken. Impulsief sla ik mijn armen om zijn hals en ik geef hem een zoen op zijn mond. 'Het komt wel goed, Tom.'

Ik kijk weer even uit het raam, ik kan niet wachten tot Tom en Grace thuiskomen van hun werk. Ik haat het om hier de hele dag in mijn eentje te zitten. Op de dagen dat Tom zijn hybride niet gebruikt kan ik bij mam op bezoek, maar verder heb ik hier niet zoveel te doen, behalve wandelingen maken. Ik ben nooit een plattelandsmeisje geweest.

Ik neem nog een hap uit het pak Ben&Jerry's. Grace zou woedend worden als ze het zag. Grace wordt bijna elke dag wel woedend om iets wat ik doe. Ik was vergeten hoe irritant het is om met mijn zus in één huis te wonen. Zelfs toen we nog klein waren flipte ze al als ik een natte handdoek liet slingeren op de badkamervloer of oogschaduw knoeide op haar helft van onze toilettafel. Ze heeft zelfs een keer in een zomervakantie blauw afplaktape op de vloer van onze slaapkamer geplakt om hem doormidden te delen. Op zich was dat niet zo'n probleem, behalve dat de deur aan háár kant zat. Ik moest tol betalen van mijn zakgeld, alleen maar om mijn bed in te kunnen komen.

Kut. Ik staar wanhopig naar de klont chocolade-ijs die langs mijn shirt naar beneden glijdt. Of, om preciezer te zijn – en meer ter zake – langs Grace' shirt. Haar nog nooit gedragen, zwarte zijden Dolce & Gabbana-shirt van tweehonderd pond, met het prijskaartje er nog aan.

Snel pak ik een linnen theedoek en begin vergeefs te deppen. Fuck. Ze gaat echt door het lint als ze hier achter komt. Ze is zo overdreven netjes op haar kleren. Of wacht, herstel: Grace is overal overdreven netjes op.

Ach. Misschien gaat het er in de was wel uit.

Ik gooi de lege bak ijs in de vuilnisbak, haal een sigaret tevoorschijn en steek hem op zonder me te storen aan de niet-roken-in-huis-verordening van Grace. Het is verdomme maart en dan verwacht zij dat ik voor elke peuk buiten in de kou ga staan bevriezen. Ik mag mijn schoenen binnen niet aan. Ik mag niet eten voor de tv want stel je voor dat ik knoei. Ik woon samen met de *Eigen Huis & Interieur*-taliban. Als ik een biertje opentrek, staat ze al in de aanslag met haar klote-onderzetters. Onderzetters! Er is toch goddomme niemand van onder de vijfennegentig die onderzetters gebruikt? Oké, goed, het is háár huis. Dat snap ik heus wel. Haar stralende kutkasteeltje met torentjes en grachtjes, dat bij monumentenzorg geregistreerd staat. Maar er is ook nog zoiets als ervoor zorgen dat je gasten zich welkom voelen.

Het huis is schitterend, maar het voelt meer als een museum dan als een thuis. Zelfs een boerenkinkel als ik kan zien dat het allemaal een aardige duit moet hebben gekost: de antieke klok in de hal, de grote leren stoelen in Toms 'hobbykamer', spullen in de keuken van Spode en Le Creuset, die allemaal bij elkaar passen. Houten bijzettafeltjes, zilveren fotolijstjes, originele aquarellen, óveral boeken. Mijn zus is rijk. Echt vet rijk.

Maar ik kan iets wat zij niet kan. Voor het eerst in mijn leven heb ik een voorsprong op haar. En het wordt tijd dat ik er mijn voordeel mee doe.

Ik schrik op van het geluid van de achterdeur, en mijn sigaret valt op de bank. Verwoed veeg ik hem eraf, maar er zit al een mooi rond gaatje midden in het vale aquamarijnen linnen. Ik draai het kussen om, en realiseer me dat ik dat vorige week ook al had gedaan toen ik er een glas rode wijn overheen had gegooid. Shit! Ik draai het terug om en leg een fluwelen kleedje over de brandplek. Misschien ziet ze het niet.

'Tom? Ik heb de grasmaaier in de… Hé, Susannah.'

Ik trek een scheef gezicht. 'Zeg alsjeblieft Zee. Grace is de enige die me Susannah noemt, buiten mijn moeder.'

Blake komt de woonkamer binnen, een en al spierbundels en testosteron. Echt waar, die kerel is zó lekker. Ashton Kutchers knappere, sexy grote broer. Slank, geen grammetje vet en behoorlijk goed bedeeld, als ik me niet vergis. En dat doe ik zelden.

Ik grijp weer naar mijn peuken. 'Tom is er nog niet, zijn operatie liep uit. Moet ik iets aan hem doorgeven?'

'Hij komt er vanzelf wel achter.' Zijn starende blik glijdt over mijn blote, bruine benen, en dan weer naar mijn decolleté. 'Je hebt op je shirt geknoeid.'

'Komt door die twee jongens uit Vermont.' Ik blaas een wolk sigarettenrook uit. 'Ik moest me maar eens omkleden,' voeg ik eraan toe, 'nu ik bezoek heb.'

Ik geef hem mijn sigaret en knoop mijn blouse open. Blake glimlacht lui, maar ik ken die blik. Ja hoor, een grasmaaier, dat zal wel. Hij hangt hier al vanaf dag één rond als een bronstige hond.

Ik trek de bandjes van mijn rode kanten beha recht, maar doe geen moeite om mezelf te bedekken.

'Pas op dat je geen kouvat,' zegt hij, en geeft me mijn sigaret terug.

Ik haal mijn schouders op en laat hem kijken.

'Mooie tattoo,' zegt hij, en wijst naar de wijnstok die vanaf mijn linkerschouder naar mijn taille kronkelt, en verdwijnt onder de riem van mijn rokje.

'Je zou eens moeten zien wat er aan het eind van de regenboog wacht.'

Hij blijft glimlachen. 'Blaas niet te hoog van de toren, Zee.' Hij geeft me mijn shirt terug. 'Ik ga maar weer eens.'

Ik storm naar boven om een nieuw T-shirt aan te trekken voor Tom en Grace thuiskomen. Arrogante klootzak! Wie denkt hij verdomme wel niet dat hij is? Hij doet alsof hij de droom van iedere vrouw is. Blake is dan wel knap, maar zo geweldig is hij nou ook weer niet. Ik heb betere gehad. En hij denkt zeker dat ik niet doorheb dat hij interesse in me heeft. Ik heb het heus wel door. Ik heb dat soort dingen altijd door.

Ik trek een verschoten zwart T-shirt over mijn hoofd en stamp de trap af terug naar de keuken. Blake kan de tyfus krijgen. Ik heb nu belangrijkere dingen aan mijn hoofd: zoals zorgen dat ik een dak boven mijn hoofd hou.

Ik zit hier nu vijf weken, al met al ongeveer vier weken te lang. Grace kan me nu elk moment bevelen om op te sodemieteren. Tenzij ik een supergoeie reden kan bedenken waarom ze me zou laten blijven.

Buiten klinkt het geluid van knerpende banden op het grind, en niet veel later dat van dichtslaande autoportieren. Ik haal diep adem en zet mijn meest stralende glimlach op. Dit is mijn enige kans, dus het mag niet mislukken. Ik denk dat ik Grace wel kan overhalen, Tom zal een stuk moeilijker gaan. Dit is een van de weinige keren dat ik geen seks kan inzetten om te krijgen wat ik wil, wat het wel spannend maakt. Als ik alleen Grace kan overhalen, dan zit ik goed.

Ik hou de keukendeur open terwijl Grace aan komt rennen, met haar leren boodschappentas op haar hoofd als beschutting tegen de regen. Tom komt achter haar aan, hij ziet er moe uit. Grace heeft hem natuurlijk onderweg weer aan zijn kop lopen zeuren. Waarschijnlijk ging het over mij. Dat gaat het meestal.

'Wat is er?' vraagt mijn zus. Ze schudt haar tas uit en de druppels vliegen ervan af. Ze kijkt argwanend de keuken rond. 'Wat heb je nou weer kapotgemaakt?'

Denk aan het grote geheel, zeg ik streng tegen mezelf.

'Er is niets kapot,' zeg ik. 'Maar ik heb een geweldig idee.'

8

Grace

'Ik ga jullie een baby geven,' kondigt Susannah aan.

Misschien wel voor het eerst in mijn leven, zorgt mijn zus ervoor dat ik met stomheid geslagen ben. Ik gaap Tom aan, die naast me op de bank zit. Hij haalt hulpeloos zijn schouders op. We draaien ons allebei weer om naar Susannah, die in de stoel tegenover ons opgetogen zit te lachen en met haar knieën te wiebelen. Ze ziet eruit als een kind dat net het perfecte kerstcadeautje heeft gegeven aan haar moeder, helemaal trots en vol verwachting.

'Het spijt me, Grace, ik wilde je niet bespioneren of zo, maar ik hoorde je gisteren in de keuken met Claudia praten. Je zei dat je geen eitjes had en dat je geen kinderen kon krijgen, en toen dacht ik: misschien kan ik iets doen.'

'Een baby,' herhaal ik zwakjes.

'Het ligt zo voor de hand!' zegt ze opgewonden. 'Ik word al zwanger van een wc-bril waar een kerel op heeft gezeten. Ik ben pas vierendertig, en mijn eitjes staan te trappelen. Jij kunt geen kinderen krijgen. Dus waarom zou ik er niet eentje voor jou maken?'

'Absoluut niet,' snauw ik.

'Grace, wijs het nou niet meteen af,' zegt ze, een beetje geïrriteerd. 'Ik weet dat er niet veel is waar ik goed in ben, maar kinderen krijgen, dat kan ik. Er is niets mis met mijn genen, die zijn hetzelfde als die van jou. Ik ben het die overal een puinhoop van maakt, niet mijn eitjes. Die zijn gezond en puur en hebben niet één tatoeage.'

'Susannah, alsjeblieft. Dit is geen spelletje. Ik wil niet dat je hier grapjes over maakt.'

'Jezusmina, Grace, doe nou eens een beetje relaxed. Luister, het is echt geen probleem. Het is niet alsof ik je mijn nier aanbied, je mag gewoon mijn baarmoeder een paar maandjes gebruiken. Je hebt me hier al die tijd voor niets laten logeren. Zie het als een manier om iets terug te doen.'

Ze staat op en loopt naar de keuken, zodat we even alleen zijn om aan het idee te wennen. Tom en ik zitten er nog steeds, onbeweeglijk van de schok, als ze vijf minuten later binnenkomt met een koud biertje. Automatisch schuif ik een onderzetter naar haar toe over tafel.

'Susannah, het lijkt wel alsof je aanbiedt de plantjes water te geven tijdens onze vakantie,' zegt Tom. 'We hebben het hier wel over een baby.'

'Ja, Tom, dat besef ik. Ik was niet van plan om een pitbull op de wereld te zetten.' Ze zet het biertje neer. 'Luister, ik wil jullie alleen maar helpen. Dit is iets wat ik kan. Laat het me nou doen.'

'Bied je ons serieus aan om draagmoeder te worden?' vraag ik.

'Heb je ook maar enig idee van wat je hier voorstelt?' vraagt Tom, bijna kwaad. 'Je zou een baby – onze baby, Susannah, van jou en van mij – negen maanden lang moeten dragen, een bevalling moeten doorstaan, en hem dan weggeven. Voorgoed. Je zou niet van gedachten kunnen veranderen.'

'Ja, Tom, ik snap het. Eens gegeven blijft gegeven.'

'Even serieus, Susannah. Je zou schriftelijk afstand moeten doen van je baby ten gunste van ons, Grace en mij. Hoe haal je het in je hoofd dat je zoiets zou kunnen?'

'Ik heb het al eerder gedaan,' zegt Susannah eenvoudigweg.

Daar hebben we niet van terug. Ik zal nooit begrijpen hoe mijn zus haar eigen kinderen heeft kunnen afstaan aan volstrekte vreemden, ogenschijnlijk zonder dat het haar iets deed; hoe ze haar eigen vlees en bloed in de steek heeft kunnen laten. De kinderen die ze in haar eigen lichaam gekoesterd had, die ze zoveel jaar had gekust en geknuffeld en op haar eigen lukrake manier verzorgd had. Wat was het toch waardoor ze haar moederschap had kunnen uitschakelen toen ze zin kreeg om andere dingen te doen?

Voor het eerst in weken gloort er een heel klein sprankje hoop. Susannah zou wel eens de perfecte draagmoeder kunnen zijn, juist omdat ze het kan uitschakelen.

Bijna direct doof ik het sprankje. Ik kan mijn moeders reactie horen, zo duidelijk alsof ze naast ons in de kamer staat. *Als je het maar laat! Geen sprake van! Een baby is geen handtas, je kunt hem niet inwisselen als je daar zin in hebt!*

'Luister,' zegt Susannah, en ze pakt haar biertje. 'Ik weet hoe graag je een baby wilt, Grace. En op deze manier ben je er in elk geval familie van, net als Tom. Het mag dan misschien niet helemaal van jou zijn, maar het zou wel dezelfde grootouders en familie hebben als wanneer het dat wel was. En je weet dat ik niet ineens van gedachten zal veranderen en besluiten om het te houden. Wat heb je te verliezen?'

'Het is heel aardig aangeboden,' zegt Tom stijfjes, 'maar dat zouden we nooit kunnen...'

Ik onderbreek hem. 'Zou je hier willen wonen tijdens je zwangerschap?'

Tom kijkt me fel aan, maar ik knijp in zijn hand als teken dat hij even zijn mond moet houden.

Susannah lacht schaapachtig. 'Ik kan nergens anders heen.'

'We zouden je natuurlijk de hele zwangerschap door onderhouden,' zeg ik. 'Al je kosten zouden gedekt zijn. Ik weet niet wat het gebruikelijke tarief is voor draagmoederschap, maar dat kunnen we uitzoeken en...'

'Ik heb alleen wat nodig om rond te komen. Misschien een beetje extra voor kleren en sigaretten en zo...'

'Roken mag niet!' roep ik. Ik wijs naar de fles in haar hand. 'En drinken ook niet! Je zou een heleboel dingen moeten laten staan – schaaldieren, zachte kazen, paté – en niks met cafeïne mogen drinken, dus geen koffie of thee, en natuurlijk geen rauwe dingen, sushi is uitgesloten...'

'Grace,' waarschuwt Tom me.

'We zouden een privékliniek voor je betalen. De gezondheidszorg is fantastisch in tijden van crisis, maar ik heb geen tijd om uren in de wachtkamer te zitten, en ik zou natuurlijk met je mee willen naar elke echo...'

Tom staat op. 'Grace! Dit is allemaal hartstikke aardig van Susannah, maar jij en ik moeten eerst even goed met elkaar praten voor we het over ziekenhuizen gaan hebben.' Hij pakt mijn hand, allesbehalve zachtjes, en trekt me naar zich toe. 'Alleen.'

Zo gauw we boven zijn begin ik op hem in te praten, helemaal opgewonden. 'Tom, dit is het antwoord waar we al die tijd naar op zoek waren! Susannah is de perfecte draagmoeder! Ze heeft al kinderen, dus ze weet wat haar te wachten staat. Ze heeft verder niets te doen, en als we haar maar goed in de gaten houden en ervoor zorgen dat ze goed eet en haar vitamines slikt en naar haar afspraken met de verloskundige gaat...'

'Grace, je overweegt dit toch zeker niet serieus?'

'Waarom niet? Het kan niet beter! Het zou bijna mijn eigen baby zijn. Denk je eens in – een baby! Onze baby!'

Tom pakt mijn handen in de zijne. 'Grace, Grace. Wacht nou eens even. Het is een leuk idee, maar je zus is niet echt het toonbeeld van betrouwbaarheid. Wie weet hoe ze er morgen over denkt? Verwacht er nou niet te veel van.'

'Tot aan vandaag verwachtte ik helemaal niets.' Ik loop achter hem aan de badkamer in, waar hij koud water in zijn gezicht gooit. 'Alsjeblieft, Tom. Denk erover na. Dit is onze enige kans op een eigen kind. Ik weet dat het ingewikkeld is, maar we kunnen het. Dat weet ik zeker.'

'Alleen het feit dat je iets kunt, betekent nog niet dat je het ook moet doen.'

'Je was bereid om adoptie te overwegen,' druk ik door. 'Wat is hier nou zo anders aan? Op deze manier zou de baby in elk geval van jou zijn.'

'En van Susannah.'

'Ja en? Ze heeft gelijk: een embryo kan haar slechte gewoontes niet overnemen. En ze zal de baby ook heus niet willen houden. Alsjeblieft, Tom. Bij ieder ander zou je het wel overwegen.'

Zijn hoofd komt met een ruk omhoog. 'Grace, ik wil net zo graag een kind als jij, maar je hebt hier niet goed over nagedacht. Susannah kan dan wel afstand van het kind doen, maar daarmee is het nog niet afgelopen. Het zal nooit aflopen. Ze zal elke kans aangrijpen om je eraan te herinneren dat het haar kind is. Ik ben gewoon niet bereid om die weg in te slaan.'

Mijn hart krimpt ineen. Ik wil er iets tegenin brengen, maar dat kan ik niet. Susannah is haar hele leven al jaloers op me geweest. Wie weet wat voor spelletjes ze gaat spelen zodra het kind er is? Ik zie al helemaal voor me wat ze allemaal kan flikken zodra het kind in de puberteit komt en het oud genoeg is om te weten hoe de vork in de steel zit. Hoe ze ons tegen elkaar uit zal spelen, de coole tante gaat uithangen en het gezag van Tom en mij zal ondermijnen waar ze maar kan.

Ik wend mijn hoofd af, met tranen van boosheid in mijn ogen. Het kan me niet schelen. Al zou ze zich de komende dertig jaar verkneukelen en herrie gaan lopen schoppen, het zou het allemaal waard zijn.

'Het spijt me,' zegt Tom resoluut. 'Maar jij bent de enige van wie ik een kind wil. Als dat niet kan, dan heb ik liever helemaal geen kind.'

'Tom wil het gaan proberen,' jubel ik, terwijl ik een grote mok met koffie over de keukentafel naar Claudia schuif. 'Het heeft me een week gekost om hem te overtuigen, maar uiteindelijk heeft hij ja gezegd.'

Ze legt haar slanke bruine vingers om het warme porselein. 'Is dat wel verstandig, Grace?' zegt ze aarzelend. 'Dit is een heel belangrijke beslissing. Je wilt toch niet dat Tom alleen maar meedoet omdat je hem hebt uitgeput en hij te moe is om nee te zeggen? Een kind krijgen is sowieso een aanslag op je relatie, zelfs als je het allebei wilt.'

'O, maar hij wil er echt voor gaan,' zeg ik blij. 'Hij was alleen bang dat Susannah van gedachten zou veranderen en me zou teleurstellen. Hij is nu net zo enthousiast als ik.'

'Echt?'

'Het was gewoon koudwatervrees. Iedere man wordt zenuwachtig als ze voor het eerst met luiers worden geconfronteerd. Je zei zelf ook dat Blake in het begin helemaal niet zoveel zin had in kinderen, maar dat hij nu geweldig is met de tweeling. Zo gauw als de baby er is, zal Tom er helemaal verliefd op worden.'

'Natuurlijk zal hij ervan houden zodra het er is. Daar

gaat het niet om,' zegt Claudia. 'Hij is degene die zijn DNA met je zus gaat delen. Dat is een verbintenis voor het leven. Als jij hem dwingt iets te doen waar hij eigenlijk geen zin in heeft, zal hij je dat nooit vergeven, en al helemaal niet als er iets misgaat.'

Ik heb op internet gelezen dat negativiteit heel slecht is als je een kind probeert te krijgen. Ik wil niet nadenken over wat er allemaal mis kan gaan. Ik wil me richten op het positieve.

'Ik dacht dat je Susannah leuk vond. Dat iedereen haar leuk vond.'

'Kom op, Grace. Begin nou niet daarmee. Je zus is leuk gezelschap, maar dit gaat om iets heel anders. Ik wil niet dat je verstrikt raakt in iets waar je later spijt van krijgt.'

Ik sta van tafel op en om iets omhanden te hebben spreid ik een pak mariakaakjes netjes in twee halve rondjes uit op een bord. Ik heb al de hele week moeten luisteren naar de stem van mijn moeder in mijn hoofd, die precies hetzelfde zei. Ik wil het niet horen. Waarom begrijpt niemand wat dit voor mij betekent?

'Als je van het ergste uit zou gaan, en Blake zou je verlaten, zou je dan spijt hebben van die baby?'

Haar handen gaan naar haar dikke buik. 'Natuurlijk niet. Maar...'

'Of van de tweeling?'

'Grace, nu ben je appels met peren aan het vergelijken. Dat is niet hetzelfde.'

'Voor mij wel.' Ik zet het bord op tafel. 'Ik weet dat Susannah bij lange na niet de ideale moeder is, Claudia, dat hoef je mij niet te vertellen. Maar zij wordt niet de moeder van dit kind. Dat word ík. Ik zal degene zijn die het opvoedt. Zij past er gewoon even op.'

'En daarna? Wordt ze dan weer gewoon de tante?'

'Ja. Luister, ze heeft al vijf jaar niet eens de moeite genomen haar eigen kinderen op te zoeken. Ik kan me niet voorstellen dat ze eraan zal denken om dit kind ook maar een kaart voor zijn verjaardag te sturen. En al zou ze zich er zo nu en dan mee bemoeien, dan nog kan ze niet veel erger zijn dan de meeste schoonmoeders. Kijk naar de jouwe. Je zei zelf dat je helemaal gek van haar wordt als het over de tweeling gaat. Ik kan Susannah prima aan, en al helemaal als ze weer teruggaat naar Amerika. Ik zal waarschijnlijk op zijn hoogst eens per jaar iets van haar horen.'

'Dus je vindt het geen enkel probleem dat je knappe, ongemanierde zusje de komende negen maanden bij jou zal doorbrengen, en bij je man, die toevallig ook nog eens de vader van haar kind is?'

Hiermee haalt ze me de wind uit de zeilen. Zo had ik er nog niet over nagedacht.

Opeens zie ik Susannah voor me, prachtig zwanger, van Toms baby. De baby die ik hem niet kan geven. De baby die hij zal delen met mijn zus. Mijn sexy zus, met het geweten van een zwerfkat.

Nee. Zelfs Susannah zou niet zo diep zinken. En Tom al helemaal niet, hij mag haar niet eens!

Claudia friemelt aan het bruin met turkooizen armbandje aan haar linkerpols, wat meestal betekent dat ze nerveus is, of van streek. Even ben ik in de war, maar dan wordt het me ineens duidelijk.

'Dit heeft niets met Tom te maken,' zeg ik scherp. 'Je wilt haar niet bij Blake in de buurt hebben.'

'Blake heeft hier niets mee te maken,' antwoordt Claudia schuldbewust. 'Ik maak me zorgen om jou en Tom. Ik vind Susannah leuk, dat weet je, maar ze zorgt voor problemen. Ze wil hebben wat jij hebt, dat is altijd zo geweest. En als dat niet kan, maakt ze het kapot. Weet je nog hoe ze was toen ze bij jou in Londen kwam logeren? Ze bent door haar toen bijna je baan kwijtgeraakt omdat ze met je baas naar bed ging. Ze heeft de cameebroche van je oma uit je slaapkamer gestolen en verkocht. Ze heeft bijna je hele trouwdag verpest toen ze stoned kwam opdagen. Het lijkt wel of ze zichzelf niet in de hand heeft. Ze heeft al jaren een oogje op Tom. Als je dat niet ziet, ben je blind.'

'Dat slaat nergens op. Ze vindt hem een saaie man van middelbare leeftijd, dat heeft ze vaak genoeg gezegd.'

'Het gaat niet om Tom. Het gaat erom dat ze wil hebben wat van jou is.'

'Dat lijkt me een tikje paranoïde,' zeg ik glimlachend. 'Ze zal zwanger zijn, Claudia. Ik denk dat dat zelfs Susannah niet heel aantrekkelijk zal maken.'

'Dus zwangere vrouwen zijn niet sexy?'

'Je weet best dat ik het zo niet bedoelde.'

'Blake vindt me prachtig als ik zwanger ben,' zegt Claudia geïrriteerd. 'Hij vindt het enorm opwindend, hij zegt dat het is alsof ik rondloop met een bord op mijn hoofd waarop IK BEN GENEUKT staat. Als het aan hem lag, zouden we het elke avond doen.'

'Als dat zo is, zal ik hem zeker weghouden bij Susannah.'

Claudia is heel even van haar stuk gebracht. Ze snaait een koekje van het bord, kauwt er opstandig op en herstelt zich weer.

'En je moeder dan?' wil ze weten. 'Wat zou die hiervan zeggen?'

Grace weet maar al te goed dat ik dit nooit zou goedkeuren.

Ik ga rechtop zitten. 'Het is haar schuld dat ik nu in deze situatie zit.'

De afgelopen vijf weken ben ik elke woensdagmiddag eerder van mijn werk vertrokken om de vier uur durende heen- en terugrit naar Surrey te maken, waar ik naast mijn

moeders bed zat, luisterend naar het ritmische gesis en ge-
steun van het beademingsapparaat, de minuten aftellend tot
ik weer weg kon. Ik blijf altijd een uur, op de minuut af. Zestig minuten, die wel een jaar lijken te duren.

Ik heb haar niets meer te zeggen. Ik weet dat het kinderachtig is en niet eerlijk, dat ik alleen maar iemand zoek om
de schuld te geven, maar ik ben nog steeds zó kwaad.

We schrikken allebei op als de keukendeur openslaat, en
Susannah over de drempel stuitert met stralend blauwe
ogen en roze wangen van de kou. Met mijn klassieke zwarte
wollen winterjas en haar dreads verstopt onder een rode
baret, ziet ze er onverwacht knap en jong en normaal uit. Ik
moet ineens weer denken aan het zusje met wie ik opgroeide, het meisje dat altijd vrolijk was, en altijd voor iedereen
klaarstond met een warme omhelzing en een gulle lach. Een
stralend meisje. Ik wilde toen zo graag haar zijn. De zus
van wie iedereen hield, in plaats van voor wie iedereen respect had.

'Je raadt het nooit!' roept ze.

'Je hebt een baan,' zeg ik droogjes.

Ze kijkt verrast. 'Ja, dat klopt. Hoe wist je dat?' Ze gooit
haar baret op tafel en schudt haar dreads los. 'Weet je nog
die kunstenaarsvriend van Ned en Paul, Michael? We hebben vanmorgen koffiegedronken in Oxford. Hij is supercool,
we klikten echt samen. Hij heeft me meegenomen naar de
galerie om iedereen te ontmoeten, en ik geloof dat ze een
paar van mijn ideeën wel tof vonden, ze vonden dat ik een
goed oog had of zoiets, weet ik veel. Maar goed, de conclu-
sie is dat ze me wat werk hebben aangeboden, voor maar
twee ochtenden per week en het betaalt niet veel, maar ze
gaan me een paar exposities laten inrichten en van Michael
mag ik zijn atelier gebruiken wanneer hij in de galerie aan
het werk is.'

Hoe krijgt ze het toch voor elkaar? Dat iedereen haar wil helpen. Ik werk zo hard aan vriendschappen, ik ben plichtsgetrouw en loyaal, heb nog nooit iemands vertrouwen beschaamd; maar Susannah, nonchalant en onbetrouwbaar, hoeft er nooit iets voor te doen.

De brutalen hebben de halve wereld, zegt pap altijd.

Mijn zus reikt naar het bord kaakjes naast me en neemt er twee. 'Maar in elk geval, dat is niet wat ik je wilde vertellen. Waar is Tom?'

'Het is zaterdagmiddag,' zucht Claudia.

'Rugby kijken in het café met Blake,' vertaal ik.

'Nou, dan kun je hem maar beter bellen om te zeggen dat hij op de jus over moet gaan. Hij moet er wel wat van bakken namelijk.'

Het duurt even voor bij mij het kwartje valt.

'Inderdaad,' grijnst Susannah, terwijl ze een lichte mist van koekjeskruimels sproeit. 'Ik heb net op de predictorstick geplast en kreeg een dikke vette blauwe streep. We gaan een baby maken.'

9

Susannah

Goed, misschien had ik over de logistiek van dit gedeelte iets beter na moeten denken.

'Zeg gewoon tegen hem dat hij het in zo'n maatbeker moet doen,' sis ik naar Grace. 'Dan kan ik het in de slagroomspuit doen en mezelf volspuiten.'

'Susannah! Moet dat nou?'

'Stel je niet zo aan. Denk je soms dat het wel beschaafd zou zijn als we echt seks zouden hebben?'

'Wanneer Tom en ik de liefde bedrijven,' zegt Grace bits, 'wordt er niet gespoten. Alles... vloeit gewoon.'

'Nou, zeg dan tegen hem dat hij snel die maatbeker vol moet vloeien. We hebben niet de hele dag de tijd.'

We draaien ons allebei om naar haar man. Tom zit ongemakkelijk op het uiteinde van hun bed, en ziet eruit alsof hij er elk moment vandoor kan gaan. De puntjes van zijn oren zijn vuurrood, net als de rest van het deel van zijn gezicht dat onder de haag van haren vandaan komt. Grace moet hem echt een keer knippen. Hij begint op een hobbit te lijken.

Ze verdwijnt naar beneden om de spullen te halen. Grace

zou Grace niet zijn als ze niet al lang een slagroomspuit zou hebben klaarliggen, voor verjaardagen. Ik durf te wedden dat ze hierna een nieuwe koopt.

Ik ga naast Tom op het bed zitten. 'Zo,' zeg ik gemoedelijk, 'kom je hier vaker?'

'Grappig, hoor.'

'O, kom op, Tom, stel je niet zo aan. Dit is het ergste gedeelte. Zo gauw we dit achter de rug hebben, zit jouw taak erop. Ik krijg straks de striae, de spataderen, de aambeien en op hol geslagen seksuele driften.'

Tom wordt bleek.

'Dat laatste was een grapje,' zeg ik en steek een sigaret op.

We wachten in een ongemakkelijke stilte tot Grace terugkomt. Godallemachtig, je zou denken dat ik hem had gevraagd om met me te trouwen.

Eindelijk komt Grace terug met de spuit en de maatbeker, die behoorlijk wat groter is dan ik had verwacht.

'Zit je te roken?' vraagt ze.

'Nee, ze doen chocolade tegenwoordig in een nieuwe en verbeterde verpakking,' antwoord ik. 'Ja, Grace. Het is mijn laatste sigaret. Zelfs een ter dood veroordeelde heeft daar recht op.'

Ze kijkt me woedend aan, maar schuift een porseleinen bakje naar me toe om als asbak te gebruiken.

'Heb je de spuit voorverwarmd?' vraag ik.

'Wat?'

'Ik heb geen zin in ijspegels in mijn...'

'Ja, ja,' zegt Grace huiverend. 'Hou hem maar twee minuten onder de warme kraan. Kunnen we nu alsjeblieft beginnen?'

'En dan nu over naar Tom,' zeg ik grijnzend.

Hij pakt de beker en loopt terneergeslagen naar de badkamer. Even later gaat de deur weer open en steekt hij zijn hoofd om de deurpost.

'Sorry, maar kunnen jullie misschien heel even naar beneden gaan? Het lukt niet als jullie staan te luisteren.'

'Mijn hemel,' zucht Grace. 'Het is niet alsof ik het nooit eerder heb gehoord.'

'Ik ook niet,' voeg ik eraan toe. 'Wat nou? De muren hier zijn van papier.'

Grace rolt met haar ogen. 'Goed, kom maar, Zee, we gaan. Op deze manier komen we helemaal nergens.'

Ik loop achter haar aan naar beneden. 'Mag ik nog een biertje?'

'Eentje dan. Heb je je vitamines geslikt?' roept ze, terwijl ze de keuken in loopt. 'En de visoliecapsules die ik je heb gegeven?'

'Tuurlijk,' lieg ik. Ik heb bijna net zo'n hekel aan pillen als aan naalden.

Ze komt terug met een flesje bier en een glas. Ik negeer het glas en neem een slok uit de fles, wat me opnieuw een afkeurende blik oplevert.

'Vergeet niet dat je met niemand naar bed mag totdat we zeker weten dat je zwanger bent,' zegt Grace. 'We moeten er helemaal zeker van zijn dat het Toms kind is.'

'We kunnen toch gewoon afwachten of het grote harige voeten heeft en zich zorgen maakt over zijn *preciousssss*?'

'Huh?'

'Laat maar.' Ik leg mijn voeten op de koffietafel, alleen maar om haar te irriteren. 'Luister, Grace. Tom heeft hier toch wel echt zin in, hè? Hij vindt het toch wel leuk dat ik de tante mammie van het kind word? Hij is de enige die er nog niet zoveel over heeft gezegd...'

'Tante mammie? Hoelang heb jij in L.A. gezeten?'

'Lang genoeg om mijn eigen psych te krijgen.'

'Dat werd tijd,' snuift Grace.

Ik sta op het punt haar erop te wijzen dat zij degene is die

probeert haar jongere zus met het zaad van haar man te be-
zwangeren zonder de toekomstige grootouders in te lichten,
maar we schrikken allebei op van het geluid van Toms voetstappen die de trap afkomen.

'Dat was snel!' roept Grace tactloos.

Tom ziet er terneergeslagen uit. 'Grace, als dit niet lukt,
weet ik niet of ik het nog een keer kan.'

Vertel mij wat, denk ik wanneer ik vijf minuten later naar
de maatbeker in de badkamer staar. Jezusmina! Hoelang
heeft ze die arme vent alles laten opkroppen? Dit is minstens
een halve liter!

Ik hou mijn adem in en zuig Toms kleine zwemmertjes de
slagroomspuit in. Ik begin een beetje spijt te krijgen van mijn
aanbod om baarmoedertje-verhuur te spelen. Naast de mega-
kleine reden van het dak boven mijn hoofd voor in elk geval
de komende negen maanden, heb ik tot mijn grote verrassing
ook wel medelijden met Grace. Natuurlijk krijg ik er een kick
van om haar in te wrijven dat ik eindelijk iets kan wat zij niet
kan. Maar als dit niet heel snel gaat lukken dan trek ik me
terug, gratis onderdak of niet. Het is al erg genoeg dat ik word
volgestopt met vitaminepillen en dat mijn suikerinname in
de gaten wordt gehouden, maar als ik mijn grote zus ook nog
om toestemming voor een beurt moet vragen, houdt het op.

Ik lig op mijn rug en schuif de slagroomspuit recht mijn
flamoes in. Dit is niet bepaald mijn favoriete tijdverdrijf.

Ik spuit.

De eerste keer dat Michael in een rok naar het atelier komt,
ben ik even van mijn stuk gebracht. Gezien zijn verslaving
aan kaki dockers en verantwoorde brogues had ik dit even
niet zien aankomen.

'Sorry dat ik je stoor tijdens je werk,' zegt hij. 'Mag ik even
binnenkomen?'

Ik leg mijn houtskool neer. Hij heeft geweldige benen, dat moet ik hem nageven. Zijn heupen zijn wat mager voor het marineblauwe kokerrokje, en ik weet niet precies wat ik moet vinden van de strik op zijn jasje – iets te Maggie Thatcher naar mijn smaak – maar alles bij elkaar genomen kan hij het prima hebben. Zijn blonde pruik is heel natuurlijk, en zijn make-up ziet er beter uit dan die van Grace, maar dat is ook niet zo moeilijk. Nu ik hem zo bekijk, vind ik eigenlijk dat jurken beter bij hem passen.

Hij trekt zijn handtas om zijn schouder. 'Als je druk bent, kan ik een andere keer wel terugkomen…'

'Nee, joh. Ik was net toe aan een rookpauze.'

Michael loopt met klikkende hakken over de mozaïekvloer achter me aan naar het kleine keukentje in een hoek van het atelier. Ik zoek twee bekers tussen de flessen terpentine en verfkwasten, en spoel ze snel om.

'Koffie?'

Ik lepel wat oploskoffie in de bekers en wacht tot het water kookt. Michael drentelt een beetje heen en weer, terwijl hij aan het slotje van zijn gouden armbandje friemelt. Hij moet duidelijk moed verzamelen om iets te zeggen.

Ik krijg medelijden met hem. 'Michael, is er soms iets?'

'Michelle,' mompelt hij.

'Mooie naam.'

'Dank je. Het gaat om Blake en Claudia,' flapt hij er ineens uit. 'Ik weet dat ik er niets mee te maken heb en ik wil me nergens mee bemoeien, maar ik moet het ergens met je over hebben. Als vrouwen onder elkaar.'

'Als vrouwen onder elkaar,' zeg ik hem na.

'Blake is een fantastische man, Susannah, maar hij laat zich nogal makkelijk meeslepen. Claudia kan hem doorgaans goed in bedwang houden, maar ze heeft nogal veel aan haar hoofd de laatste tijd, met de tweeling en de baby die eraan komt. Het lijkt me zó vermoeiend om hem steeds zo kort te moeten houden.' Hij zucht. 'Ik weet zeker dat hij dol op haar is, maar onder ons gezegd en gezwegen: die jongen is gewoon een sloerie.'

Ik ben meer onder de indruk van het aantal woorden dat uit zijn mond rolt dan van de twinset en parelketting. Michael beperkt zichzelf meestal tot eenlettergrepige woorden, vanuit de zijkant van zijn mond. Zijn alter ego heeft overduidelijk geen last van dat soort remmingen.

Ik pak een Marlboro. 'Leuk om te weten, maar waarom vertel je mij dit?'

'Lieve schat,' zegt hij verwijtend. 'Wat denk je zelf?'

Natuurlijk weet ik het antwoord wel. Het verbaast me alleen dat Michael zo bijdehand is om het op te merken. Tot nu toe leek hij me een beetje sullig.

'Hoe vaak doe je dit?' vraag ik en ik wijs naar zijn outfit. 'Weet Grace ervan?'

'Michelle komt langs wanneer ik haar nodig heb,' zegt hij. 'En Grace en zij hebben kennisgemaakt, ja. Maar niet van onderwerp veranderen. Blake heeft weinig ruggengraat, maar het is geen slechte kerel. Hij moet alleen af en toe tegen zichzelf beschermd worden. Jij bent een bijzonder mooie en sexy vrouw, dat weet je zelf ongetwijfeld ook. Daar kan hij niet omheen. Jij kunt iedere man krijgen die je maar wilt, maar Claudia zou nooit meer van iemand anders kunnen houden. Hij is haar ware.'

Ik neurie een paar maten van 'Jolene'.

Michael – sorry, Michelle – schiet in de lach. 'Precies. *Please don't steal Blake just because you can.*'

'Ik heb nooit begrepen waarom ze zo geobsedeerd is door hem,' mijmer ik, terwijl ik een lange sliert rook uitblaas, 'als hij zo gek is op die stomme Jolene.'

'Susannah, strijk voor één keer met je hand over het hart. Laat deze aan je voorbijgaan.'

Hij zet zijn koffie onaangeroerd neer en strijkt zijn rok glad. Zijn nagels zijn mooi verzorgd met een subtiel laagje naturelkleurige lak. Alles aan Michelle is elegant en verfijnd. Ondanks de kritiek en het schooljuffrouwentoontje, geloof ik dat ik haar wel mag.

'Je bent toch niet homo, of wel?' vraag ik langs mijn neus weg als hij vertrekt.

Hij blijft even in de deuropening staan en kijkt me koeltjes aan. 'Als ik de kans kreeg, zou ik je alle hoeken van de kamer laten zien,' zegt hij. 'Doe Grace de groeten van me.'

Ik proest het uit. Wat ik daarnet zei klopt niet. Ik mag haar zéker.

Ik blijf langer dan normaal in het atelier en werk tot bijna negen uur door aan mijn houtskoolschets; niet omdat ik nou zo geïnspireerd ben, maar omdat ik geen zin heb in die starende hondenogen van Grace. Het is nog maar drie dagen geleden dat ik de babydans met de slagroomspuit heb opgevoerd, en nu al heeft ze de halve Prénatal in plastic tasjes mee naar huis genomen. Ze moet altijd zo overdrijven. Binnenkort zit ze ongetwijfeld slofjes te breien.

God mag weten wat mam hiervan zou vinden, denk ik bij mezelf, terwijl ik de tekening met fixeermiddel besproei. Het is maar goed dat ze in coma ligt, anders hadden we er zeker van langs gekregen. Ik mag van Tom zijn kleine hybride lenen, dus ik ben de afgelopen maand zo ongeveer om de dag bij haar langs geweest. Het is niet dat ik iets beters te doen heb. Ik vind het wel leuk om tegen haar aan te kletsen. Ze kan in elk geval niets terugzeggen.

Ik berg mijn houtskool op en doe het licht uit. Terwijl ik Grace' dure zwarte jas aantrek en naar buiten loop, bedenk ik dat ik beter met de auto dan lopend naar het atelier had kunnen komen. Als het niet zo verrekte koud was zou ik hier op de bank blijven slapen. Het atelier, een omgebouwde melkschuur aan de rand van het dorp, is koud en het tocht er, maar er is fantastisch licht en er is meer dan genoeg ruimte om te werken voor Michael en mij. En het is helemaal mooi dat ik hierdoor het huis uit kom en aan moederoverste kan ontsnappen.

Ik heb geen idee of en hoe goed ik ben, maar het is bevrijdend om me helemaal te laten gaan op een groot doek. Zelfs de meest gespierde bovenarm heeft toch maar beperkte ruimte. Misschien moest ik maar weer gaan studeren, zoals Grace voorstelde. Ze heeft zelfs aangeboden om het voor me te betalen.

Ik trek mijn muts verder over mijn oren. Ja hoor. Ik weet al precies hoe papa daarop zou reageren. Hij vond sowieso al dat ik geen knip voor de neus waard was, en dat was nog voor ik zwanger werd van Davey.

Ik ben net bij de hoek van de straat aangekomen als een schimmige figuur uit het donker opduikt en me vastgrijpt bij mijn arm. Zonder na te denken grijp ik hem, draai zijn arm achter zijn schouder en geef hem een knietje in zijn ballen. Hij valt op de grond en ik trap hard op zijn knie zodat hij niet meer op kan staan om me als een boef in een of andere horror B-film te achtervolgen.

'Jezus christus!' roept Blake met zijn armen over zijn hoofd. 'Stop! Ik ben het!'

Kuchend en steunend komt hij op handen en voeten overeind. 'Dit is echt niet grappig, verdomme!' roept hij uit als ik in lachen uitbarst. 'Wil je me soms dood hebben?'

Ik reik hem de hand om hem te helpen opstaan, maar hij slaat hem weg.

'Moet je maar geen mensen in het donker besluipen,' antwoord ik. 'Voor hetzelfde geld was je een seriemoordenaar of een verkrachter geweest. Hoe kon ik nou weten dat jij het was?'

'Iedere verkrachter die jou aankan verdient verdomme een medaille.'

Hij ziet er wel beroerd uit. Er sijpelt uit een fikse snee bloed naar zijn mond, en er zit nog een wond op zijn voorhoofd, waarschijnlijk van een steen of kei waar hij tegenaan is gevallen. Hij krabbelt weer op, maar zakt direct weer door zijn knie. Als ik er niet had gestaan om hem op te vangen zou hij opnieuw zijn gevallen. Die cursus zelfverdediging was toch niet zo'n slechte investering.

'Ik denk dat we even naar het atelier moeten om je een beetje op te kalefateren,' giechel ik. 'Als ik je zo terug naar Claudia stuur, denkt ze dat je ik weet niet wat hebt uitgevreten.'

'Ik weet niet of het wel veilig is om alleen met jou te zijn. Waar heb je dat in godsnaam geleerd?'

'Chicago. Ik werkte daar in een gevaarlijke buurt. Het leek me verstandig om goed voorbereid te zijn.'

'Lekkere padvinder ben jij, zeg.'

Ik steek mijn hand onder zijn arm – 'Au! Mijn schouder!' – en begeleid hem naar het atelier. 'Waarom sloop je hier trouwens überhaupt rond?'

'Ik sloop niet rond. Ik wilde vragen of je zin had om wat te gaan drinken. Er speelt een leuk bandje in het café. Ik dacht dat je dat misschien leuk zou vinden.'

'En Claudia dan?'

'Wat is er met Claudia?'

We komen aan bij het atelier. Ik draai de deur van het slot en help hem naar binnen. Hij stort zich neer op de oude gebloemde bank en voelt aan zijn opgezwollen lip. 'Heb je ijs?'

'Nee, sorry. Is een koud biertje ook goed?'

'Prima. En kun je het wat warmer maken? Het lijkt hier wel een godvergeten vrieskist.'

Ik geef hem twee blikjes bier, een om op te drinken en een voor zijn lip, en schenk mezelf een flinke bel Jack Daniels in, in plaats van een fatsoenlijk biertje. Ik steek de oliekachel aan en ga in het halfdonker op de grond zitten, met mijn rug tegen de bank.

'Hoe gaat 't met je schouder?' vraag ik.

'Verrekte pijnlijk, als je het echt wilt weten.'

'Moet ik er even in knijpen?'

'Je hebt al genoeg schade veroorzaakt.'

Ik zet mijn drankje neer. 'Stel je niet zo aan. Zo erg is het nou ook weer niet. Geef me tien minuten en je bent er weer helemaal bovenop. Trek je jas eens uit.' Ik ga achter de bank staan en begin zijn schouder te masseren. 'De meeste tatoeëerders hebben problemen met hun nek en schouders. Ik heb wat cursussen gedaan. Vroeger masseerde ik na sluitingstijd het hele team.'

'Je hebt goeie handen,' geeft Blake na een tijdje toe.

'Mond houden en stilzitten.'

Ik ga van zijn schouders naar zijn rug, en maak stevige, ritmische rondjes over zijn spieren. Hij ruikt naar zeep en citroenen en iets wat ik niet kan thuisbrengen, iets scherps en kruidigs. Zijn huid voelt warm onder het dunne katoen van zijn shirt en ik voel de opwinding opkomen tussen mijn benen. O, hou je toch in. Denk aan die arme Jolene.

'Waarom stop je nou?' klaagt Blake. 'Het werd net lekker.'

Vertel mij wat. 'Misschien moest je maar weer eens naar huis.'

'Dat meen je niet. Ik kan nog helemaal niet lopen met deze knie. Kom op, ga nou even zitten en hou op met dat nerveuze gedoe. Ik ben echt niet in staat om je te bespringen.'

Onwillig ga ik naast hem zitten, en ik zorg ervoor dat er

een groot stuk bloemenstof tussen ons in blijft. Die Michael verdomme ook met zijn 'strijk met je hand over het hart'. Het is alsof er een bak Ben&Jerry's naast me staat waar ik niet aan mag komen. En als we dan toch in metaforen spreken, ik verga van de honger. Alsof ik in maanden niet gegeten heb, zeg maar. Mijn buik is keihard aan het knorren en ik zit bijna te kwijlen. Het enige waar ik aan kan denken is het deksel eraf halen en met mijn lepel in de...'

'Ik vroeg of je nog een biertje voor me kunt pakken?'

'Ja ja, rustig maar,' zeg ik geïrriteerd.

Ik pak nog een Stella uit de koelkast. Zodra ik hem aan Blake geef, pakt hij me bij mijn pols en trekt me op de bank. Nog voor ik kan protesteren, heeft hij zijn mond op de mijne gedrukt en duwt hij zijn tong woest tussen mijn lippen. Hij smaakt koud en naar gist, van het bier. Mijn tepels gaan in de aanslag en mijn slipje knelt. Ik word niet gauw opgewonden van een man, maar deze kus schiet van mijn oorlel naar mijn tenen. Ik wilde maar dat ik het refrein van 'Jolene' in mijn hoofd kon uitzetten. Het schuldgevoel leidt me af.

Ik worstel mezelf los, en schiet naar de andere kant van de kamer met het ongeopende biertje nog in mijn hand. 'Wat had dat verdomme te betekenen?'

'Alleen maar even checken of alles nog werkt, na dat knietje in mijn ballen.'

Ik gooi het blikje naar hem toe. Blake vangt het behendig en springt dan omhoog, zijn knie is op miraculeuze wijze weer helemaal genezen. Zijn ogen staan donker en hongerig als hij me naar zich toe trekt.

Deze keer luister ik niet meer naar 'Jolene'. Ik kus hem wild terug, met mijn hand op zijn achterhoofd. Zijn armen slaan zich om mijn middel, kruipen onder mijn t-shirt en zetten koers naar mijn tepels, die inmiddels van het formaat walnoot zijn. We schuifelen naar de bank en ik knoop zijn jeans open terwijl hij mijn rokje over mijn middel omhoog-trekt. Ik krijg kippenvel als hij met zijn handpalmen langs mijn huid strijkt. Het lijkt wel alsof hij een hotline naar mijn kruis heeft.

Blake trapt zijn jeans uit, half hupsend, half op de bank vallend en ik ruk mijn T-shirt over mijn hoofd. Hij trekt mijn slipje naar beneden en ik druk mijn kruis tegen zijn gezicht, en kreun van genot als zijn tong als kwikzilver over mijn clit heen beweegt.

Dit is doorgaans het punt waarop ik doe alsof ik klaarkom, om het tempo er een beetje in te houden. Maar deze keer is dat niet nodig. Een golf van elektriciteit schiet door mijn dijen. Ik pak zijn schouders zo stevig vast dat hij huivert en me op de bank naast zich trekt.

Ik haak mijn been om zijn middel en ga met gespreide benen op hem zitten. Mijn dreads gaan over zijn borstkas wanneer ik me naar hem toe buig zodat hij mijn tieten in zijn mond kan nemen. Ik knijp in zijn tepels en laat hem ba-lanceren op de rand van pijn en genot. Zijn pik stoot tegen mijn poes en ik duw mijn heupen naar boven om hem naar binnen te leiden. Hij vingert mijn clit, ik draai mijn heupen tegen hem aan en voel weer een orgasme opkomen.

Zijn ogen gaan half dicht en zijn lichaam wordt plotseling stijf, terwijl in mij zijn pik nog harder wordt. Hij komt een paar tellen voor mij, onze lichamen liggen glad en heet tegen elkaar aan.

Pas als ik me hijgend en zwetend tegen hem aan laat val-len, herinner ik me de woorden van Grace. *Je mag met niemand naar bed. We moeten er helemaal zeker van zijn dat het Toms kind is.*

Ach, het zal allemaal wel loslopen. Volgende maand zal ik voorzichtiger zijn.

Het zal allemaal wel loslopen.

10

Catherine

Ik ben echt de flauwste niet, maar dat gedoe over die baby gaat echt veel te ver. Dit soort roekeloos gedrag past wel bij Susannah, maar van Grace had ik meer verwacht. Zij zou beter moeten weten. Alleen Tom lijkt de implicaties van dit belachelijke plan te begrijpen, maar uit ervaring weet ik dat wanneer mijn dochters vijf minuten even geen ruzie maken en hun krachten bundelen, bijna niemand tegen ze opgewassen is. De arme man heeft bij voorbaat al verloren.

Susannah heeft Grace niet verteld wat er bij haar laatste zwangerschap is gebeurd. Grace heeft geen idee dat we Susannah bijna kwijt waren geweest. Hoe zou ze dat ook kunnen weten, als je bedenkt dat ze er nooit was? Te druk bezig met haar leven in Londen tot een daverend succes te maken. Wie weet hoe het deze keer zal gaan? Zelfs Grace zou haar dit nooit laten doen als ze de waarheid wist. Het is het risico niet waard.

De eerste keer dat ik mijn lichaam in het ziekenhuis achterliet en met Grace mee naar huis ging, dacht ik dat ik dat deed om ervoor te zorgen dat ze voor haar jongere zusje zou zorgen. Nu zie ik dat het om zoveel meer gaat. Het is zelfs een zaak van leven of dood.

Ik heb geprobeerd om mijn oudste dochter te bereiken, maar het lukt me niet om tot haar door te dringen. Ik ben ervan overtuigd dat ze me ergens wel moet kunnen horen, maar ze sluit zich voor me af. Zoals altijd.

Dus ik zal het via Susannah moeten spelen. Het heeft geen zin haar aan te spreken op haar geweten, want voor zover ik kan beoordelen heeft ze dat niet. In plaats daarvan doe ik het op haar manier.

Op een ochtend, als ze net de douche wil instappen, sla ik toe. 'Weet je nog hoe moeilijk het de laatste keer was om die kilo's er weer af te krijgen?' mompel ik in haar oor. 'En Grace is de laatste tijd zo mooi slank. Grappig dat jij uiteindelijk het dikke zusje zult zijn.'

Susannah laat haar handdoek vallen, en draait zich met haar zijkant naar de spiegel om zichzelf te bestuderen. 'Ik ga dik worden,' zegt ze, alsof deze gedachte nu pas in haar opkomt. 'Dik worden voor Grace. Ik lijk wel gek. Met Davey kwam ik twintig kilo aan, en toen was ik tweeëntwintig. God mag weten hoelang het deze keer zal duren voor ik het er weer af heb.'

Ik voel me net de Duivel in *Brieven uit de Hel*, die de gelovige verleidt tot het kwaad.

'Ieder kind kost je een cupmaat,' zeg ik. Het doel heiligt de middelen.

Susannah fronst. 'Misschien moet ik Grace er toch maar voor laten betalen. Dan zou ik een borstvergroting en liposuctie kunnen nemen. Of een goeie buikwandcorrectie. Ja, dat lijkt me wel wat.'

Nee. Dit gaat de verkeerde kant op.

'En de striae dan?' houd ik aan. Ik gooi mijn troef op tafel. 'De baby zal je tatoeages verpesten. Ze zullen onherkenbaar worden uitgerekt.'

'Ik had dit nooit moeten aanbieden,' zegt Susannah geïrriteerd. 'Wie wil er nou een zwangere koe beklimmen? Ik zal maandenlang niet kunnen neuken.'

Haar taalgebruik doet me huiveren, maar de strekking van wat ze zegt juich ik toe.

'Vertel Grace dat je van gedachten bent veranderd. Ze zal overstuur zijn, maar Tom zal jouw kant kiezen. Hij wil dit sowieso al niet. Hij zal ervoor zorgen dat Grace je niet op straat zet. Misschien kun je het in plaats daarvan met haar hebben over dat idee om weer te gaan studeren...'

'Grace?' roept Susannah. 'Ben jij dat?'

Ze trekt haar roodzijden kimono aan en rukt de badkamerdeur open. Ik loop achter haar aan naar het ronde torenkamertje dat Grace als studeerkamer gebruikt. De deur is dicht, maar ik kan het gedempte geluid van haar gesnik erdoorheen horen.

Grace tilt haar hoofd omhoog van het bureau zodra haar zus binnenkomt. Haar gezicht is bleek en betraand. Zonder een seconde te aarzelen omhelst Susannah haar, streelt haar haren en belooft haar dat het allemaal goed zal komen; en op dat moment weet ik dat ik de strijd heb verloren.

Toen Susannah vier jaar oud was, kreeg ze een longontsteking. Dat was natuurlijk doodeng, maar na een antibioticakuur was ze al snel weer de oude.

Zes weken later, vlak voor kerst, kwam het terug. Deze keer duurde het langer voor ze er weer bovenop was. Een maand nadat ze terug was uit het ziekenhuis hing ze nog steeds uitgeput en lusteloos op de bank. Volgens de artsen zou het helpen als ze even zou ontsnappen aan de natte Engelse winter om zo haar immuunsysteem weer op gang te helpen, dus vlogen we voor tien dagen naar Griekenland. Het leek beter met haar te gaan; tot we weer thuiskwamen.

Omdat het nou eenmaal niet praktisch was om voorgoed naar het Middellandse Zeegebied te verhuizen, werd in de achttien maanden daarna het Royal Brompton Ziekenhuis in Chelsea ons tweede huis. Susannah kreeg maar liefst dertien keer een longontsteking. Het kostte een uur en tien minuten en twee metro-overstappen om van ons huis in Hampstead naar het ziekenhuis te komen, en dat was op dagen zonder stakingen en andere vertragingen. Ik ben vaak genoeg in een stoel op haar kamer in het ziekenhuis blijven slapen, om maar niet de hele reis terug naar huis te hoeven maken. Ik vrees dat Grace in die periode aan het kortste eind trok.

Ze deed er natuurlijk helemaal niet moeilijk over. Door de week bleef ze thuis bij David, maar in de weekends en vakanties moest ik haar wel met me meenemen naar het ziekenhuis. Ze bracht uren door in de kinderwachtkamer, met haar neus in de boeken. Ik kan me niet herinneren dat ze ooit geklaagd heeft.

Na de laatste keer dat Susannah in het ziekenhuis had gelegen, vlak voor haar zesde verjaardag, wilden de artsen proberen haar thuis met antibiotica verder te behandelen. Tegen die tijd had ze al een allergie ontwikkeld voor orale penicilline, dus elke ochtend en avond kwam er een zuster bij ons thuis om haar een diepe, intramusculaire prik in haar bil te geven. Zelfs ik was onder de indruk van het formaat en de lengte van de naald. De injecties waren duidelijk ontzettend pijnlijk, en die arme Susannah was er doodsbang voor. Zodra ze de zuster het tuinpad op zag lopen, zette ze het op een schreeuwen en verstopte zich in een hoek van de kamer.

Toen begonnen de nachtmerries en het bedplassen. Ze huilde vaak zonder reden; als ik naar de keuken liep om theewater op te zetten hoorde ik ineens gegil uit de zitkamer komen. We probeerden met haar te praten, haar om te kopen met een jong katje, streng te zijn, maar niets hielp. Ik had zelfs al een afspraak gemaakt met een kinderpsycholoog, toen ik er bij toeval achter kwam wat er aan de hand was.

'Het is niet om te lachen,' zei ik die avond fel tegen David. 'Grace sluipt naar buiten en drukt op de deurbel wanneer ze denkt dat er niemand kijkt. Ik heb het gezien. Susannah denkt dan dat het de zuster is met de naald. Daarom wordt ze zo hysterisch.'

'Je overdrijft,' snauwde David. 'Ze pest gewoon haar zusje. Dat is normaal, Catherine. Als jij Susannah als een invalide behandelt, blijft ze zich ook zo gedragen. En nu we het er toch over hebben, misschien zou je er zo nu en dan aan kunnen denken dat je twee dochters hebt, in plaats van één.'

Waar het Grace betrof, was haar vader blind. De polarisatie in mijn gezin was nog nooit zo duidelijk geweest. David ging met Grace fietsen en zeilen, leerde haar zwemmen, tennissen, rolschaatsen. Ze gingen hele weekends samen vissen aan het meer bij het huis van mijn ouders, of stenen zoeken op het strand. En in de tussentijd kropen Susannah en ik lekker onder een deken op de bank en keken we voor de zoveelste keer naar *The Sound of Music*.

Ik had me erbij neergelegd dat David nooit zo'n band zou ontwikkelen met zijn jongste dochter als met haar zus. Maar ik had echt moeite met de manier waarop Grace met Susannah omging.

Zoals iedere moeder wilde ik dat mijn kinderen een hechte band zouden hebben. Als David en ik er niet meer zouden zijn, zou Grace Susannah's enige familie zijn.

De dag na Grace' negende verjaardag – waar Susannah niet bij was, omdat ze weer eens in het ziekenhuis lag – liep ze weg van huis. Nadat ik de hele buurt in paniek had uitgekamd belde ik de politie en zat de daaropvolgende uren in doodsangst, met het beeld in mijn hoofd van een gewonde Grace, Grace dood in een greppel, Grace die lijkbleek op een tafel in het mortuarium lag, totdat we uiteindelijk een telefoontje kregen van de dienstdoende hoofdverpleegster op de kinderafdeling van het Brompton.

'Ze is hier,' zei ze. 'Ze heeft Susannah een stuk verjaardagstaart gebracht, ze zei dat ze Susannah ook een beetje feest wilde laten vieren. Ze ligt op Susannah's bed te slapen. Grace is veilig, mevrouw Latham. Ze is bij haar zusje. Ze is veilig.'

Ik heb deze dagen een raar besef van tijd. Een uur lijkt soms een minuut te duren; een week is voorbij voor ik er erg in heb. Ik heb geen idee waar ik ben als ik niet hier ben, waar dat 'hier' dan ook moge zijn.

Ik heb ontdekt dat ik mezelf kan verplaatsen door simpelweg te denken aan de plek waar ik wil zijn. Ik zorg er altijd voor dat ik in het ziekenhuis ben wanneer er iemand op bezoek komt, het voelt zo onbeleefd om er niet te zijn als iemand al die moeite heeft genomen om langs te komen.

Susannah is hier om de dag, en blijft dan urenlang. David ook, al weet hij meestal niet wat hij moet zeggen. Het is moeilijk voor hem om me zo te zien, en ik voel met hem mee. Mannen zijn nou eenmaal niet gemaakt voor ziekenkamers. Maar de verwaarlozing van Grace kan ik moeilijk verkroppen. Ze komt één keer per week, en blijft dan een uur, op de minuut af. Ik begrijp werkelijk waar niet waarom ze zo kwaad lijkt te zijn.

Grace ontwijkt ook haar vader, wat nog veel vreemder is. Ze heeft hem niets verteld over wat zij en Susannah hebben gedaan. David en ik waren het zelden eens over de opvoeding van de meisjes, maar ik weet zeker dat we over deze kwestie samen één front zouden vormen.

Het is dan ook niet gek dat Grace schuldbewust opschrikt wanneer David halverwege haar gereserveerde uurtje mijn kamer binnenkomt.

'Papa!' roept ze, en ze springt op uit haar stoel. 'Ik dacht dat jij er gisteren was.'

Hij gebaart dat ze weer moet gaan zitten. 'Dat klopt. De dokter heeft gevraagd of ik vanmiddag even terug wilde komen. Ze gaan nog wat tests doen. Het hoeft geen betoog dat we nog geen haar zijn opgeschoten. Ik heb geen test nodig om me te vertellen wat ik met mijn eigen ogen kan zien. Er is sinds de laatste reeks tests helemaal niets veranderd. In twee maanden is er niets veranderd.'

'Ik ben hier al een week niet geweest,' geeft Grace toe. 'Ik had het zo druk...'

'Je moeder zou dat heus wel begrijpen. Ze weet dat je een carrière hebt. Niemand kan van jou verwachten dat je je leven voor haar in de wacht zet.'

'Ze zou het voor mij wel doen.'

'Ze is je moeder. Dat hoort ze te doen. Ze vond het heerlijk om voor jullie twee te zorgen. Maar voor jou wilden we meer, Grace.' Hij knijpt haar in haar hand. 'Ik ben blij dat jij de kansen die je hebt gekregen niet aan je voorbij hebt laten gaan. Als jij kinderen had gehad, was dat echt jammer geweest.'

Ze krimpt ineen, maar David ziet het niet. 'Ik ben nog maar zevenendertig, pap. Het is nog niet te laat.'

Hij lacht. 'Ga nou niet broeds worden, dan stel je me teleur. Ik heb wat dat betreft al genoeg met je zus te stellen.'

'Kom op, pap. Dat is niet eerlijk.'

'Vind jij dan dat haar ouders trots op haar kunnen zijn?'

Grace aarzelt. 'Ze heeft een paar fouten gemaakt, maar ze

probeert het goed te maken,' zegt ze voorzichtig. 'En ze komt om de dag bij mam op bezoek. Daar is ze echt heel trouw in. Ze is weer begonnen met schilderen, en ze heeft zelfs…'

'Waarom verdedig je haar?'

'Ik verdedig haar niet. Maar volgens mij doet ze haar best, pap. Als je nou gewoon eens…'

'Het gedrag van je zus heeft elk succes dat jij ooit hebt geboekt, ondermijnd,' zegt David scherp. 'Je moeder heeft jou verwaarloosd omdat ze het altijd te druk had met zich zorgen maken over je zus. En nu ben jij degene die Susannah helpt en haar een dak boven haar hoofd biedt. Dat kind zou gewoon eens in haar eigen sop moeten gaarkoken. Ze heeft haar billen gebrand. Nu moet ze maar eens op de blaren zitten.'

Ik heb Grace niet verwaarloosd. Susannah had me nodig. Grace is veel sterker. Ze heeft mijn aandacht nooit zo hard nodig gehad als Susannah. Sterker nog, ze heeft me altijd weggeduwd.

Grace houdt voet bij stuk. 'Je hebt al negen jaar niet met Susannah gepraat, pap. Ze is in die tijd veranderd. Denk je niet dat mam zou willen dat jullie het nu eindelijk eens goedmaakten?'

'Je moeder heeft een blinde vlek waar het je zus betreft. Als ze vanaf het begin beter naar me had geluisterd en strenger voor haar was geweest, was ze nooit geworden wie ze nu is.'

Ik zie dat Grace het moeilijk heeft. Ze heeft haar vader heel hoog zitten; volgens mij is ze in haar hele leven nog nooit tegen hem in gegaan. Maar als ze iets is, dan is het wel rechtvaardig.

'Ik vind dat je te hard voor haar bent,' perst ze er eindelijk uit. 'Ik neem het je niet kwalijk, na alles wat ze heeft gedaan; ik heb er jarenlang precies zo over gedacht. Maar vind je niet dat ze toe is aan een tweede kans? Ze is teruggevlogen voor mama. Het is duidelijk dat ze weer bij het gezin wil horen. Waarom kom je niet een weekend bij Tom en mij logeren, nu ze er is? Gewoon voor de gezelligheid. Je zou met Susannah kunnen praten en...'

'Als je het niet erg vindt, Grace,' zegt David koeltjes, 'wil ik nu graag even met je moeder alleen zijn.'

'Pap...'

'Dank je, Grace.'

Grace zucht en geeft haar vader een kus. Hij omhelst haar niet zoals hij normaal gesproken doet, en ze ziet er aangeslagen uit. Maar ik ken David. Grace beseft het misschien niet, maar haar woorden hebben meer indruk op haar vader gemaakt dan ze zich kan voorstellen. Hij vindt haar mening belangrijk. Als zij een standpunt over iets inneemt, gaat hij daar veel serieuzer mee om dan bij iemand anders met hetzelfde standpunt, vooral bij mij. Als Grace de kant van haar zus kiest, kan hij dat niet zomaar wegwuiven.

Het werd tijd dat Grace iets terugdeed voor Susannah. Ze is al veel te lang superieur aan haar zus. Ik ben al vanaf het begin tegen die hele babyonzin, maar als het Susannah eindelijk een beetje meer macht geeft, zit er misschien ook een positieve kant aan het verhaal.

De volgende avond bestudeer ik het gedrag van mijn dochters, en dan zie ik al een paar subtiele veranderingen in hun relatie ontstaan. Grace bijt een paar keer op haar tong als ze een scherpe opmerking wil maken, ze staat toe dat Susannah een glas wijn voor zichzelf inschenkt, en ze laat haar zelfs zonder er iets van te zeggen een paar keer naar buiten verdwijnen voor een sigaret, ook al is ze misschien al zwanger. Zoals Susannah Grace voorhoudt, wanneer ze eindelijk een bezwaar ziet aankomen als ze voor de derde keer wil gaan roken, mogen we blij zijn dat het geen marihuana of nog iets ergers is. Het kleine kreng weet donders goed wat voor vrijheden ze zich permitteert, en ook dat Grace zich geheel tegen haar natuur inhoudt. Dat wordt nog wat als ze echt zwanger wordt.

Susannah hangt tegen het keukeneiland terwijl Grace eten kookt, en draait haar verschrikkelijke haar om haar vingers. Hoewel ze veel beter kan koken dan Grace – mijn oudste dochter is huishoudelijk gehandicapt: toen ze tien was, maakte ze thee voor me zonder het zakje eruit te halen, en toen ze zestien was kookte ze een ei zonder water in het pannetje te doen – steekt Susannah geen hand uit. Ze weet waarschijnlijk al dat haar hulp toch wordt afgewezen.

'Wat kwam Blake doen?' vraagt Grace terloops, terwijl ze een klontje boter laat smelten in de pan.

Susannah verstijft. 'Blake?'

'Tom zei dat hij Blake's auto op de oprijlaan zag staan toen hij van het station naar huis liep, maar dat Blake alweer weg was toen hij de heuvel op was.'

'O. Ja. Hij kwam alleen maar even langs voor Tom. Hij had geen tijd om te wachten. Hij zal hem de volgende keer wel spreken.'

Susannah voert iets in haar schild. En ik durf te wedden dat het iets met deze man te maken heeft.

'Michael vertelde dat je gisteren de hele dag in het atelier was,' zegt Grace, terwijl ze wat bloem bij de boter doet en de melk erdoor roert. Het zou niet mijn manier zijn om bechamelsaus te maken, maar Grace denkt altijd dat ze het beter weet. 'Hij is erg onder de indruk van je werk, Zee. Hij zei zelfs dat je deze zomer misschien wel een eigen expositie kunt houden. Dat hangt er natuurlijk van af hoe het allemaal loopt,' voegt ze er hoopvol aan toe. 'Heb je...'

'Daar is het nog een beetje vroeg voor, Grace,' zegt Susannah snel.

'Sorry. Ja, natuurlijk. Ik wilde je niet...'

'Ik moet dinsdag pas ongesteld worden. En trouwens, de eerste keer is het volgens mij toch niet gelukt. Waarschijnlijk hebben we het helemaal verkeerd gedaan.'

'Misschien moet je even met je voeten omhoog gaan zitten,' zegt Grace opgewekt. 'Voor het geval dat. Ik maak het hier wel even af.'

'Weet je het zeker? Ik voel me inderdaad wel een beetje vermoeider dan normaal.'

Het zelfgenoegzame lachje op haar gezicht terwijl ze naar boven loopt ontgaat Grace. Ik loop achter haar aan en vraag me af wat die kleine heks van plan is. Ik hou van Susannah, maar ik weet beter dan wie ook wat haar slechte kanten zijn. Het zou me niets verbazen als ze zou doen alsof ze zwanger was, alleen maar om zich te laten bedienen door haar zus. Eén ding weet ik zeker: mocht Susannah ooit echt zwanger worden, dan gaan die negen maanden voor ons allemaal aanvoelen als negen jaar.

Susannah doet de slaapkamerdeur achter zich dicht en trekt een leren tas onder het bed vandaan. Ze doorzoekt hem haastig, en trekt er dan een roze met wit doosje uit. Ik schrik als ik zie wat erop staat: VROEGE ZWANGERSCHAPSTEST – TEST JEZELF 6 DAGEN EERDER.

Ik ijsbeer ongeduldig door de kamer terwijl Susannah de badkamer in verdwijnt. Als de test negatief is, hebben we nog even de tijd om een ramp te voorkomen. Hoe langer dit gaat duren, hoe groter de kans wordt dat Susannah niet langer in huis mag blijven, of dat Tom zal weigeren nog mee te werken aan deze belachelijke vertoning. Laten we het hopen.

De badkamerdeur gaat plotseling open en Susannah stort

zichzelf op het onopgemaakte bed, met het kleine witte staafje nog in haar handen geklemd.

'Kut!' roept ze, haar stem gedempt door het kussen.

Ik staar naar het staafje.

Ik had het niet beter kunnen verwoorden.

11

Grace

Susannah voelt zich hondsberoerd, en ik ben zielsgelukkig.

'Waarom heb je het me niet verteld?' vraag ik en hou haar dreads uit haar gezicht terwijl ze boven de wc-pot gaat hangen. 'Als ik het had geweten, had ik je nooit zoveel koffie laten drinken.'

'Ik ben gek op koffie. Ik heb het nodig. Ik heb er nooit eerder van hoeven kotsen.'

'Je moet geen cafeïne drinken als je zwanger bent,' vaar ik tegen haar uit. 'Al zou jij er niet ziek van worden, dan nog is het slecht voor de baby.'

Susannah wankelt op haar blote voeten en veegt haar mond af met de rug van haar hand. 'Bullshit. Bij de jongens dronk ik liters oploskoffie, en zij hadden nergens last van. Ik had bij allebei geen last van ochtendmisselijkheid. Wedden dat dit een meisje is? Ze zeggen altijd dat je daar veel zieker van wordt, heeft iets met de hormonen te maken.'

Ik geef haar een washandje om haar gezicht fatsoenlijk mee schoon te maken en spuit snel wat glorix onder de rand van de pot. 'Je moet nu goed voor jezelf gaan zorgen,

Susannah. Deze eerste paar weken zijn cruciaal. Geen alcohol, geen cafeïne, en al helemaal geen sigaretten.'

'Jezus, doe eens rustig, zeg. Als alcohol echt zo slecht was voor baby's, zou de helft van de wereldbevolking kierewiet zijn. Hoe denk je dat de meesten van ons zijn verwekt?'

Ik besluit om deze ruzie voor een andere keer te bewaren. 'Hoelang weet je het al?'

'Ik heb vorige week pas de test gedaan. Ik wist dat jij uit je dak zou gaan als ik het je zou vertellen, en ik wilde niet dat je teleurgesteld zou zijn als het vals alarm was.' Ze draait de kraan open en gooit koud water in haar gezicht. 'Ik ben ongeveer vijf weken, als je het echt wilt weten.'

Natuurlijk wil ik het weten! Ik wil alles weten! 'O Zee, je bent zwanger! We krijgen een kind!'

'Grace, laat me los en doe eens even rustig. Ik word weer helemaal misselijk van al dat gedans van jou.'

Ze ziet er inderdaad een beetje bleekjes uit. Ik laat haar los en ga op de rand van het bad zitten. 'Sorry. Maar ik vind het zo geweldig! Wat ongelofelijk dat die slagroomspuit echt heeft gewerkt! Ik had nooit gedacht dat die zou werken. Ik kan niet wachten om het aan Tom te vertellen! Die zal door het dolle heen zijn!'

'Niet doen,' zegt ze snel. 'Nog niet. Het is echt nog heel vroeg. Je moet het voorlopig even aan niemand vertellen. Zelfs niet aan Claudia en Blake.'

'Ik moet het aan Tom vertellen! Dit kan ik niet voor hem verzwijgen. Ik beloof je dat ik het aan niemand anders zal vertellen.'

'Goed dan. Alleen aan Tom.'

'Ik zweer het.' Ik kan mezelf niet inhouden en geef haar nog een knuffel. 'Susannah, ik kan je niet vertellen wat dit voor me betekent. Je bent de beste zus die ik me ooit had kunnen...'

Ze rukt zich los. 'Shit. Ik moet weer kotsen.'

Ze kokhalst net zo lang boven het toilet tot er alleen nog maar heldere gal uit komt. Hoewel ik weet dat ze zich waardeloos voelt, kan ik toch een kleine steek van jaloezie niet onderdrukken omdat zij degene is die dit mag ervaren, hoe ellendig het ook is. Een nieuw leven dat in je groeit! Dat moet een geweldig gevoel zijn.

'Wanneer ben je uitgerekend?' vraag ik, terwijl ze haar mond met Listerine spoelt en haar dreads met een smerig elastiekje naar achteren bindt.

'Weet ik niet,' zegt ze ongeduldig. 'Ik ben vijf weken onderweg, dat zei ik toch al. Reken zelf maar uit.'

'Je krijgt een baby, Zee! Ben je niet blij? Wil je het niet weten?'

'Ik krijg jóúw baby,' verbetert ze me. 'Ik heb dit al twee keer eerder gedaan, weet je nog? De komende acht maanden bid ik elke ochtend boven het porseleinen altaar. Ik krijg een prachtige grote, harige bruine streep van mijn navel tot aan mijn onderbroek. Mijn tieten worden zo groot dat ik geen zonlicht meer zal kunnen zien. Ik krijg aambeien, maagzuur, striae en spataderen. Mijn voeten worden dik, ik kan geen koffie of curry ruiken zonder misselijk te worden, en ik heb ongeveer net zoveel kans op seks als de paus. En dan, als het bijna is afgelopen, moet ik een voetbal uitpoepen door een gaatje dat zo groot is als mijn neusgat. Ja, inderdaad. Ik heb er echt zin in.'

Er is niets wat ze kan doen om mijn euforie in te dammen. Ik huppel terug naar haar slaapkamer en gooi haar garderobekast open. Ik ga door de deprimerende rekken vol zwart – zwarte T-shirts, zwarte minirokjes, zwarte jeans – tot ik de gitzwarte tuniek met afgeknipte legging heb gevonden die ze vorige week van me heeft gepikt. Ze zijn van Nicole Farhi en hebben bijna negenhonderd pond gekost, maar ik denk niet dat Susannah dat weet. Irritant genoeg staat de outfit haar duizend keer beter dan hij bij mij ooit heeft gedaan.

Ik onderdruk een vlaag van schuldgevoel als ik de kleren van hun hanger haal. Susannah's jaarsalaris komt waarschijnlijk niet eens in de buurt van wat ik in een maand uitgeef bij Harvey Nicks. Goed, ik kan het betalen, en ik werk er ook hard genoeg voor, maar toch.

Ik gooi de kleren op bed. 'Kom op, aankleden.'

'Hebben we haast of zo? Waar gaan we heen?'

'Ik ga eerst dokter Hagan in het Portland bellen. Als we geluk hebben, heeft ze vandaag een afzegging. Het kan jou misschien niet schelen wanneer deze baby komt, maar ik wil het weten.'

'Het Portland? Bedoel je waar Posh Spice en Zoe Ball en Billie Piper zijn bevallen? Meen je dit of maak je een grapje? Het kost daar zeker een paar duizendjes!'

'O, dit vindt ze wél leuk,' zeg ik met een glimlach.

'Misschien zit er wel een lekkere voetballer of rockster wiens vrouw op hetzelfde moment moet bevallen als ik,' fluistert Susannah. 'En dan worden we verliefd en gaan we er samen vandoor, en dan word ik voetbalvrouw net als Cheryl Cole.'

'Los van het hele mannetje-inpik en gemene kutwijven-aspect dat daaraan kleeft,' hou ik haar voor, 'ben je op dat moment, hoe onbelangrijk dat verder natuurlijk ook is, misschien ook een beetje druk met die voetbal door je neusgat persen.'

'Spelbreker.' Ze wil haar sigaretten van het nachtkastje pakken, maar ik graai ze weg. 'Jezus, Grace. Geen drank, geen peuken; ik ga dit niet trekken, hoor. Ik neem aan dat ik wel weer seks mag hebben, nu ik door en door zwanger ben?'

Iets vertelt me dat dit negen heel erg lange maanden gaan worden.

'O, mijn god,' zeg ik zachtjes. 'O Zee, kijk nou. Dat is ons baby'tje!'

De echoscopist beweegt het apparaat over Susannah's nog platte buik. Wat zonde toch dat die helemaal onder de tatoeages zit. Ze zou er zo leuk uit kunnen zien als ze een klein beetje haar best deed.

Ze draait haar hoofd en staart naar de donkere zwartwitte vlekken op het scherm. 'Welke baby? Ik zie helemaal niks.'

'Daar,' zegt de echoscopist. 'Die witte rijstkorrel. Dat is je baby.'

'Echt waar? Hij ziet er meer uit als een platgeslagen mug.'

'Heb je met de jongens nooit een echo laten maken?' vraag ik.

'Tegen de tijd dat ik naar een dokter ging, had het weinig zin meer,' zegt Susannah terwijl ze haar schouders ophaalt. 'Ik was al zo ver dat, mocht er iets aan de hand zijn, er toch niets meer aan gedaan kon worden.'

'Ging je dan nooit naar zwangerschapscontrole?'

'Ik was niet bepaald superenthousiast over het moederschap,' zegt ze sarcastisch.

De echoscopist klikt en meet, markeert gedeeltes van de piepkleine afbeelding op het scherm en voert de relevante gegevens in haar computer in. 'Je datum is naar mijn idee redelijk accuraat,' zegt ze. 'Je bent zeven weken zwanger, met een marge van een dag of drie. Dat bevestigt dat je bent uitgerekend op 22 december.'

'Een kerstkindje,' fluister ik.

'Een marge van een dag of drie?' zegt Susannah. 'Kunt u niet iets specifieker zijn?'

'Dat hoeft toch helemaal niet?' zeg ik. 'We weten wanneer het verwekt is.'

'Dit is geen exacte wetenschap,' vertelt de dokter. 'Nor-

maal gesproken kunnen we met de echo de bevruchtingsdatum bepalen met een marge van een paar dagen, wat redelijk nauwkeurig is. Meestal nemen we de datum van je
laatste menstruatie om de bevruchtingsdatum te bepalen,
en de echo bevestigt die dan alleen nog maar.'

De echoscopist doet de laatste metingen en veegt daarna
de gel van Susannah's buik.

'De baby lijkt zich tot nu toe normaal te ontwikkelen,'
zegt ze. 'Het hartje klopt mooi regelmatig en het is er absoluut maar eentje, mocht je bang zijn voor een tweeling. Het
gaat allemaal prima. Ik zie je weer als je dertien weken bent,
voor de nekplooimeting.'

Susannah kijkt verward. 'Wat is in hemelsnaam een nek-
klooimeting?'

'Nekplooi. Daarmee meten ze de open ruimte aan de achterkant van het nekje om te controleren of het neusbeen
goed ontwikkeld is,' leg ik haar uit. 'Zo kijken ze of de baby
symptomen heeft van het syndroom van Down.'

'Is er dan iets mis met de baby?' vraagt ze verschrikt.

'Er is niets aan de hand,' sus ik haar. 'Het is gewoon routine, voor de zekerheid.'

'Maar wat als er nou wel iets is? Dan neem je hem nog
wel, toch? Je gaat me toch niet opzadelen met een...'

'Susannah, rustig nou. Er is helemaal niets mis met de
baby.'

'Wat een hoop stomme scans en testjes. Het is allemaal
een stuk ingewikkelder dan vroeger,' moppert ze, terwijl
ze haar benen naar de zijkant van het bed zwiept en haar
T-shirt omlaag trekt.

'Niet zo zeuren. Je hebt je rijke voetballer toch in de
wachtkamer gezien, of niet soms?'

'Ja. Met zijn vrouw, ja.'

Ze is erg onrustig als we staan te wachten om te betalen.

Ze pakt wat tijdschriften en legt ze weer terug, frunnikt wat aan de waterautomaat, en rammelt net zo lang aan het goededoelenpotje op de balie tot het omvalt. Nu ze gestopt is met roken heeft mijn zus de concentratie van een goudvis. Ik kan me nu al verheugen op de tijd dat ik alleen maar een onhandelbare kleuter hoef bezig te houden.

'Ik had je beloofd om te gaan shoppen,' zeg ik als we het ziekenhuis uit lopen. 'Waar wil je naartoe?'

'Harrods,' zegt ze direct.

'O Susannah, moet dat echt? Dat is een vreselijke toeristenfuik. Harvey Nicks is veel beter. Of we kunnen naar Bond Street, daar hebben ze een paar geweldige babywinkels.'

Ze kijkt me opstandig aan. 'Ik ben nog nooit naar Harrods geweest. Je zei dat ik mocht kiezen.'

Ik geef me met een zucht gewonnen. Susannah loopt de straat op en zodra er een lege taxi aan komt rijden laat ze zo'n groot stuk bloot bovenbeen zien dat het me verbaast dat de chauffeur niet meteen tegen een lantaarnpaal botst. Ze instrueert hem om 'met een mooie omweg' naar Knightsbridge te rijden.

Ik bekijk de echofoto's om de minuut, terwijl de taxichauffeur gretig gebruikmaakt van de gelegenheid om ons kaal te plukken. Voor Susannah is een zwangerschap misschien ouwe koek, maar voor mij is dit het meest wonderbaarlijke wat er bestaat. Ik strijk voorzichtig met mijn vinger over het dunne fotopapier. Dit is echt. Het gaat echt gebeuren. We gaan een kindje krijgen.

Tom blijft maar zeggen dat het nog te vroeg is om blij te zijn, maar ik heb mezelf niet in de hand. De afgelopen weken, nadat we de 'babydans' – zoals Susannah het noemt – met de slagroomspuit hadden gedaan, kon ik alleen nog maar daaraan denken. 's Nachts droom ik over wiegjes; overdag speur ik op internet naar alles wat met zwangerschap te maken heeft. Ik ken alle stadia uit mijn hoofd. Met zeven weken steken er al vingertjes en teentjes uit je baby's handjes en voetjes, bedekken zijn oogleden ongeveer zijn hele ogen en is zijn 'staart' bijna weg. De externe genitaliën zijn nog niet zo ver ontwikkeld dat je kunt zien of het een jongetje of meisje wordt. Je baby is ongeveer zo groot als een kidneyboon en beweegt continu, hoewel je daar nog niets van voelt.

Ik weet dat ik Susannah helemaal gek maak met mijn gedram en gecontroleer, maar zodra de baby gezond geboren wordt is het allemaal ergens goed voor geweest. Ik moet haar de komende drieëndertig weken gewoon op het rechte pad houden. Dat moet toch zelfs voor Susannah wel te doen zijn?

Eindelijk zet de taxi ons af in Knightsbridge, nadat we langs Buckingham Palace, Hyde Park en de Royal Albert Hall zijn gereden, en ik betaal hem een bedrag dat bijna net zo belachelijk is als wat ik zojuist heb neergeteld in het ziekenhuis. Susannah loopt langs de parfumstands op de begane grond met de blik van een klein kind in de snoepwinkel.

'Dit is geweldig!' roept ze uit. 'Mag ik een make-over?'

'Heb je enig idee hoeveel chemicaliën er in die luchtjes zitten?' vraag ik terwijl ik haar mee naar de lift sleep. 'Als je zwanger bent, moet je eigenlijk zelfs geen deodorant gebruiken.'

'Dat meen je toch niet serieus?'

'Ik zal wel een plantaardige voor je kopen,' zeg ik ernstig, 'of anders kun je ook zuiveringszout gebruiken. Dat schijnt heel goed te werken, heb ik laatst gelezen in een artikel in *Visies op Veganisme*.'

Ik verwacht een paar anatomisch onuitvoerbare orders van Susannah, maar dan gaat de liftdeur open op de vierde verdieping.

'De speelgoedafdeling?' zegt ze schamper.

'De speelgoedafdeling van Harrods,' corrigeer ik haar.

Zelfs zij wordt stil als ze de carrousel in het midden van de verdieping ziet staan. Er steken panda's en ijsberen van drie meter hoog boven ons uit. Er rijden modeltreintjes over een geverfd miniatuurlandschapje dat zo lang is als een zwembad. Aan de ene kant staan rijen en rijen poppen opgesteld als een roze regiment in tule dat klaarstaat om helemaal *over the top* te gaan. Aan de andere kant wedijveren Lamborghini's en Ferrari's met elkaar om als eerste te vertrekken. Aan het plafond hangen modelvliegtuigjes en vlinders van gaas, en een jongeman in een nis demonstreert een magisch gekleurd goedje dat uitgroeit tot een tros vrolijk gekleurde ballonnen. Een walkietalkiepop, zo groot als een kind van drie, pakt een porseleinen kopje en biedt Susannah thee aan. Het lijkt wel de spelonk van Aladdin, de Grot van de Kerstman, een glinsterende, verleidelijke, opzichtige Arabische soek.

'Joehoe?' zeg ik plagend. 'Dit is Aarde aan Zee. Bent u er nog?'

'Mogen we iets kopen?' vraagt Susannah fluisterend. Ze oogt als een klein kind.

'Wat had je in gedachten?'

'Weet ik veel! Gewoon iets! Een knuffel?'

Ik glimlach. 'Kies er maar een uit.'

Ze verdwijnt in een onwaarschijnlijk felgekleurde berg van pluche, bont en glazen ogen, maar komt terug met een ouderwetse lichtbruine teddybeer. 'Kijk dan! Het is Big Ted!'

'Big Ted?'

'Ja, van *Play School*. Weet je nog? Dat was ons lievelingsprogramma. Er speelden vijf poppen in mee: Big Ted, Little Ted, Jemima, Humpty en... shit, wat was de laatste nou?'

'Hamble.'

'Hamble! God, wat haatte ik die pop. Ze zag eruit als een cokesnuivende Elizabeth Taylor. Ik was ervan overtuigd dat ze midden in de nacht mijn kamer in zou komen sluipen om mijn oren eraf te snijden of zo.'

'Susannah!'

'Zeg zou zelf. Ze had het zusje van Chucky kunnen zijn.' Ze laat de beer dansen voor mijn gezicht. 'Mag ik hem hebben? Ach, toe, alsjeblieft?'

Mijn zus zou met haar charme nog ijs aan Eskimo's weten te verkopen. Ik pak de beer aan en mijn gezichtsuitdrukking verandert van toegeeflijk in versteend als ik het prijskaartje met drie nullen zie. Mijn god, heeft ze een Steiff te pakken?

'Het geeft niet,' haast Susannah zich te zeggen. 'Hij is te duur. Ik leg hem wel terug.'

Ik zet mijn meest opgewekte glimlach op. 'Doe niet zo mal. Je mag hem hebben. Zo, en ben je nu klaar voor de babykamer?'

Ineens steekt ze haar arm door de mijne. Ik voel een plotselinge golf van liefde door me heen gaan: niet voor de baby, maar voor Susannah zelf. Ze heeft het de afgelopen paar jaar moeilijk gehad, en ook al heeft ze veel van haar problemen zelf veroorzaakt, ik wil wel dat ze gelukkig is. Wat ze in het verleden ook allemaal gedaan heeft, ze is en blijft mijn kleine zusje, en ik hou van haar.

De babykamerafdeling is even spectaculair als het speelgoedparadijs. Susannah fladdert van het ene naar het andere rek met piepkleine jurkjes en rompertjes, en roept oh en ah, als Sjakie die aankomt in de chocoladefabriek.

Ik voel aan een paar minuscule witte laarsjes bestikt met een satijnen lintje. Wat zijn ze klein! Ik kan me niet voorstellen dat daar ooit een voetje in zal passen.

Ik krijg een kindje! Ik krijg een kindje!

'Dit moet je zien,' brengt Susannah hijgend uit, en ze trekt me mee naar de babykamermeubels. 'Dit wiegje is echt zó schattig. Het ziet eruit als een sprookjesbed.'

Ze blijft staan voor een lichthouten ledikantje dat eruitziet als een miniatuurhemelbed, met vaalroze gazen en katoenen doeken eromheen gehangen.

'Het is prachtig,' zeg ik. 'Maar wat als het nou een jongetje wordt?'

Uiteindelijk kiezen we voor een traditioneel kersenhouten bedje dat je kunt uitklappen tot een gewoon kinderbed, met appelgroene babylakentjes van het fijnste katoen. Het is veel en veel duurder dan ik aanvankelijk in gedachten had, maar ik vind het leuk om Susannah te verwennen. Ik merk dat ik geen nee tegen haar kan zeggen: niet tegen de bergen victoriaanse nachthemdjes, niet tegen de crèmekleurige kasjmier inbakerdeken – driehonderd pond voor vijfenzeventig vierkante centimeter! – en zelfs niet tegen de belachelijke Silver Cross kinderwagen en het Bugaboo wandelwagentje waarvan Susannah lijkt te denken dat ze onmisbaar zijn voor een goed uitgeruste babykamer. We kopen piepkleine gele sokjes, katoenen wantjes, kanten sjaaltjes, rompertjes van Ralph Lauren, wollen babyjasjes met satijn. Zelfs al terwijl de kassajuffrouw alles aanslaat weet ik dat het allemaal hopeloos extravagant en onpraktisch is: alles moet met de hand gewassen worden, en sinds wanneer zijn zuigelingen gevoelig voor kleding van Dior? Maar omdat het Susannah zo gelukkig maakt, zeg ik ja: ja tegen de designerslabbetjes; ja tegen de zijden sokjes; ja tegen de hele mikmak.

Ik geef in iets meer dan twee uur meer dan vijfduizend pond uit, en overtuig mezelf ervan dat ik het kan betalen, en dat het het waard is; dat Susannah's blije gezicht het waard is.

Als ze me op weg naar de uitgang met kinderlijke slinksheid naar de afdeling sieraden meesleept, protesteer ik niet.

Ze slaakt een dromerige zucht bij de balie van Tiffany's, en ik kan haar niet weerstaan. Ze heeft niemand die haar af en toe verwent. En als ik de winkelbediende de massief zilveren armband aanwijs die Susannah heeft uitgekozen uit de 1837-collectie, dezelfde armband die Tom me voor mijn verjaardag heeft gegeven, ben ik net zo blij als zij.

Wat heb ik toch een geluk, denk ik bij mezelf wanneer we weer in een taxi springen om naar huis te gaan. Hoeveel ik ook aan Susannah uitgeef, het zal nooit genoeg zijn om haar terug te betalen. Ik heb zo'n geluk dat ik haar heb, dat ik deze kans krijg. Ik heb een perfect leven.

Ik denk dat ik nooit eerder zó gelukkig ben geweest.

12

Susannah

Ik kan aan niemand vertellen dat ik zwanger ben. Niet nu die sneue, zeikerige hufter heeft afgehaakt.

Ik kan het goddomme niet geloven. Ik was nooit zwanger geworden als ik ook maar een seconde had gedacht dat ik er alleen voor zou komen te staan. Ik wil verdomme helemaal geen baby! Alles begon net een beetje goed te gaan, en toch moest ik het weer verknallen. Voor de zoveelste keer heb ik het weer voor elkaar gekregen om het onmislukbare te laten mislukken, zoals papa het zou formuleren. Als hij dit te horen krijgt, onterft hij me voorgoed.

Alleen Grace weet ervan. En natuurlijk is zij in geen velden of wegen te bekennen sinds alles uit elkaar is geklapt.

Shit, ik ben zó ongelooflijk de lul. Ik kan nergens heen en ik heb geen baan. Ik heb helemaal niets voor de baby, behalve wat Grace en ik op ons laatste dagje shoppen hebben gekocht en die spullen zijn wel mooi maar niet bepaald handig. En ik heb om precies te zijn nog zeven pond en tweeënvijftig cent. Grace had op haar achtste al haar eerste spaarrekening, maar ik ben nooit zo'n appeltje-voor-de-dorst-achtig type geweest. Mijn creditcards zijn compleet leeg, bij de bank sta ik rood en ik heb een schuld van bijna vierduizend pond bij een woekeraar die tweeënveertig procent rente rekent. Zonder hulp van Grace is het óf een woningbouwflat en bijstand, óf sterven in de goot.

Ik heb haar echt wel tien keer gebeld. Ik heb ingesproken waar ik ben, en ze heeft niet één keer de moeite genomen om me op te zoeken. Ze weet dat ik in de shit zit. Ze zou me er zo uit kunnen helpen als ze daar zin in had. Ze is mijn zus, dat hoort ze te doen!

Een dellerig winkelmeisje hangt om me heen terwijl ik de dunne, goedkope kruippakjes aan het rek bekijk. 'Kan ik je misschien helpen?'

'Nee hoor, ik kijk gewoon even.'

'Wat leuk. Voor jou.'

De trut blijft staan, en het is overduidelijk dat ze denkt dat ik die goedkope troep in mijn rugzak ga stoppen. En eerlijk is eerlijk, als ze zich om zou draaien, zou ik dat ook zeker doen.

Dit is zó niet wat ik voor deze baby voor ogen had. Ze had het beste van het beste moeten krijgen. Zo'n chique kinderwagen met drie wielen. Designerpakjes. Geen tweedehandsbedje met tandafdrukken in het hout en lelijke nylonjurkjes van de markt.

Zeven pond tweeënvijftig. Ik kan wat kleren voor de baby kopen, of eten voor vanavond.

Met knalrode wangen sluip ik de tweedehandswinkel uit. Ik heb mijn leven wel vaker verkloot, maar nog nooit zo erg als nu.

Ik doe er twee uur over om de twee kilometer af te leggen naar de studio die ik met twee andere kunstacademiestudenten deel, die het grootste deel van hun tijd doorbrengen met elkaar neuken en high worden. Het is echt een krot, maar ik kan nergens anders heen. Het kost vijfentwintig pond per week, en eerlijk gezegd zou ik zelfs dat waarschijnlijk niet op kunnen brengen als ik me in mijn puberteit niet zo goed had bekwaamd in winkeldiefstal.

Maar als de baby er is, kan die studio niet meer. Het is er net een middeleeuwse sloppenwijk. Het kind zou het gewoonweg niet overleven. Ik heb zelf al een rottig hoestje opgelopen door de schimmel en al het vocht; een baby zou er dood aan gaan. De gootsteen zit verstopt met vet en rottend eten, de bank en de vieze matrassen op de vloer wemelen van de vlooien – ik zit onder de beten – en er liggen overal junkfoodverpakkingen en beschimmelde bakjes van de afhaalchinees. Het enige toilet in het hele gebouw zit een verdieping onder ons, is bedekt met een korst van kots en wordt gebruikt door minstens twintig man. Als ik wil douchen, glip ik door de nooduitgang van het plaatselijke zwembad. Ik kan alleen maar hopen dat ik iets beters krijg als ik me inschrijf bij de woningbouwvereniging, maar ik reken helemaal nergens op.

Gil en Byrony hebben al hun troep op het matras laten liggen. Ik stap eroverheen, en ben blij dat ik mijn Doc Martins draag. Het laatste wat ik nodig heb is hiv oplopen door met mijn voet in een gebruikte naald te gaan staan. Als ik hier nog veel langer blijf, ben ik bang dat ik zwicht en weer ga gebruiken, en ik heb mezelf beloofd dat ik dat tijdens mijn zwangerschap niet zou doen.

Maar godallejezus, zelfs Grace zou in de verleiding komen als ze in dit hok moest wonen.

Die Grace, verdomme, altijd. Ik weet dat zij en Tom meer dan genoeg verdienen om een redelijk huisje voor me te betalen, in elk geval tot ik mijn leven weer op de rails heb. Hoe is het toch mogelijk dat wat er ook gebeurt, zij aan het eind van de rit altijd degene is die naar bloemetjes ruikt en ik altijd degene ben die – letterlijk – in de stront zit?

Het is verdomme altijd al zo geweest. Als we vroeger in bed nog stiekem lagen te praten en betrapt werden, was ik altijd degene die kon rekenen op een pak rammel van papa. Een keer hadden we allebei gespijbeld van de padvinderij om naar de kinderdisco te gaan, en was mama erachter gekomen. Meteen voerde het Braafste Meisje Van De Klas weer haar favoriete act op van 'Ik ging alleen maar mee om een oogje op Susannah te houden': ik kreeg een maand huisarrest en zij was de Grote Zus Van Het Jaar. Ik liep zes maanden gratis stage bij de sectie Kunst van een tijdschrift om in hemelsnaam een baantje te krijgen, en na afloop van die periode ontsloegen ze me gewoon en namen ze weer een nieuwe goedkope sukkel aan. Grace kreeg een column in de sectie Economie van *The Daily Mail*, alleen maar doordat ze op de universiteit de juiste mensen had leren kennen. En drie keer raden wie haar autoverzekering vernieuwde en twaalf uur later haar auto afschreef en een enorm bedrag kreeg uitbetaald? En wie vergat haar verzekering te betalen en knalde tegen de zijkant van een Mercedes en is nog steeds haar schuld aan het afbetalen?

Grace trouwde met een kredietwaardige, trouwe, fatsoenlijke man. Ik hokte met een loser zonder ruggengraat. Zij heeft een carrière. Ik een strafblad.

Het heeft nooit zin gehad om te proberen met haar te concurreren. Dus weet je wat? Dat heb ik ook nooit gedaan. Mijn leven is verdomme tot nu toe één groot fiasco geweest. Het is haar schuld dat ik zwanger ben, maar wie kan er weer voor opdraaien? Het is niet eerlijk. Ik wil haar leven...

'Hallo? Dit is Aarde aan Zee. Bent u daar nog?'

Ik spring bijna een meter de lucht in, en gooi een toren van rode pluchen nijlpaarden omver. De herinnering aan mijn eerste zwangerschap is zo levendig dat het even duurt voordat ik weer doorheb waar ik ben. Harrods. Goddomme de duurste speelgoedafdeling van de hele wereld. Het contrast tussen toen en nu is zo surrealistisch dat ik het gevoel krijg dat ik midden in een of andere Dallas-achtige droom verzeild ben geraakt.

Grace schiet in de lach en raapt een paar gevallen nijlpaarden van de vloer. Ik kijk toe, maar bied niet aan om haar te helpen. Eén zo'n stom knuffelbeest kost waarschijnlijk meer dan ik aan Davey heb uitgegeven in zijn hele eerste jaar.

Eén duizelingwekkende seconde lang voel ik een hartgrondige haat ten opzichte van mijn zus. Als zij voor me had gezorgd op het moment dat ik haar nodig had, was mijn leven misschien nooit op zo'n gigantische teringzooi uitgelopen. Misschien was de vader van Davey dan wel niet bij me weggegaan toen ik een buik van zeven maanden had. Misschien had ik mijn kinderen dan nog gehad. Misschien had zíj dan wel gehoopt op een greintje van míjn geluk.

Meteen daarna schaam ik me voor die gedachte. Ik haat Grace niet, natuurlijk niet, maar dat betekent nou ook weer niet dat ik op het moment overloop van warme gevoelens en zusterliefde.

'Mogen we iets kopen?' vraag ik plotseling.

Ze lacht weer. Ze vindt het echt heerlijk om de grote weldoenster uit te hangen. 'Wat had je in gedachten?'

'Weet ik veel! Gewoon iets! Een knuffel?'

'Kies er maar een uit.'

Kies er maar een uit. Geld speelt geen rol, blablabla. Ja hoor, het is duidelijk. Het moet echt reuze zijn om spullen te kunnen kopen zonder naar het prijskaartje te hoeven kijken. Ik weet dat ze het doet uit aardigheid, maar ze doet verdomme zo ongelofelijk neerbuigend dat ik zin krijg om op haar te spugen. Ze heeft er geen idee van hoe de andere sociale klasse leeft.

Ineens zie ik een paar lelijke teddyberen liggen die lijken op die van onze kleuterschool. Ik kijk naar het prijskaartje, en doe het bijna in mijn broek.

Oké. Eens zien wat er gebeurt als ik er zó een uitkies.

Ik neem hem mee naar haar en laat een flinke dosis kleinezusjescharme op haar los. Alles gaat goed tot ze ziet wat hij kost, en op dat moment denk ik serieus dat ze erin blijft.

'Het maakt niet uit,' zeg ik onschuldig. 'Hij is te duur. Ik leg hem wel terug.'

'Doe niet zo mal. Je mag hem hebben. Zo, en ben je nu klaar voor de babykamer?'

Ik moet het haar nageven: ze gaf geen krimp. Je kunt een hoop van Grace zeggen, maar laf is ze niet. Opgeven doet ze nooit. De meeste vrouwen zouden in bed kruipen en zwelgen in zelfmedelijden als een arts ze had verteld dat ze nooit kinderen zouden kunnen krijgen, maar niet Grace. Zelfs als ik me niet had opgeworpen, dan had ze wel ergens anders een oplossing gevonden. Als zij eenmaal iets in haar hoofd heeft, is ze niet meer te stoppen.

Ik moet ineens denken aan die keer dat ze me een stuk van haar verjaardagstaart kwam brengen toen ik in het ziekenhuis lag. Ze was nog maar een jaar of acht, negen. Ze was helemaal in haar eentje met de metro gekomen dwars door Londen, en had kilometers in het donker gelopen, allemaal voor mij. Ik zou doodsbang zijn geweest, maar Grace niet. Die nacht had ik mezelf in slaap gehuild omdat ik niet op het feestje had kunnen zijn. Toen ik wakker werd, lag ze te slapen op mijn ziekenhuisbed, met in haar handen de taart, geplet in een papieren zak.

Zonder erbij na te denken haak ik mijn arm in de hare terwijl zij ons naar de babykamerafdeling leidt.

We hebben echt helemaal niets gemeenschappelijk met elkaar. Zij begrijpt niets van hoe ik mijn leven leid, heeft ze ook nooit gedaan. Ze heeft er geen idee van hoe blut ik was toen ik zwanger was van Davey: de woekeraar die continu op mijn stoep stond, het feit dat ik mijn kind dreigde te verliezen, puur en alleen omdat ik geen veilig onderkomen had. Grace heeft in haar hele leven nog nooit iets tweede- hands hoeven kopen. Haar idee van bikkelen is winkelen bij Asda in plaats van Waitrose. Zij is gemaakt voor Prada en behang van Osborne&Little. Ik ben meer van de Top Shop en Argos. Maar het is niet haar schuld. Ik zou haar heel graag de schuld willen geven, maar dat kan ik niet. Het is gewoon zoals het is.

De twee uur daarna kopen we de hele babykamerafde- ling leeg, en ik weet dat ik zwaar misbruik van haar maak, maar ik heb ook meer lol dan ik in tijden heb gehad.

Grace ziet er ook gelukkig uit. Ze zit de hele reis terug naar Oxford gelukzalig naar die echofoto's te staren alsof het Van Goghs zijn. Ik begrijp het niet. Er is niets op te zien. Alleen een bosje cellen.

En dat heeft al meer spullen dan ik. Ik kan er niet bij hoe stompzinnig de rijken zijn. Zijden lakentjes, kasjmier deken- tjes, witlinnen jurkjes? Voor een baby? Godallejezus, hebben die gasten die deze rommel op de markt brengen ooit zelf een kind gehad? Baby's zijn heel wat anders dan die zoete reclames voor babyvoeding en -badschuim doen geloven. Ze kotsen. Ze kwijlen. Ze poepen, piesen, spugen en lekken uit elke opening die je maar kunt bedenken. Eerlijk gezegd kun je met een kind van onder de drie maar beter alles voor onbepaalde tijd met plastic afdekken, jezelf incluis. Die chique rotzooi ziet er misschien leuk uit in een fotoreportage voor *Hello! Magazine*, maar in het echte leven blijft het nog geen vijf minuten heel. Ik denk dat dat het hele idee is. *Ik ben zo rijk dat het niet uitmaakt dat mijn kind dit maar één keer aanheeft.*

Ik draai mijn nieuwe armband heen en weer over mijn pols, en de reflectie ervan weerspiegelt op de kinderwagen. Ik heb precies dezelfde uitgezocht als die Tom haar vorig jaar voor haar verjaardag heeft gegeven. Ik vind hem niet eens echt mooi: hij is saai, en ik ben meer van een fraai stukje gouden blingbling dan van dit soort o-wat-heb-ik-toch-een-smaak zilveren getrut waar Grace helemaal voor gaat. Maar als het goed genoeg is voor haar, is het dat ook voor mij.

Tegen de tijd dat we thuiskomen, ben ik kapot. En ik word er gek van dat ik de hele tijd naar de wc moet. Ik voel me net een incontinent oud wijf wanneer ik de auto uit spring en de trap op ren naar de wc. Misschien moest ik maar meteen een permanentje nemen in plaats van dreads, dan ben ik in één keer klaar.

Zodra ik mijn achterste op de pot heb geparkeerd en begin te piesen als een reiger, krimp ik in elkaar als er een bekende pijn door mijn nier schiet. Weer blaasontsteking. Overkomt me altijd na goeie seks. Het was super gisteren met Blake, maar vier keer op een middag is zelfs voor mij wat veel.

Ik neem een douche en trek een strak zwart T-shirt en een grijze joggingbroek aan met de woorden TIETEN en KONT er in diamant op gestikt, en dan ga ik weer naar beneden. Grace heeft zich in een luie stoel in de woonkamer genesteld en leest zo'n dun boekje dat allemaal prijzen heeft gewonnen en waar meestal ongeveer vier stuks van verkocht worden (waarvan twee aan de moeder van de schrijver). Persoonlijk hou ik meer van dikke, glimmende paperbacks die je carpaletunnelsyndroom geven, met op de voorkant foto's van stilettohakken en sappige kersen. Grace denkt waarschijnlijk dat chicklit iets met Toms kippen te maken heeft.

Als ik de keuken in loop om thee te zetten, ligt Tom daar plat op zijn rug op de vloer, met zijn hoofd en romp verstopt onder de gootsteen. Er liggen plasjes slijmerig grijs water op de terracottavloer.

Ik prik wantrouwend in de sudderende lamsstoofpot die Grace in een pan op het Aga-fornuis heeft gezet. 'Wat is er met de gootsteen?'

'Baconvet,' gromt Tom. 'Zit helemaal dicht.'

Oeps. Kan ik er soms wat aan doen dat ik om drie uur 's nachts ineens een BLT moet hebben?

Ik duik met mijn hoofd onder het aanrecht. 'Hulp nodig?'

'Ja graag. Ik probeer al twintig minuten die zwanenhals los te schroeven. Als jij even de andere kant van de... ja precies. Dankjewel.' Hij slaat een paar minuten met de hamer ergens tegenaan en begint dan te vloeken. 'Shit. De draad is weg, en hij blijft maar ronddraaien. Iemand moet de kraan recht houden terwijl ik die moer probeer los te krijgen.'

'Moet ik hem even vasthouden?'

'Wacht even. Niet die pijp loslaten, anders overstroomt dadelijk de hele keuken. Shit. We hebben nog een paar handen nodig.'

'Moet ik Grace even roepen?'

'Nee, nee, stoor haar maar niet. Ze zit te lezen.'

Ze zit te lezen. Als ik goddomme een dubbeltje zou krijgen voor elke keer dat ik die woorden had gehoord, zou ik Simon Cowell van *Britain's Got Talent* kunnen uitkopen.

Susannah, kun je de tafel even dekken, je zus zit te lezen. Susannah, vouw de was even op, we moeten Grace niet storen als ze zit te lezen. Catherine, vraag Susannah even of ze de afwas wil doen, Grace is haar huiswerk aan het maken. Schil de aardappelen, laat de hond uit, ga op je kop staan en draai drie rondjes: je zus zit te lezen.

Ik was bij ons thuis het dienstmeisje omdat Grace te 'intellectueel' en 'academisch' was om haar handen vuil te maken. Grace was niet gemaakt voor lullige klusjes als vies ondergoed sorteren, de wc schoonmaken of zelfs een kop koffie voor pap zetten. Nee, Grace bewaarde zichzelf voor Betere Dingen. Zoals een diploma van Oxford en een fantastische baan, plus een liefdevolle, knappe – goed dan, een liefdevolle – man. *Susannah kan wel even strijken. Zij kan wel even de uien snijden en de kaas raspen. Zij heeft tenslotte toch niets beters te doen.*

Ik ga op mijn knieën vlak naast Tom zitten en pak de kraan en de afvoerpijp vast. Op de een of andere manier kan ik ze allebei tegelijk recht houden, en mijn tieten hangen twee centimeter bij zijn gezicht vandaan. Oké, Grace mag dan het diploma en het succes en het huis en de aardige, lieve man hebben, maar ik heb de twee dingen die ze écht wil. Lekker puh.

De baby, natuurlijk. En Blake.

Ik vind het niet te geloven dat Tom niks doorheeft. Het is zo duidelijk. Elke keer als hij de kamer binnenkomt, begint ze helemaal te stralen. Ze is dan een en al glimlach en opwinding en begint dan allemaal van die supergeïnteresseerde vragen te stellen over Stella McCartneys nieuwste collectie en wie er op de cover van de *Cosmopolitan* staat. Het is precies zoals toen ze op haar zestiende voor het eerst verliefd was op Gareth Lonergan en ineens een enorme fascinatie ontwikkelde voor Dungeons and Dragons.

'Dank je, Zee. Mooi werk,' zegt Tom terwijl hij onder de wasbak vandaan komt en zichzelf afklopt. 'Oké, ik denk dat hij het nu wel weer moet doen, zolang niemand er meer gesmolten vet in giet.'

Ik ondersteun mijn onderrug met mijn handen terwijl ik omhoogkom. 'Sorry daarvoor. Mijn schuld.'

'Gaat het wel?' vraagt Tom bezorgd. 'Ik had je nooit zo moeten laten bukken. Grace zou mijn ballen eraf hakken als ze dat zou weten.'

'Maakt niet uit. Het gaat prima. Wat vond je van de echofoto's?'

'Niet zoveel, als ik eerlijk ben.'

Ik glimlach. 'Ik had wel verwacht dat je iets enthousiaster zou reageren op de afbeelding van je eigen nazaat.'

Tom draait de kraan open, knikt tevreden als hij ziet dat het water snel in de afvoer stroomt en wast zijn handen. 'Als ik die echo moet geloven, ben je zwanger van een fruitvlieg.'

'Zeg dat niet tegen Grace. Ze is er erg aan gehecht.'

'Erdoor geobsedeerd, zul je bedoelen.'

'Kom op, Tom, vind je het niet een heel klein beetje leuk?'

'Ik denk dat ik nog even wacht voor ik het leuk ga vinden, als je het niet erg vindt.' Vastberaden droogt hij zijn armen af. 'Ik moest maar eens gaan douchen en me opfrissen. Grace heeft Blake en Claudia vanavond uitgenodigd voor een feestelijk etentje.'

'Heeft ze het hun al verteld dan?' roep ik geïrriteerd. Ik had Blake nog een paar keer willen bespringen voor hij erachter kwam en ik vervolgens de sexappeal van een flanellen nachthemd zou krijgen.

'Nee, godzijdank niet. Ik heb even geen zin in nog meer babyhysterie... sorry, dat bedoel ik niet onaardig.'

'Maakt niet uit, zo vat ik het ook niet op.'

'Dit etentje is om te vieren dat Blake vorige week een of ander enorm contract met een glossy heeft binnengesleept. Het was Grace' idee.'

Ik wist het. Echt hoor, kent dat kind dan helemaal geen schaamte? Ik bedoel, Claudia is haar beste vriendin! Ik voel me al een beetje bezwaard omdat dat ik het met Blake doe, en ik vind Claudia niet eens aardig.

Volgens mij word ik soft van die hele zwangerschap. Meestal ben ik meer van het 'opgestaan-is-plaats-vergaan' als het om echtgenoten gaat. Mijn filosofie: als jij je man niet tevreden kunt houden, is het je eigen schuld als je hem kwijtraakt aan iemand die dat wel kan. Er is maar één simpele regel waar je je als vrouw aan dient te houden: veel seks en niet zeuren. Als je die twee dingen verkeerd om toepast, is hij zo vertrokken. Ik weiger om me schuldig te voelen tegenover Claudia. Ik heb niks met haar te maken. Ik ben niet degene die vreemdgaat. Ik heb nooit een gelofte afgelegd.

Ik observeer Grace aandachtig als ze later die avond door de eetkamer fladdert om te checken of iedereen een drankje heeft of nog een portie Dauphinoise-aardappelen wil. Gek is dat: toen we nog klein waren was ze een ramp in de keuken. Ze kon nog geen ei koken zonder dat ze vergat er water bij te doen. Nu schudt ze chique viergangendiners uit haar mouw alsof ze Nigella Lawson is. Ik word geacht goed in het huishouden te zijn. Zij is de slimmerik. Kan ze nou niet eens een keer met een hand over haar hart strijken en voor één keer ergens slecht in zijn?

Grace klimt zo ongeveer over me heen om Blake het grootste stuk zelfgebakken taart te geven en blijft ongeveer een uur lang doorratelen over dat stomme contract met *Vogue*. Ik had gelijk. Ze heeft het zwaar te pakken. Maar wat echt het allergrappigst is? Ze heeft het zelf niet eens door! Ze voert geen toneelstukje op. Deze liefde is zó onbeantwoord, dat ze zichzelf er niet eens iets over verteld heeft!

Ik weet niet of het komt door de hormonen of door de onwaarschijnlijke mogelijkheid dat de keurig nette Grace in haar degelijke M&S-onderbroek loopt te soppen voor de man van haar beste vriendin, maar ik ben ineens zo geil als boter. Ik zit te draaien onder de tafel, en probeer tevergeefs Blake's blik te vangen.

'Ik ga even buiten roken,' zeg ik uiteindelijk. Ik veeg mijn haar naar achteren en hoop dat hij de hint oppikt.

Ik ben al aan mijn tweede sigaret begonnen als Blake bij me komt staan achter de serre.

'Waar bleef je nou?' vraag ik geïrriteerd.

'Ik kon toch niet achter je aan rennen. Ik moest doen alsof ik een belangrijk sms'je moest versturen om weg te kunnen. Ik kan niet lang wegblijven. Grace zit me de hele avond al in de gaten te houden.'

'Waarschijnlijk zou ze zelf wel even met jou achter de fietsenstalling willen afspreken.'

'Waar heb je het over?'

'Ze drijft helemaal de tent uit als ze naar je kijkt.'

'De IJskoningin? Dat meen je niet.'

Ik trek zijn rits open. 'Ze zou zo met haar benen wijd voor je gaan als jij dat zou willen.'

'Jij vuile slet,' hijgt Blake, zijn hand al in mijn jogging-broek. Hij duwt zijn vingers tussen mijn benen. Ik ga tegen de serredeur aan staan en ben Grace alweer vergeten. 'Mijn vrouw zit binnen. En nog steeds kun je er niet genoeg van krijgen.'

Hij graaft zijn vrije hand diep in mijn dreads en duwt me omlaag tot ik geknield aan zijn voeten zit. Ik neem zijn pik in mijn mond en draai er vakkundig rondjes over met mijn tong terwijl ik met mijn vingernagels over zijn ballen ga. Hij smaakt naar zweet en zout en zelfs ik, de pijpkoningin, moet mijn best doen om niet te kokhalzen. Klotezwangerschaps-hormonen.

Hij begint te vloeken als zijn dure horloge in mijn haar blijft haken, en trekt het los.

'Fuck!' gil ik.

'Niet mijn schuld. Wordt het niet eens tijd om de getto-look vaarwel te zeggen?'

Ik krijg zin om te bijten. En hard ook.

In plaats daarvan krabbel ik overeind en trek hem aan

zijn pik naar me toe. Blake lacht, legt zijn handen op mijn kont en trekt me op zich. Ik ben zo nat dat ik bijna weer van hem af glijd. Ik weet niet wat het is met die man, maar de seks is echt zo geil. Ik moet oppassen dat ik geen gevoelens voor hem krijg.

Hij struikelt bijna onder mijn gewicht en ik grijp de deur-klink vast om in balans te blijven. Als ik me omdraai, komt de maan net achter een wolk vandaan waardoor Blake en ik en degene op het tuinpad ineens baden in prachtig geel licht.

Oeps.

13

Grace

'Ze gedraagt zich niet echt zwanger,' zegt Claudia vertwijfeld.

Ik kijk naar mijn zus, die op dat moment als een jongetje van tien op een tak in de appelboom achter in de tuin een roddelblaadje zit te lezen. Alleen hebben jongetjes van tien doorgaans geen sigaret in hun hand en een flesje bier tussen hun knieën. Haar rokje komt amper tot over haar billen, en door de gaten in haar legging zijn minstens drie tatoeages te zien. Haar slippers zijn zilverkleurig, haar teennagels paars. Ze is vannacht pas om twee uur naar huis komen waggelen; ik denk dat haar 'ochtendmisselijkheid' vanmorgen meer te maken had met een kater dan met hormonen. Wat Claudia net zei klopt, Susannah gedraagt zich niet alsof ze zwanger is en ze ziet er al helemaal niet zo uit.

'Weet je zeker dat het waar is?' voegt Claudia eraan toe. 'Ik wil niet stoken, maar je weet hoe ze is.'

Ik wil het voor Susannah opnemen, maar er is weinig wat ik kan zeggen. Mijn zus is er nota bene trots op dat ze haar eerste en derde man het huwelijk in heeft gelokt door te doen alsof ze zwanger was. Alsof dat bewijst hoe vindingrijk ze wel niet is. Het is dan ook niet onredelijk dat Claudia sceptisch is over een zwangerschap die Susannah gemakshalve een dak boven haar hoofd verschaft.

Ik schenk ons allebei een kop groene thee in. 'Ik ben met haar mee geweest naar de echo. En ja, voor je het vraagt, het is van Tom. Het eerste wat ik deed was de kalender checken om te zien of de datum klopte.'

Susannah zet haar biertje in een handige boomholte boven haar hoofd en strekt haar eindeloze benen uit op de door de zon gevlekte tak. Ze bladert door het tijdschrift, tikt de as van haar sigaret achteloos weg en beweegt haar hoofd met haar iPod mee. Ze ziet er jong en zorgeloos uit.

Was ik haar maar. En niet alleen vanwege de baby. Susannah heeft dan wel geen cent te makken, maar ze heeft haar hele leven altijd gedaan waar ze zin in had. Ze heeft nooit ook maar ergens verantwoordelijkheid voor hoeven nemen. Ik denk dat ik haar daar nog het meest om benijd.

Toen we klein waren, was Susannah de benjamin van het gezin en ik de Grote Zus, wat inhield dat ik me continu ongerust maakte en bezorgd om haar was. Dat stond ze ook toe, omdat ze wist dat dat ook betekende dat ik de rotzooi voor haar zou opruimen. Niet in het minst dankzij mijn moeders besmettelijke paranoia was ik als de dood dat ze ziek werd en doodging, en dat dat op de een of andere manier dan mijn schuld zou zijn. Dus liep ik op school met een extra trui achter haar aan zodat ze maar niet verkouden werd. Ik stond vroeg op om de hond uit te laten – háár hond – zodat zij een halfuurtje langer kon slapen. Ik deed haar krantenwijk in de winter omdat ze bang was in het donker. En ook al haatte ik de jongerensoos omdat iedereen me daar uitlachte omdat ze me tuttig vonden, als ze er per se heen wilde ging ik met haar mee, alleen maar om een oogje in het zeil te houden.

Toen we ouder werden, veranderde er niets. Ik betaalde

haar borg als ze werd opgepakt voor winkeldiefstal, en vertelde het nooit aan pap en mam. Ik stuurde haar geld toen ze op het punt stond haar huis uitgezet te worden. Ik betaalde een woekeraar af die dreigde dat hij haar in elkaar zou slaan. En in ruil voor dat alles dreef Susannah de spot met me en noemde ze me het Braafste Meisje Van De Klas.

Mijn zus heeft nog nooit iets in haar leven vooruit gepland. Ze heeft nooit een spaarrekening gehad en maakte zich nooit druk om tentamens. En toch is zij op de een of andere manier altijd weer degene die op haar pootjes terechtkomt.

Ik had ook wel net zo leuk en zorgeloos willen zijn als zij, maar mam en pap moesten toch op een van ons kunnen bouwen? We konden niet allebei maar zien wat het leven ons bracht en ervan uitgaan dat iemand anders onze problemen wel op zou lossen.

Ik grijp mijn theekopje stevig vast. Ik dacht dat ik al jarenlang over deze kinderachtige jaloezie heen was. Susannah heeft een hoge prijs betaald voor haar vrijheid. Ze is haar kinderen en drie echtgenoten kwijt, en ze heeft geen rooie cent. Mijn leven was dan misschien niet zo spannend en impulsief als het hare, maar ik heb wel een geweldige man, een baan waar ik voldoening uit haal, en een prachtig huis. Ik heb de juiste keuzes gemaakt. Het enige waar ik Susannah echt om benijd, namelijk het moederschap, zou toch aan mij voorbij zijn gegaan, hoe zorgeloos ik ook in het leven had gestaan.

'Ze zou echt niet moeten roken, hoor,' zegt Claudia boos. 'Kun je haar niet dwingen om te stoppen?'

'Ze rookt al een heel stuk minder. Volgens de dokter is de baby groot genoeg voor dertien weken en hij lijkt helemaal gezond. En volgens de combinatietest is er ook niets aan de hand.'

'Ik bewonder je geduld. Als ik jou was, zou ik haar wel kunnen wurgen.'

Ik glimlach sereen, hoewel ik vanbinnen mijn zus bij haar keel zou willen grijpen en vitamines door haar strot zou willen duwen. Ik wil haar opsluiten in een kamer en er zeker van zijn dat ze alleen maar jus d'orange drinkt en magere eiwitten, veel fruit en groenten eet en niet in de buurt van een mossel of een stuk geitenkaas komt, maar ik heb nou eenmaal een contract met de Duivel getekend. Ik moet mezelf wel troosten met de gedachte dat het waarschijnlijk helemaal geen invloed op de baby heeft. Davey en Donny hebben nergens last van, en toen ze zwanger van hen was heeft ze zich nog veel erger misdragen. Er worden elke dag duizenden kinderen geboren uit onverantwoordelijke pubers en die zijn prima in orde.

Maar deze baby is anders. Deze baby is van mij.

Mam zegt altijd dat wanneer je een kind hebt, het lijkt alsof je de rest van je leven met je hart buiten je lichaam rondloopt. Ik denk dat ik me gewoon alvast aan het voorbereiden ben op dat gevoel.

Claudia schuift ongemakkelijk heen en weer in haar stoel en schermt haar ogen af tegen de felle junizon. Ze is inmiddels dertig weken en enorm; nog veel zwaarder dan toen ze in verwachting was van de tweeling.

'Je weet toch dat je het Susannah helemaal niet had hoeven vragen. Ik zou een kind voor je hebben gedragen. Dat heb ik je toch gezegd?'

'Ja, dat weet ik, en dat vind ik ontzettend lief van je.' Ik sta op en zet de parasol schuin zodat ze geen last heeft van de zon. 'Maar jij hebt een gezin. Susannah is alleen en bovendien is ze mijn zus. Ik ben haar natuurlijk heel dankbaar, maar ze is wel familie. Bij haar voel ik me minder in het krijt staan. Ik zou tenslotte hetzelfde voor haar hebben gedaan.'

Echt waar? Zou je dat echt hebben gedaan?

Nu hoor ik de stem van mijn moeder. Egoïstisch, noemde ze me. Elke keer als ik wilde studeren of lezen in plaats van te gaan zwemmen met Susannah of papa's boeken terug te brengen naar de bibliotheek. *Jij doet nooit eens iets voor iemand anders! Susannah heeft zeker zo haar minpunten, maar zij zal degene zijn die voor me zorgt als ik oud ben. De enige aan wie jij ooit denkt, ben je zelf.*

Misschien heeft ze gelijk. Susannah rijdt vrijwillig om de dag naar het ziekenhuis om te zien hoe het met haar gaat. Ik ga eens per week, en dan nog is het niet van harte.

Tom komt de serre uit gelopen en gaat onder de appelboom staan kletsen met Susannah. Ik kijk naar hen. Gisteravond zei hij ook dat het egoïstisch van me is dat ik Susannah dit laat doen, ook al kwam ze er zelf mee. Hij vond het te veel van haar gevraagd, nadat ze haar eigen kinderen af had moeten staan. Susannah en hij kunnen het een stuk beter met elkaar vinden dan toen ze net bij ons kwam logeren. Als ik 's avonds laat thuiskom zitten ze vaak nog met zijn tweeën aan de keukentafel te praten met een halflege fles wijn erbij. Als Tom Tom niet zou zijn, zou ik me ongerust maken.

'Volgens mij gaat Blake vreemd,' zegt Claudia ineens.

Ik word met een schok wakker uit mijn navelstaarderij en draai me naar haar toe.

'Ze heet Layla. Hij was gisteren vergeten uit te loggen nadat hij zijn mail had gecheckt op de computer in de keuken. Layla! Wat is dat ook voor naam?'

'Claudia, weet je zeker dat hij het niet kan uitleggen...'

'Wat uitleggen? Zijn omschrijving van de manier waarop hij haar zou willen neuken? Die is voor weinig andere uitleg vatbaar. Hij had de meeste van zijn e-mails gewist, maar het was niet moeilijk om ze op zijn harde schijf terug te vinden toen ik eenmaal wist waar ik naar moest zoeken. Voor zover ik kan zien, is het al een maand of zes aan de gang. Waarschijnlijk vanaf de dag dat ik erachter kwam dat ik zwanger was.' Ze staart resoluut voor zich uit, maar ik zie dat haar handen trillen.

Het duurt even voor mijn stem het weer doet. 'Maar ik dacht dat je zei dat hij het juist lekker vindt dat je zwanger bent...'

'Dit gaat niet om seks! Het gaat om aandacht. Hij is jaloers op de baby.'

'O, Claudia, ik weet niet zo goed wat ik moet zeggen.'

Haar ogen schieten vuur bij het medelijden in mijn stem. 'Je kunt nou eenmaal niet alles hebben, Grace. Jij hebt een geweldige man, en ik heb geweldige kinderen. En daarnaast dealen we met de dingen in ons leven die niet perfect zijn. Ik hou van Blake. En ondanks alles houdt hij ook van mij. Ik weet zeker dat hij van me houdt,' herhaalt ze onzeker.

'Heb je er iets van gezegd?'

'Ik wil er niet te veel aandacht aan besteden, dan wordt het waarschijnlijk groter dan het is. Ik moet maar gewoon afwachten tot het weer overgaat. Zo gaat het altijd.' Ze lacht even. 'Blake heeft altijd moeite zich lang op iets te concentreren.'

'Heeft hij dit dan vaker gedaan?'

'Doe niet zo naïef, Grace. Dacht je nou echt dat een man als Blake trouw is?'

Eigenlijk denk ik dat ik het, net als Claudia, inderdaad altijd wel geweten heb. Ik hield mezelf voor dat hij niet in andere vrouwen geïnteresseerd was, terwijl hij, en dat is niet heel vleiend, gewoon nooit geïnteresseerd is geweest in mij.

Als Tom later die avond zijn hand op mijn zij legt, doe ik mijn best om erin mee te gaan. Normaal gesproken duurt het, als Tom volhardend is, nooit lang voor ik zin kan maken, maar vanavond ben ik droog en potdicht. Hij blijft nog vijf minuten lang vol goede moed met zijn duimen over mijn tepels wrijven, en rolt dan met een zachte zucht van me af om zijn boek te pakken.

'Wist jij dat Blake vreemdging?' vraag ik.

'Hij geeft geen antwoord, waardoor ik genoeg weet.

'Tom! Waarom heb je me dat niet verteld?'

'Omdat hij het mij niet verteld heeft. Niet met zoveel woorden. En trouwens, al had hij dat wel gedaan, wat had het uitgemaakt? Jij had niks tegen Claudia kunnen zeggen, tenzij zij erover was begonnen. Je zou in een onmogelijke positie terecht zijn gekomen.'

'Maar ze is zwanger!' roep ik uit. 'Hoe kán hij?'

Tom slaat zijn boek dicht. 'Luister, Grace. Ik weet dat we ze het langst kennen van al onze vrienden, maar zelfs wij weten niet wat er achter gesloten deuren omgaat. Weet jij veel wat er allemaal speelt in hun huwelijk? Een verhouding komt meestal niet uit de lucht vallen.'

'Verdédig je hem nou?'

'Ik zeg alleen maar dat er aan elk verhaal twee kanten zitten.'

Ik ga rechtop in bed zitten en sla onnodig hard op het kussen achter me. 'Er is geen enkel excuus om...'

'Grace, het gaat ons niets aan. Blake en Claudia zijn al heel lang samen. Hoe wij er ook over mogen denken, het is duidelijk dat zij het accepteert.'

'Claudia heeft het me verteld, dus het gaat mij wel degelijk iets aan,' spreek ik hem tegen.

'Claudia heeft het je verteld omdat ze een vriendin nodig heeft. Wees die voor haar. Luister naar haar, en zorg dat je er voor haar bent. Dat is wat ze nodig heeft. Niet dat jij met getrokken zwaard ten strijde trekt om haar te verdedigen.'

'Claudia had het me nooit verteld als ze mijn hulp niet nodig had,' zeg ik koppig. 'En voordat je weer zijn kant kiest: ze vertelde me dat het niet de eerste keer is. Wist je dat? Hij heeft al jaren affaires! Ik kan er niet bij dat ze hem nog niet het huis uit heeft gegooid. Als ik er ooit achter kwam dat jij vreemdging...'

'Dan?'

'Jij zou nooit vreemdgaan,' verbeter ik mezelf snel. 'Jij bent niet zoals Blake. Ik vertrouw jou.'

'Vertrouw je me? Of neem je me voor lief?'

Ik schrik van de onverwachte hardheid in zijn stem. Dit klinkt niet als de rustige, gemoedelijke Tom die ik zo goed ken. Ineens voel ik een donkere onderstroom van angst door de kamer glijden.

'Je windt je ontzettend op over het huwelijk van Claudia en Blake,' zegt Tom kalm. 'Maar wanneer heb je je eigenlijk voor het laatst beziggehouden met dat van ons?'

Terwijl hij wacht tot ik iets zeg, zie ik op zijn gezicht een mengeling van interesse en vreemde afstandelijkheid. Zijn bedaardheid vind ik angstaanjagender dan zijn eventuele boosheid. Ik realiseer me dat zijn vraag niet uit het niets komt. Hij heeft me dit al heel lang willen vragen.

Ik huiver en voel me steeds ellendiger. Ooit, toen ik me druk maakte om ivf-behandelingen en dagen van veertien uur draaide om genoeg geld bij elkaar te krijgen voor een privékliniek, vond mijn lieve, relaxte man dat ik de plichten van een echtgenote goed vervulde. En, als ik de blik in zijn ogen mocht geloven, had ik ook altijd zin.

Ik wacht tot hij de stilte verbreekt om de afstand tussen ons te verkleinen, zoals hij dat normaal altijd doet, maar hij zegt nog steeds niets. Mijn angst groeit. Het veilige, bekende patroon van ons huwelijk is ineens niet meer vertrouwd, en ik doe wanhopig mijn best om mijn positie te bepalen.

'Maar natuurlijk hou ik me bezig met jou,' krijg ik er eindelijk uit. 'Ik ben met ons bezig. Waarom vraag je zoiets?'

'Omdat dit huwelijk de laatste tijd nogal voelt als eenrichtingsverkeer,' zegt Tom. 'Ik weet hoe graag je een kind wilt, Grace. Ik begrijp hoe belangrijk het voor je is. Maar soms lijkt het wel of een baby krijgen nog het enige is wat telt voor jou. Ik krijg af en toe het gevoel, zowel in bed als daarbuiten, dat je me niet eens ziet omdat ik te onbelangrijk voor je ben.'

'Maar dat is niet waar! Natuurlijk ben je belangrijk...'

'Heb jij,' zegt Tom ineens, 'enig idee hoeveel jij nodig hebt?'

Mijn angst gaat over in woede. Hoe dúrft hij? Het laatste wat iemand van mij zou kunnen zeggen, is dat ik veel nodig heb! Ik heb nooit gevraagd om met cadeaus overspoeld te worden, en ik heb dat ook nooit verwacht; het meest extravagante wat ik ooit van Tom heb gekregen was die armband van Tiffany's voor mijn verjaardag vorig jaar. Ik geloof niet in die egoïstische omdat-u-het-waard-bent-mentaliteit. De laatste keer dat ik een pedicure heb gehad, was op mijn trouwdag. Ik laat mijn coupe soleil doen bij een klein kapperszaakje in Oxford. Ik heb altijd voor mezelf gezorgd, mijn eigen geld verdiend. Hoe kan hij nou zeggen dat ik veel nodig heb?

Omdat het niet gaat om geld. Het is niet makkelijk om van jou te houden, Grace. Jij geeft niets terug. Dat maakt het zo moeilijk om jou echt te leren kennen.

'Ik dacht dat jij deze baby net zo graag wilde als ik,' snauw ik. 'Je hebt zelf meegeholpen om hem te maken. Je had ook nee kunnen zeggen.'

'Ga mij nou niet de schuld geven, Grace. Je wist hoe ik erover dacht. Ik heb ermee ingestemd, dat klopt, maar alleen maar voor jou. Omdat ik van je hou, en omdat ik geen nee tegen je kon zeggen.'

'Je had moeten zeggen dat…'

'Grace, dat heb ik ook gedaan. Maar jij luisterde niet.'

'Ik heb nou niet bepaald een pistool tegen je hoofd gehouden! Waarom kon je niet mans genoeg zijn om nee te zeggen als je er zo over dacht? Je kunt dit niet zomaar op mij afschuiven. We waren er alle twee bij!'

'Waarom ik niet máns genoeg kon zijn?'

Ik gooi de dekens van me af. 'Laat maar. Ik slaap wel in de logeerkamer.'

Tom grijpt me bij mijn arm. 'Nee! Hier moeten we het over hebben!'

Woedend ruk ik mezelf los. 'Ik wíl het er niet over hebben.'

'Goed dan, ga maar,' zegt Tom bitter. 'Schreeuw maar en loop maar weg. Zoals je altijd doet.'

Zie je nou wel, Grace? Zie je nou wel?

In een moment van helderheid zie ik het inderdaad. Tom is degene die energie stopt in onze relatie. Hij vraagt hoe ik me voel, waar ik aan denk. Ik bouw muren om me heen, en hij breekt ze weer af. Ik gooi de hoorn erop, en hij belt me terug. Ik storm de kamer uit, en hij komt achter me aan. Hij is nooit bang om zijn gezicht te verliezen. We maken zelden ruzie, omdat Tom het nooit zo ver laat komen. Als we het niet eens kunnen worden, komt hij met een compromis waar ik mee kan leven. In de vijftien jaar dat we samen zijn heeft hij nog nooit zijn stem verheven. Hij heeft me nooit in een hoek gedreven zoals hij nu doet. Ik kijk naar hem, naar deze vreemde met wie ik mijn bed deel, en het voelt alsof de grond onder me vandaan wordt getrokken.

'Tom, Susannah is zwanger,' fluister ik.

'En zodra de baby er is, zal ik ervan houden. Daar hoef je niet aan te twijfelen.' Hij drukt vermoeid op de brug van zijn neus. 'Het gaat me niet eens om de baby, Grace. Dat is maar een deel van het verhaal. Het gaat me vooral om óns.

Het gaat mij erom dat ik je nodig heb, en dat je er niet voor me bent.'

Ik zit verstijfd op de rand van het bed, met mijn rug naar hem toe. Ik heb een steen in mijn maag van ellende. Hoe kan dit nou? Net toen ik dacht dat alles goed zou komen met de baby. Hoe kan alles juist nu uit elkaar vallen?

'Alsjeblieft, Grace,' smeekt Tom. 'Praat met me. Het lijkt wel alsof ik je, vanaf het moment dat we begonnen te denken aan kinderen, ben kwijtgeraakt. Je bent mijn beste vriendin, mijn geliefde, mijn vrouw. Ik mis je.'

Ik wrijf in mijn ogen. 'Het betekent niet dat ik niet van je hou,' zeg ik hees. 'Het betekent niet dat je niet belangrijk voor me bent. Ik hou meer van je dan van wie ook ter wereld, ik zou niet zonder je kunnen...'

Ineens neemt hij me in zijn armen. De opluchting die ik voel bij zijn aanraking is zo sterk. Ik draai me om en begraaf mijn gezicht in zijn schouder – zijn vertrouwde, troostende schouder – en begin te snikken als een klein kind, hoewel ik ook nog woedend ben, op hem en op mezelf.

'Dat was alles wat ik wilde horen,' fluistert hij in mijn haar. 'Dat was alles wat ik wilde horen.'

'Het spijt me,' mompel ik. 'Het spijt me zo.'

'Stil maar,' troost hij me. 'Kom maar, het is al goed. Niet huilen. Alles komt goed.'

Hij houdt me stevig vast tot de huilbui voorbij is en ik stop met hikken. Voorzichtig doet hij mijn haar met zijn vinger opzij en zoent me liefdevol op mijn lippen. Ik zoen hem terug, en proef het zout van mijn eigen tranen. Zijn handen sluiten zich om mijn middel en trekken me naar hem toe. Ik ga met mijn hand onder de lakens, op zoek naar zijn penis, maar hij draait weg. Ik probeer het nog een keer, en dan pakt hij mijn hand en duwt hem vastberaden weer boven het beddengoed.

'Niet nu,' zegt hij.

Tom doet de leeslamp uit en trekt me in zijn elleboog-
holte. Daar lig ik, ongemakkelijk, te luisteren naar zijn ademhaling die steeds regelmatiger wordt. Ik voel me uitgehold
en leeggezogen. Claudia waarschuwde me nog om Tom niet
te dwingen iets te doen wat hij eigenlijk niet wilde. Het kind
is nog niet eens geboren en staat nu al tussen ons. Ik hoor
mijn moeder bijna zeggen: *Ik heb je gewaarschuwd.*

Voor het eerst besef ik wat ik heb gedaan: ik heb alles veranderd. En op dit moment heb ik geen idee of het een goede
of een slechte verandering zal zijn.

14

Susannah

Nu ben ik er eindelijk en durf ik verdomme de auto niet uit. Echt. Ik schijt bagger. Mijn knokkels zitten helemaal wit om het stuur geklemd.

Ik haal diep adem, maak mijn vingers los en pak mijn sigaretten. De enorme adrenalinestoot die me hierheen heeft gevoerd, is goddomme samen met de ochtendmist verdwenen. Ik ben niet goed bij mijn hoofd dat ik hierheen ben gekomen zonder van tevoren even te bellen. Misschien zijn ze er niet eens.

Ik adem uit, inmiddels wat rustiger door de nicotine, en kijk naar het huis. Het is minder poenerig dan ik me had voorgesteld; ik had zo'n beeld van een enorme vrijstaande villa, met misschien wel een zwembad en een paar dure auto's op de oprijlaan. Maar dit lijkt gewoon op het huis waarin Grace en ik zijn opgegroeid: een doorsnee, roodbakstenen eengezinswoning uit de jaren zeventig, met een erker en treurig ogende rozenstruiken aan weerszijden van het overdekte portaal. Het ziet er precies hetzelfde uit als alle huizen in deze straat. Midden op het betonnen pad ligt een skateboard ondersteboven. Boven zijn de gordijnen dicht.

Ja, natuurlijk zijn die dicht, stomme imbeciel! Het is zondagochtend, zes uur! Alleen inbrekers en hormonale, zwangere vrouwen gaan op zo'n krankzinnig uur de straat op!

Ineens is de ban gebroken. Ik druk mijn sigaret uit, start de auto en rij snel achteruit de oprijlaan weer af. Godzijdank heb ik niemand wakker gemaakt en heeft niemand me gezien. Nu maar bidden dat ik op tijd thuis kom voordat Grace in de gaten heeft dat ik er niet ben. Het laatste wat ik nodig heb is dat zij me ook nog eens gaat inwrijven wat voor een dom idee dit was.

Daar ben ik inmiddels zelf ook wel achter.

Michael negeert me. In het atelier loop ik achter hem aan, en zet behulpzaam de potjes en kwastjes recht die hij zojuist heeft omgegooid op zijn zoektocht naar een specifieke verfkwast of kleur. Behalve papa heb ik nog nooit iemand ontmoet die zo goed kan mokken. Het is al weken geleden dat Michelle me betrapte tijdens mijn neukpartij met Blake in de tuin, en ze heeft nog steeds geen woord met me gewisseld.

'Alsjeblieft, Michael,' smeek ik hem. 'Grace geeft me echt kopzorgen. Ik dacht dat ze helemaal blij zou zijn omdat mijn jongens weer contact met me willen, maar ze doet zó vreemd. Ze weigert gewoon om met me mee te gaan naar Surrey, en ik kan er niet in mijn eentje naartoe. Niet nadat ik mezelf zo voor lul heb gezet door er afgelopen week midden in de nacht heen te rijden.'

Ik duik weg als hij een enorm half afgemaakt doek van de ezel zwaait en het naar het raam draagt. Michael gelooft zelf graag dat hij schilder is van landschappen op grote schaal, maar eigenlijk zijn zijn kleine portrettekeningen verreweg zijn beste werk.

'Ik heb Tom al gevraagd om een keer met haar te praten,' zeg ik volhardend terwijl ik als een schaduw achter hem aan door het atelier loop, 'maar hij doet ook raar. En hij heeft al genoeg aan zijn hoofd, met alles wat er in het ziekenhuis speelt en zo.'

Ik laat bewust een stilte vallen. Nog geen glimp van nieuwsgierigheid. Mannen. Wat moet je ermee?

Michael zet zijn doek neer op een plek met het beste licht, en sluit mij opzettelijk buiten. Ik loop eromheen en ga precies zo staan dat ik in de weg sta. 'Luister, ik bedoel jou niet. Degene die ik nodig heb, is Michelle. Met Claudia kan ik niet praten, dat mag duidelijk zijn. En trouwens, zij is al net zo erg als Grace als het om de baby gaat. Michelle is de enige naar wie Grace nog zou kunnen luisteren. Kun je niet... nou ja, je weet wel. Vragen of ze weer eens langskomt?'

'Ik ben niet schizofreen, Susannah! Zo werkt het niet, ik heb je toch uitgelegd dat...'

'O, godzijdank. Eindelijk.'

'Jij verdient het niet dat ik verder nog iets tegen je zeg,' zegt Michael kwaad.

'Dat weet ik, dat weet ik, maar sluit me alsjeblieft niet nog een keer buiten. Je weet dat het me spijt. Dat heb ik je al vaak genoeg gezegd.'

Hij pakt zijn spatel. 'Ik kan het hier niet met je over hebben. Ik ben niet degene bij wie je je moet verontschuldigen.'

'Hoe kan ik nou mijn verontschuldigingen aanbieden aan Michelle als ze er niet is?'

Zonder op of om te kijken knijpt hij een knalgele kleur geel op zijn palet. Heel even ben ik bang dat hij weer dwars gaat lopen doen, maar dan knikt hij kortaf. 'Goed dan. Maar ik beloof niet wanneer.'

Ik zou hem omhelsd hebben, als ik niet wist dat hij daar een hekel aan had. In plaats daarvan geef ik hem een luchtkus, en huppel het atelier uit. Het was de afgelopen weken echt klote, omdat ik niet met Michelle kon praten. Tom is een lieverd, en ik ben blij dat hij van gedachten is veranderd over het hele gedoe met de baby, maar met een kerel praten is toch anders. Ze stellen nooit de juiste vragen. Ik wil met een vrouw praten. Iemand die snapt hoe ik me voel.

De volgende drie dagen wacht ik in spanning af, in de hoop dat Michelle opduikt. Als ze eindelijk komt opdagen, lig ik net topless in de tuin te zonnen om de hittegolf van deze zomer ten volle te benutten. Ze ziet er cool en chic uit, als een huisvrouw uit de jaren vijftig, met haar stijlvolle zwart-witte mouwloze overhemdjurkje en platte, zwarte, oversized rieten hoed. Maar ze valt hier wel uit de toon. Behalve in *Desperate Housewives* ziet geen enkele vrouw er zo goed uit.

'Het eerste wat ik uit jouw mond wil horen is een verontschuldiging,' zegt ze kordaat, terwijl ik onhandig het bovenstukje van mijn bikini probeer te pakken. 'En het tweede is een belofte dat je het nooit, nóóit meer zult doen.'

'Het spijt me echt, heel erg,' zeg ik braaf. 'En ik waardeer het heel erg dat je het niet aan Grace hebt verteld. Zij zou helemaal uit haar dak zijn gegaan.'

'Grace hoeft niet te weten dat je haar verraden hebt. Je draagt tenslotte haar baby. Ze heeft al genoeg aan haar hoofd.'

Dit zou ik kunnen opvatten als een belediging, als het niet waar was. Ik ga rechtop zitten, druk mijn sigaret uit en graai onder de ligstoel naar mijn slippers.

'Dit had ik niet van je verwacht, Susannah,' zegt Michelle. 'Ik had je iets hoger ingeschat. Blake is een player. Een waardeloze vent. Van hem verbaast me dit niet. Maar ik had gehoopt dat jij iets meer klasse zou hebben.'

Ineens voel ik me een meisje van twaalf. Het slaat nergens op, maar om de een of andere reden vind ik het belangrijk hoe Michelle over me denkt. Ze draait nooit ergens omheen, veroordeelt niemand, en ze pikt geen flauwekul. Daarom is haar respect me veel waard.

'En komt die belofte nog?' vraagt Michelle.

Ik wijs naar mijn dikker wordende buik. 'Ik ben bijna zeventien weken zwanger, Michelle. Hoeveel langer denk je dat ik nog heb?'

'Ga nou niet de wijsneus uit lopen hangen. Je bent een prachtig meisje, en we weten allebei dat Blake houdt van vrouwtjes in bloei. Hij wordt hitsig van zwangerschap.'

Ik lach nerveus. 'O kom op! Het is maar een scharrel! Het heeft niks te betekenen…'

'In dat geval zul je het ook niet missen.'

Ik aarzel. Blake is een lekker ding, en hij heeft mijn leven hier zeker meer kleur gegeven, maar diep vanbinnen vind ik hem eigenlijk helemaal niet zo aardig. Ik snap niet waarom hij en Tom überhaupt bevriend zijn. Hij is echt verdomd arrogant; hij doet me aan te veel mannen denken die ik in het verleden heb genaaid of door wie ik me heb laten naaien. Ik wantrouw een man die vaker in de spiegel kijkt dan ik. Michelle heeft gelijk, ik zal hem niet missen.

'Susannah,' zegt Michelle dreigend.

'Goed dan, goed. Oké.'

Grace komt net langs het huis naar de garage gelopen met haar aktetas in haar hand, als wij aan het begin van de tuin zijn aangekomen. Ze kijkt verrast naar ons op. 'Michelle! Zocht je mij? Ik ga net naar mijn werk.'

'Op zaterdag? Maar schat, hoe moet dat nou als de baby er is?'

'De baby,' zegt Grace afgemeten, 'is de reden waarom ik nu een voorsprong probeer te maken.'

'O, maar wees gerust, dit zal niet lang duren,' zegt Michelle luchtig, en ze duwt Grace het huis in.

Grace is duidelijk geïrriteerd, maar ook te beleefd om te protesteren. Ik onderdruk een grijns als we allemaal de keuken in marcheren. Petje af voor Michelle: er zijn niet veel mensen die mijn zus zo bij haar kladden kunnen grijpen en er nog mee wegkomen ook.

Ze draait ook niet om de hete brij heen. 'Ik weet van de brief die Susannah heeft gekregen van de maatschappelijk werker van de jongens,' zegt ze opgewekt. 'Ik vind dat zij ze moet ontmoeten. En het lijkt me een goed idee als jij met haar meegaat.'

Ik zie iets ongelofelijks voor mijn ogen gebeuren: mijn zus weet niet wat ze moet zeggen.

'Michelle, ik heb hier nu echt geen tijd voor,' zegt Grace uiteindelijk terwijl ze een boze blik mijn kant op werpt. 'Ik weet dat Susannah gelooft in een eind goed al goed, maar de werkelijkheid is nou eenmaal wat ingewikkelder.'

'Donny en Davey willen hun moeder graag zien,' zegt Michelle lief. 'Hoe ingewikkeld kan dat zijn?'

'Het is niet zo eenvoudig, en dat weet Susannah ook. Zij gaat waarschijnlijk over niet al te lange tijd weer naar Amerika, en dan zijn de jongens haar weer kwijt. Het is niet eerlijk om ze het idee te geven dat ze weer deel uit zal gaan maken van hun leven. Ze had nooit contact met ze moeten opnemen...'

'Dat heb ik helemaal niet gedaan,' zeg ik verontwaardigd. 'Zij hebben gevraagd om míj te zien.'

Grace gaat met haar rug naar ons toe staan om de waterketel te vullen. Haar handen trillen. Ik begrijp echt niet waarom dit zo ingewikkeld voor haar is. Zij was degene die mij een paar maanden geleden uitkafferde omdat ik niet bij de jongens op bezoek wilde. Wat is er nu ineens veranderd?

Ik spring wijselijk opzij als Grace de ketel op de warmteplaat van de Aga smijt en vervolgens een spons pakt en het aanrecht zo agressief begint schoon te maken dat ze als ze niet uitkijkt de kleur nog van het graniet poetst.

'Gracie, binnenkort heb ik echt een buikje,' zeg ik smekend. 'Ik moet al genoeg oplossen met de jongens zonder ze ook nog hiermee op te zadelen…'

'En dat is precies waarom ik het geen goed idee vind,' zegt Grace terwijl ze als een bezetene een niet-bestaand vetvlekje probeert weg te poetsen. 'Nog niet.'

Ik kijk smekend naar Michelle. Die legt haar hand op Grace' mouw om haar verwoede geschrob te temperen.

Haar nagels zijn perfect blank gelakt, zie ik. Er is geen spoortje verf of houtskool op die gemanicuurde handen te bekennen.

Grace kijkt van Michelle naar mij, en legt dan haar spons neer. 'Zee, het is niet zo dat ik niet wil dat je je kinderen ziet,' verzucht ze. 'Het zijn geweldige jongens, en je kunt trots op ze zijn. Natuurlijk wil ik dat je ze ontmoet, en je weet dat ik dan met je meega. Na alles wat jij voor mij hebt gedaan is dat wel het minste wat ik kan doen. Het enige wat ik wil zeggen is, waarom wacht je niet tot de baby is geboren? Het is nog maar een paar maanden. Het zal voor jullie allemaal zoveel makkelijker zijn…'

'Nee!' roep ik opeens. 'Ik heb mijn zoons al bijna zes jaar niet gezien, Grace! Ik wil niet wachten! De jongens willen me nú zien. Als ik niet ga, denken ze misschien wel dat ik hen niet wil zien. Misschien veranderen ze dan wel van gedachten. Zou jij in mijn plaats zo'n risico willen nemen? Zou jij wachten?'

'Als ik in jouw schoenen stond…' snauwt Grace.

Ik zet mezelf schrap voor een nieuwe scheldkanonnade. Grace vatte het heel persoonlijk op toen ik de jongens achterliet, en ze is er nooit overheen gekomen. Je zou bijna denken dat ik haar in de steek had gelaten.

'Grace?' helpt Michelle haar.

'Als ik in jouw schoenen stond,' zegt Grace zachtjes, 'zou ik ook niet willen wachten.'

'Je gaat dus mee? Breng je me naar ze toe?'

Haar gezicht wordt zacht, en ze knikt. Ik gooi mezelf in haar armen, snak vervolgens naar adem en grijp naar mijn buik.

'Wat is er?' roept Grace geschrokken. 'Susannah, wat is er aan de hand? Is het de baby?'

Ik grijns opgetogen. 'Ja,' zeg ik. Ik pak haar hand en leg hem op mijn buik. 'Ik voelde hem net bewegen!'

'Stil blijven zitten,' kijft Michelle. 'Dit is al moeilijk genoeg zonder dat jij heen en weer zit te wiebelen.'

'Maar het doet pijn! Je trekt mijn haar er met wortel en al uit!'

Ze duwt me terug op de kruk. 'Stel je niet zo aan. Je bent zelf degene die het zo ver heeft laten komen. Als je niet wilt dat ik alles eraf knip, zul je stil moeten blijven zitten en geduldig zijn.'

Ik knarsetand als ze weer met de zogenaamde fijne kam door mijn haar heen gaat. De afgelopen drie dagen heb ik mijn dreads twee keer per dag ingezeept met een speciale supersterke conditioner die aanvoelt als teer en die zou moeten helpen om ze eruit te krijgen; ik ruik naar een emmer vis en mijn haar ziet eruit alsof ik net met slijm ben overgoten. Sterker nog, het voelt alsof ze het haar uit mijn hoofd aan het rukken is. Maar wat ze zegt is waar, het is dit of mijn hoofd kaalscheren en alvast mijn nazigroet oefenen.

In de uren daarop peutert Michelle geduldig alle knopen en klitten uit mijn haar, dread voor dread. Ik heb tranen in mijn ogen van de pijn, en af en toe heb ik zin om de schaar uit haar handen te rukken en het radicaal aan te pakken, maar ik wil niet dat de jongens denken dat hun moeder een freak is. Ik doe dit voor hen. Ik zou voor niks anders door deze hel gaan.

Eindelijk gooit Michelle de kam neer en plant haar vuisten in haar rug. 'Zo, meer kan ik er niet van maken.' Ze bekijkt het resultaat en fronst. 'Hm. Laten we hopen dat het er een beetje beter uitziet nadat je het hebt gewassen.'

Dat is nog positief uitgedrukt. Ik trek een gezicht in de badkamerspiegel als Michelle is vertrokken. Mijn haar is veranderd in een slijkachtige bruine smurrie, en hangt in slijmerige plukken langs mijn gezicht. Ik zie eruit als een veganistische, Birkenstock-dragende hippie die al een week dood is.

Ik moet mijn haar vijf keer wassen om het helemaal schoon te krijgen. Ik laat het gewoon opdrogen en bereid me voor om het metaal uit mijn gezicht te halen. De tepelringen kan ik laten zitten, maar mijn tong- en lippiercing en al mijn oorbellen moeten eruit. Mijn tatoeages zijn grotendeels bedekt door de asgrijze tuniek en spijkerbroek die Grace en ik hebben uitgezocht – ze heeft nog tevergeefs geprobeerd om me uit het zwart en in een wat zij noemt 'echte kleur' te krijgen, maar uiteindelijk hebben we een middenweg gevonden met grijs – en hij bedekt ook mijn kleine buikje. Ik steek mijn tong uit naar mijn spiegelbeeld als ik de slaapkamer uit loop. Ik lijk verdomme wel een huisvrouwtje. Maar goed, nu hoeven de kinderen zich in elk geval niet te schamen als ze me zien.

Grace moet letterlijk twee keer kijken als ik met tegenzin naar beneden kom. 'Susannah! Ik kan het niet geloven! Wat lijk je op mam!'

Ik weersta de verleiding om mezelf over de trapspijlen naar beneden te werpen. Ze heeft gelijk, ik lijk echt op mam; toen ze jong was in elk geval. Het komt door die suffe huisvrouwenoutfit. Vind je het gek dat ik mijn hele leven mijn best heb gedaan om anders te zijn?

Het pleeggezin van de jongens woont op nog geen kwartiertje rijden van het ziekenhuis waar mam ligt, dus op mijn voorstel gaan we eerst nog even bij haar langs. Het valt me op dat Grace maar weinig tijd echt met mama doorbrengt; de meeste tijd is ze op serieuze toon met de zusters in gesprek. Ze is nooit goed met zieke mensen geweest. Ik denk dat ze zenuwachtig wordt van het gebrek aan controle. Als ze zelf ziek is, sluit ze zich op in haar kamer en wil ze niemand in de buurt hebben tot ze weer beter is, als een dier dat zich in een grot verschuilt.

Ik sta aan het voeteneind van mams bed terwijl Grace in de gang serieus met de artsen overlegt. Ze ligt er zo bleek en bewegingsloos bij, het lijkt wel of ze van gips is. Ik praat tegen haar, maar ik zou net zo goed tegen een standbeeld kunnen praten. Ik zie geen enkel teken van leven.

Ik weet dat Grace het niet kan accepteren, maar het duurt nu al meer dan vijf maanden. Het gaat nog steeds niet beter met mama. Het zal ook nooit meer beter met haar gaan. Ze blijft maar infecties oplopen en haar organen geven het langzaamaan op, stuk voor stuk. De artsen blijven haar volstoppen met medicijnen, ze blussen het vuur dat daarna gewoon weer ergens anders de kop op steekt. Hoelang blijven we nog doen alsof? Ik weet zeker dat mam dit nooit zou willen. En trouwens, dat wat mam tot mam maakte, is er al lang niet meer.

Ik ga pas als ik er helemaal klaar voor ben, en niet eerder. Ik kan jou en Grace niet achterlaten. Niet zolang we deze situatie niet hebben opgelost.

'Zee? We moeten gaan,' zegt Grace vanuit de deuropening, en ik schrik op. 'We zouden om drie uur bij de Mayses zijn.'

Wanneer we daar aankomen, loop ik bijna te hyperventileren van de zenuwen. Zelfs met Grace erbij ben ik verlamd van angst. De jongens waren negen en zes toen ik ze voor het laatst zag, kinderen. Nu zijn het pubers. Als ze me nou niet herkennen? Als ze kwaad op me zijn omdat ik ze in de steek heb gelaten? Misschien haten ze me.

'Ik kan dit niet,' zeg ik klappertandend van angst. 'Ik had nooit moeten komen.'

'Alles komt heus wel goed,' zegt Grace. 'Ze willen je graag zien. Dat hebben ze zelf gevraagd, weet je nog? Het gaat vast prima.'

Zodra we het pad op lopen, pakt ze mijn hand vast en laat hem niet meer los. Mijn grote zus, die zoals altijd weer voor me zorgt. Ik vind het niet erg. Ik heb het nooit erg gevonden...

De voordeur gaat open en ineens komt er een magere blonde jongen naar buiten gerend. Mijn hart staat even stil. Donny. Ik zou hem uit duizenden herkennen. De laatste keer dat ik hem zag, was zijn haar kort en zat het netjes achter zijn oren, en nu komt het tot aan zijn schouders, een cool, warrig skatekapsel, maar verder is hij geen spat veranderd. Mijn Donny. Mijn kind.

Ik stap naar achteren en verstop me achter mijn zus.

'Tante Grace!' roept hij, en hij werpt zich op haar.

Ze schiet in de lach en omhelst hem, en draait zich vervolgens om naar zijn oudere broer die de deur uit komt sjokken. Ik snak naar adem. Davey is wel twee meter lang! Hij ziet eruit als een man. Eén seconde lang voel ik een steek om het verlies van het kleine jongetje dat ik ooit achterliet, en dat nooit meer terug zal komen. Davey knikt even naar zijn tante, maar komt niet dichterbij. Hij was altijd al gereserveerder dan zijn uitbundige jonge broertje. Donny maakt van zijn hart geen moordkuil, maar Davey laat nooit het achterste van zijn tong zien, zelfs niet toen hij klein was. Soms doet hij me aan Grace denken.

'Begroeten jullie je moeder niet?' vraagt Grace.

Eén verschrikkelijke seconde lang ben ik bang dat ze nee zullen zeggen, en dan stort Donny zich boven op me, slaat zijn armen om mijn middel en begraaft zijn hoofd in mijn borstkas. Ik trek hem naar me toe, het kan me niet schelen dat ik amper kan ademhalen. Hoe heb ik hen ooit in de steek kunnen laten? Hoe heb ik dat gedaan?

'Mam,' zegt Davey aarzelend.

Ik maak een arm vrij en steek die naar hem uit. Hij neemt hem niet aan. In plaats daarvan slaat hij zijn eigen arm om me heen en trekt ons allebei naar zich toe zodat we stevig omarmd staan. Ik realiseer me niet dat ik huil tot ik zout proef.

Ik laat mijn jongens met tegenzin los wanneer hun pleegouders met een vriendelijke maar stijve glimlach op hun gezicht de voordeur uitkomen. We worden geleid naar een nette woonkamer waar dure snuisterijen staan op elk glanzend, stofvrij oppervlak. Ik ben zo dankbaar dat Grace erbij is. Wat ben ik blij dat ik de dreads eruit heb gehaald en mijn tatoeages heb bedekt. Anders hadden ze me nooit het huis binnengelaten.

De Mayses serveren thee met kaakjes – de gewone, zonder chocola – en de jongens rennen op en neer naar hun slaapkamer om me alle schatten en foto's en tekeningen te laten zien die ze voor me hebben gemaakt. Na een tijdje zegt meneer Mays dat ze even in de tuin moeten gaan spelen zodat wij elkaar 'beter kunnen leren kennen'.

'Je zus vertelde me dat je binnenkort weer naar Amerika vertrekt,' zegt mevrouw Mays, zodra de jongens zijn verdwenen.

'Nou, eerlijk gezegd,' zeg ik terwijl ik even naar Grace kijk, 'zit ik er nu over te denken om hier te blijven. Voorlopig in elk geval. Ik zou de jongens heel graag wat beter leren kennen. Als u dat goedvindt, natuurlijk.'

'Dat is niet aan ons,' zegt meneer Mays gespannen. 'Als de jongens jou willen zien, zal de maatschappelijk werker dat zeker kunnen organiseren. Misschien kunnen we beginnen met één keer in de maand. We willen niets overhaasten tot we zeker weten dat het goed gaat.'

Tot we zeker weten dat je in de buurt blijft.

'Ik zou ze graag wat vaker zien,' zeg ik vastberaden. 'Ik wil echt een deel uitmaken van hun... oh!'

'Zee?' zegt Grace opgewonden. 'Was dat de baby weer? Voelde je hem bewegen?'

'Baby?' zegt mevrouw Mays scherp.

Ik ben te geschokt om ook maar iets uit te brengen. Mijn buik voelt alsof hij wordt geplet in een bankschroef. Duizend bloedhete messen doorboren mijn onderrug. Zwarte vlekken dansen voor mijn ogen. Ik kan niet ademen van de pijn.

'Grace,' fluister ik. 'Ik denk... een ambulance...'

En dan wordt alles zwart.

15

Catherine

Ik zou niet precies kunnen zeggen waar mijn voorgevoel vandaan komt. Noem het moederlijke intuïtie, maar als Tom drie keer in dezelfde week net iets te vroeg thuiskomt, voel ik instinctief aan dat er iets aan de hand is.

Grace heeft het veel te druk met haar babyobsessie om ook maar even stil te staan bij de vader van het kind. Haar oogkleppen hebben er ongetwijfeld voor gezorgd dat ze zoveel bereikt heeft. Maar op familie en relaties hebben diezelfde oogkleppen een averechts effect. Als kind was ze al egoïstisch.

Dit zeg ik ook tegen haar wanneer op een avond het onmogelijke gebeurt en Tom eindelijk voor zichzelf opkomt. Ik maak er uiteraard geen gewoonte van om de privacy van hun huwelijkse slaapkamer te schenden – het spreekt vanzelf dat ik me terugtrek wanneer ze omgang met elkaar hebben – maar ik ben haar moeder. Ik heb er recht op te weten wat zich in haar leven afspeelt. Als ik zou wachten tot Grace me in vertrouwen zou nemen, zou ik sint-juttemis zeker meemaken.

Ik wil me nergens mee bemoeien, maar Tom heeft absoluut gelijk wanneer hij zegt dat Grace veel nodig heeft, en het spijt me wel, maar ik moet er gewoon iets van zeggen. Het is niet makkelijk om van Grace te houden, en ik aarzel niet haar dat te vertellen. Ze geeft nooit iets terug. Dat maakt het zo ingewikkeld om haar te leren kennen.

Ik zie hoe ze voor Tom haar luiken dichtgooit, precies zoals ze dat altijd bij mij deed. Zelfs als klein kind was Grace een gesloten boek. Als je haar strafte of berispte, huilde of stampvoette ze nooit, zoals Susannah kon doen. In plaats daarvan kreeg ze een lege en ondoorgrondelijke blik in haar ogen, en daardoor wist ik dat ze me gewoon buitensloot. Als ik tot haar probeerde door te dringen, leek het alsof ik op een spons sloeg, zoveel indruk maakte ik op haar. Er waren tijden dat haar zelfbeheersing en kalmte me bijna bang maakten. Ik zei tegen David dat het niet normaal was.

De zomer dat Grace zestien was, en ze midden in haar proefwerkweek zat, ging ik bijna dood. Het begon met een zware hoofdpijn die maar niet wegging, en toen ik de derde achtereenvolgende morgen wakker werd met kloppende slapen, nam ik op een nuchtere maag iets meer aspirine dan gebruikelijk en begon ik plotseling te braken. De spasmes waren zo hevig dat mijn slokdarm ervan scheurde. Ik begon te bloeden en viel flauw in de badkamer voor ik ook maar om hulp kon roepen. Ik stikte letterlijk in mijn eigen bloed. Als David niet terug naar huis was gekomen om zijn aktetas te halen, was ik dood geweest. Achteraf zeiden de artsen dat hij geen vijftien minuten later had moeten zijn.

Natuurlijk vertelde David de meisjes geen details, hij speldde ze een verhaaltje op de mouw over misselijkheid en griep, maar het simpele feit dat ik in het ziekenhuis lag, was genoeg om Susannah compleet uit balans te brengen. Er waren tranen, uitbarstingen op school, en nachtmerries nog lang nadat ik al weer thuis was.

Grace haalde alleen maar negens en tienen voor al haar dertien proefwerken.

Een kind dat zo emotieloos is, daar is iets mee. Haar moeders leven hing aan een zijden draadje, en het enige waar ze aan kon denken waren hoefijzermeren en Franse woordjes. Zoals altijd nam David het voor haar op. Hij zei dat Grace uit zelfbehoud geleerd had om zich af te schermen; hij gaf míj er zelfs de schuld van. Alsof het door mij kwam dat Susannah zoveel tijd en aandacht nodig had!

David ziet zelfredzaamheid als een sterke eigenschap, en dat zal het ook zeker zijn. Maar niemand is een eiland, en dat is iets waar Grace nu achter komt. Ze moet nu wel op Susannah vertrouwen en dat lijkt me niet gemakkelijk voor een controlfreak als zij. Ze is een heel belangrijke les aan het leren. In het begin was ik pertinent tegen deze hele baby-onderneming, maar Gods wegen zijn ondoorgrondelijk.

Grace, hevig gelouterd na hun ruzie, probeert het Tom de hele volgende ochtend naar de zin te maken, en ik verwacht hem zich met een triomfantelijke blik te zien wentelen in alle aandacht. Maar hij is even verstrooid en in gedachten verzonken als normaal. Wat die twee gisteravond ook hebben uitgevochten, Grace is overduidelijk niet de bron van Toms neerslachtigheid.

Mijn schoonzoon is een directe en ongecompliceerde man. Als het probleem niet bij zijn vrouw ligt, moet het iets op zijn werk zijn. En dat zal dus mijn volgende bestemming zijn.

Het is heus geen nieuwsgierigheid. Ik ben nooit het type geweest dat haar neus in andermans zaken steekt. Maar er is duidelijk een reden voor mijn aanwezigheid. Misschien kan ik niet veel doen om te helpen, aangezien ik maar een geest ben – en dan ook nog eentje die het moet doen zonder de traditionele gaven van een geest, zoals met ketenen rammelen – maar de afgelopen maanden ben ik erachter gekomen dat er af en toe naar me geluisterd wordt en dat ik zo nu en dan dingen redelijk effectief kan sturen. De hemel mag weten hoe het Susannah en Grace was vergaan als ik er niet was geweest om de gemoederen wat te sussen.

Maar ik kan geen gedachten lezen. Tom moet zijn probleem hardop uitspreken. Omdat hij niet een type is dat tegen zichzelf praat – anders dan Susannah, die bijna alles onthult onder de douche – kan ik alleen maar hopen dat hij iets behulpzamer zal zijn in de buurt van zijn collega's. Als hij zijn hart niet bij iemand uitstort, ben ik er misschien wel toe veroordeeld hem voor lange tijd te achtervolgen.

De maandag na zijn woordenwisseling met Grace achtervolg ik hem naar het station. Ik voel me net een detective in een sensatieromannetje. Kon ik maar net als hij de koele ochtendzon op mijn huid voelen. Op de wereld leven, maar er niet werkelijk deel van uit te maken, vind ik het moeilijkste aspect aan mijn situatie. Ik kan niet aanraken of aangeraakt worden. Als ik me over mijn favoriete doperwtjes buig, ruik ik niets. De nachten die ik doorbreng met David, in ons bed, niet in staat hem te troosten of getroost te worden, zijn verreweg het moeilijkste wat ik ooit heb moeten doormaken.

Ik vind het vervelend om zonder kaartje te moeten reizen, maar ik troost me met de gedachte dat ik tenminste geen stoel bezet hou. Tom staart de hele reis uit het raam, zijn krant blijft ongelezen. Gelukkig is Paddington het eindpunt van de trein, anders zou hij heel waarschijnlijk zijn halte missen.

In de metro naar Fulham Broadway gaat hij steeds knorriger kijken en wanneer we over Fulham Road in de richting het Princess Eugenie ziekenhuis wandelen, wordt zijn stemming er niet beter op. Ik wist het. Vrouw of werk.

Tom haalt zijn pasje door de kaartlezer bij de ingang van het ziekenhuis en sluipt – dat is het enige passende woord –

naar binnen. In plaats van dat hij naar een of ander grauw en benauwd kantoor loopt, wat ik zou verwachten, neemt hij de lift naar de vijfde verdieping en slaat rechts af naar de intensive care voor zuigelingen.

Opnieuw haalt hij zijn pasje door de kaartlezer, spuit wat antibacteriële gel uit de automaat aan de muur op zijn handen en duwt de deur van plexiglas open. Ik volg hem de gang door, en in het voorbijgaan knikt hij vriendelijk naar alle zusters en artsen. Niemand vraagt wat hij hier komt doen en of ze hem ergens mee kunnen helpen. Het is duidelijk dat dit bezoekje niet alleen gewoon is, het is zelfs routineus. Ik vraag me af hoe dat kan, aangezien hij als hoofd kinderanesthesiologie toch weinig op deze afdeling te zoeken zal hebben.

Aan het eind van de gang is een groot raam met daarachter ongeveer acht of tien doorzichtige couveuses, allemaal voorzien van monitors, warmtelampen en al dat soort dingen. Op twee of drie na zijn ze allemaal bezet door piepkleine baby'tjes die nauwelijks zichtbaar zijn onder alle draden in en rondom hun kleine lichaampjes. Ik vraag me af waar hun ziel is terwijl ze daar zo opgesloten en bewusteloos liggen. Ik kan de gedachte niet verdragen dat ze misschien wel net zo alleen en verloren ronddolen als ik.

Tom klopt hard op het glas. Een arts naast een van de couveuses kijkt op. Haar woeste kastanjebruine krullen lijken op roestige springveren en ze heeft ze nonchalant met een potlood opgestoken. Haar ogen zijn buitengewoon mooi.

'Vijf minuutjes!' beweegt de vrouw met haar lippen naar Tom en dan richt ze haar aandacht weer op de kleine dreumes in de couveuse. Tom glimlacht en gaat ontspannen met zijn armen over elkaar tegen het raam aan staan, met zijn blik onafgebroken op de vrouw gericht.

Dus dat is het. Ik kan mijn teleurstelling proeven. Dit had ik niet verwacht; niet van Tom. De brave, lieve, voorspelbare Tom.

De deur gaat open en de roodharige arts geeft Tom een warme omhelzing. Ik wil niet langer getuige zijn van dit verachtelijke schouwspel. Dit is de laatste plek waar ik op het moment wil zijn. Ik weet niet wat ik verwachtte toen ik Tom achtervolgde, maar iets ergers dan dit had ik me niet kunnen voorstellen. Ik draai me om en wil vertrekken, maar dan twijfel ik een fractie van een seconde.

Als ik hoor wat Tom vervolgens zegt, ben ik blij dat ik ben gebleven.

'Grace heeft gelijk,' mijmert Susannah, terwijl ze tegen het voeteneind van mijn ziekenhuisbed geleund staat. 'Ik lijk goddomme echt op jou.'

Eerlijk gezegd vind ik van niet. Ik heb mijn dochter sinds ze veertien was niet meer zo mooi gezien. De piercings zijn eruit, haar tatoeages bedekt en haar prachtige rossige haar hangt losjes tot aan haar middel. Ze lijkt helemaal niet op mij. Meer op een prinses.

Ze komt vanaf het voeteneind naar me toe en gaat op de rand van het bed zitten, naast mijn bewegingsloze lichaam. 'We zijn op weg naar Davey en Donny,' zegt ze. 'Ik ben echt als de dood, mam.'

Ik aai haar over haar wang, ook al kan ze me natuurlijk niet voelen. 'O, liever. Dat hoeft toch helemaal niet. Het komt allemaal goed.'

'Grace wou niet dat ik ging,' zegt ze. 'Ik denk dat ze zich er een beetje voor schaamt dat de jongens in een pleeggezin zitten. Het moet vreselijk voor haar zijn om te bedenken dat ik verwant aan haar kind zal zijn.'

Ze stopt mijn koude hand onder de deken en strijkt mijn haar uit mijn gezicht, zo zacht als een moeder bij haar kind zou doen. Ze hebben mijn haar kort geknipt, ik denk omdat het op die manier makkelijker is om me te verzorgen. Het is lastig voor de zusters om het te wassen, als je bedenkt dat ik in mijn bed aan allerlei machines vastzit. Het is helemaal grijs geworden sinds ik hier ben. Ik zie er heel oud uit.

'Ze denkt dat ik bang ben dat de jongens me niet zullen mogen,' voegt ze eraan toe terwijl ze zenuwachtig aan haar nagels friemelt. 'Dat klopt ook wel, maar dat is niet het ergste. Ik denk dat ik er wel mee kan dealen als ze pissig zijn. Ik zou als ik hen was echt flippen. Ik bedoel, ik heb ze in de steek gelaten. Het maakt me geen zak uit als ze gaan schreeuwen. Ik geloof zelfs, als ik heel eerlijk ben, dat dat het makkelijker voor me zou maken.'

Ik wil zo graag mijn armen om haar heen slaan. Susannah had een prima moeder kunnen zijn, als ze niet in de schaduw van Grace was geboren. Ik dacht altijd dat van hen tweeën zij degene zou zijn met het gelukkige huwelijk, het mooie huis, de auto vol met kinderen. Grace was het minst huishoudelijk aangelegde kind dat je je maar kunt voorstellen. Zij heeft het gezinsleven niet verdiend.

Susannah staat op en beent rusteloos naar het raam. 'Stel nou dat ik de kinderen niet mag, mam?' zegt ze hees. 'Stel nou dat ik mijn jongens weer zie en het doet me helemaal niks? Dat ik niks voel? Wat dan?'

Met een trillende hand haalt ze een sigaret tevoorschijn en steekt hem op, tegen alle regels in. Kon ik haar maar zeggen dat ze zich geen zorgen hoeft te maken. Kon ik haar maar vertellen over de ironie van dit verhaal: dat Grace' grootste angst, waardoor ze 's nachts in bed ligt te woelen en ze 's ochtends vroeg badend in het zweet wakker wordt en die de ware reden is waarom ze niet wilde dat Susannah Donny en Davey zou ontmoeten, precies tegenovergesteld is aan de angst van Susannah. Grace is doodsbenauwd dat

Susannah juist wel van haar zoons zal houden. Ze is bang dat haar zus haar jongens terug zal willen en haar gezin zal willen herenigen.

Kon ik haar maar vertellen dat Grace te bang is om zichzelf de vraag te stellen die daarop volgt en die haar al wekenlang bezighoudt: wat als Susannah dit kind ook terug wil?

Nog geen drie uur later ben ik bij haar wanneer ze, in het huis van haar zoons, bezwijkt. Ik wijk niet van haar zijde wanneer de ambulance haar naar de dichtstbijzijnde Spoedeisende Hulp brengt, heel toevallig in het ziekenhuis waar mijn nutteloze lichaam ligt. We zijn maar een verdieping van elkaar verwijderd.

Ik kan de aanblik van mijn andere dochter nauwelijks verdragen, als ze de zuster toespreekt en eist dat er naar Susannah gekeken wordt, en wel onmiddellijk!

Dit is allemaal de schuld van Grace. Zij was er zo op gebrand om alles te hebben in het leven, zij heeft Susannah hierin meegesleurd, in deze onzin, deze stompzinnigheid. Nog een baby, na alles wat we de vorige keer hebben meegemaakt! Maar Grace weet niet hoe ziek Susannah van haar vorige zwangerschappen werd, omdat ze er niet bij was. Ze had het te druk met de succesvolle carrièrevrouw spelen waar haar pappie trots op was. Susannah heeft het haar niet verteld, omdat ze niet wil toegeven dat het lang niet zo makkelijk voor haar is om kinderen te krijgen als ze doet voorkomen. Ze kiest ervoor om er niet aan te denken dat de artsen haar na de geboorte van Donny vertelden dat nog een kind haar dood kon betekenen.

Grace maakt zo'n heibel dat Susannah meteen naar een onderzoekskamer wordt gebracht, maar ik weet heus wel dat ze dit niet voor haar zus doet. Het enige waar ze zich druk om maakt, is de baby. Susannah is weer bij bewustzijn, maar haar huid heeft de kleur van zure melk en haar lippen zijn blauw. Ze laat Grace' hand niet los.

Er komt een zuster de kamer binnen om een infuus aan te leggen, want Susannah is uitgedroogd en ze maken zich zorgen om de baby. Zodra ze de naald ziet, deinst Susannah terug en begint zo hard te trillen dat het onmogelijk voor de zuster is om een ader te vinden.

'Kom op, Zee,' zegt Grace. Ze neemt de kaak van haar zus zachtjes tussen haar duim en wijsvinger en draait haar gezicht weg van de zuster. 'Let maar niet op haar. Kijk me aan. Weet je nog hoe ik vroeger belletje-trek deed om je wijs te maken dat de zus met de spuit er was?' zegt ze vrolijk. 'Je schreeuwde de hele tent bij elkaar. Ik kon me gewoon niet voorstellen dat je daar zo bang van werd.'

Susannah trekt een gezicht als de zuster eindelijk een ader heeft gevonden, maar houdt haar arm stil. 'Mama ging over de rooie toen ze erachter kwam dat jij het was. Man, ze was zo overdreven beschermend. Ik was goddomme blíj met je gepest. Voelde ik me verdomme eindelijk weer een beetje normaal.'

Dat is niet hoe ik het me herinner.

'Ik voel me er nog steeds schuldig over,' zegt Grace.

'Dat hoeft echt niet, hoor. Ik kan me zo voorstellen dat je het goed zat was dat ik continu ziek was. Weet je nog toen mam je verjaardag was vergeten? Je zei er niks van, je stapte de volgende dag gewoon op de metro en kwam naar me toe met een stuk taart.'

Grace zucht. 'Daar maakte mam zich ook al zo druk over.'

De zuster verplaatst de stang van het infuus naar het hoofdeinde van het bed en zwiept het gordijn om ons heen dicht. Susannah sluit haar ogen weer. Haar gezicht is opgezet en bedekt met een dun laagje zweet. Ik ben zo woedend op Grace dat ik het wel uit kan schreeuwen.

'Hoe voel je je?' vraagt Grace na een paar minuten.

'Kut,' mompelt Susannah, zonder haar ogen te openen.

Grace trekt het gordijn met een ruk open. 'Waar blijft die arts in hemelsnaam? Ik heb gezegd dat je zwanger bent. Jij moet voorrang krijgen! Ze moeten een echo maken. Misschien is er iets met je placenta, misschien is het zwangerschapsvergiftiging, of een vroeggeboorte, je zou bloed kunnen verliezen of...'

'Geen paniek, Grace. Mijn vliezen zijn niet gebroken, en ik bloed niet. Ik weet zeker dat alles goed is met de baby.'

'Doe niet zo belachelijk. Moet je zien hoe je erbij ligt! Je bent helemaal geel! Je bent ingestort, Zee. Ik moet wel in paniek raken!'

'Ik zei toch dat de baby...'

'Het gaat me nu heel even niet om de baby,' zegt Grace vastberaden. 'Het gaat me om jou. Ik wil niet dat jou iets overkomt.'

Ze wacht nog tien minuten en paradeert dan naar de balie. Binnen twintig minuten is er een arts langs geweest om ons te vertellen wat Susannah en ik al lang wisten, maar Grace nog niet: er is iets mis met Susannah's nieren. Ze is geboren met maar één functionerende nier, de andere was verschrompeld en waardeloos, een gedroogd rozijntje waar een volle, rijpe pruim had moeten zitten. En de goede nier was ook niet zo geweldig, hij was maar aan één kant helemaal gezond en in plaats van één buisje dat naar de blaas liep, had zij er twee, allebei te zwak om hun werk helemaal naar behoren te doen. Er was prima mee te leven, tot ze voor het eerst zwanger werd en de groeiende baby tegen het buisje aandrukte en het blokkeerde, waardoor gifstoffen zich opeenhoopten in haar lichaam. Davey werd zes weken te vroeg geboren en Donny bijna acht. Elke keer wordt het erger. Susannah is nog niet eens op de helft van deze zwangerschap. Als de antibioticakuur niet aanslaat, als de artsen haar nier niet aan het werk kunnen krijgen, zal ze aan de dialyse moeten tot de baby er is.

'Waarom heb je mij dat niet verteld?' vraagt Grace zodra de arts weer weg is. 'Hoe kon je nou aanbieden om dit te doen terwijl je wist dat je er zo ziek van zou worden?'

'Ik wilde het gewoon zo graag,' zegt Susannah schor. 'Zo erg is het allemaal niet. Ik wilde je een kindje geven.'

Grace pakt haar tas op. 'Ik ga een privékamer voor je regelen. Geld speelt geen rol. Ik wil niet dat je op een of andere Siberische gemengde afdeling komt te liggen. Ik ben zo terug.'

Susannah knikt vermoeid. Ze wacht tot Grace weg is en niemand haar kan zien, en duwt dan haar gezicht in haar kussen. Haar schouders schokken, en ik realiseer me dat ze huilt. 'O, kut! Wat heb ik in jezusnaam gedaan?' kreunt ze met een gedempte stem in het kussen.

Ik weet dat het geen zin heeft, maar toch ga ik naast haar op bed zitten en veeg haar haren zachtjes weg van haar voorhoofd, net als zij een paar uur geleden bij mij deed. 'Niet huilen, liefje,' troost ik haar. 'Alles komt goed.'

Plotseling draait ze zich met een ruk van me af en gooit zichzelf woest op haar rug, waardoor haar infuus bijna losschiet. Haar ogen zijn ineens droog en hard. 'Ik moet deze baby houden,' zegt ze fel, met haar handen tot vuisten gebald. 'Ik ga hem houden. Ik móét hem houden.'

'Maak je geen zorgen, lieverd,' herhaal ik. 'Je raakt hem niet kwijt. Je was ruimschoots op tijd in het ziekenhuis. Je hebt weer voldoende vocht en volgens de dokter was de hartslag van het kindje goed. Morgen maken ze voor de zekerheid nog een echo. Maak je niet ongerust. De baby gaat het halen. Je zult hem houden...'

En dan begrijp ik ineens wat ze bedoelde.

16

Grace

Tom begint, zoals hij meestal doet, met het kussen van mijn gezicht en het strelen van mijn borsten. Het is niet eens onprettig, en ik geniet er ook wel van. Maar de laatste tijd begint hij gewoon altijd zo.

Zonder uitzondering.

Hij wrijft over mijn benen, vanaf mijn enkels naar mijn kuiten en mijn knieën en dan weer terug naar beneden. Het is zaterdagavond dus ik heb vanochtend netjes mijn benen onthaard. Omdat we altijd seks hebben op zaterdag.

Even daarna laat Tom de bandjes van mijn crèmekleurige negligé voorzichtig zakken en sabbelt zachtjes aan mijn tepels. Ik aai vluchtig over zijn rug en draai mijn vingers in zijn haar – wanneer is hij naar de kapper geweest? Ik mis zijn jongensachtige krullen, maar eerlijk gezegd ben ik er verder niet helemaal bij. Ik moet morgen vroeg op om Susannah uit het ziekenhuis op te halen, en voor die tijd wil ik klaar zijn met de babykamer. Die is pas zachtgeel geverfd, en de eiken vloer is opnieuw geschuurd en in de was gezet, maar ik heb de dozen van Harrods die vanochtend zijn aangekomen nog niet uitge-

pakt. Ik wil alles af hebben om haar te verrassen als ze thuiskomt.

Ik word terug naar de realiteit in mijn slaapkamer geslingerd als Tom zijn hand tussen mijn benen steekt, mijn bui-
tenste schaamlippen van elkaar trekt en zijn middelvinger
in me steekt om te zien of ik nat ben. Kennelijk is hij in de
overtuiging dat ik er helemaal klaar voor ben, want hij duwt
zichzelf op zijn onderarmen omhoog, maar ik huiver bij de
gedachte. Ik pak vlug zijn penis in mijn hand en begin hem
te masseren, gedeeltelijk om te zien hoe opgewonden hij is,
maar ook om ervoor te zorgen dat hij nog niet bij me naar
binnen dringt. Tom kreunt zachtjes, en probeert hetzelfde
halfslachtig bij mij te doen, minstens drie centimeter van
mijn clitoris vandaan. Vroeger waren we hier zoveel beter
in.

Susannah heeft het continu over seks. Tot in alle details.
Er zijn dingen die ze beschrijft waarvan ik het bestaan niet
eens wist, laat staan dat ze wettelijk zijn toegestaan. Ik heb
in mijn hele leven maar met één man het bed gedeeld, Tom,
maar ik verkeerde altijd in de veronderstelling dat ons seks-
leven best avontuurlijk was. De afgelopen tijd – eigenlijk
sinds we getrouwd zijn – misschien niet meer, maar in het
begin zeker wel. We deden het in allerlei standjes, en lang
niet altijd in bed. We hebben het jaren geleden zelfs een keer
op het huwelijksfeest van een vriend gedaan, gewoon op de
oprijlaan, in het volle zicht. Niemand wist het natuurlijk; ik
zat schrijlings op Toms schoot in het gras, en mijn lange jurk
verborg dat de rits van zijn broek openstond en hij in mij
was, maar toch. Als ik er alleen al aan denk, raak ik weer opgewonden, zelfs nu.

Tom voelt hoe ik ineens nat word en beschouwt het als
een aanmoediging. Hij houdt op mijn genitaliën te betasten
en manoeuvreert zijn lichaam in de beproefde missionaris-

houding. Ik kan me zo voorstellen dat het enige missionaris-achtige waar Susannah ooit mee te maken heeft gehad, iets van doen had met een jezuïetenpriester die ze al rondtrekkend in Zuid-Amerika had verleid.

Ik blijf zijn penis vasthouden, om ervoor te zorgen dat hij niet te snel en te hard in me komt, maar uiteindelijk kan ik hem niet meer tegenhouden. Hij dringt bij me naar binnen, en ik merk dat ik nog steeds niet vochtig genoeg ben. Hij stoot een paar keer voor ik nat genoeg ben om hem goed en wel zijn gang te laten gaan.

Zodra hij zijn ritme te pakken heeft, beginnen mijn gedachten weer af te dwalen. Ik ben zo opgelucht dat Susannah weer thuiskomt. Ik heb de afgelopen twee weken dat ze in het ziekenhuis lag geen oog dichtgedaan. Ik lag te piekeren over haar, over de baby; en natuurlijk over mam.

Ik ben elke dag bij mam op bezoek geweest, omdat Susannah erop stond – 'Kom op, Grace, je komt toch niet bij mij langs zonder even de moeite te nemen om drie meter de gang op te lopen om haar te zien?' – en dat heeft alles nog duizend keer erger gemaakt. Toen ik haar maar één uur in de week zag, kon ik het de rest van de tijd ergens parkeren. Het leek dan bijna alsof ze gewoon thuis was, druk met al haar commissies, met haar werk voor Tafeltje-Dek-Je, met het verzorgen van haar rozen en het kweken van haar tomaten. Maar nu ik twee weken lang tegen mezelf heb zitten praten met naast ons de machines die voor haar ademen en eten en haar urine opvangen, moet ik de waarheid wel onder ogen zien. Mama wordt niet meer beter. Ze lijkt niet eens meer op zichzelf; in minder dan zes maanden tijd is ze tien jaar ouder geworden. Vroeg of laat zal Susannah voorstellen haar van de beademing af te halen. En dat kan ik niet toestaan. Ik kan mam niet laten gaan. Niet zolang er nog zoveel onuitgesproken is tussen ons.

De afgelopen vijf jaar, nadat Susannah naar Amerika was vertrokken, hebben mama en ik plichtsgetrouw hetzelfde toneelstukje opgevoerd. Zij heeft steeds geïnteresseerd geïnformeerd naar mijn carrière en gevraagd hoe het met Tom ging. In ruil daarvoor ging ik elk derde weekend van de maand naar huis, en met verjaardagen en feestdagen. Dan bewonderde ik haar camelia's en deed alsof ik me alle buren nog kon herinneren die ik sinds mijn zesde niet meer had gezien. We hebben onze rollen zo tot in de perfectie uitgewerkt – trotse moeder, liefhebbende dochter – dat we er bijna zelf in gingen geloven.

Maar Susannah liet een gat achter dat ik niet kon opvullen. Ik was de dochter die was gebleven, de dochter over wie ze het met haar vriendinnen kon hebben zonder van onderwerp te moeten veranderen. Maar we wisten allebei dat ik niet de dochter was die ze wilde. Als Susannah haar tien minuten belde om om geld te vragen, betekende dat zoveel meer voor haar dan de plichtsgetrouwe, vreugdeloze weekends die ze met mij deelde.

Ik weet niet waarom ze nooit voor mij heeft gevoeld wat ze voor Susannah voelt. Ik weet niet of het kwam doordat ik moeilijk ben om van te houden of gewoon omdat Susannah zo enorm veel nodig had dat er geen ruimte meer over was voor mij. Maar ik wil een kans om het haar te vragen. Ze mag nog niet doodgaan. Ze mag niet gaan voor ik het weet.

Een pijnscheut door een onhandige stoot van Tom brengt me weer terug in het hier en nu. Hij beweegt ineens sneller en heviger en ik realiseer me dat we bijna klaar zijn. Jaren van oefenen hebben ervoor gezorgd dat ik mijn gekreun precies kan timen op zijn bewegingen, en ik pas het tempo van mijn ademhaling aan het zijne aan. Soms weet je gewoon dat je geen orgasme gaat krijgen en het is voor het ego van een man veel makkelijker als je die keren verdoezelt dan dat je het voor hem verpest door hem een minderwaardig-heidscomplex te bezorgen. Gelukkig komt dat zelden voor. Michelle zou zeggen dat het nou eenmaal niet alle dagen feest is.

Hoewel er een tijd was dat Tom het wel gemerkt zou hebben.

Susannah zit midden in een nieuwe echo als ik de volgende morgen haar afdeling op kom. Zodra ik de echoscopist aan haar bed zie zitten, schiet mijn polsslag omhoog en versnel ik mijn pas, maar nog voor ik bij mijn zus ben aangekomen heeft de echoscopist het ding weer weggehangen en de stekker uit het draagbare apparaat getrokken. Susannah veegt het laatste beetje gel van haar buik en trekt haar T-shirt weer omlaag.

'Is alles in orde?' vraag ik gespannen.

Susannah stapt uit bed en steekt haar voeten in een paar pumps waar een ander direct invalide van zou raken. 'Het gaat prima met de baby. Ze wilden alleen alles voor de zekerheid nog een keer checken voor ze me laten gaan.'

Ik ken mijn zus al haar hele leven. Ik zie het altijd meteen als ze iets voor me verbergt.

'Susannah,' waarschuw ik haar.

Ze rolt met haar ogen. 'Goed dan. De dokter had het eigenlijk niet mogen zeggen. Stomme regels. Ik weet niet waarom het iets uitmaakt. Ze heeft me verteld wat het wordt,' legt ze uit, terwijl ik op het punt sta om tegen het plafond te schieten. 'Ze zei dat het negenennegentig procent zeker een meisje is. Ze mogen tegenwoordig niks meer zeggen omdat ze bang zijn dat je in de stress schiet en een abortus neemt omdat het niet het geslacht is dat je wilde.'

'Een meisje? Krijgen we een meisje?'

'Ja. Mag ik nu weg?' zegt mijn zus ongeduldig. 'Ik heb de

afgelopen twee weken plat op mijn rug gelegen en ik word gillend gek als je me hier niet heel snel weghaalt.'

Ze stapt statig door de afdeling en haar hakken ketsen als kanonvuur af op het linoleum. Ik pak haar weekendtas en ren achter haar aan, met een idiote grijns op mijn gezicht.

In de parkeergarage aangekomen gooi ik Susannah's tas in de achterbak van mijn BMW en doe het dak naar beneden terwijl zij haar best doet om de sportwagen in te komen. Ze is bijna negentien weken zwanger en heeft ineens een buikje, en ik merk tot mijn eigen verrassing dat ik haar – en niet alleen de baby – wil beschermen.

Het is niet druk op de weg. Vanbinnen zing ik het uit terwijl we ons terug naar Oxford haasten. Het is een prachtige ochtend, zo'n zeldzame perfecte Engelse zomerdag: een strakblauwe lucht, warm briesje, grasmaaiers en kerkklokken. Het lijkt wel een aflevering van *Midsummer Murders*. Ik krijg een dochter! Roze jurkjes. Balletles. Paardenstaarten. Papa's kleine prinsesje.

We rijden de snelweg op. De wind blaast Susannah's lange rode haar rond haar gezicht en ze zet de capuchon van haar mouwloze T-shirt op. Ze is stil, maar met het dak naar beneden is het sowieso moeilijk om je verstaanbaar te maken. Ik selecteer Bach op de cd-speler en draai het volume omhoog, terwijl ik me verheug op haar blije gezicht als ze de verrassing ziet die ik voor haar in petto heb.

'Moeten we hier echt naar luisteren?' zegt ze geïrriteerd.

Zonder de discussie aan te gaan zet ik de radio aan en zoek een popzender die ze leuk vindt. Ze zegt verder niets tot we bij de rand van Oxford komen, en dan nog is het enige wat ze zegt dat ik de afslag heb gemist.

'We gaan nog niet naar huis,' zeg ik. 'Ik wil je eerst iets laten zien.'

'Ik ben echt niet in de stemming,' mompelt ze.

Het is niet meer dan normaal dat ze niet helemaal zichzelf is, als je bedenkt wat ze de afgelopen weken allemaal heeft moeten doorstaan, en dat met al die gierende hormonen. Er is geen reden om dit persoonlijk op te vatten. En trouwens, er is vandaag helemaal niets wat mijn humeur kan verpesten.

Ik voel even in de zijzak van haar tas, pak haar pakje Marlboro's en geef ze aan haar. 'Alsjeblieft. Het dak is omlaag en van mij mag je.'

'Van jou misschien wel, maar wat dacht je van de baby?' zegt ze verontwaardigd. 'Heb je enig idee hoe slecht dat voor haar is?'

Ik rij door het centrum van Oxford en voorbij Headington. Een paar minuten daarna sla ik rechtsaf een zijstraat in die loodrecht op de rivier ligt, en stop voor een groot ijzeren hek. Erachter staat een elegant gregoriaans appartementencomplex. Susannah kijkt niet eens op wanneer ik de beveiligingscode intoets en het hek openzwaait.

'Ga je mee?' vraag ik, als ik de auto netjes op een parkeerplek tegenover het gebouw heb neergezet.

'Sorry, Grace, maar ik ben echt moe. Ik wil gewoon naar huis.'

'Je bent thuis,' zeg ik. 'Nou ja, het is nog niet helemaal je thuis. Maar dat wordt het wel.'

Susannah kijkt me mokkend aan, slaakt een diepe zucht en stapt dan uit de auto. Ik ga haar voor naar een licht, ruim appartement op de eerste verdieping, met uitzicht over de rivier. De keuken en badkamer zijn een afschuwelijk vlammend oranje en jaren zeventig groen, maar in de basis is de flat prima. Hoge plafonds, goed geproportioneerde kamers. Met een likje verf hier en daar wordt het prachtig.

'Waarom zijn we hier?' zegt Susannah kribbig.

'Om je rond te leiden in je nieuwe flat,' zeg ik.

'Waar heb je het over?'

'Dit is voor jou, voor als de baby geboren is. Ik heb het voor een jaar gehuurd, maar er is een optie tot koop, mocht je besluiten langer te blijven. Er moet nog het een en ander gebeuren aan de keuken en badkamer, maar van de beheerder mogen we daarmee doen wat we willen.' Ik loop de woonkamer door en zet de openslaande glazen deuren open, die uitkomen op een piepklein gietijzeren balkonnetje waar precies twee stoeltjes op passen. 'Het is maar een kwartiertje rijden van Tom en mij vandaan, en je bent binnen een dik uur bij de jongens. Het is ideaal.'

'Grace, ben je niet goed bij je hoofd? Dat kan ik nooit betalen! Dit is ver boven mijn budget!'

'Dat hoeft ook helemaal niet,' zeg ik vlug. 'Dit is mijn manier om je te bedanken. Ik betaal.'

Ik vind het niet nodig om haar te laten weten dat de huur zelfs voor mij best pittig is. De afgelopen tijd zit ik een beetje krap. Met mijn bedrijf gaat het beter dan ooit, en toch lijkt het of ik continu achterloop met het betalen van de rekeningen. Afgelopen week werd mijn creditcard zelfs een keer geweigerd toen ik een notenhouten ladekastje voor Susannah's kamer wilde kopen, omdat ze het vorige had beschadigd met haar sigaretten. En Tom was vorige maand vergeten zijn salaris naar de gemeenschappelijke rekening over te maken, dus er stond niet genoeg op om alle vaste lasten mee te betalen. Dat moet ik trouwens nog wel even tegen hem zeggen.

Susannah doet de glazen deuren met een scherpe klik weer dicht. 'Hoe kom je erbij dat ik in Oxford zou willen wonen?' vraagt ze. 'Ik ben geen klein kind, Grace. Je kunt niet zomaar de leiding over mijn leven nemen en van alles voor mij beslissen.'

'Dat probeer ik ook helemaal niet,' zeg ik gekwetst. 'Ik dacht dat je er blij mee zou zijn.'

'Je drukt weer je zin door, Grace. Zoals altijd.'

'Dat is niet eerlijk! Ik wil alleen maar helpen…'

'Nee, je probeert met een schoon geweten van me af te komen. Ik geef jou de baby, en jij scheept me af met je luxe-appartementje alsof ik een of ander overjarig sletje ben waarmee je bent uitgeneukt.'

Ik krimp in elkaar. Ze legt de vinger wel een beetje op de zere plek. 'Je weet dat dat niet zo is. Maar je kunt toch niet eeuwig bij Tom en mij blijven wonen,' probeer ik. 'Je hebt je eigen ruimte nodig, en ik ook. We kunnen samen meubels gaan kopen en je mag uitzoeken wat je maar wilt. Ik zal me er niet mee bemoeien. Voor mijn part verf je alles zwart en hang je spiegels aan het plafond.'

Ze draait zich terug naar het raam en slaat haar armen om zich heen. 'Luister. Ik wil jouw droom niet verpesten. Misschien kunnen we het er morgen over hebben. Voor nu wil ik gewoon naar huis. Als dat mag.'

Ik probeer me niet beledigd te voelen terwijl ik de voordeur zachtjes op slot draai en we weer naar de auto lopen. Misschien heb ik haar inderdaad wel een beetje onder druk gezet. Mam zegt altijd dat ik te dominant ben. En Susannah heeft gelijk: ik doe dit niet alleen voor haar. Hoe lief ik haar ook vind, ik wil haar weg hebben zodra de baby er is. Zodat er geen twijfel over bestaat wie de moeder is van dit kind. Als Susannah bij ons zou wonen, zou dat te ingewikkeld zijn. Maar ik wil ook niet dat ze teruggaat naar de VS. Ik ben er verbaasd over hoe gewend ik eraan ben geraakt om haar in de buurt te hebben. Als ze nu weg zou gaan, zou ik haar echt missen.

Ik ben op zoek naar mijn autosleutels als Susannah een kreet onderdrukt. 'Moet je zien,' sist ze. 'Daar!'

Ik kijk omhoog. Een lange, bekende gestalte komt net uit een afgebladderde victoriaanse twee-onder-een-kapwoning, een paar huizen verderop. Achter hem staat een slanke, blonde vrouw in de deuropening. Ze houdt de wapperende zomen van haar zachtgroene zijden peignoir met één hand bij elkaar. Op de oprit staat een nieuwe zilverkleurige Audi met het pronkzuchtige nummerbord B1AKE.

'De godvergeten klootzak,' blaast Susannah wanneer Blake zich omdraait en de vrouw een kus geeft, waarbij zelfs op vijftig meter afstand duidelijk te zien is dat er tongen in het spel zijn.

Ik kijk de andere kant op en negeer het plotselinge kloppen tussen mijn benen. 'Dat zal Layla wel zijn.'

'Layla? Wie is Layla in godsnaam?'

'Claudia heeft me verteld dat Blake iets heeft met een andere vrouw, een of ander model dat hij kent via zijn werk. Ze heeft een paar weken geleden wat e-mails gezien. Ze denkt dat het al zo'n zes maanden aan de gang is.'

'Zes maanden?'

'Vanaf het moment dat Blake erachter kwam dat Claudia zwanger was.'

'Wie denkt hij verdomme wel niet dat hij is?' vraagt Susannah kwaad. 'Denkt hij soms dat hij er gewoon maar op los kan neuken en ermee wegkomen?'

'Het is Claudia's keuze. Ze weet hoe de vlag erbij hangt. Dit is niet de eerste keer, Zee. Ik weet ook niet waarom ze het pikt, maar ze accepteert het.'

Ik buig me over de passagiersstoel om de deur voor mijn zus open te maken. Ze beweegt nog steeds niet. 'Kom op, Zee. Laat nou maar. Het zijn onze zaken niet.'

'Nee,' zegt ze fel. 'Néé.'

Haar blauwe ogen lijken net twee ijsblokjes in haar bleke

gezicht. Eén seconde lang ben ik ontroerd omdat ze zoveel om Claudia geeft, en dan valt het kwartje.

Ik kan haar wel slaan – Hij is getrouwd! Zijn vrouw is zwanger! Waar ben je mee bezig? – maar nog liever wil ik hem vermoorden. Susannah is lang niet zo stoer als ze doet voorkomen. Onder het pantser van al die tatoeages zit een heel gevoelig iemand; ze wordt veel te makkelijk verliefd, en altijd op foute mannen. Zo'n player als Blake is haar niet waard. Ze komt bij hem niet eens op de tweede plaats. Ze is mijn kleine zusje. Hij had haar met rust moeten laten.

O, Zee toch.

'Laat hem toch in zijn sop gaarkoken,' zeg ik bitter. 'Hij is het niet waard.'

Woedend valt ze tegen me uit. 'Jij godvergeten hypocriet!' sist ze. 'Je bent gewoon jaloers! Als hij in jouw bed lag zou je hem wel degelijk het waard vinden!'

'Susannah!' Ik snak naar adem. 'Dat is niet waar!'

Ze leunt over de auto, haar ogen spuwen vuur, ze is een kat die klaarstaat om aan te vallen. En dan ineens wordt ze rustig. Zonder verder iets te zeggen doet ze de deur open en stapt onhandig de auto in. Dan zakt ze in haar stoel en doet haar ogen dicht. Ze doet ze niet eens open als ik me over haar heen buig om haar veiligheidsgordel vast te maken onder haar dikker wordende buik. Ik start de auto en rij rustig de omheinde binnenplaats uit, en ik hou mijn blik strak op de weg als we langs Blake's auto komen.

Thuis aangekomen help ik haar de auto uit en ze bedankt me. We doen angstvallig beleefd tegen elkaar. Ik breng haar tas naar boven en ze gaat op de rand van haar bed zitten met hangende schouders, alsof al het leven uit haar is gezogen.

'Heb je ergens zin in?'

Ze schudt haar hoofd. 'Ik denk dat ik gewoon ga slapen.'

Tom is buiten aan het rommelen in de groentetuin. Ik zet

water op en ga zitten. Ik word steeds bozer. Die klootzak heeft de twee vrouwen om wie ik het meest geef pijn gedaan. Wat ben je voor kerel als je vreemdgaat omdat je vrouw zwanger is, en dan iets begint met een ander zwanger meisje? Was het een onenightstand of meer dan dat?

Ik bedenk dat ik Susannah niet eens heb gevraagd of het nog aan de gang is. Is ze verliefd op hem? Dacht ze dat hij Claudia voor haar in de steek zou laten?

Claudia. Hoe moet ik haar dit vertellen? Ik kan het toch niet verzwijgen?

'Dit is dus precies waarom ik het je niet vertelde,' verzucht Tom even later. 'Wat je nu ook doet, het is nooit goed. En als je niets doet, hou je de leugen in stand.'

'Ze is mijn beste vriendin, Tom. Het is al erg genoeg dat ze denkt dat Blake vreemdgaat omdat ze zwanger is. Wat als ze erachter komt dat het niets te maken heeft met de baby en dat hij gewoon een ontrouwe, leugenachtige klootzak is?'

Hij ploft neer op de bank in de keuken en trekt zijn modderige werklaarzen uit. 'Ik gooi de handdoek in de ring. Het kan me niet meer schelen. Als jij vindt dat ze het moet weten, vertel het haar dan maar.'

'Maar Susannah dan?'

'Wat is er met Susannah?'

'Iedereen is gek op Claudia. Als ze horen dat Susannah met haar man naar bed is geweest, wordt Susannah persona non grata. Ze begint zich hier net een beetje thuis te voelen. Ik wil niet dat ze zich de komende vier of vijf maanden ellendig voelt. Dat is niet goed voor haar en ook niet voor de baby.'

'Nou, dan zeg je het toch níét tegen Claudia.'

Ik gooi een theedoek naar zijn hoofd. Tom duikt weg en de doek vliegt over de bank heen en raakt Susannah tegen haar borst als die ineens aan de voet van de trap verschijnt.

'O sorry,' lach ik. 'Die was voor Tom bedoeld.'

Ze lacht niet mee. 'Grace, kan ik je even spreken?'

Tom gaat staan. 'Ik ga maar eens douchen voordat Grace me de varkensstal in jaagt...'

'Blijf alsjeblieft even, Tom,' zegt Susannah met heldere stem. 'Dit heeft ook met jou te maken.'

Ze ziet er gespannen maar rustig uit. Ik herinner me dat ze precies zo keek toen ze ons vertelde dat de jongens naar een pleeggezin gingen. Alsof ze eindelijk de moed heeft gevonden om de waarheid onder ogen te zien en in te staan voor de gevolgen.

Ze komt niet bij ons staan. In plaats daarvan staat ze defensief achter een keukenstoel, die ze stevig vasthoudt ter ondersteuning.

'Het spijt me,' zegt ze. 'Dit was nooit mijn bedoeling. Ik heb er niet voor gekozen om me zo te voelen. Ik heb de afgelopen twee weken mijn best gedaan om me anders te voelen, maar dat is niet gelukt.'

'Het is niet jouw schuld,' zeg ik snel, ervan overtuigd dat ze het over Blake heeft. 'We maken allemaal fouten...'

Ze laat me niet uitpraten. 'Je begrijpt me verkeerd.'

Tom en ik kijken elkaar bedachtzaam aan en wachten tot ze verdergaat. Ze doet een paar keer haar mond open en dan weer dicht, alsof ze de juiste woorden niet kan vinden.

'Susannah, rustig nou maar,' zeg ik zachtjes. 'Blake is degene die getrouwd is. Hij zou...'

'Ik heb het niet over Blake.' Plotseling schieten haar ogen vol, en ziet ze er weer uit als dat meisje van twaalf. 'Het spijt me zo, Grace. Ik wilde alleen maar helpen. Ik wist niet dat dit zou gebeuren. Ik heb je nooit pijn willen doen.'

'Mij pijn willen doen?'

'Ik wilde iets goeds doen. Dat was echt mijn bedoeling, dat zweer ik.'

Ik wil naar haar toe lopen, maar krijg ineens een verschrikkelijk voorgevoel waardoor ik aan mijn stoel genageld blijf zitten. Ik weet wat ze gaat zeggen. Ik wist het vanaf het moment dat ze besloot dat ze haar zoons wilde zien. Diep vanbinnen wist ik al vanaf het begin van deze hele onderneming dat het zo zou aflopen.

'Het is een meisje,' zegt Susannah smekend. 'Een meisje. Mijn kleine meisje. Ik kan haar niet weggeven, Grace. Dat moet je snappen. Ik ben haar moeder. Ik kan haar niet weggeven.'

'Ja, ik snap het wel,' zeg ik kalm. 'Ik begrijp het.'

Haar hoofd schiet omhoog. 'Echt?'

'O, ja hoor, helemaal. We hebben alleen een klein probleem, Susannah. Die baby is niet jouw kleine meisje. Ze is van mij.'

17

Susannah

Totale bedrust. Kut. Ik mag niet eens even mijn bed uit om te pissen omdat ze bang zijn dat ik dan ga bevallen. Al verdomme dertien dagen lang heb ik alleen maar op mijn rug gelegen en naar het plafond gestaard. Ik lijk wel een hoertje, maar dan zonder ervoor betaald te krijgen.

Ik zou een isoleercel echt niet trekken. Ik ben nooit zo van het boeken lezen geweest en na een tijdje bladeren in de roddelbladen vraag ik me toch weer af of de hele wereld het met zijn hele eigen familie doet. Grace heeft een enorme heisa lopen maken over een privékamer, maar die bleken allemaal al vol te zitten, en tot dusver heeft iedereen geweigerd een bed vrij te maken door de pijp uit te gaan. Dus zit ik hier vast op deze waardeloze afdeling zonder tv en internet en met veel te veel tijd om na te denken.

Eerst dacht ik dat het door mijn hormonen kwam dat ik zo dom en broeds begon te doen. Maar met de jongens had ik me nooit zo gevoeld en, echt, de hormonen gierden toen door mijn lijf. Bij Davey was het heel erg: ik barstte al in tranen uit als prinses Diana van kapsel veranderde. En op een gedenkwaardige ochtend heb ik zelfs twee uur zitten janken toen ik erachter kwam dat de vuilnismannen geen latex recycleden. Ik at chocolade-ijs met kaaskoekjes en er zat een dikke laag suiker in mijn maag, maar moederlijke driften? Ik had ongeveer evenveel nestdrang als Myra Hindley. Wat ik nu voel heeft niets te maken met mijn hormonen.

Ik heb nooit nóg een kind gewild. Ik heb sinds ik afstand heb gedaan van de jongens nooit ook maar één moment overwogen er nog een te nemen. Ik had toch al bewezen dat ik er waardeloos in was! Ik vond elke met Zwitsal doordrenkte minuut ervan even erg. Waarom zou ik dat in godsnaam willen overdoen?

Ik vond het goed om baarmoedertje-verhuur met Grace te spelen omdat ik een dak boven mijn hoofd wilde en misschien wel aan haar en alle anderen wilde bewijzen dat ik ook eens een keer iets cools kon doen. Ik had er niet eens bij stilgestaan wat er zou gebeuren als ik van gedachten zou veranderen, omdat dat totaal niet aan de orde was.

Er gebeurde iets geks met me toen ik mijn jongens, helemaal groot geworden, terugzag. Voor het eerst in mijn leven besefte ik wat ik had gemist. Maar ik wist ook gelijk dat ik met hen nooit meer een tweede kans zou krijgen. Ik kan om de twee weken of zo bij ze op bezoek gaan, en misschien dat ik ze zelfs een beetje leer kennen, maar ik zal ze van Jeugdzorg nooit mee naar huis mogen nemen, nu ze eindelijk helemaal gewend zijn aan hun pleeggezin. En gelijk hebben ze. Laten we wel wezen, hoe zou ik ooit ineens in staat kunnen zijn om te moederen over twee pubers die ik nauwelijks ken? Dat gaat nooit meer gebeuren. Daarvoor is het te laat.

Maar deze baby is een ander verhaal. Voor deze baby is het niet te laat.

Toen de gedachte voor het eerst in me opkwam, zat ik op de bank Donny's tekening van zijn moeder en vader en broer te bekijken, een tekening die niks met mij te maken had. En natuurlijk nam ik die gedachte niet serieus. Deze baby was niet van mij! Ik ging hem krijgen voor Grace. Ja, tuurlijk zou het leuk zijn als ik een vent had en een kind en een eigen gezinnetje, maar het zou ook leuk zijn om de loterij te winnen. Het zou nooit gebeuren. Ik ben gewoon niet gemaakt voor het moederschap.

Toen de geest eenmaal uit de fles was, kon ik de gedachte niet meer uit mijn hoofd zetten. Het bleef maar rondzingen in mijn hoofd. *Ik wil mijn kindje houden. Ik wil mijn kindje houden.* Ik maakte mezelf wijs dat het gewoon kwam door mijn op hol geslagen hormonen. Ik kreeg het bijna voor elkaar om keihard in de lach te schieten bij het idee dat ik weer luiers zou verschonen en achter de wandelwagen zou lopen. De gedachte alleen al!

Maar de liefde is niet logisch. En dus heb ik twee weken lang op mijn rug gelegen en eindeloos liggen malen. Dan weer wilde ik het wel, dan weer niet. Ik weet dat het belachelijk is. Ik weet dat ik de laatste ben die ooit het moederschap opnieuw zou moeten overwegen. Ik weet dat ik mijn zus' hart ga breken, en dat ze waarschijnlijk voor de rest van haar leven niet meer met me zal willen praten. Maar ik kan mijn kindje niet weggeven. Deze keer niet.

En dan hoor ik mams stem in mijn hoofd, die me eraan herinnert hoe erg ik het vond om door de jongens zo in mijn doen en laten beperkt te worden. Hoe ik in de stress schoot van alle verantwoordelijkheid. *Het feit dat je de baby wilt houden, komt voort uit puur egoïsme, Susannah. Je bent er nu echt niet beter voor toegerust dan destijds.*

Grace komt elke dag op bezoek, en ze is zo opgewonden, zit vol plannen en loopt helemaal te stralen. Ze vertelt over het hobbelpaard dat ze heeft laten restaureren voor de babykamer en de geweldige kinderopvang in het dorp en pony's en verhaaltjes voor het slapengaan, en ik besef dat zij een veel betere moeder zou zijn dan ik. Hoe kan ik mijn kind ontzeggen wat zij allemaal te bieden heeft, een stabiel thuis met twee ouders, en een goede opvoeding en al dat soort dingen, alleen maar omdat ik me broeds voel? Hoe kan ik haar leven kapotmaken door te zeggen dat ik van gedachten ben veranderd?

Omdat dit mijn kind is, denk ik nu vurig. En niet van Grace. Mijn DNA, mijn vlees en bloed. Ik kan het in mij voelen schoppen! Ik weet dat het Grace' hart zal breken, maar ze komt er uiteindelijk wel overheen. Als ik deze baby laat gaan, overleef ik het niet. Zo simpel is het.

Ik pluk nerveus aan mijn nagels en kijk om de zoveel minuten even de gang op. Grace kan me nu elk moment komen ophalen, en ik heb het haar nog steeds niet verteld. Ik neem het me steeds voor, maar telkens als ik denk dat ik eindelijk genoeg moed bij elkaar heb geraapt, durf ik op het laatste moment niet meer.

Misschien… misschien kunnen we op de een of andere manier nog een soort oplossing vinden. Misschien zouden we – weet ik veel – het kind kunnen delen? Ik zou dan bij Tom en Grace kunnen blijven wonen en zij zou kunnen blijven werken en ik zou dan een soort kindermeisje kunnen zijn, of zoiets. Het zóú een optie kunnen zijn.

Een meisje in een witte laboratoriumjas duwt een draagbaar echoapparaat naar me toe. 'Susannah? We willen voor je vertrekt nog één keer de baby checken? Zodat we zeker weten dat alles in orde is?'

'Hè, alweer?'

'Om het zekere voor het onzekere te nemen,' zegt ze vrolijk. 'Duurt niet lang.'

Ik kijk haar kwaad aan, maar ga weer op bed liggen en doe mijn T-shirt omhoog. Ze spuit wat koude gel op mijn buik en beweegt haar ding heen en weer. Volgens mij is ze ongeveer een jaar ouder dan Davey.

'Ze ziet er prima uit?' zegt het meisje, terwijl ze klikt en wijst.

Ik kijk even naar het scherm, maar het lijkt nog steeds meer op een vissenfossiel dan een baby, als je het mij vraagt. 'Wacht even,' zeg ik plotseling. 'Zei je nou "ze"?'

Ze haalt het ding van mijn buik. 'Dat had ik niet mogen zeggen.'

'Krijg ik een meisje?'

Ze knikt nerveus. 'Weet je, ik weet het negenennegentig procent zeker. Vertel alsjeblieft aan niemand dat ik het je heb verteld.'

'Dat je me wat hebt verteld?'

'Dat de baby een... O ja, natuurlijk. Ja, precies. Dankjewel.'

Sorry hoor, maar is dit een arts?

Ze rijd haar machine snel weer weg voor ze zich nog verder verspreekt en botst bijna tegen Grace op. Ik krijg een meisje. Ik krijg een meisje!

Mijn dochter zal koste wat het kost een beter leven krijgen dan ik, beloof ik mezelf ineens plechtig. Ik zal ervoor zorgen dat ze nooit haar leven door een kerel laat verknallen. Ik zal niet toestaan dat ze gaat lijnen en geobsedeerd raakt door foto's van magere modelletjes in stomme tijdschriften. Ik zal ervoor zorgen dat haar nooit dat rotgevoel wordt bezorgd dat mijn vader en alle andere mannen mij mijn hele leven hebben gegeven.

Op dat moment weet ik dat ik haar nooit zal kunnen laten gaan.

Ik kan Grace niet eens aankijken als ze voor me uit naar haar dure sportauto loopt. Ze laat het dak naar beneden zakken en zingt mee met de radio terwijl ze ons naar huis rijdt, precies tien kilometer per uur onder de maximumsnelheid. Ze is zo verdomde blij. Ik zet mijn capuchon op en frommel mezelf op in de stoel. Het enige wat ik wil is naar mijn kamer gaan en me verstoppen onder de dekens tot ik heb bedacht hoe ik haar in hemelsnaam kan vertellen dat ik op het punt sta om haar leven te verpesten.

Ik zit me zo op te vreten dat ik geen woord kan uitbrengen. Alleen wanneer ze onze afslag op de snelweg voorbij zeilt, trek ik mijn mond open. Ik heb vandaag echt even geen energie voor haar spelletjes. Ik wil gewoon naar huis.

Ze sleept me mee half Oxford door, en dwingt me dan om een of ander luxeappartement te bekijken. Ik heb niet eens puf om de auto uit te komen, maar Grace laat me weinig keus.

'Wat moeten we hier?' vraag ik, terwijl ik achter haar aan het lege appartement in loop.

Grace zwaait met haar arm door de kamer. 'Ik laat je je nieuwe flat zien.'

'Waar heb je het over?'

'Dit is voor jou, voor na de baby,' zegt ze en ze gooit de deuren open naar het kleine balkon met uitzicht op de rivier. 'Ik heb het voor een jaar gehuurd, maar er is een optie om te kopen, mocht je besluiten dat je langer wilt blijven...'

Ik weet niet of ik nou in lachen of huilen moet uitbarsten. Grace roept van alles over kastjes en wijst me op kenmerken van een bepaalde periode, en ik kan op elk moment haar hele wereld in rook laten opgaan.

Ik ga niet in Oxford wonen. Ik ga niet binnen een straal van tweehonderd kilometer van mijn zus zitten. Zodra ze erachter komt dat ik mijn baby niet aan haar afsta, zal ze geen dure appartementjes meer voor me huren of me haar Donna Karan-spullen lenen. Ik mag blij zijn als ze me niet vermoordt. Zo gauw als ik het haar heb verteld, pak ik mijn biezen en ben ik weg uit Dodge. Misschien ga ik naar Manchester. Is net zo cool als Londen, maar niet zo verrekte duur. En Blake zal daar makkelijk aan werk kunnen komen als hij meegaat...

Meisje, doe toch niet zo idioot. Getrouwde mannen gaan nooit weg bij hun vrouw. Als jij dit Grace aandoet, sta je er alleen voor.

Ik kan mams stem gewoon horen, maar ze heeft ongelijk. Ik doe niet idioot. Waarom zou hij niet bij Claudia weggaan? We kunnen het supergoed met elkaar vinden. Als de baby van hem is, wat wel zo moet zijn, zal hij evenveel reden hebben om met mij mee te gaan als om bij haar te blijven. Meer nog zelfs. Ik weet zeker dat hij bij haar in bed lang niet zo aan zijn trekken komt als bij mij.

Ik drijf helemaal de tent uit bij de gedachte. Het is al weken geleden. Blake kon me uiteraard niet komen opzoeken in het ziekenhuis, dus ik heb hem niet meer gezien sinds Grace het nieuws van mijn zwangerschap aan de grote klok heeft gehangen. Ik had het hem zelf willen vertellen, maar misschien heeft hij inmiddels zelf al bedacht dat de baby eigenlijk van hem is. Waarschijnlijk stelt hij zelf voor om bij Claudia weg te gaan. Misschien kunnen we het samen aan Grace vertellen. Het is waarschijnlijk allemaal wat makkelijker voor haar als ze weet dat het niet Toms baby is.

Achter me blijft Grace me maar doorzagen over het appartement, gek word ik ervan. Ik val tegen haar uit en voel me meteen een onwijze bitch.

Ik bied mijn excuses aan, maar ik kan zien dat ze gekwetst is. We lopen terug naar de auto en ik ben te moe en te gestrest om het goed te maken. Ik wil dit gewoon achter de rug hebben. Belde Blake me maar terug. Ik heb hem vanmorgen al zo'n vijf keer gebeld en hem zowat elke tien minuten ge-sms't. Hij heeft zijn telefoon vast uit staan vanwege die suffe vrouw van hem.

Op het moment dat ik hem het huis aan de overkant uit

zie komen, denk ik heel even dat ik het me inbeeld, omdat ik net aan hem liep te denken. En dan besef ik dat ik niet hallucineer. De klootzak loopt daar echt.

Als we thuiskomen, laat Grace me op mijn kamer in mijn eigen sop gaarkoken, terwijl zij beneden wat rommelt. Ik zit op de rand van het bed, te beroerd en te ellendig om te kunnen huilen. Ik had nooit zo gemeen tegen haar moeten doen. Kon ik mijn woorden maar terugnemen. Ze vindt Blake zeker leuk, maar zij is tenminste niet zo stom om er ook iets mee te doen. Ik ben de stompzinnige idioot die altijd als een hittezoekend projectiel op eikels af gaat, en ze vervolgens uitnodigt om maar lekker over me heen te lopen. Waarom gedraag ik me verdomme altijd zo belachelijk?

Blake gaat niet weg bij Claudia. Waarom zou hij ook, als hij de melk kan drinken zonder de koe te kopen? De enige reden waarom ze uit elkaar zouden kunnen gaan, is als zij hem eruit zou flikkeren, en als ze dat nu nog niet heeft gedaan, zal dat ook nooit meer gebeuren.

Ik ben niet eens de tweede in de rij. Hij neukte die blonde slet al ver voor ik in het spel kwam. Wat stel ik in hemelsnaam voor, een lekker bijgerechtje voor bij zijn bijgerecht?

Er zijn veel redenen waarom ik het Grace nog niet heb verteld, en de voornaamste is dat ik een laffe trut ben. Maar ook omdat ik niet weg wilde bij Blake. Ik denk dat ik diep vanbinnen altijd wel heb geweten dat hij niet met me mee zou gaan.

Ik sta op en loop naar de badkamer, waar ik koud water in mijn gezicht plens. Ik heb geen enkele reden meer om hier te blijven. Ik kom niet op straat te staan. Ik ben zwanger, dus ik zal van de sociale voorzieningen wel een plek krijgen om te wonen. Een krot weliswaar, maar ik ben wel wat gewend. Ik ben al eerder opgekrabbeld uit de modder. Ik red me wel.

Als ik in de keuken kom, staan Grace en Tom te lachen en heel even durf ik bijna niet meer. Ze zijn bijna zes maanden lang mijn familie geweest en ze zullen me haten. Zo gauw als ik mijn mond opentrek, is het afgelopen.

'Grace,' zeg ik, 'kan ik je even spreken?'

Achteraf gezien denk ik dat als Tom er niet bij was geweest, Grace me misschien echt had vermoord.

Er is maar één iemand die ervoor kan zorgen dat ik me beter voel, maar zij is er niet. Als Tom me afzet bij het atelier met zijn normaal zo vrolijke hobbitgezicht helemaal grijs en afgetobt, doet Michael de deur open.

Hij doet zijn best. Hij zet thee, zet me op de bank en luistert terwijl ik hysterisch snik, ook al zie ik aan hem dat hij op dit moment veel liever ergens anders wil zijn.

'Zo heb ik haar nog nooit meegemaakt,' hik ik als ik eindelijk ben gestopt met huilen en ben aangeland bij het stadium van trillen en snotteren. 'Ze haat me echt.'

Michael zegt niks en geeft me nog een zakdoekje.

'Je had moeten zien hoe ze naar het keukenmes zat te kijken,' zeg ik zielig. 'Als er geen baby in het spel was geweest, denk ik dat ze me ter plekke had vermoord.'

'Ik weet zeker dat dat niet zo is,' mompelt Michael.

Ik pak nog een zakdoek uit het pakje en snuit mijn neus stevig. 'Wel waar. Ze is al zo vaak kwaad op me geweest – toen ik de jongens naar een pleeggezin had gedaan heeft ze vijf jaar niet met me gepraat – maar zó heb ik haar nog nooit gezien. Ze bleef maar zeggen dat het kind van haar was, alsof ze een zombie was of zo. Het was echt zo bizar. En toen glimlachte ze. Echt zo'n koude, harde glimlach, alsof ze me zó haatte dat ze er bijna opgewonden van werd.'

Michael bloost tot achter zijn oren. Als ik niet zo over mijn toeren was, zou ik het schattig vinden.

'Ze gaat het me nooit vergeven, hè?' zeg ik somber. 'Er is geen weg meer terug. Hier komt ze nooit meer overheen.'

Hij kijkt me hulpeloos aan en zegt niks, omdat er niks te zeggen valt. Zelfs ik heb door dat ik iets onvergeeflijks heb gedaan. Grace hoefde het niet uit te spreken: wat haar betreft heeft ze geen zus meer. En deze keer meent ze het.

Michael vraagt of ik blijf eten, maar ik krijg geen hap door mijn keel. Dan loop ik achter hem aan naar zijn logeerkamer, een klein vierkant hok onder de overhangende dakrand van het atelier. Het is er een beetje fris, maar na twee weken in het ziekenhuis ben ik allang blij dat ik alleen kan slapen, zonder het constante lawaai van hoestende en kreunende patiënten en zusters die je om de haverklap wakker komen maken voor je medicijnen. Ik trek een oversized T-shirt aan dat ooit van Tom was en klauter het smalle eenpersoonsbed in. Het is zelfs opgemaakt met dekens en lakens en zo'n geborduurde sprei die we vroeger thuis ook hadden. Er gaat gek genoeg iets troostends van uit. Ik verwacht dat ik nog wel even wakker zal liggen, maar ik ben vertrokken zodra mijn hoofd het kussen raakt.

De volgende morgen is Michael al de deur uit. Hij is ongetwijfeld als de dood voor nog meer tranen en wijvengedoe. Ik hoop zo dat Michelle terugkomt. Ik moet haar echt even spreken.

Ik zet een kop thee en ga in de keukenkastjes op zoek naar iets snels en makkelijks om te eten. Aan Michelles kant van de koelkast staan probiotische yoghurtjes en tofu en pruimensap. Maar gelukkig vind ik aan Michaels kant chocolademousse en camembert.

Ik leun op de deur van de koelkast en overweeg of ik de puf heb om een omelet te bakken als ik Michael weer binnen hoor komen. 'Heb je ook iets van een eitje?' vraag ik zonder me om te draaien. 'Ik wil even een…'

'Als ik iets van eitjes zou hebben, zouden we nu niet in de problemen zitten,' zegt Grace.

Ik laat het melkpak bijna uit mijn handen flikkeren en draai me om. Mijn zus blijft in de deurpost hangen, alsof er een onzichtbare lijn loopt waar ze niet overheen durft. Ze ziet er heel anders uit dan gisteren: moe en met rode ogen, maar rustig. Ze heeft niet meer die enge blik in haar ogen.

Ik knik behoedzaam en ze doet een paar stappen naar voren. Ik blijf bij de koelkast staan. Voor hetzelfde geld heeft ze een Smith&Wesson in haar dure handtas zitten.

'We moeten praten,' gooit ze er uiteindelijk uit. 'We zijn hier nog niet klaar mee. Dit gaat niet alleen om ons. Er is een kind in het spel.'

'Ik ga echt niet van gedachten veranderen,' waarschuw ik haar.

Grace kijkt om zich heen, naar de onaffe canvasdoeken en verftubes en blikken vol kwasten en terpentine op de vloer. Als ik door haar ogen kijk, is het hier inderdaad een behoorlijke varkensstal.

Ze pakt een plastic tuinstoel en zet hem bij de oude formicatafel. Vervolgens kijkt ze een seconde lang een beetje doelloos om zich heen en haalt dan een stapel kleine canvasdoeken van een houten kruk. Ze gaat zitten en na wat een eeuwigheid lijkt, laat ik me op de stoel zakken, nadat ik die een eind bij haar vandaan heb gezet, enkel en alleen om mijn punt te maken.

'Ik heb nog nooit een kind gehad,' zegt ze, zo zachtjes dat ik mijn best moet doen om haar te verstaan. 'Ik ben geen moeder. Ik kan me in de verste verte niet voorstellen hoe het voelt als er leven in je groeit.'

Ze blijft een paar minuten stil. Als ik eindelijk opkijk, zie ik tot mijn grote schok dat ze zit te huilen.

'Alsjeblieft, Grace,' zeg ik onhandig, 'niet doen. Het maakt alles alleen maar erger.'

'Toen jij aanbood om een kind voor me te krijgen,' gaat ze door, alsof ik niks heb gezegd, 'ging mijn grootste droom in vervulling. Ik had me er al bij neergelegd dat ik nooit een eigen gezin zou hebben. Tom en ik mochten niet adopteren, en ik wilde geen draagmoeder inschakelen omdat ik te bang was dat het mis zou gaan.'

Ik krimp in elkaar. Ik dacht dat ik mijn dieptepunt hiervoor al bereikt had.

'Maar toen kwam jij terug,' zegt ze, haar stem ineens vol bewondering. 'En je deed ons dit ongelofelijke aanbod. Misschien had ik er beter over moeten nadenken. Dat probeerde Tom me ook duidelijk te maken, maar ik weigerde naar hem te luisteren. Het leek of al mijn gebeden ineens verhoord werden, en ik wilde er verder geen vraagtekens bij zetten. Ik besef nu dat ik nooit één moment stil heb gestaan bij wat dit voor jou zou betekenen. Jij bood iets aan wat ik wilde, en ik nam het gewoon aan.'

'Het spijt me zo, Grace,' zeg ik, en nu ben ook ik in tranen. 'Ik heb je nooit pijn willen doen. Ik dacht dat ik het aankon, echt waar.'

'Wat nu het belangrijkste is,' zegt Grace gepijnigd, 'is dat het niet meer om jou of mij draait. Het gaat om dit kind. Om wat het beste voor haar is.'

We zwijgen allebei. Ik besef dat mijn zus, de egoïstische, dominante carrièrevrouw die geen enkele ervaring heeft met het moederschap, gelijk heeft. Het gaat niet om ons. Het gaat om een klein meisje dat geen enkele stem heeft in wat er met haar gaat gebeuren, en dat erop moet vertrouwen dat wij de juiste keuze maken.

Denk aan de baby, Susannah. Ben je echt in staat haar een optimale start te bieden? Grace zal met elke vezel in haar lichaam van dit kind houden. Het zal haar aan niets ontbreken.

Voor het eerst sinds ik het ziekenhuis uit ben, aarzel ik. Wat heb ik dit kind te bieden? Ik heb geen huis, geen baan, geen man. Als ze bij mij blijft, zal ze opgroeien in een waardeloze woningbouwflat, met rondhangende drugsdealers op haar schoolplein. Er zal een hele stoet aan foute stiefvaders langskomen – want laten we wel wezen, mijn staat van dienst wat betreft mannenkeuze is nou niet bepaald vorstelijk. Ik had nog wel het geluk dat ik twee lieve, gewone ouders had en naar een privéschool ging, en moet je zien wat er van mij terecht is gekomen. Wat moet er van mijn dochter terechtkomen als ze dat allemaal niet eens heeft? Heel waarschijnlijk zal ze zelf voor haar zestiende zwanger zijn.

'Ik weet dat het niet draait om luxewandelwagens en designerkleertjes,' zegt Grace zachtjes. 'Ik kan haar al het speelgoed, alle spullen geven die ze zich maar zou kunnen wensen, maar dat is niet waar het echt om gaat, toch? Het belangrijkste is dat ze twee ouders zal hebben, een moeder en een vader, die van haar houden en haar altijd zullen beschermen, wat er ook gebeurt. Alsjeblieft, Zee, laat ons haar gezin zijn. Niet om mij, maar om haar.'

Misschien, als mijn dochter niet net op dat moment had geschopt, had ik wel ja gezegd.

'Het spijt me, Grace. Ik ben haar moeder. Ze hoort bij mij.'

'En Tom dan?' zegt ze met betraande ogen. 'Hij is haar vader. Heeft hij er dan niks over te zeggen?'

Ik schud mijn hoofd. 'Tom is haar vader niet.'

Ze gaat met een ruk naar achteren zitten. 'Niet? Maar wie... Toch zeker niet Blake?'

'Het gebeurde gewoon,' mompel ik. 'Een dag of twee nadat... je weet wel, met Tom. En de maatbeker.'

'Hoe kun je dat weten? Hoe kun je weten dat het van Blake is en niet van Tom?'

'Tom heeft het in een maatbeker gedaan! Het moet wel van Blake zijn, dat kan niet anders. Het spijt me, ik heb nooit...'

'Het zou van hen allebei kunnen zijn,' houdt ze vol.

Ik sta op van tafel en loop naar het raam. 'Het doet er niet toe, Grace. Al zou het van Tom zijn, ze hoort evengoed bij mij.'

'Het doet er alles toe,' zegt Grace. Ze staat op. 'Alsjeblieft, Susannah. Denk aan wat het beste voor haar is.'

'Dat doe ik ook,' zeg ik koppig.

Een paar tellen later hoor ik de deur in het slot vallen nadat ze hem voorzichtig achter zich dicht heeft getrokken. Ik weet niet wat ik enger vind: haar woede of deze vreemde, angstaanjagende kalmte. Ik vraag me af wat er nu gaat gebeuren. Ik ken Grace. Die geeft nooit zomaar op. Die is haar volgende plan al aan het beramen.

Het duurt niet lang voor ik erachter kom wat dat is.

18

Grace

'Als je dit doorzet,' waarschuwt Nicholas Lyon, 'gaat het heel onaangenaam worden.'

Nicholas Lyon is overduidelijk een fatsoenlijke man. Er staat een foto van zijn vrouw in een zilveren lijstje op zijn bureau – ik herken haar van een kookprogramma op tv – en daarnaast een foto van zijn kinderen, drie mooie meisjes en twee jongetjes, waarvan de jongste een baby is die tandeloos de camera in lacht. De muur achter hem hangt helemaal vol met tekeningen in primaire kleuren en zijn potloden zitten in een bultig, misvormd bakje van klei waar in trillerige letters 'vroliKE vaDeRDag' ingekerfd staat.

Als Nicholas zegt dat het onaangenaam gaat worden, geloof ik hem. Hij staat bekend als de beste familierechtadvocaat in Londen, en wel omdat hij niet begint aan een proces wanneer het niet absoluut noodzakelijk is. En in dit geval is het dat.

'Ik heb het nooit zo ver willen laten komen, maar Susannah heeft me weinig keus gelaten,' zeg ik onvermurwbaar. 'Ik heb de afgelopen twee weken zeker drie keer geprobeerd met haar te praten. Ze doet nu de deur niet eens meer voor me open.'

Nicholas draait de dop van een ouderwetse vulpen en pakt er een notitieblok bij. 'Goed, laten we dan bekijken wat je opties zijn. Ik ben bang dat de huidige wet op draagmoederschap behoorlijk warrig is, omdat de wetenschap het recht voorbij is gestreefd. Volgens de Wet op het Draagmoederschap wordt onder een draagmoeder verstaan: een vrouw die een kind draagt om een afspraak na te leven die gemaakt is voordat ze begon met het dragen van dat kind, en met het oog op overdracht van het kind aan een andere persoon, die er ook de verantwoordelijkheid voor zal dragen.' Hij kijkt op. 'Volgens deze voorwaarden voldoet jouw zus aan alle eisen van het draagmoederschap, ook al hebben jullie nooit een contract ondertekend.'

'Dat leek me niet nodig,' zeg ik hulpeloos. 'Ze is mijn zus.'

'Inderdaad.' Hij geeft een kort knikje. 'De wet maakt onderscheid tussen volledige draagmoeders, die een kind dragen waar ze geen familie van zijn en als het ware als gastbaarmoeder fungeren, en gedeeltelijke draagmoeders. Jouw zus is een gedeeltelijke draagmoeder, omdat zij de genetische moeder van het kind is.'

'Maakt dat iets uit?'

'Ik ben bang van wel. Onder de huidige wet is het zo dat als de draagmoeder tevens de genetische moeder is, ze wettelijk gezien de moeder van het kind is en daarmee ouderlijke macht heeft.'

'Heeft Susannah ouderlijke macht?' vraag ik woedend. 'Ze kan die term niet eens spellen! Ze heeft haar zoons in een pleeggezin gedaan! Zonder mij was ze zelfs nooit zwanger geraakt!'

Nicholas houdt zijn hand omhoog. 'Grace, alsjeblieft. Het gaat nu even niet om wat eerlijk is. Het gaat om de wet en wat volgens de wet uiteindelijk het beste is voor deze baby.'

'Het beste voor haar is dat ze bij ons komt, bij Tom en mij. Susannah heeft geen huis, geen normale baan, geen geld...'

'Als de rechtbank beslist dat het kind bij haar moet zijn, heeft ze recht op een uitkering en een huis,' zegt Nicholas. 'Maar uiteraard zullen we haar vermogen om het kind al dan niet van een fatsoenlijk thuis te voorzien, in onze zaak inzetten.'

'Maar ik heb dus wel een zaak?'

'Als we willen proberen de ouderlijke macht van Susannah op jou over te dragen,' zegt hij zonder antwoord te geven op de vraag, 'zijn er wettelijk gezien twee wegen die we kunnen bewandelen. Een daarvan is dat we de rechtbank vragen om een gerechtelijk bevel tot ouderschap, waarmee jij op basis van de Wet op Menselijke Bevruchting en Embryologie de ouderlijke macht krijgt. De wet zal jou en Tom dan als de wetmatige ouders van Susannah's baby aanmerken, wat in dit geval de meest simpele optie is. De andere weg is die van adoptie. Ook al zou de rechter jou de ouderlijke macht niet willen geven, dan nog kan hij een Vestigings-bevel ten gunste van jou uitvaardigen. Dat zou betekenen dat jij de voogdij over het kind krijgt, ook al zou Susannah nog steeds de ouderlijke macht met jou delen, zoals een ge-scheiden ouder dat zou doen met de ouder bij wie het kind woont.'

'Dan gaan we toch gewoon voor de eerste optie,' zeg ik kordaat.

Nicholas aarzelt. 'Ik ben bang dat het niet zo eenvoudig ligt. Je zei dat Susannah heeft verklaard dat je echtgenoot misschien niet de vader van het kind is. Als dat inderdaad het geval blijkt te zijn, vrees ik dat we niet in aanmerking komen voor een dusdanig bevel.'

'Maar wat maakt het nou uit? Als de baby beter af is bij mij, wat doet het er dan toe wie de vader is? Ik blijf haar tante, ik ben haar meest naaste familielid. Ik dacht dat u zei dat de rechter kijkt naar wat het beste voor het kind is.'

'Dat doet hij ook. Maar een van de voorwaarden voor het uitvaardigen van een bevel tot ouderschap is dat een van de aanvragers een biologische ouder van het kind is. Als Tom daadwerkelijk de vader is, kan hij op zijn beurt de ouderlijke macht naar jou toe uitbreiden onder de lichtelijk vreemde vooronderstelling dat jij, als zijn echtgenote, de wettelijke stiefmoeder van het kind bent. Anders ben ik bang dat we geen poot hebben om op te staan.'

'Maar Susannah heeft bewezen dat ze een slechte moeder is,' voer ik aan. 'Ze heeft haar twee zoons weggegeven! Ze kan een kind geen stabiel thuis bieden. Sommige mensen met wie ze omgaat lijken me zelfs gevaarlijk. Ze...'

'Grace. Zelfs al is wat je zegt waar,' zegt hij vriendelijk, 'als Tom niet de vader is, heb je wettelijk gezien geen recht op de baby. De staat kan dan nog steeds bepalen dat Susannah een ongeschikte moeder is en de baby bij haar weghalen, maar dan nog zouden ze haar niet aan jou geven.'

De vriendelijke gelaatstrekken van Nicholas worden helemaal wazig. Ik kijk naar beneden en zie tranen vallen op mijn handen die in elkaar gedraaid op mijn schoot liggen. Dit is toch niet eerlijk? Hoe kan een of andere willekeurige rechter die mij nog nooit heeft ontmoet, bepalen dat ik deze baby niet verdien? Ik draag haar dan misschien niet in mijn eigen lichaam, maar ik hou al van haar vanaf het moment dat ze verwekt is. Ik ben zo vaak met mijn vingers langs haar silhouet op de echofoto gegaan dat haar afbeelding helemaal is weggesleten. Ze is van mij, op alle manieren die er toedoen.

Nicholas loopt om zijn bureau heen en drukt een doos tissues in mijn handen. Hij wacht geduldig tot ik mijn emoties weer onder controle heb, alsof het regelmatig voorkomt dat vrouwen in zijn kantoor in tranen uitbarsten; wat ongetwijfeld ook zo is. Waarschijnlijk maakt hij dit aan de lopende band mee. Misschien niet in exact dezelfde omstandigheden, maar hoeveel ouders – vervreemde vaders, touwtrekkende moeders – heeft hij wel niet moeten troosten, die moesten leren leven met het feit dat ze geen deel meer uitmaken van het dagelijkse leven van hun kind? Hoe vaak heeft hij een vader moeten vertellen dat hij het kind van wie hij zoveel houdt en dat hij altijd heeft beschermd, nog maar eens in de twee weken mag zien? Of een moeder, van wie de kinderen zijn ontvoerd naar het andere eind van de wereld, die hoort dat er niets is wat ze nog kan doen? Mijn tragiek is verpletterend, maar alledaags.

'Het belangrijkste wat we nu moeten vaststellen is of Tom de vader is,' zegt Nicholas vlak, wanneer ik eindelijk opkijk en knik dat hij verder kan gaan. Ik ben blij dat hij geen poging doet om me te troosten.

'Een DNA-test?'

Hij knikt. 'Helaas zullen we met een vaderschapstest moeten wachten tot het kind geboren is, en pas daarna kunnen we zien of het zin heeft om een gerechtelijk bevel tot ouderschap aan te vragen.'

'Maar ze is nog maar tweeëntwintig weken zwanger. De baby wordt pas rond kerst geboren. Ze zou ver daarvoor het land al kunnen verlaten en teruggaan naar Amerika. Misschien vind ik haar dan wel nooit meer!'

'Het spijt me, Grace, maar er is niets wat we verder kunnen doen.'

'En een vruchtwaterpunctie?' vraag ik. 'Susannah stond erop om die te ondergaan, ook al behoort ze niet tot een risicogroep. Ze is als de dood voor Down. Is het mogelijk om aan de hand van een punctie vast te stellen wie de vader is?'

'Zelfs al zou het monster nog beschikbaar zijn voor een test...'

'Ze heeft hem nog maar een paar dagen geleden laten doen. Ik heb voor een privébehandeling betaald,' geef ik toe, waarmee ik zijn verbaasde blik juist heb geïnterpreteerd. 'Ik weet dat het belachelijk is, maar ik bleef maar denken dat als ik haar kon laten zien wat voor goede moeder ik was, als ik maar kon bewijzen hoe belangrijk het voor me is...'

Nicholas gaat weer aan zijn kant van het bureau zitten en krabbelt iets op zijn notitieblok. 'Dan zouden we schriftelijke toestemming van Susannah moeten hebben,' waarschuwt hij. 'In dit stadium hebben we wettelijk gezien niet het recht om een DNA-test af te dwingen.'

'Die geeft ze wel. Ze weet zeker dat de baby van Blake is. Dat wil ze net zo graag bewijzen als dat ik wil bewijzen dat het Toms kind is.'

Ik ken mijn zus. Die leeft in een droom. Ik durf te wedden dat ze zichzelf heeft aangepraat dat Blake weg zal gaan bij Claudia – en Layla, en iedereen met wie hij het verder doet – en dat hij haar mee zal nemen op zijn witte paard zodra hij erachter komt dat het kind van hem is. Net zoals ze zichzelf heeft wijsgemaakt dat ze deze keer wel een goede moeder zal kunnen zijn.

'Als ze inderdaad toestemming zou geven voor een DNA-test, zouden we al het een en ander in gang kunnen zetten voor de baby geboren is,' zegt Nicholas peinzend. 'Ik stel voor dat een tussenpersoon – je man misschien? – dit zo snel mogelijk aan haar voorlegt. Zodra we de uitkomst hebben, kunnen we kijken wat onze volgende stap is.'

Ik sta op en overhandig hem een cheque voor vijfduizend pond, zoals de secretaresse me verzocht had. Ik hoop dat de bank hem niet weigert. 'Je voorschot,' zeg ik.

Hij begeleidt me naar de deur en blijft dan even staan.

Hij kijkt me aan met een bezorgde blik in zijn grijze ogen, en ik verwonder me over dit fenomeen: een advocaat met gevoel.

'Grace,' zegt hij vriendelijk, 'ik ga deze cheque nog niet verzilveren. Ik wil dat je even de tijd neemt om hierover na te denken. Als we de strijd met je zus aangaan, wordt het echt heel onsmakelijk. Andere mensen zullen erin worden meegesleept. Mensen van wie je houdt zullen worden gekwetst. Mocht de baby van Tom zijn, dan nóg wordt het een zware strijd om haar bij haar moeder weg te halen. Ook al win je dit, er zullen altijd littekens achterblijven. Voordat we in actie komen, moet je heel zeker weten dat je dit wilt doorzetten.'

Nicholas is een vriendelijke man, een fatsoenlijke man, maar hij heeft vijf kinderen. Hij heeft absoluut geen idee van wat ik heb moeten doorstaan om tot dit punt te komen.

Het duurde zes maanden voor ik ook maar kon toegeven dat een kind krijgen niet zo makkelijk zou gaan als alle andere dingen in mijn leven. En toen ik uiteindelijk, behoorlijk verontwaardigd, onder ogen zag dat ik er mijn bést voor zou moeten doen, was ik vastbesloten om alles op alles te zetten.

Vanaf het moment dat ik online ging en de eerste proberen-te-verwekken – PTV – chatroom binnenging, ging er een geheel nieuwe wereld voor me open. Als je zwanger probeert te worden, en dan bedoel ik 'echt' proberen, als je voorbij het opwindende, nerveuze stadium bent waarin je alleen nog maar stopt met het te voorkomen, wanneer je je cyclus bijhoudt en aantekeningen maakt op de kalender, wanneer je elke maand weer iets nerveuzer wordt en iets minder opgewonden bent, dan sluit je je aan bij een elitair, obsessief clubje dat zichzelf in stand houdt. Er is zelfs een speciale website gewijd aan ovulatie- en zwangerschapstests: www.peeonastick.com. Net als zoveel van de droevige, wanhopige clubs die we wel kennen maar waarvan we hopen dat we er nooit lid van zullen hoeven worden – slachtoffers van verkrachting, mensen die kanker hebben overwonnen, mensen die een kind hebben verloren – heeft de PTV-gemeenschap een heel eigen taaltje en cultuur, die als een rivier onder het gewone leven door stroomt.

Ik leerde me uit te drukken in de acroniemen van de experts. Ik kwam erachter hoe belangrijk het 'Dag 3-FSH' was: het follikelstimulerend hormoon dat zo laag mogelijk moet zijn wanneer je bloed op de derde dag van je menstruatie geprikt en getest wordt. Als het te hoog is, gaat geen enkele vruchtbaarheidskliniek die waarde hecht aan zijn succesquotum, met je in zee. Ik kocht een speciaal Ovuhorloge dat ik 's nachts omdeed in de week voor mijn ovulatie, om mijn zweet te meten waardoor ik precies wist wanneer mijn eitje mijn eileider in sprong, klaar om bevrucht te worden. Ik voegde alle vitamines en andere middeltjes die me uit elke hoek werden aangeraden toe aan de steeds groter wordende lijst van pillen die ik elke morgen slikte; zilverkaars om mijn oestrogeenproductie te stimuleren, ginseng om mijn FSH omlaag te brengen, bruinwier voor mijn hypofyse, zodat die de juiste aantallen van de juiste hormonen zou aanmaken op de juiste tijden...

Allemaal even zinloos.

Toen ik eenmaal een outcast was geworden bij de PTV-club vanwege mijn catastrofale met-geen-mogelijkheid-diagnose, sloot ik me gewoon bij de volgende aan: de club van hen die wanhopig een kind proberen te adopteren, waar dan ook vandaan en op wat voor manier dan ook. De dag voor Susannah had aangeboden om draagmoeder voor ons te worden, had ik zelfs al een meisje in Tennessee ge-e-maild dat haar ongeboren kind online te koop had aangeboden. Voor minder dan de prijs van drie Vuitton-handtassen had ik haar zoon kunnen kopen.

Ik kan daar niet naar terug. Als ik weer die geobsedeerde, afgezonderde wereld betreed, kom ik er nooit meer uit. Susannah's baby heeft me nodig, en ik haar. We zijn voorbestemd om bij elkaar te zijn.

Ik kijk Nicholas Lyon aan. 'Verzilver de cheque,' zeg ik.

'Nee,' zegt Tom nogmaals.

We hebben al tien dagen lang dezelfde ruzie. Het is me niet gelukt hem tot rede te brengen. De klok blijft tikken. Susannah praat nog steeds niet tegen me, en Tom blijft koppig weigeren me te helpen. Ik wil geen gerechtelijke stappen tegen mijn zus hoeven nemen, maar op deze manier geven ze me weinig keus.

'Ik vraag alleen maar of je met haar wilt práten,' smeek ik hem, bijna in tranen. 'Ik vraag alleen maar of je wilt polsen of ze toestemming zou willen geven. Ze hoeft er niets voor te doen, ze hebben het monster al afgenomen. Alsjeblieft Tom. Vraag het haar gewoon.'

'Het wil maar niet tot je doordringen, hè?' schreeuwt Tom. 'Ik ga hier niet in mee, en ook niet in wat er verder nog mee te maken heeft! Het kan me geen zak schelen wie de vader is! Susannah is de moeder. Dat is alles wat telt!'

'Maar kijk nou wat voor moeder ze is!' roep ik. 'Je vindt toch zeker niet...'

'Grace,' buldert hij. 'Ik ga dat kind niet wegtrekken uit de armen van haar moeder!'

Ik word stil van de minachting in zijn ogen. Volgens mij heb ik Tom nog nooit zo zien kijken: naar mij of naar iemand anders. Mijn hart krimpt ineen van angst. In de vijftien jaar dat we samen zijn, heb ik er nooit aan getwijfeld dat mijn huwelijk met Tom stond als een huis. Hij is mijn constante.

Maar nog voor deze baby is geboren, heeft ze al een wig tussen ons gedreven die groter is dan ik ooit voor mogelijk had gehouden. Voor het eerst begin ik te beseffen dat mijn solide, onaantastbare huwelijk even kwetsbaar is als alle andere.

Ik wil hem zeggen dat het me spijt en hem smeken me te vergeven. Ik doe mijn mond open maar de woorden blijven steken.

Deze baby heeft alleen mij. Susannah wil haar niet echt. Als dat wel zo was, zou ze niet het leven leiden dat ze nu leidt, zou ze niet de gezondheid van haar kind in gevaar brengen door te drinken en te feesten. Als ik het idee had dat het anders zou kunnen zijn... als ik het idee had dat er van dit meisje gehouden zou worden en dat er goed voor haar gezorgd zou worden, dat Susannah niet op een dag van gedachten zou veranderen en zonder haar naar Amerika zou vertrekken... misschien dat het me dan niet zo aan het hart zou gaan.

Tom heeft haar nooit gewild. Hij zal geen vinger uitsteken om haar te redden. Ik zal deze klus in mijn eentje moeten klaren.

Grace, denk even vijf minuten niet aan de baby, maar aan je man. Alsjeblieft, denk aan Tom...

'En wat moet ik nu dan?' vraag ik. 'Je kunt toch niet van me verwachten dat ik haar zomaar in de steek laat?'

'Doe wat je moet doen,' zegt Tom kil. Hij pakt zijn jas.

'Waar ga je naartoe?' roep ik, terwijl ik achter hem aan ren.

'Ik weet niet of je het nog weet, maar je beste vriendin is zojuist bevallen van onze peetzoon,' snauwt hij, 'en we hebben beloofd dat we even komen kijken. We gaan erheen, vertellen haar wat voor een mooie zoon ze heeft en hoe goed ze eruitziet, we zullen ze feliciteren en we zullen het menen ook.'

Ik doe een stap naar achteren, alsof hij op het punt staat me de auto in te duwen. 'Dat kan ik niet! Niet na wat er is gebeurd!'

'Het is je beste vriendin,' zegt Tom fel. Hij pakt mijn linnen zomerjas en gooit die me letterlijk toe. 'Als jij erop staat door te gaan met deze nonsens, zal dat een bom leggen onder Claudia's leven en het onze. Je kunt niet verwachten dat Blake's verhouding met je zus geheim blijft als je er advocaten bij haalt. Claudia heeft die andere vrouwen misschien wel door de vingers gezien, maar een ander kind is een heel ander verhaal.'

'Maar we moeten het wéten!'

Tom kijkt me lang aan. 'Waarom moet alles bij jou een gevecht zijn, Grace?' zegt hij vermoeid. 'Kun je niet voor één keer eens vergeten wat jij wilt en rekening houden met iemand anders?'

Ik schaam me zo dat ik even niet weet wat ik moet zeggen. Tom heeft gelijk. Ik was zo verblind door het hele gedoe met Susannah, dat ik belangrijke dingen mis. Mijn beste vriendin heeft net een kind gekregen, en ze heeft me nodig, ook al weet ze dat zelf misschien nog niet.

Iets rustiger nu leg ik onze kraamcadeautjes in de kofferbak van Toms auto. Hij blijft strak voor zich uitkijken terwijl hij de motor start. Wanneer we aankomen bij Blake en Claudia's hippe Georgian huis, parkeert hij de auto, stapt uit en loopt energiek voor me uit, alsof ik er niet bij ben.

Blake doet joviaal en vol trots de deur voor ons open. Het kost me moeite om terug te lachen. Hij kan zijn broek nog geen vijf minuten aanhouden. Dankzij hem ben ik misschien wel mijn enige kans op een eigen kind kwijt. Susannah zou onze afspraak nooit hebben verbroken als ze zeker wist dat het Toms kind was. Ze doet dit alleen omdat ze denkt dat het van Blake zou kunnen zijn. Begrijpt ze dan niet dat deze egoïstische, opgeschoten schooljongen nooit zijn comfortabele huisje-boompje-beestjebestaan zal opgeven voor een maffe junk?

Elke keer wanneer Blake zijn arm om Claudia heen slaat en zegt hoe trots hij is, ga ik bijna over mijn nek. Ik kan mijn opluchting nauwelijks verbergen wanneer Blake, nadat hij vijf minuten ons plichtsgetrouwe gekir naar de nieuwe aanwinst heeft aanschouwd, aan Tom vraagt of hij in de tuinkamer met hem op de baby wil toosten.

'Wat is er aan de hand?' vraagt Claudia, zodra Tom de kamer uit is. 'Praten jullie niet met elkaar?'

Ik haal mijn schouders op.

'Wil je erover praten?'

'Er valt niet zoveel te zeggen.' Ik buig me over de draagmand die op de vloer tussen ons in staat, en ik kietel de vingertjes van de baby met mijn wijsvinger, net zolang tot hij hem met een verrassende kracht vastgrijpt.

'We hadden een woordenwisseling voor we hierheen kwamen, maar het komt wel weer goed.'

'Over Susannah,' zucht Claudia.

'Vroeger hadden we nooit van dit soort ruzies. Ik word er bang van, Clau. Soms kijkt hij naar me met een blik die grenst aan haat. Ik ben bang dat ik hem kwijtraak.'

'Is een baby je dat waard?'

'Het gaat niet meer alleen om wat ik wil,' zeg ik. 'Als ik het idee had dat Susannah veranderd was, zou het anders zijn. Maar ik kan deze baby niet naar de pleegzorg laten gaan, verloren in het systeem, en dat is precies wat er vroeg of laat gaat gebeuren. Ik kan dat niet laten gebeuren, zelfs niet voor Tom. Maar goed.' Ik verman mezelf en verander van onderwerp. 'Je ziet er fantastisch uit. Je zou niet zeggen dat je zojuist een kind hebt gebaard.'

Ze glimlacht. 'Het stelde echt niets voor vergeleken bij de

tweeling. Vier uur, van begin tot eind. Misschien komt het doordat hij een paar weken te vroeg is. Bij de meisjes was ik zesendertig uur bezig, ik dacht dat ik doodging. Je mag blij zijn dat jij nooit... O god.' Ze slaat verschrikt haar hand voor haar mond. 'O Grace, sorry, sorry. Ik bedoelde niet dat...'

'Het geeft niet.'

'Ik dacht even niet na. Wat ben ik toch een idioot.'

'Ik vind dat je geweldig bent,' zeg ik oprecht.

Claudia aarzelt. 'Wil je hem even vasthouden?'

Ik strek mijn armen al naar de baby uit nog voordat ze haar zin heeft afgemaakt. Claudia pakt hem op uit zijn mandje en geeft hem aan mij, en ik wieg zijn piepkleine hoofdje in mijn handpalm, terwijl ik hem in mijn arm hou. Ik voel de pijn in mijn lege baarmoeder, zo fysiek als een schop in mijn maag. De baby draait zijn hoofdje tegen mijn borst aan, op zoek naar een tepel, en ik kan het wel uit-schreeuwen van verdriet. Ik kijk naar Claudia en ik kan geen woord meer uitbrengen. Dit kind vasthouden is ge-woon te overweldigend.

'Misschien verandert Susannah nog van gedachten,' zegt Claudia zacht. 'Gun haar gewoon nog wat tijd.'

'Tom zegt dat ik moet ophouden met het haar te vragen,' fluister ik hees. Ik wrijf het donkere kuifje van de baby tegen mijn wang. 'Hij heeft nooit een kind gewild. Niet op deze manier. Ik had hem niet zo moeten pushen. Hij is niet bereid voor haar te vechten. Hij vindt dat ze bij Susannah hoort.'

'Maar het is toch ook zijn kind!' roept Claudia veront-waardigd uit. 'Sorry hoor, Grace, ik weet dat het niet mijn zaken zijn, maar hij kan toch niet zomaar doen alsof er niets is gebeurd en alsof ze niet bestaat!'

Ik voel me de grootste judas. Als Claudia wist hoe de

vork echt in de steel zat: dat Blake niet alleen is vreemdgegaan, maar ook de vader is van het kind van mijn zus – en nog erger, dat ik ervan wist en het haar niet heb verteld – zou ze dan nog steeds aan mijn kant staan?

Haar baby beweegt in mijn armen. Ik staar hem aan, mijn borsten en hart doen pijn van verlangen. Claudia is mijn beste vriendin, maar zij heeft haar zoon. Zij heeft haar meisjes. Ik moet vechten voor mijn kind, net zoals zij voor haar kinderen zou doen als het erop aankwam. Zij is een moeder, dan moet zij het toch begrijpen? Zou niet iedere moeder precies hetzelfde doen?

Even later, als Tom en ik bij de deur apart van elkaar en ongemakkelijk afscheid nemen, bedenk ik ineens dat onze cadeautjes voor de baby en de meisjes nog in de auto liggen. Hij staat iets verderop in de straat geparkeerd, omdat er op hun smalle oprit geen plek meer was voor een derde auto, dus ik ren naar buiten om ze te halen. Terwijl ik de achterklep omhoog doe zie ik Blake in de duisternis achter me verschijnen.

'Hulp nodig?'

'Nee hoor,' zeg ik, terwijl ik de ingepakte cadeautjes uit de auto probeer te pakken. 'Ze wegen niet zoveel.'

'Je moet leren om hulp te accepteren,' zegt Blake glimlachend, 'anders bieden mensen het je uiteindelijk niet meer aan.'

Ik aarzel, tegen wil en dank gecharmeerd door die filmsterrenlach. Hoe ik verder ook over hem denk, het is aardig dat hij me even helpt, ook al is het niet echt nodig. Tom bood het heel nadrukkelijk niet aan. Blake heeft mij ook niets aangedaan, niet in directe zin. Nu een scène schoppen zou nergens goed voor zijn.

Ik ga opzij en hij haalt een tweede grote kartonnen tas uit de bak. Er piept een enorme pluchen cockerspaniël uit, met oren die guitig over zijn glazen ogen flapperen. 'Jezus. Die is tien keer zo groot als de baby.'

'Susannah heeft hem uitgezocht,' zeg ik. 'Maanden geleden, toen we in Harrods waren.'

We kijken elkaar aan. Ik kijk als eerste weg.

'Je weet ervan,' zegt Blake beschuldigend.

'Ze heeft het me verteld. Van jou en… de baby.'

'De baby? Jezus, dat schuift ze me toch zeker niet in de schoenen. Dat kind is echt niet van mij.'

Hij staat nu vlak bij me. Ik kan zijn hart zien kloppen bij de holte van zijn keel. Hij ruikt naar whisky en rook en nog iets wat ik niet thuis kan brengen, maar waar ik ineens heel opgewonden van raak.

Zijn hand komt omhoog en hij veegt een plukje haar achter mijn oor. 'Susannah was een vergissing. Jij was altijd de zus die ik wilde.'

Ik bloos van opwinding en genot. *Jij was altijd de zus die ik wilde.* Niet Susannah, de prachtige, geweldige, sexy Susannah, met haar lange bruine benen en glimmende blauwe ogen. Grace. Saaie, middelmatige Grace. Ik.

'De IJskoningin,' fluistert Blake, nu zo dichtbij dat ik de warmte van zijn huid voel. 'Wat is er voor nodig om haar te ontdooien, vraag ik me af?'

Ik zou weg moeten lopen, maar het gaat niet. Ik zou moeten tegenstribbelen, maar ik doe het niet. Zo moet het voelen om Susannah te zijn, denk ik frivool. Knappe mannen die in bosjes voor je vallen, die je aan de lopende band oneerbare voorstellen doen, bereid zijn om voor één kus alles op het spel te zetten.

Hij brengt zijn hoofd dicht naar het mijne. Mijn lippen openen zich naar de zijne, mijn huid tintelt van verlangen. Mijn tepels schreeuwen ernaar om te worden aangeraakt en ik voel hoe het vochtig wordt tussen mijn dijen. Ik druk mijn lichaam tegen het zijne aan, en verlang er hevig naar om naakt te zijn. Als hij me nu tegen de auto zou drukken en mijn rok omhoog zou doen, zou ik hem helemaal zijn gang laten gaan.

Maar hij laat me los.

'Je telefoon gaat,' zegt hij, en ik zie in zijn ogen dat hij precies weet wat hij met me heeft gedaan, dat hij weet dat de klokken van de Notre Dame hadden kunnen luiden en ik ze niet zou hebben gehoord. 'Misschien wil je hem opnemen.'

Hij slentert terug naar huis met de pluchen spaniël onder zijn arm. Ik kijk hem na. Ik haat hem omdat hij me heeft gekust, en nog meer omdat hij ermee ophield.

Te laat bedenk ik dat mijn telefoon ging.

19

Susannah

Ik word wakker van het gebonk op de voordeur. Ik klauter van de bank, waar ik heb liggen dommelen voor de middagprogrammering op tv en gluur door het matglazen raampje links van de voordeur van het atelier.

Grace. Shit. Snel duik ik weg, verstop me in de keuken achter het aanrecht. Ik hoop dat ze niet naar de achterdeur gaat. Ik weet niet zeker of ik die op slot heb gedaan.

Ik krijg kramp in mijn kuiten terwijl ik luister hoe Grace om het atelier rent, op alle ramen bonst en tussen de rolgordijnen door naar binnen probeert te kijken. Ze weet dat ik er ben. Dit slaat echt nergens op. Ik ben me voor mijn zus aan het verstoppen alsof ze een godvergeten deurwaarder is, omdat ik te laf ben om haar onder ogen te komen en te zeggen waar het op staat.

Het probleem is dat ik weet hoe Grace is. Als ze haar zinnen op iets heeft gezet, zal ze niet stoppen voor ze het heeft. En op dit moment wil ze mijn baby. En tegen Grace heb ik nooit goed nee kunnen zeggen.

Toen we klein waren, was haar overtuiging dat alles wat van mij was, ook van haar was. En natuurlijk werkte dat niet de andere kant op. Als ik haar spullen ook maar met een vinger aanraakte, vloog ze al tegen het plafond.

'Ik mag deze wel even lenen, hè?' zei ze dan terwijl ze mijn nieuwe T-shirt met 'Frankie Says Relax', of mijn elpee van Duran Duran omhooghield. En natuurlijk was ik veel te slap om te zeggen dat ik dat eigenlijk niet wilde. Grace en haar 'Gebiedende Vragende Wijs', zo noemde mam het. Een vraag die eigenlijk een bevel was. Op zich zou ik het niet zo erg hebben gevonden, als niet alles wat ze van me 'leende' nooit meer terugkwam. En als ik het wel terugkreeg, was het helemaal kapot. Grace was overdreven zuinig op haar eigen spullen, maar die van mij waren een ander verhaal. Truien kreeg ik helemaal uitgerekt terug, platen bekrast, lippenstiften helemaal op, en ze bood nooit aan om nieuwe te kopen. Ooit had ik een hele maand gespaard voor een superdure oogschaduw van Dior, en zodra Grace thuiskwam van de universiteit, was hij weg. De volgende keer dat ze thuiskwam vroeg ik of ik hem terug mocht, en toen zei ze heel luchtig dat ze hem kwijt was. 'Hij was trouwens toch niet goed,' zei ze onverschillig. 'Boots No. 7 heeft dezelfde kleur, en daar doe je veel langer mee.'

Mama vond dat ik dat gedrag van Grace niet moest pikken, maar zij begreep niet hoe de vork in de steel zat. Grace was mijn grote zus. Ik wílde mijn spullen met haar delen. Ik wilde deel uitmaken van haar wereld. Ik dacht dat als ik haar maar gaf waar ze om vroeg, we vriendinnen zouden zijn en zij dingen met mij zou delen.

Maar dat is nu afgelopen, denk ik vastberaden. Ik ben het zat om mijn zus om te kopen om ervoor te zorgen dat ze me leuk vindt. Ik heb haar alles gegeven waar ze me ooit om heeft gevraagd, maar ik trek de grens bij mijn eigen baby.

Ik hoor het geklepper van de brievenbus als Grace hem

open duwt en erdoorheen roept. 'Susannah? Ik weet dat je er bent. Alsjeblieft, ik wil alleen maar even praten.'

Heel voorzichtig wurm ik mezelf onder het aanrecht uit en kruip nog verder uit het zicht, wat niet makkelijk is met een buik van het formaat skippybal aan mijn schoot vastgeplakt. Er springen twee knopen met veel lawaai van mijn blouse. Ik moet echt snel aan de zwangerschapskleren: ik knap letterlijk overal uit. Mijn tieten werpen zo'n grote schaduw dat er binnenkort paddenstoelen op mijn voeten gaan groeien.

Net als ik denk dat Grace het opgeeft, hoor ik het geluid van een sleutel in het slot. Kut, kut, *kut*. Michael is natuurlijk terug uit de galerie. Zul je verdomme net zien.

De deur gaat open, en ik gebaar als een gek naar Michael dat hij tegen Grace moet zeggen dat ik er niet ben, terwijl ik als een razende met de rand van mijn handpalm over mijn keel ga. Zonder een krimp te geven draait Michael zich om naar mijn zus en blokkeert zo haar uitzicht terwijl ze op en neer springt en naar binnen probeert te kijken. 'Ik denk dat je haar net hebt gemist, Grace. Ik zal tegen haar zeggen dat je bent geweest.'

'Maar het is echt heel belangrijk, ik…'

'Help me even omhoog,' sis ik nadat Michael vriendelijk maar vastberaden de deur voor mijn zus' neus heeft dichtgedaan. 'Ik zit vast. Mijn zwaartepunt is naar mijn reet verhuisd.'

'En je gezonde verstand geloof ik ook.'

Ik pak zijn hand en trek mezelf er langzaam aan op. 'Wat moest ik dan doen?' zeg ik chagrijnig. 'Ze komt elke dag langs sinds ik ben vertrokken, ik word er helemaal krankjorum van. En ze gaat niet ophouden tot ze heeft wat ze hebben wil. Je weet hoe ze is.'

'Dan moet je tegen haar zeggen dat je niet van gedachten zult veranderen.'

'Jezus, kom op, zeg. Denk je niet dat ik dat allang heb gedaan?'

'Nee. Ik denk niet dat je het hebt gezegd alsof je het ook echt meent. Ik heb zelf namelijk ook niet het idee dat dat zo is.'

Ik steek mijn tong uit naar Michaels rug wanneer hij de kamer uit loopt en de gietijzeren wenteltrap naar zijn loft op loopt. Waar heeft hij het over, dat ik het niet zou menen? Natuurlijk meen ik het wel! Deze baby is het enige goede in mijn leven. Ik zal haar nooit opgeven. Zij is mijn kans om alles eindelijk eens op een rijtje te krijgen.

Maar misschien heeft hij ergens wel een punt. Misschien blijft Grace maar langskomen omdat zij ook denkt dat ik het niet meen.

Michelle is degene met wie ik echt bevriend ben, maar ik moet toegeven dat ik Michael ook wel begin te waarderen. Ik zie steeds beter dat ze meer op elkaar lijken dan ik dacht. Ze geven allebei goede adviezen, ook al wil ik ze niet altijd even graag horen. En Michael oordeelt niet. Ik mocht bij hem logeren zonder dat hij van alles wilde weten of advies ging lopen geven. En hij is ook niet begonnen met subtiele hints over verhuizen, al zit ik hier al bijna een maand. Het was nooit mijn bedoeling om zo lang te blijven hangen, maar ik voel me nog niet in staat om het in mijn eentje te redden, en het is zo fijn om bij Michael te zijn; in elk geval nu hij aan me gewend is. Het is overduidelijk dat hij doodsbang is voor vrouwen, wat gek is omdat hij zelf zo'n leuke vrouw is, maar het lijkt wel of ik dankzij de baby een soort erezaak voor hem ben. Hij weet dat hij niet steeds op zijn hoede hoeft te zijn, omdat ik hem nu toch niet zal bespringen. Best jammer eigenlijk. Het zou wel een lekker ding zijn als hij niet overal zo godvergeten bang voor was.

Wanneer Michael later die middag terugrijdt naar de ga-

lerie, krijg ik een lift van hem naar de stad. Ik heb echt gro-
tere kleren nodig, voor ik overal als de Hulk uit barst.

Hij zet me af bij de passage en ik loop gelijk naar Mortons
voor een falafel en hummuswrap. Ik weet niet wat het is met
deze zwangerschap, maar ik heb aan de lopende band honger. Ik ben al tien kilo aangekomen en ik durf te wedden dat
negen daarvan bestaan uit Ben&Jerry's en roomkaas.

Ik lik mijn vingers af nadat ik alles naar binnen heb gewerkt en ik heb nog steeds trek. Misschien kan ik even naar
Squirrels voor wat biologische yoghurtrozijnen of zo. Als
het biologisch is, is het geen snack, toch?

Met een rammelende maag loods ik mijn groeiende buik
via de smalle paden naar de natuurvoedingswinkel en probeer de leuke boetiekjes met skinnyjeans te negeren waar ik
(a) toch niet in pas en (b) geen geld voor heb. Ik moet een
echte baan hebben, in plaats van het tijdverdrijf in de galerie. En met een uitkering ga ik het ook niet redden. Vieren-
zestig pond per week, zoveel ben je tegenwoordig al kwijt
aan een avondje bios. Echt, als je ziet wat types als Grace
aan belastinggeld betalen, zou de overheid best wat royaler
mogen zijn.

Als ik op ruikafstand van Noah's Bakery kom, houden
mijn voeten vanzelf stil. Dat biologische zaagsel kan me gestolen worden. Ik wil zo'n custardtaart. En een chocolade-
eclair. En misschien een tompoes om het mee af te toppen.

Ik heb niet in de gaten dat mijn neus daadwerkelijk tegen
de ruit geplakt zit tot ik naar beneden begin te glijden. Ik
schaam me rot, ga rechtop staan en veeg de vettige afdruk
weg met mijn mouw. Echt hoor. Als dit zo doorgaat, word ik
zo'n tientonner die haar huis uit moet worden getakeld.

Plotseling stop ik met schoonvegen en kijk opnieuw door
de ruit. Wacht even. Wat doet Tom in een bakkerij in Oxford,
wanneer hij jonge leventjes moet redden in Londen?

En nog belangrijker: wie is in hemelsnaam die sexy rood-harige naast hem?

Tom draait zich om en ziet me staan. Het lijkt wel of ik hem net poedelnaakt met zijn hoofd tussen de benen van de roodharige heb betrapt, zo schuldig kijkt hij.

Ik deins achteruit wanneer hij naar buiten komt gerend. 'Laat me met rust. Ik ben hiernaartoe gekomen om aan Grace te ontsnappen...'

'Rustig maar. Wat mij betreft is de baby van jou. En als zij met juridische zwaargewichten op de proppen komt, zal ik hetzelfde tegen hen zeggen.'

'Dat zal Grace je niet in dank afnemen,' zeg ik.

'Grace heeft het zichzelf allemaal aangedaan,' antwoordt Tom scherp.

Tot mijn verrassing voel ik een steek van medelijden voor mijn zus. Hij is haar man; wie er ook gelijk heeft, zij zou op hem moeten kunnen rekenen.

'Wie is dat?' vraag ik en ik knik naar de roodharige, die discreet een paar meter verderop is blijven staan.

'Een collega uit het ziekenhuis. Moet je horen, ik weet waar dit op lijkt,' zegt Tom en hij wordt helemaal rood tot achter zijn hobbitoren, 'maar ze is hier vanwege werk. Voor een... overleg.'

'Wat voor overleg? Tussen chocolade-eclairs en jamdonuts?'

'Iets persoonlijks,' mompelt Tom. 'Susannah, ik zou het heel erg waarderen als je hier niets over zegt tegen Grace...'

'Dat is niet echt aan de orde, hè. We zijn op het moment niet bepaald elkaars beste vriendinnetjes, mocht je dat nog niet doorhebben.'

'Het spijt me,' zucht hij. 'Het spijt me van de hele situatie. Dit is allemaal mijn schuld. Ik had er vanaf het begin af aan niet in mee moeten gaan.'

Ik sta net op het punt om te zeggen dat het ook vooral

mijn schuld is, wanneer ik een bekende steek in mijn rug voel.

En dan wordt de pijn ineens heftiger en intenser en binnen een seconde gaat hij over van een *o wat zou dat nou zijn?* naar een *o godallejezus!*

Deze keer is het een stuk minder erg. Om te beginnen lig ik niet op een zweterige, met onverschilligheid doordrenkte gemengde afdeling zoals een paar weken geleden, toen ik was ingestort bij het pleeggezin van de jongens. Deze keer was ik zo verstandig om in de buurt van het beste ziekenhuis in Oxford tegen de vlakte te gaan. Daar heb ik algauw een bed op een snoezig afdelinkje met maar vier bedden, waarvan twee leeg. Het zal vast ook wel geholpen hebben dat ik met twee belangrijke Londense artsen aan kwam zetten; de roodharige blijkt daadwerkelijk een collega van Tom te zijn, een zuigelingenarts zelfs. Maar dat verklaart nog niet die clandestiene gebaksaankopen.

Nadat de artsen elke denkbare ader in mijn lijf hebben volgepompt met antibiotica, voel ik me beter. Ze geven me ook een paar pijnstillers, maar vanwege de baby zijn die een stuk minder sterk dan ik zou willen (lees: zo sterk dat ik mijn bewustzijn verlies), en eerlijk gezegd halen ze nauwelijks de scherpe kantjes ervan af. Maar het ergste komt als ze een katheter bij me inbrengen. Het is nou eenmaal niet mijn favoriete tijdverdrijf om een zuster met de fijngevoeligheid van Ivan de Verschrikkelijke een scherpe plastic buis tussen mijn benen te laten schuiven.

Ik begin er eindelijk wat minder uit te zien als een opgeblazen ballon met geelzucht, en de stekende pijn in mijn nieren verandert in een vaag gevoel, alsof ik in mijn rug ben gestompt. Er komen meer artsen om de baby te controleren. Ze trapt terug, en hoewel ik het haar niet kwalijk neem, kan ik nu ook brandend maagzuur en gekneusde ribben aan mijn lijstje met genoegens toevoegen.

De artsen verzamelen zich in een soort scrum bij de deur. Ik haat het als ze dat doen: ze weigeren je ook maar iets te vertellen, maar ze gaan wel net buiten gehoorafstand staan zodat je wordt gedwongen om de losse woorden en zinnen zelf aan elkaar te plakken. Gekmakend is het. Wat ik op kan maken uit hun gemompel is dat ik of een non van vijfenzeventig ben met syfilis, of vierentwintig weken in verwachting ben in een risicozwangerschap met liters koppige gifstoffen die een ererondje door mijn lichaam maken.

Maar sowieso ben ik, tot mijn enorme frustratie, weer tot mijn bed veroordeeld, en ik word op mijn plek gehouden door de draden van een verbluffende collectie monitors en machines. Wat betekent dat ik geen kant op kan wanneer Grace laat op de avond aan mijn bed staat.

'Tom heeft me verraden,' zeg ik beschuldigend. 'Hij had beloofd dat hij niet aan jou zou vertellen dat ik hier lag.'

Grace kijkt eerst verrast, dan woedend. 'Tom heeft me helemaal niets verteld. Michael belde me op mijn mobiel, we waren bij Blake en Claudia. Hoe wist Tom dit verdomme?'

Arme kerel. Die gaat er vet van langs krijgen. Grace vloekt alleen als ze echt pissig is. 'Laten we het daar nu even niet over hebben,' ontwijk ik de vraag. 'Wat kom je hier doen?'

'Wat denk je dat ik hier kom doen?'

'Je had je de moeite kunnen besparen. Het is hetzelfde als eerst. Over een paar dagen is het weer over.'

'Dit gaat niet alleen om jou...'

'Ja, dat heb je me inmiddels wel duidelijk weten te maken,' zeg ik bitter.

Grace pakt een stoel en gaat zitten, met haar dure leren tas op haar knieën. Die kost waarschijnlijk ongeveer net zoveel als een klein autootje, denk ik wrokkig.

'Susannah, je moet dit echt serieus gaan nemen,' zucht ze. 'Je bent ziek en je bent zwanger. Je moet op jezelf passen. Je kunt niet gewoon maar blijven doen waar je zin in hebt.'

'Ik zat verdomme gewoon een broodje te eten!' roep ik. 'Ik was niet bepaald aan het bungeejumpen van de Empire State Building!'

Grace negeert mijn uitbarsting. 'Wanneer heb je voor het laatst een biertje gedronken?'

Ik haal opstandig mijn schouders op. Misschien heb ik er gisteren wel twee of drie gedronken nadat Michael was gaan slapen. Ja goed, volgens de artsen mag ik geen alcohol, maar als je de artsen moest geloven, had je goddomme ongeveer een certificaat nodig om te mogen ademhalen. Geen rauwmelkse kaas. Geen rauwe vis. Geen pindakaas, geen cafeïne, geen varkensblazen, blablabla. Jezusmina zeg, ik ben toch zeker al gestopt met roken? Vrouwen hebben al eeuwenlang kinderen op de wereld gezet zonder al die verdomde wereldverbeteraars die in hun nek liepen te hijgen, en er is niemand dood aan gegaan. Oké goed, misschien wel, maar in elk geval niet door een stom stuk brie.

'Susannah,' zegt ze zachtjes. 'Als je zo doorgaat, ga je het kind nooit voldragen. Het zal misschien niet eens meer een week duren. Weet je wat het betekent als ze nu geboren wordt?'

'Dan moet ze even de couveuse in. Ze is vierentwintig weken, er zijn genoeg baby's die dan blijven leven...'

'Nee, Zee. Dat doen ze niet. Sommige, sommige baby's overleven het als ze met vierentwintig weken geboren worden,' zegt Grace. 'De meesten gaan dood. Hun longetjes zijn gewoonweg nog niet genoeg ontwikkeld om te kunnen ademen, zelfs niet met hulp. Ze kunnen niet tegelijk zuigen, slikken en ademen, dus moeten ze gevoed worden met een infuus. Ze kunnen niet huilen, vanwege de buisjes in hun keeltjes. De baby's die het halen, moeten maandenlang op de intensive care liggen.'

'Ja, en?'

Ze ademt diep in, en ik kan zien dat ze heel erg haar best doet haar geduld te bewaren. 'Ze krijgen de ene crisis na de andere te verduren. Infecties, hartfalen, ademhalingsmoeilijkheden, noem maar op; en je moet er bij elke crisis voor ze zijn. Kun jij je voorstellen hoe moeilijk dat is? Voor jullie allebei?'

'Ik kan het heus wel,' zeg ik kwaad. 'Ik ben niet helemaal achterlijk. Ik ben al eerder moeder geweest, weet je nog.'

Grace geeft geen krimp. 'Dan weet je dus ook dat, mocht ze het wonder boven wonder overleven en je haar mee naar huis mag nemen, het niet per se betekent dat het eind goed al goed is. Misschien is ze wel blind, of doof; zelfs als er niets aan de hand lijkt, kan ze later moeite hebben met leren of gedragsproblemen krijgen. Vergeet even wat er allemaal in die blaadjes van je staat en luister naar me. Als je deze baby nu krijgt, gaat ze waarschijnlijk dood.'

Dit komt harder bij me aan dan ik laat merken. Grace overdrijft niet. Dat is niet haar stijl. Als zij zegt dat ik mijn kind kan verliezen, dan geloof ik haar, wat er verder ook tussen ons speelt.

'Susannah, ik speel open kaart met je. Ik wil deze baby,' zegt ze. 'Ik wil haar moeder zijn. Ik weet dat ik het goed zou doen, als je me alleen maar de kans zou geven. Maar boven alles wil ik dat ze in leven blijft.' Ze kijkt me aan. 'Als jij me kunt laten zien dat jij de juiste persoon bent om voor haar te zorgen, zal ik je steunen, wat je uiteindelijk ook kiest. Geen advocaten meer. Ik zal je alles geven wat je nodig hebt. Het enige wat je moet doen is me laten zien dat jij net zo graag wilt dat ze blijft leven.'

Na zes dagen in het ziekenhuis krijg ik een antibioticabehandeling (waar ik diarree van krijg plus een heftige vaginale infectie) en dan mag ik naar huis. Of ik het leuk vind of niet, Grace heeft me aan het denken gezet. Ik wil geen baby met een hersenbeschadiging. In de drie weken die volgen, leef ik het leven van een besnorde non. Geen peuken, geen drank, geen seks en veel slaap. Geloof me: heel veel slaap. Als je alles weghaalt wat het leven een beetje leuk maakt, is slapen zowat het enige wat je nog kunt doen.

Ondertussen stuurt *The Asshole Formerly Known As Blake* niet eens een kaartje om me beterschap te wensen.

Als er iets is waar ik goed in ben, dan is het wel mijn eigen fouten toegeven (oefening baart kunst, zou Grace zeggen). Blake heeft me nooit meer teruggebeld of ge-sms't, laat staan dat hij even langskwam om te zien hoe het met me ging. Hij kan de pot op. De seks was geweldig, echt ongelofelijk zelfs, maar ik heb hem nog steeds dat hele gedoe met die Layla niet vergeven. En hij liet gewoon toe dat die omhooggevallen trut van een vrouw van hem me als een stuk vuil behandelde. Ik verdien beter. En dankzij die infectie heb ik trouwens sowieso geen seks meer.

Grace houdt zich aan haar woord en stopt de bloedhonden weer terug in hun hok. Ik krijg geen brieven meer van haar dure advocaat en ze komt niet meer dag en nacht langs om op de deur te bonzen.

Sterker nog, ik hoor helemaal niks van haar, wat ik eigenlijk wel een beetje vreemd vind. Ik was er zo aan gewend geraakt dat ze me in de gaten hield, dat het een beetje bizar voelt om helemaal op mezelf aangewezen te zijn. Ze zit zich waarschijnlijk enorm in te houden om me niet te komen controleren.

Op de een of andere manier kom ik mijn deel van de afspraak na. Ik ben zo braaf als een mormoon. Ik slik mijn vitamines en drink veel water en gedraag me in het algemeen keurig; tot het moment dat ik Blake en Claudia samen met hun schattige koffiekleurige kinderen tegenkom in Starbucks.

Ik sta in het midden van het café en knijp zo hard in mijn magere latte dat ik niet eens merk dat de plastic beker scheurt en er hete koffie over mijn handen stroomt. Blake en zijn vrouw zitten tegen elkaar aan gedrukt in een enorme fluwelen leunstoel, en hun kinderen spelen op een klein bankje ernaast, en hij heeft zijn arm om haar heen geslagen en leunt voorover om iets in haar oor te fluisteren. Ze draait zich om en lacht naar hem, en ik zie de uitdrukking in haar ogen, en ik weet dat ze het weet van die andere vrouw, ook al weet ze niets over mij, en ik kan zien dat ze nog steeds van hem houdt en dat ze dat altijd zal blijven doen en hem nooit zal laten gaan. Ze zien me niet eens, en het is allemaal zo hartverscheurend schattig dat ik wil kotsen; en dat doe ik dan ook, nadat ik de koffie heb weggegooid en de veilige omgeving van het toilet heb bereikt.

Direct daarna ga ik terug naar Michaels huis en sluit mezelf op in de badkamer. Ik drink vier biertjes, de een na de ander en dan maak ik een fles wodka open en drink die ook voor de helft leeg.

Het gaat me niet eens om Blake. Hij is niet meer dan de laatste in de lange, lange rij van klootzakken en losers. Iedere man met wie ik ooit ben geweest, heeft me als oud vuil behandeld, en ik heb het laten gebeuren. Ik wou maar dat ik mezelf kon wijsmaken dat ik dacht dat Blake anders was, maar ik wist heus wel beter. We zouden er nooit samen vandoor gaan om gezellig vadertje en moedertje te spelen. Het was vanaf het begin duidelijk dat hij altijd bij zijn vrouw zou blijven, en dat ik zwanger en alleen zou achterblijven.

Ik raak op bed buiten bewustzijn en word halverwege de

middag wakker met een afschuwelijke kater. Ik drink de fles wodka leeg en ga op zoek naar meer bier. De volgende dag doe ik precies hetzelfde. En de dag erna lig ik weer in het ziekenhuis, alleen ben ik deze keer niet meer op te lappen en mag ik niet terug naar huis.

20

Catherine

Ik heb geen idee of dit zal werken, maar ik ben de wanhoop nabij; en baat het niet, dan schaadt het niet.

Grace ligt in diepe slaap op bed, opgerold in foetushouding. Een fractie van een seconde sta ik stil en kijk naar haar. Ik herinner me hoe ik dat deed toen ze klein was. Haar wangen zijn niet meer mollig van het babyvet, het haar dat op haar kussen ligt uitgespreid begint hier en daar grijs te worden en ze zuigt niet op haar duim, maar voor mij, haar moeder, ziet ze er nog precies hetzelfde uit.

Ik verman mezelf. Ik heb nu geen tijd voor dat soort sentimenteel gedoe. Er staan levens op het spel. Ik buig me over het slapende silhouet van mijn dochter en roep dringend haar naam.

Ze beweegt even, maar wordt niet wakker. Ik probeer het nogmaals, harder deze keer, en Tom rolt naar zijn vrouw en slaat een arm om haar heup.

De tijd dringt. Ik zal wat minder vriendelijk te werk moeten gaan. Met grote tegenzin stap ik het bed in en ga boven op Grace zitten. Ik heb natuurlijk geen gewicht, maar toch moet ik de instinctieve neiging onderdrukken om van haar af te springen zodra ze begint te worstelen. Onverbiddelijk blijf ik zitten terwijl Grace in het donker naar haar keel grijpt. Ze zal heus niet stikken. Dit gebeurt niet echt. Het enige wat ik doe is onuitgenodigd haar dromen binnenvallen.

Grace schiet ineens omhoog en blijft rechtop zitten, met haar ogen wijd open en helemaal in paniek, en ik stap weer van het bed. Mijn taak zit erop. 'Tom! Tom! Wakker worden! Tom, wakker worden!'

'Wat is er?' mompelt Tom.

'Ik moet naar het ziekenhuis,' zegt Grace. Ze gooit de deken van zich af en probeert het bed uit te komen. 'Susannah is ziek.'

Tom is meteen wakker. 'Ik heb de telefoon helemaal niet ge...'

'Er is ook niet gebeld. Ik weet het gewoon.'

Hij wacht even, met één arm in de mouw van zijn ochtendjas. 'Je weet het gewoon?'

'Sta daar niet te staan, Tom. Ze heeft me nodig. We moeten gaan. Nu!'

Tom weet dat het geen zin heeft om tegen haar in te gaan. Hij is niet de ideale schoonzoon, of de perfecte echtgenoot, maar hij is wel een man die zijn vrouw begrijpt. In elk geval beter dan ik dat ooit heb gedaan. Ik ben niet eerlijk tegenover jou geweest, Grace, denk ik vol spijt. Zoveel van deze ellende heb ik veroorzaakt.

Kordaat grijp ik mezelf bij de kladden. Dit is niet de tijd voor zelfverwijten. Daar is later nog meer dan genoeg tijd voor. Zodra ik weet dat mijn dochter en kleindochter het gaan overleven.

Als ik weer aankom bij het ziekenhuis, ligt Susannah niet meer op de Spoedeisende Hulp. Even raak ik in paniek, maar dan vind ik haar een verdieping hoger, waar ze is opgenomen op de afdeling Verloskunde. Ze ziet er nog slechter uit dan toen ik haar achterliet. Haar gezicht is zo opgezet dat ik haar bijna niet herken, en haar ogen zijn helemaal geel. Haar ademhaling is hoog en snel; haar huid is bedekt met een vettig laagje zweet.

'Susannah? We moeten nu de baby halen,' zegt de arts dringend. 'We kunnen niet langer wachten.'

Susannah trekt het zuurstofmasker van haar gezicht. 'Nee!' hijgt ze. 'Ik zei het toch! Ze is... te klein! Ik ben nog maar acht... en... twintig weken. Ze mag nog niet geboren worden. Dan gaat ze dood!'

'Susannah, achtentwintig weken is prima. Ik weet dat je je zorgen maakt, maar op de scans kunnen we zien dat je dochter voor haar leeftijd mooi op gewicht is. Ze zal een paar weken op de neonatale intensive care moeten blijven, maar we zullen alles voor haar doen wat we maar kunnen.'

'Nee, geef me... gewoon wat antibiotica zoals... de afgelopen keer. Over een paar dagen... ben ik weer helemaal... de oude.'

De arts kan haar frustratie maar moeilijk voor zich houden. 'Dit is heel anders dan de afgelopen keer. Dit is niet zomaar een nierontsteking, Susannah. Je hebt een vroege zwangerschapsvergiftiging. Jij en je kind zijn heel erg ziek. Als we haar nu niet halen, kunnen jullie allebei doodgaan.'

'Gisteren... voelde ik me nog prima. Ik had nooit... die biertjes moeten drinken, dat weet ik.' Ze doet een poging tot een glimlach, waardoor haar opgezette gezicht ineens op een verschrikkelijk carnavalsmasker lijkt. 'Ik zal het nooit... meer doen. Geef me nou maar de... antibiotica die ik moet hebben en dan kunnen... we weer door.'

Opnieuw verbaast het me hoezeer ik het bij het verkeerde eind had. Nog maar een paar weken geleden was ik er vrijwel zeker van dat al deze ellende aan Grace te wijten was, omdat ze mee was gegaan met deze draagmoedernonsens. Zij was niet gemaakt voor het moederschap, dat wist ik al sinds ze klein was. Ze kon toen niet koken, ze kon nauwelijks een boterham roosteren. Susannah was in mijn ogen de lieve van de twee, het meelevende, verzorgende meisje dat een gezellig gezin had moeten hebben, in een romantisch oud huis met een labrador op de bank. Wat er met Davey en Donny was gebeurd, was gewoon een vergissing. Ze kon het leven moeilijk aan. Ze had nooit de meevallers gehad die Grace wel kreeg. Als ze nou maar dezelfde kansen had gekregen als Grace, dan was ze zeker net zo goed terechtgekomen.

Maar ik had het mis. Dat zie ik nu in. Ik heb het veel te lang niet willen zien. Ik heb Susannah haar hele leven lang als een baby vertroeteld. Het was niet goed voor haar dat ik, elke keer als ze haar kop in het zand wilde steken, opdook als een soort wraakengel. Ze moest leren op eigen benen te staan, en dat heb ik altijd tegengehouden.

Ik ben Grace' negende verjaardag vergeten. Dat blijft maar door mijn hoofd spoken. Ik ben haar negende verjaardag vergeten, en tot ze wegliep van huis had ik niet eens in de gaten dat ik hem was vergeten.

Jarenlang heb ik het feit dat ik Susannah moest beschermen, als excuus gebruikt om al het andere uit mijn leven te wissen, inclusief Grace. Ik accepteerde het masker dat ze opzette voor de wereld en nam nooit de tijd om te kijken wat erachter zat. Maar in de afgelopen weken heb ik een kant van Grace leren kennen die ze me nooit uit zichzelf zou hebben laten zien. Ik kan zien dat ze deze baby heel graag wil, maar niet om de redenen waar ik altijd van uitging. Het is niet omdat ze niet tegen haar verlies kan, of omdat een kind nou eenmaal bij een succesvol leven hoort. Ze houdt van dit kind. Ze houdt van haar met elke vezel in haar lichaam, zoveel dat ze haar aan Susannah terug zou willen geven, als dat voor het kind het beste was.

Op dat moment wordt alles helder. Susannah wil dit kind omdat ze een tweede kans wil. Een nieuwe start. Ze denkt helemaal niet aan de baby. Maar Grace wel. Grace is bereid het kind waar ze van houdt en dat ze meer wil dan wat dan ook ter wereld, op te geven. En daarom moet ik haar wel met andere ogen bekijken. Ineens zie ik het allemaal heel duidelijk.

Vierendertig jaar lang heb ik mezelf voorgehouden dat ik Susannah moest beschermen omdat haar vader niet van haar hield. In werkelijkheid trok ik Susannah voor omdat David zoveel van Grace hield dat ik er jaloers van werd.

Ik word overmand door schuldgevoel. David was dol op Grace vanaf het moment dat ze er was, en ik voelde me buitengesloten. Ik had haar gedragen en gevoed, maar ze wilde haar vader. Hij wees Susannah niet af. Ik hield haar bij hem weg. Ik hield Susannah voor mezelf, omdat ik vastbesloten was ervoor te zorgen dat ten minste één van mijn dochters het meest van mij zou houden.

Het was niet David die ons gezin uit elkaar dreef, maar ik.

Ik weet niet wanneer de wedstrijd om de liefde van onze kinderen begon, maar hoe meer Grace naar haar vader toe trok, hoe minder ik haar in mijn buurt wilde hebben. Hoe meer ik Susannah beschermde, hoe minder aandacht haar vader aan haar besteedde. Wat hebben we er een puinhoop van gemaakt! En zoals altijd draaien de onschuldigen ervoor op.

Moge de Heer het me vergeven, maar dit heeft Hij verkeerd gedaan. Hij heeft deze baby aan de verkeerde zus gegeven.

Susannah knippert met haar ogen en ik ga in paniek dichter bij haar staan. We hebben niet lang meer. Waar blijft Grace?

De arts kijkt even naar de monitors die naast ons staan te piepen. 'Susannah, we kunnen het niet langer uitstellen,' zegt ze scherp. 'Je bloeddruk is gevaarlijk hoog. Je nierfunctie begint helemaal uit te vallen, en je lever zal daar snel op volgen. Zodra de operatiekamer beschikbaar is, gaan we deze baby halen.'

'Geef me godverdomme gewoon wat pillen... en laat me... met rust!' hijgt Susannah.

Ik maak me zoveel zorgen om mijn dochter en ongeboren kleinkind dat ik haar wel kan slaan. En, als ik de gezichtsuitdrukking van de arts zo inschat, zij ook. Maar in plaats daarvan knikt ze kortaf naar Susannah en trekt de gordijnen rond haar bed dicht.

'Is er iemand die haar bij zinnen kan brengen?' vraagt de arts terwijl ze terugloopt naar de zusterpost. 'Vriend? Familie? Ik wil niet wachten tot dat stomme kind haar bewustzijn verliest en ik geen toestemming meer nodig heb. Hoe langer we wachten, hoe erger de baby eraan toe is.'

'Er staat een kerel in haar telefoongeheugen, een of andere Blake, maar die neemt niet op. Ze heeft ook een zus...'

We worden onderbroken door lawaai bij de afdelingsingang. Een paar seconden later komt Grace woest op ons af gelopen. Tom dribbelt hulpeloos in haar kielzog. Hij heeft zijn slippers nog aan, zie ik, en zijn zachte donzige buik is zichtbaar tussen zijn broek en zijn in alle haast aangetrokken T-shirt.

Ook al ben ik in paniek, ik maak me ook zorgen om Tom. Grace weet nog steeds niet wat hij aan het doen is met die roodharige arts. Hoe kan ze zo blind zijn? Het zou álles veranderen.

'Waar is mijn zus?' vraagt Grace, als ze halverwege de hal is. 'Waarom heeft niemand me gebeld om te zeggen dat ze hier ligt?'

Na het lange, trage, angstige wachten van de afgelopen drie uur, waarin niets leek te gebeuren behalve dan dat Susannah steeds zieker werd, lijkt het alsof er ineens duizend dingen tegelijk gebeuren. Grace paradeert naar Susannah's bed en trekt de gordijnen open, en vertelt haar op een toon die geen tegenspraak duldt, dat deze baby nu gehaald gaat worden! Tot ieders verbazing, behalve die van Grace, gaat Susannah zonder een kik akkoord. Hier heeft Susannah op gewacht, besef ik: dat Grace haar zou vertellen wat ze moest doen. Ze is vierendertig en weigert nog steeds om de verantwoordelijkheid voor zichzelf te nemen. Hoe kan ze dan ooit de verantwoordelijkheid voor een kind aan?

Mijn schuld, begrijp ik nu. Ik ben degene die haar nooit volwassen heeft laten worden. Ik ben hier verantwoordelijk voor.

Binnen een paar minuten is Susannah klaargemaakt voor de operatie en er komt een anesthesist om haar een ruggenprik te geven. Op het laatste moment, wanneer ze wordt weggereden, steekt ze haar hand uit naar Grace, die hem zonder te aarzelen vastpakt.

Er is geen tijd meer om de bevalling in te leiden. Susannah's bloeddruk blijft maar stijgen, en de arts mompelt wat over hersenbloedingen en complicaties; ze draperen een scherm om Susannah's borstkas zodat ze niet hoeft te zien hoe haar onderbuik wordt opengesneden, en bereiden haar voor op een keizersnede. De operatiekamer is vol met mensen: de neonatoloog zit klaar met een team van vier man om de baby direct mee te nemen naar de neonatale IC, de anesthesist controleert Susannah's ademhaling, dokter Fraser, de arts-assistent, verschillende verpleegkundigen en zelfs een paar coassistenten draaien om de operatietafel heen. Te midden van alles houdt Grace Susannah's hand vast, rotsvast, kalm en de situatie meester. Een en al geruststelling. Geen wonder dat David zo trots op haar is, denk ik. Geen wonder dat Susannah zo in de war is.

De arts pakt haar scalpel en wacht tot het jodium over Susannah's buik is uitgestreken, en dan snijdt ze met vaste hand, en Grace roept terwijl ze naar adem snakt: 'O Susannah! Ze is prachtig! Ze is klein, ze is echt piepklein, maar ze is prachtig!' en dan is Ava, mijn eerste kleindochter, geboren.

Het duurt een paar minuten voor ze in de gaten hebben dat Susannah nog steeds achteruitgaat.

Grace babbelt er opgewonden op los tegen haar zus, vertelt haar dat ze zo'n mooie dochter heeft, dat ze tien vingertjes en tien teentjes heeft, zo klein, dat het net een prachtig porseleinen popje is, maar dan een miljoen keer mooier, o Susannah, wacht maar tot je haar helemaal ziet! De zusters rennen allemaal rond terwijl ze met bloed doordrenkte doeken in een groene plastic zak stoppen en de ongebruikte gaasjes weer opruimen. De arts checkt de placenta om er zeker van te zijn dat er niets is achtergebleven, dat zou namelijk infecties en bloedvergiftiging kunnen veroorzaken. Zelfs ik ben even afgeleid als ik verwonderd naar mijn kleindochter staar. De neonatoloog heeft haar meteen in een couveuse gelegd die vol zit met draden, maar ik kan nu al zien dat ze beeldschoon is.

Ineens begint er een monitor te piepen en de arts kijkt gealarmeerd op. In een ogenblik slaat de levendige, feestelijke stemming om.

'Ga Mark Jaylor halen,' snauwt ze. 'Sleur hem zijn bed uit als het moet. We hebben hier een acute nierinsufficiëntie.'

Een van de zusters grijpt naar de telefoon aan de muur.

De baby wordt naar de warme lampen en hightechverzorging van de neonatale IC gebracht. Grace wordt vriendelijk maar vastberaden met haar mee naar buiten geleid, ondanks haar protesten. Zodra ze weg is, draait de arts niet om de hete brij heen.

'Als we niet heel snel handelen, raken we haar kwijt,' zegt ze, terwijl ze de placenta pakt en die in een roestvrijstalen bak gooit. Ze voelt aan Susannah's onderbuik, met haar ogen gericht op de monitors. 'Waar is Jaylor?'

Een figuur in een groene doktersjas stapt de operatiekamer binnen, terwijl hij de touwtjes van zijn mondkapje vastknoopt. 'Hier ben ik.'

Iemand heeft Susannah een zuurstofmasker opgezet, maar haar gelige huid heeft een grijzige kleur gekregen. De dood hangt overal om ons heen.

Ik kan hier niet langer blijven. Ik kan niet staan toekijken hoe mijn dochter sterft.

In een zucht ben ik bij Grace, die op de neonatale IC door het raampje staat te kijken. Daarachter doet een hele groep artsen en verpleegkundigen hun best om het leven van mijn kleindochter te redden. Ze weegt nog geen kilo; ze past letterlijk in mijn handpalm. Haar huid is bedekt met een zacht donsje, en is zo doorzichtig dat we haar hartje kunnen zien kloppen.

Grace staat met haar handen en haar voorhoofd tegen het glas gedrukt. 'Ga alsjeblieft niet dood,' blijft ze maar fluisteren. 'Susannah heeft je nodig. Ga alsjeblieft niet dood, ga alsjeblieft niet dood.'

We hebben je allemaal nodig, denk ik. We zullen je allemaal nodig hebben om dit te overleven.

Ik heb geen idee hoelang we wachten. Maar op een gegeven moment komt Tom Grace zoeken en neemt haar mee naar de wachtkamer, zo'n zielloze kamer zonder ramen.

Daar blijft ze rusteloos ijsberen, niet in staat om stil te blijven zitten. 'Mama, en Susannah, en die arme kleine Ava. Het is gewoon te veel.'

Tom gaat weg om koffie te halen. Als ze alleen is, zakt Grace in elkaar op de vloer, laat haar hoofd in haar handen zakken en geeft toe aan een diep, schrijnend verdriet. Haar pijn vind ik nog moeilijker te dragen dan de mijne.

Op het dieptepunt van de nacht, ergens vlak voor het grijze begin van de ochtend, komt de arts eindelijk naar ons toe. Tom ligt te slapen op een van de vierkante beige banken, met zijn hoofd op zijn borst gezakt en zijn mond een beetje open. Grace is wakker, maar zij zit helemaal in haar eigen wereld. Als ik haar probeer te troosten, krijg ik geen teken dat ze me hoort. Ik weet dat ze zichzelf de schuld geeft, dat ze ervan overtuigd is dat als zij Susannah niet had weggejaagd, zij en de baby veilig waren geweest. Vroeger zou ik haar gelijk hebben gegeven. Maar nu weet ik dat Susannah haar ongeluk zelf in de hand heeft gewerkt. Haar leven is zoals het is door de keuzes die zij bij haar volle verstand heeft gemaakt. Misschien niet met het gewenste resultaat, maar dat heeft ze geheel en al aan zichzelf te danken. In elk geval zeker niet aan Grace.

'Mevrouw Hamilton,' zegt de arts. 'De toestand van uw zus is stabiel. We...'

'Wordt ze helemaal beter?' wil Grace weten.

De arts veegt met beide polsen haar haren uit haar gezicht. 'Ze is stabiel,' zegt ze nogmaals. 'Haar toestand is niet langer levensbedreigend. Ik ben bang dat het echt even op het randje was, maar ik denk dat we het gevaarlijke stadium nu wel voorbij zijn. Ze had een ernstige zuurvergiftiging en haar centrale zenuwstelsel begon het te begeven. Als we nog veel langer hadden gewacht met de baby te halen was het misschien wel...'

'Maar ze wordt weer beter?' vraagt Grace opnieuw. 'Ze wordt weer helemaal de oude?'

De arts neemt plaats op de lelijke bank en wacht tot Grace onwillig naast haar is komen zitten. 'Uw zus heeft een nier-insufficiëntie stadium vijf,' zegt ze voorzichtig. 'Dat betekent dat ze een nierfunctie van minder dan vijftien procent heeft. Het zou nog iets kunnen verbeteren, maar ik vrees niet veel. Zodra het wat beter met haar gaat, zal dokter Jaylor, het hoofd van onze nierafdeling, met u en Susannah de opties komen bespreken.'

'En de baby?' vraagt Tom ineens. 'Hoe is het daarmee?'

'De baby maakt het goed. Ze heeft uiteraard hulp nodig met ademen, maar ze is voor haar leeftijd mooi op gewicht. We kunnen nu alleen maar afwachten, ben ik bang. Als u wilt spreken met de...'

'Tom,' snauwt Grace. 'Eén ding tegelijk.'

'Ik ben bang dat Susannah nog steeds heel erg ziek is, Grace. Ze ligt op de IC, en is op het moment aan de dialyse omdat haar nieren hun werk niet naar behoren kunnen doen. Daarom moeten wij het bloed voor haar zuiveren.'

'Hoelang duurt dat?'

'Deze keer? Maar een paar uur. Maar u moet begrijpen: dit is iets blijvends. Van nu af aan zal Susannah drie keer in de week aan de dialyse moeten. De schade aan haar nieren is niet meer terug te draaien. Ze kan als poliklinische patiënt naar het ziekenhuis komen, en zal bij elk bezoek drie tot vijf uur dialyse krijgen. Ze zal veel steun en zorg nodig hebben.'

Grace staart haar aan. 'Maar ze heeft net een kind gekregen! Hoe kan ze dan drie keer per week aan de dialyse? Dat kan ze toch nooit aan?'

'Dat is iets wat dokter Jaylor met u en Susannah zal moeten bespreken. Het ziekenhuis zal haar zo goed mogelijk helpen, maar ze zal haar familie hard nodig hebben om haar te steunen. Dit zal een enorme aanpassing voor haar zijn.' Ze aarzelt. 'Dialyse wordt doorgaans beschouwd als een korte-termijnoplossing. Dokter Jaylor zal het verder allemaal wel uitleggen, maar ik kan u wel vertellen dat als Susannah een normaal leven wil leiden, ze het beste een niertransplantatie kan ondergaan.'

'Een transplantatie?' hijgt Grace. Haar gezicht is asgrauw geworden. 'Ze is pas vierendertig!'

'De prognose voor transplantatiepatiënten is tegenwoor-dig uitmuntend. Natuurlijk is het wel het beste als we een zo goed mogelijke match hebben. Naaste familie is doorgaans de beste donor, maar als die er niet is, komt ze op een wacht-lijst. Ik ben bang dat ik jullie alvast moet waarschuwen dat dit redelijk lang kan duren. We hebben in dit land een groot tekort aan donors. Maar ik verwacht wel dat Susannah voor-rang krijgt vanwege de ernst van haar toestand.'

'Ik geef haar die van mij wel,' zegt Grace meteen. 'Dat kan toch, of niet? Je hebt er maar eentje nodig. Ze mag er een van mij hebben.'

'Grace,' protesteert Tom. 'Dat is nogal een besluit.'

'Ze is mijn zus. Het is geen besluit. Natuurlijk geef ik haar mijn nier. Ik ben vast en zeker een match,' zegt ze tegen de arts. 'We hebben dezelfde bloedgroep. Ik weet zeker dat ik een match ben.'

'Dat jullie dezelfde bloedgroep hebben wil niet automa-tisch zeggen dat u een geschikte donor zou zijn, maar het is zeer zeker mogelijk,' zegt de arts behoedzaam. 'Het trans-plantatieteam zou dan eerst een paar tests bij jullie moeten afnemen. Het is zeker iets wat dokter Jaylor met Susannah en de rest van uw familie zou kunnen bespreken.'

Ik staar naar mijn dochter door een waas van tranen. Ik ben nog nooit zo trots op Grace geweest. Ik besef nu dat ik hier niet heen ben gestuurd om iets te veranderen. Er was niets wat ik moest dóén. Ik ben teruggestuurd om te zíén. Dat is waarom ik in deze vreemde tussenwereld zit. Ik moest inzien dat mijn dochters niet alleen maar goed of slecht zijn, maar allebei die kanten in zich hebben. Ik heb ze altijd alleen maar bezien door het prisma van mijn eigen vooroordelen. Nu pas kan ik ze zien zoals ze werkelijk zijn.

'Hoe heeft dit zo snel kunnen gaan?' vraagt Grace. Haar handen trillen, en ze steekt ze uit naar Tom. 'Ik weet dat ze al eerder problemen met haar nieren heeft gehad, maar hoe kan het nou dat ze ineens een transplantatie moet hebben? Komt het door de baby?'

'Dit gebeurt soms. De stress die de zwangerschap met zich meebracht zal zeker een rol hebben gespeeld,' zegt de arts.

Grace ziet er verward uit. Ook ik bespeur de twijfel in de stem van de arts.

'Is er verder nog iets? Is er nog iets aan de hand wat u ons niet hebt verteld?'

'Het alcoholpercentage in het bloed van uw zus was behoorlijk hoog toen ze hier binnenkwam,' geeft ze toe.

Ik zie hoe Grace deze informatie in zich opneemt, maar ik kan niets uit haar blik opmaken. En dan ineens glimlacht ze. 'Mogen we al naar haar toe?' vraagt ze.

Wat ben ik opgelucht. Godzijdank heeft Susannah Grace. Wat er ook met mij gebeurt, ze zal altijd haar zus hebben om voor haar te zorgen.

Tom en Grace lopen achter de arts aan naar de intensive care, waar Susannah ligt te herstellen. Ook al heb ik me van tevoren ingesteld op alle monitors en machines – die zie ik immers ook elke dag naast mijn eigen bed – het blijft schokkend om mijn kind zo te zien liggen. Haar huid is iets minder geel en haar gezicht is niet meer zo opgezwollen, maar ze ziet er nog steeds ziek en zwak uit, en ik maak me vreselijk zorgen. Ze heeft dit zichzelf dan wel aangedaan, maar ze blijft mijn kleine meisje.

Grace smeert haar handen in met antibacteriële gel en gaat de IC op. Ik volg haar en kijk toe hoe ze zich over haar zus buigt en haar haren uit haar gezicht veegt.

Maar als Grace haar mond opendoet, besef ik dat ik er helemaal niets van begrepen heb.

21

Grace

'Ik geef haar die van mij wel,' zegt ik. 'Dat kan toch, of niet? Je hebt er maar eentje nodig. Ze mag er een van mij hebben.'

Ik voel hoe Tom naast me verstijft. 'Grace, dat is nogal een besluit…'

Ik schud zijn hand van me af. 'Ze is mijn zus. Het is geen besluit. Natuurlijk geef ik haar mijn nier. Ik ben vast en zeker een match. We hebben dezelfde bloedgroep. Ik weet zeker dat ik een match ben.'

Dat moet gewoon, denk ik wanhopig. Het is mijn schuld dat Susannah ziek is. Als ik er niet was geweest, zou ze zelfs nooit zwanger zijn geraakt. Als ze dit niet overleeft, vergeef ik het mezelf nooit.

Ik had haar moeten steunen toen ze besloot dat ze de baby wilde houden. Ik had ze niet allemaal op een rijtje. Ik was zo verblind door hoe ik me voelde, dat ik niet stilstond bij wat het beste voor haar zou zijn, of wat het beste was voor de baby, haar baby. Ik geloofde niet dat ze wist hoe je een goede moeder moest zijn, of dat ze er überhaupt toe in staat zou zijn, maar ze heeft het tegendeel bewezen. Volgens Michael heeft ze een nieuwe start gemaakt: ze is gestopt met

roken, gestopt met drinken, ze eet gezond en neemt voldoende rust; ze is opgehouden achter Blake aan te lopen.
Een kind hoort bij zijn moeder. Ik kan Susannah niet dwingen, ook al breekt het mijn hart.

Dialyse. Transplantaties. Mijn kleine zusje, zo ziek dat ze
haar eigen dochter niet eens kan vasthouden.

'Hoe heeft dit zo snel kunnen gaan?' vraag ik, en ik voel
me misselijk. 'Ik weet dat ze al eerder problemen met haar
nieren heeft gehad, maar hoe kan het nou dat ze ineens een
transplantatie moet hebben? Komt het door de baby?'

'Dit gebeurt soms. De stress die de zwangerschap met
zich meebracht zal zeker een rol hebben gespeeld.'

Ik krijg ineens het gevoel dat ze iets achterhoudt. Mijn
maag keert zich bijna om. Ik had de verpleegkundigen daarstraks al horen praten: hersenbloedingen, hypertensie, or-
gaanuitval. Er valt te leven zonder functionerende nieren,
maar als de lever het begeeft, is het een aflopende zaak.

Bloedvergiftiging. Hersenbloedingen. Hartverlamming.
Ava zou haar moeder kunnen kwijtraken, nog voor ze haar
heeft leren kennen.

'Is er verder nog iets?' vraag ik scherp. 'Is er nog iets aan
de hand wat u ons niet hebt verteld?'

De arts blijft even stil. Uiteindelijk kijkt ze me recht aan.
'Het alcoholpercentage in het bloed van uw zus was behoorlijk hoog toen ze hier binnenkwam.'

Het duurt even voordat ik me realiseer wat ze zojuist
heeft gezegd.

*Het alcoholpercentage in het bloed van uw zus was behoorlijk
hoog.*

Met andere woorden: ze was dronken.

Een bittere, wilde razernij maakt zich van me meester.
Susannah is haar baby bijna kwijtgeraakt, ze heeft haar baby
bijna vermoord, omdat ze te veel gedronken had. Ze is nog

steeds dezelfde persoon als toen ze haar zoons verliet. Ze is niet in staat rekening met een ander te houden.

Mijn boosheid gaat over in een ijskoude, keiharde woede. Ik had het al die tijd bij het rechte eind. Susannah is niet in staat om moeder te zijn. Ik had me nooit door Nicholas Lyon moeten laten overhalen om haar een tweede kans te geven. Ik had moeten vertrouwen op mijn gevoel en Tom moeten dwingen de waarheid onder ogen te zien.

Nu moet hij het wel zien. Ik glimlach dreigend. Ze heeft het nu echt voor zichzelf verpest. Wij krijgen Ava terug. Het is nu alleen nog maar een kwestie van tijd.

De arts begeleidt ons naar de intensive care om Susannah te zien. Ik kijk door het kijkraampje naar mijn zus en voel alleen maar minachting. Die buisjes en draden die op tien plekken haar lichaam binnengaan doen me helemaal niets. Het kan me niet schelen dat ze de rest van haar leven aan de dialyse moet. Ze heeft dit zichzelf aangedaan. Het is haar verdiende loon. Ze heeft niet alleen haar eigen leven op het spel gezet, maar ook dat van haar dochter. Als Ava het al overleeft, kan ze een permanente hersenbeschadiging of handicap hebben. Haar leven is misschien al voorbij voordat het goed en wel begonnen is. Hoe kan iemand die zichzelf moeder noemt, haar kind zoiets aandoen?

Susannah glimlacht als we haar kamer binnen komen lopen, en ik buig me over haar bed en veeg zachtjes de haren uit haar gezicht. Ze ziet er tien jaar ouder uit dan vanmorgen, maar hoe ziek en uitgeput ze ook is, ze is nog steeds mooi. Als een vleesetende plant. Mooi aan de buitenkant, maar rot en smerig vanbinnen.

'Ik begrijp dat je een nieuwe nier nodig hebt,' zeg ik teder. 'Beetje onvoorzichtig met de oude omgesprongen.'

'Beetje,' fluistert ze.

'Het komt wel goed, Zee. Ik heb begrepen dat je maar één

nier nodig hebt om het te redden, en ik ben waarschijnlijk een perfecte match, dus je mag er een van mij hebben. We kunnen gewoon delen.'

'Grace... Ik weet niet wat ik moet zeggen...'

'Eerlijk zullen we alles delen, dat zei mam toch altijd? Dus ik geef je mijn nier,' zeg ik, nog steeds met een glimlach op mijn gezicht. 'En jij geeft mij de baby. Alles van mij is van jou, en alles van jou is van mij. Want eerlijk zullen we alles delen, toch?'

Ik had geen idee wat ik zou gaan zeggen tot het moment dat de woorden mijn mond uit waren. Maar eenmaal uitgesproken, kan ik ze niet meer terugnemen. En eerlijk gezegd wil ik dat ook niet. Susannah vraagt mij om iets gigantisch, een enorme opoffering. Het enige wat ik ervoor terug wil is dat ze onze afspraak nakomt en doet wat het beste is voor Ava. Dat lijkt me niet meer dan redelijk.

Ik zit zo vol bitterheid dat ik geen ruimte meer heb voor iets anders. Ik kijk toe terwijl Tom zijn spullen uit de badkamer haalt en naar de logeerkamer verhuist, en ik voel helemaal niets. Hij is verblind geraakt door Susannah's charmes, net als iedereen. Mijn zus maakt levens kapot: dat van haarzelf, en dat van iedereen met wie ze te maken krijgt. Mijn moeder wist nauwelijks van mijn bestaan, zo druk had ze het met Susannah. Mijn vader kwam in zijn eigen huis op de tweede plaats. Mijn neefjes worden grootgebracht door vreemden omdat hun moeder zo nodig de wereld over moest om mannen achterna te zitten. En de baby die van mij had moeten zijn, ligt te vechten voor haar leven in een couveuse, niet eens in staat zelfstandig te ademen, omdat mijn zus het belangrijker vond om een paar biertjes te drinken.

De volgende ochtend komt Tom onze kamer binnen om zich aan te kleden. Ik lig in bed naar zijn gestommel te luisteren, zijn bewegingen zijn zwaar en traag, hij lijkt wel een oude man. Ik neem niet eens de moeite om te doen alsof ik slaap. Ik koester mijn heldere, glinsterende woede als een diamant.

Het bed zakt diep in als Tom erop gaat zitten om zijn veters te strikken. Ik voel hoe hij zich naar me toe draait, en hoe zijn hand boven mijn schouder blijft hangen, maar ik beweeg me niet. Even later is zijn hand weer weg en veert het matras weer op als hij gaat staan.

'Het is je zus,' zegt hij hulpeloos.

'Ik heb geen zus,' zeg ik.

Ik wacht tot ik de voordeur hoor dichtslaan, en Toms voetstappen op het grind van de oprit hoor. Ik weet dat ik hem deze keer voorgoed heb weggejaagd. Dit zal hij me nooit vergeven.

Ik neem een douche en zoek een strenge gitzwarte rok uit die past bij mijn humeur, en een paar zwarte pumps met lage hak. Normaal gesproken zet ik nu de radio aan en luister ik naar John Humphrey die een leugenachtige minister afkamt, maar vandaag niet. Ik zet de tv niet eens aan voor wat luchtig nieuws. In plaats daarvan kleed ik me in doodse stilte aan, en geniet ik van het feit dat ik niet hoef na te denken. Het doet me goed dat ik met vaste hand mijn make-up kan aanbrengen en de parelketting kan omdoen die ik op onze trouwdag van Tom heb gekregen. Het allerergste is gebeurd. Ik ben mijn moeder kwijt, mijn zus en mijn man. En binnenkort ook mijn beste vriendin. Ik ga hoe dan ook niet ook nog mijn kind verliezen.

Nicholas Lyon zit al op me te wachten wanneer ik iets voor negenen bij zijn kantoor arriveer. Ik geef hem het papierwerk dat hij nodig heeft om de vaderschapstest in gang te zetten, met Toms handtekening erop. Tom heeft natuurlijk niet getekend. Maar na vijftien jaar met hem samengewoond te hebben, kan ik hem geloofwaardig kopiëren. Ik heb nog nooit in mijn leven bewust fraude gepleegd, ik heb zelfs nooit een parkeerboete gehad, maar dit soort stomme regels kunnen me helemaal niets meer schelen. Ik heb genoeg tijd om me daar druk om te maken wanneer we hebben vastgesteld of Ava Toms kind is.

Ik ga zitten en zet mijn Birkin-tas netjes op mijn schoot. 'En nu?'

'Nu gaan er brieven op de post naar je zus en Blake Stabler waarin hun gevraagd wordt gehoor te geven aan het bevel om een DNA-sample te overhandigen. Zodra we de resultaten hebben, ervan uitgaande dat jouw man inderdaad de vader is, kunnen we bespreken welke weg we dan gaan bewandelen.'

'En wat als ze weigeren?'

'Dan zijn er juridische stappen die we kunnen nemen, maar laten we hopen dat het daar niet van komt.'

Ik vind het vreselijk om te bedenken dat die brief op Claudia's deurmat zal landen. Ze is mijn beste vriendin; ze heeft zich meer als een zus gedragen dan Susannah ooit heeft gedaan. Dit zal haar leven ruïneren.

Ik verman mezelf. Bijkomende schade. Ik heb toch geen keus?

Een week later wordt mijn zus uit het ziekenhuis ontslagen. Het verbaast me niets dat ze diezelfde dag nog voor mijn achterdeur staat. Susannah gaat er altijd van uit dat ze met haar charme alles gedaan krijgt.

Ik bekijk haar door het raam. Het valt me op dat ze is afgevallen, meer dan goed voor haar is. Ze ziet er moe en afgetobt uit, en haar huid is nog steeds een beetje gelig. Ze staat als een smekeling in de miezerige herfstregen te wachten tot ik haar binnenlaat. Haar mooie blonde haar heeft door de regen de kleur van plamuur gekregen. In het koude licht van een Engelse oktobermiddag zijn zelfs haar opvallende blauwe ogen niet bijzonder meer. Als ik niet beter wist, zou ik denken dat het haar allemaal echt wat kon schelen.

Ik doe de deur open. 'Ben je van gedachten veranderd?' vraag ik beleefd, alsof het om een uitnodiging voor een etentje gaat.

'Grace, alsjeblieft.' Ze doet een stap naar voren, maar ik duw de deur weer terug en ze stopt. 'Alsjeblieft,' smeekt ze, terwijl ze haar handen uitsteekt. 'Als je het niet voor mij wilt doen, doe het dan voor Ava.'

'Ava?'

'Ze heeft me nodig,' smeekt ze. 'Ik ben haar moeder. Ze heeft me nodig,' herhaalt ze.

'Hebben we een afspraak? Ben je bereid om te delen?'

'Delen?' Ze lacht ongelovig. 'Delen? Het is mijn kind, niet een doos bonbons! Ben je helemaal gek geworden, Grace? Ik ga mijn kind niet inruilen tegen jouw verdomde nier! Natuurlijk ben ik niet van gedachten veranderd! Ik zal nóóit van gedachten veranderen!'

'Dan zijn we uitgepraat,' zeg ik en ik doe de deur dicht.

Susannah slaat erop met haar vuisten. 'Heb je enig idee wat je me aandoet?' schreeuwt ze. 'Heb je enig idee hoe mijn leven er op dit moment uitziet? Ik zit elke dag vier uur lang vastgeketend aan die machine! Ik ben vierendertig en heb amper de energie om de trap op te lopen! Hoe kun je me dit aandoen? Ik ben je zus!'

'Ik doe helemaal niets,' zeg ik koeltjes. 'Je zou zo alles kunnen veranderen. Je doet het jezelf aan.'

Ik ga elke ochtend voor mijn werk langs bij Ava, en elke avond voordat ik naar huis ga.

Susannah is nog maar één keer bij haar langs geweest,

twee dagen nadat ze geboren was. Ze heeft geen enkele interesse in haar kind getoond. Ik wist dat het zo zou gaan. De enige reden waarom ze haar nu nog wil, is om mij te treiteren.

Het enige moment dat ik me zwak voel worden, is wanneer Tom vertrekt. Als ik drie weken na Ava's geboorte beneden kom voor het ontbijt, zie ik hoe hij kleren en boeken en hengels in zijn Range Rover laadt. Hengels? Dat is mijn eerste volslagen irrelevante gedachte: sinds wanneer vist Tom? Hij haalt ook al zijn werkmappen en ordners uit zijn studeerkamer. Ik loop stilletjes door het huis en bedenk dat de gaten in de muur en in de boekenkasten een afspiegeling zijn van die in mijn hart. Tom knikt naar me als hij met een kartonnen doos vol papier terug naar de auto waggelt, maar zegt niets. Ik knik terug. Wat valt er nog te zeggen?

Hou hem tegen! Hou hem tegen voor het te laat is!

Dat gaat niet. Als hij niet begrijpt waarom ik dit moet doen, dan is hij niet de man die ik dacht dat hij was. Dan is hij niet de man op wie ik verliefd ben geworden.

Hij komt terug voor de laatste doos en blijft ermee in zijn handen op de drempel staan. 'Ik ga een paar dagen in een hotel,' zegt hij ongemakkelijk. 'Mocht je me nodig hebben of zo.'

Zeg dat je hem nu *nodig hebt. Dat is alles wat hij wil horen.*

Ik hoef het maar te zeggen, en dan is deze hele nachtmerrie voorbij. Dan kunnen we gewoon weer terug naar ons oude leventje. Tom&Grace. De namen die je in één adem uitspreekt. Het stel dat elkaars zinnen afmaakt en elkaars gedachten leest.

Ik weet dat ik zonder Tom nooit de voogdij over Ava zal krijgen. En zelf zal hij die nooit proberen te krijgen, of het nou wel of niet zijn kind is. Het heeft geen zin om nog langer tegen hem in te gaan. Ik kan nu net zo goed toegeven, en accepteren dat Ava verloren is. Het heeft geen zin om ook nog eens mijn huwelijk op te offeren.

Ineens ben ik weer acht jaar, en staar ik naar de scherven van mijn moeders gekoesterde draak van jade, het laatste cadeau dat ze van haar vader had gekregen voor hij stierf. In mijn gedachten blijft het maar uit mijn onhandige handen vallen, ook al ligt hij al in duizend stukjes aan mijn voeten. Ik blijf er maar naar staren, terwijl ik mijn uiterste best doe niet met mijn ogen te knipperen. Ik zie haast voor me hoe de stukjes weer terug in elkaar springen en hun vorm weer aannemen, alsof de film wordt teruggespoeld. Het is niet te laat. Als ik het maar graag genoeg wil, dan kan ik zorgen dat het gebeurt.

Maar het is natuurlijk te laat. Op het moment dat ik mijn moeder niet gehoorzaamde en de draak oppakte, al lang voordat hij uit mijn vingers begon te glippen, was het al te laat. Zodra je een reeks gebeurtenissen in gang zet, kun je niet meer terug.

We zijn nooit het perfecte stel geweest, bedenk ik mat. We hadden het perfecte leven, maar dat is niet hetzelfde.

'Ik kom over een week of twee terug om nog meer spullen op te halen,' zegt Tom. Zijn stem klinkt somber. 'Als ik iets heb gevonden waar ik langer kan blijven.'

De deur gaat achter hem dicht. Ik zit netjes aan de keukentafel, met mijn handen op mijn schoot. Ik heb geen idee wat ik moet doen, of hoe ik me moet gedragen zonder hem. Dus zit ik daar maar.

Een uur later, misschien twee, gaat de deur weer open en ik kijk op. Claudia staat bevend voor me, in haar pyjama en met een jas aan. Aan haar voeten twee modderige slippers. Haar ogen zijn roodomrand en opgezet. Niet vandaag, denk ik. Niet op dezelfde dag Tom én Claudia.

Ze gooit een prop papier op tafel. Ik pak hem op en strijk

hem glad, ook al weet ik wat het is. De brief van Nicholas, waarin hij haar man vraagt om een DNA-test te ondergaan om te zien of hij de verwekker is van het kind van mijn zus.

'Je wist het?' schreeuwt ze. 'Je wíst het?'

'Later pas,' zeg ik vermoeid. 'Pas toen het al afgelopen was.'

'En je kon het me niet vertellen? Ik moest er op deze manier achter komen?'

Langzaam, met het gevoel alsof ik honderd ben, sta ik op en zet de ketel op het Aga-fornuis. Daarna doe ik suiker in twee mokken, gewoon omdat ik niet weet wat ik anders moet doen.

'Is het nog aan de gang?' wil ze weten. 'Ziet hij haar nog?'

'Weet ik niet. Volgens mij niet. Volgens Michael heeft ze hem al weken niet gezien.'

'Weet Michael het ook?' Ineens ziet ze er verslagen uit. Ze pakt een stoel. 'Jullie wisten het allemaal, en niemand vond het nodig om mij in te lichten?'

'Je wist het al,' antwoord ik. 'Niet van Susannah, maar je wist van de anderen. En toch bleef je bij hem. Wat zou je eraan gehad hebben als je van Susannah had geweten? Wat had het uitgemaakt?'

Het water kookt, en ik schenk voor ons allebei een kop hete, zoete thee in. Ik zet er een voor haar neer en ga met die van mij zitten, te moe en te verdrietig om me ook maar af te vragen wat er nu zal gebeuren. We leggen allebei onze handen om de warme mokken en wachten tot de stomende vloeistof afkoelt, en tot iemand ons komt vertellen wat we moeten doen.

'Ik weet dat je niet begrijpt waarom ik bij hem blijf,' zegt Claudia na een lange stilte. 'Misschien begrijp ik het zelf ook niet helemaal. Ik weet niet of het liefde is of lafheid. Ik wil niet in mijn eentje achterblijven en drie kinderen opvoeden, of ons huis verkopen en weer aan het werk moeten; ik zou liegen als ik zei dat dat niet meespeelt. Maar het is meer dan dat. Ik ken Blake. Er zijn dingen van vroeger, dingen die hem zijn overkomen... Ik verdedig hem niet,' voegt ze er snel aan toe. 'Wat hij gedaan heeft valt niet goed te praten. Dat zeg ik ook niet. Maar er is meer dan één manier om van iemand te houden. Het is niet altijd zwart-wit. Zwart-wit is makkelijk. Het is het grijs dat het ingewikkeld maakt.'

We luisteren naar het getik van de klok in de gang. Ik moet denken aan mijn vader die elke dag urenlang naast mijn moeders bed zit; voor ze ziek werd, konden die twee een hele dag samen doorbrengen zonder een woord te zeggen. Er is meer dan één manier om van iemand te houden.

Ze schuift haar mok van zich af, alsof je op zo'n makkelijke manier van het verleden af zou kunnen komen. 'Jij en Tom, jullie hadden het sprookje,' zegt ze beschuldigend. 'Maar voor de meesten van ons zit het huwelijk zo niet in elkaar. Het is een compromis. Blake en ik hebben heel veel goeds samen. De kinderen, om maar eens iets te noemen. En we hebben lol. Dat is misschien niet belangrijk voor jou, maar wel voor mij. Als hij bij me is, dan is hij er ook voor de volle honderd procent. Ik weet dat ik de enige voor hem ben die er echt toedoet. Dat heb ik liever,' zegt ze vol vuur, 'dan zo'n slaapwandelhuwelijk dat zoveel vrouwen hebben.'

Ze doelt op mij. Ik kan me de laatste keer dat Tom en ik lol hadden niet meer herinneren. Slaapwandelen? Dat deden we waarschijnlijk inderdaad.

Claudia schuift haar stoel naar achteren en pakt dan de verkreukelde brief op, vouwt hem dubbel, en dan nog een keer dubbel, en stopt hem in de zak van haar Barbour-jack. 'De baby is niet van hem. Je hoeft al die tests niet te laten doen.'

Mijn huwelijk was dan misschien niet zo spannend, maar het was wél een huwelijk, denk ik ineens. Claudia weet het allemaal leuk te brengen, maar feit blijft dat Blake al jaren tegen haar liegt en haar bedriegt. Hij houdt misschien wel van haar, maar met de liefde van een kind, egoïstisch en veeleisend. Er is helemaal niets grijs aan vreemdgaan.

'Claudia,' zeg ik zachtjes. 'Ik zou je dit nooit hebben aangedaan als het niet absoluut noodzakelijk was. Zonder test is het onmogelijk vast te stellen of Blake of Tom Ava's vader is. Zelfs Susannah weet het niet.'

Tot mijn grote verbazing schiet Claudia in de lach. 'Nee, Grace. Ik bedoel dat hij het niet kán zijn. Letterlijk. Blake heeft zich laten steriliseren, meteen nadat we erachter waren gekomen dat ik zwanger was van Kiefer. Hij wilde geen kinderen meer. Hij heeft het maanden voordat hij Susannah ook maar had ontmoet, laten doen. Ava kan niet van hem zijn.'

Ik laat dit in stilte tot me doordringen. De baby is van Tom. Wat betekent dat als hij me niet zojuist had verlaten, ze ook van mij had kunnen zijn.

'Grace,' vraagt Claudia. 'Waar is Tom eigenlijk?'

'Hij is weg,' zeg ik vlak.

'Weg? Grace, waarom? Die man zou voor jou door het vuur gaan!'

'Ik geloof dat ik zijn morele gevoelens heb gekwetst,' zeg ik koeltjes. 'Hij vond alles prima toen we nog geen problemen hadden, maar op het moment dat het moeilijk werd, wilde hij zijn handen niet vuilmaken. Ga me niet vertellen wat hij allemaal wel niet voor me zou doen.'

'Ik heb gehoord van je... deal, zegt Claudia. 'Met Susannah. Je bent te ver gegaan bij hem, Grace.'

'Wat had ik dan moeten doen?' vraag ik, terwijl mijn woede de overhand krijgt. 'Wil je dat ik Susannah een nier ga geven, zodat ze lekker jouw man kan blijven naaien wanneer ze daar maar zin in heeft?'

'Ja, als dat betekent dat Tom niet bij je weggaat!' roept Claudia terug.

Ze stormt even snel mijn keuken uit als ze er binnenkwam. Ik kijk hoe ze vertrekt en probeer haar niet tegen te houden. Ergens, diep vanbinnen, weet ik dat ze gelijk heeft. Maar mijn woede is onverbiddelijk. Zo lang als ik me kan heugen, heb ik mijn zus beschermd en haar zaakjes voor haar opgeknapt. Ik heb haar al zo vaak uit de penarie geholpen en smoesjes voor haar bedacht, ook al wist ik dat ze niet alleen geen gelijk had, maar zelfs genoot van de chaos die ze had veroorzaakt. Genoeg, denk ik bitter. Susannah heeft haar leven lang alleen maar aan zichzelf gedacht, en nooit stilgestaan bij wat de gevolgen van haar acties voor andere mensen zouden zijn. Nu moet ze maar leren wat er gebeurt als ze alleen nog maar op zichzelf kan terugvallen.

Maar ik ben het die een lesje leert, niet Susannah. Ik kom erachter dat je niet 's nachts tegen woede aan kunt kruipen. Ik mis Tom meer dan ik me ooit had kunnen voorstellen. Het lijkt wel alsof mijn hart eruit is gerukt, en mijn rechterhand is geamputeerd. Het enige wat me ervan weerhoudt naar hem toe te rennen en hem te smeken om weer thuis te komen, is de wetenschap dat als hij weigert, ik geen enkele hoop meer heb. Ik denk niet dat ik dat aan zou kunnen.

Een paar dagen na zijn vertrek trekt, even snel als hij op me neerdaalde, de rode mist weer op. De woede die me zo lang in zijn greep heeft gehouden is bekoeld. Ik haat mijn zus niet langer. Ik kan het nog niet opbrengen haar te vergeven, maar in zekere zin maakt dat niet uit. De allesverzengende woede is weg, en voor het eerst in bijna een maand ervaar ik, ondanks mijn verdriet, vrede.

Ik besef dat ik moet koesteren wat ik heb. Hoe ze zich ook

heeft gedragen, Susannah is mijn zus. Ik kan Ava niet af-dwingen. Natuurlijk moet ik haar helpen. Ik pak de telefoon en bel het transplantatieteam; vlug, voor het te laat is.

Als ze me vertellen wat mijn zus zojuist gedaan heeft, ben ik meer geschokt dan ik in mijn hele leven ooit ben geweest.

22

Susannah

Ik krijg het doodsbenauwd van die baby. Ava. Het lijkt niet eens op een baby. Het hoofd is veel te groot, en het ziet er helemaal schriel en gerimpeld uit, als een gevilde rat. Het lichaam is bedekt met wit dons, en er zit geen normaal haar op: geen wimpers of wenkbrauwen of zo. De huid is doorschijnend, zodat je alle aderen kunt zien lopen, je kunt zelfs het hartje als een donkere pruim zien kloppen, midden in de borstkas. De draden en buisjes en machines zorgen ervoor dat het lijkt op een of ander ziek wetenschappelijk experiment. Het is walgelijk.

Ook al zou ik het mogen vasthouden, dan nog zou ik dat niet willen. Het is een... een ding, en niet mijn dochter. Ik moet ervan kotsen. Er is niets menselijks aan. Het leeft niet eens volledig.

De zuster buigt zich over mijn rolstoel. 'Wat is er, lieffie? Voel je je niet goed?'

'Kunnen we weer gaan?'

Ze laat de handrem los, maar duwt mijn stoel niet weg. De couveuse staat op ooghoogte voor me. Ik zie een grote ader kloppen in het hoofd, als een soort slang. Ik moet mijn ogen dichtdoen om niet over mijn nek te gaan.

De zuster aait vol medeleven mijn hand. 'Ik weet het, lieffie, in het begin is het allemaal een beetje eng, om ze zo te zien liggen. Al die buisjes en draden. Maar maak je maar geen zorgen, hoor. Ze is een vechtertje, dat kleintje van jou. Ze is in goede handen. Ik heb kleintjes gezien die er veel erger aan toe waren en die hebben het ook gehaald. Je moet er nu vooral voor zorgen dat je zelf weer beter wordt.'

Ik wil niet dat dit 'kleintje' het haalt. Ik wou maar dat het nooit geboren was.

Ik haat Grace. Ze kent me goddomme veel te goed. Ik voel me als een vos in de val, die voor de keuze staat om te ontsnappen door zijn eigen poot op te eten, of te verhongeren. Ik kan de baby aan haar geven en de rest van mijn leven doorbrengen als een invalide wangedrocht: de moeder die haar kind heeft verkocht voor een nier. Of ik kan het houden, en de rest van mijn leven sowieso op mijn buik schrijven.

Klotezooi. Ik had gewoon de oorspronkelijke afspraak moeten nakomen. Grace had dan met deze enge plant opgescheept gezeten, en ik zou de onbaatzuchtige heldin zijn geweest die de grootste wens van haar zus had laten uitkomen. Ze zou voor altijd bij me in het krijt hebben gestaan. Een nier doneren was dan het minste geweest wat ze had kunnen doen. Ze zou me hebben gesmeekt om hem aan te nemen, en er als bonus nog een long en een alvleesklier hebben bijgedaan. Maar als ik het kind nu aan haar geef, weet iedereen dat ik me heb laten omkopen. Het hele idee van dit draagmoedergezeik was dat het al mijn blunders uit het verleden weer zou rechtzetten, in plaats van er nog een schepje bovenop te doen. Wat zullen Donny en Davey wel niet van me denken als ze erachter komen? Het zal elke kans die ik misschien had om een band met ze op te bouwen, verknallen.

Ik weet dat ik nooit Moeder Van Het Jaar zal worden, maar ik hield van mijn zoons vanaf het moment dat ze geboren waren: ik voelde verwondering en tederheid en nieuwsgierigheid en een verschrikkelijke paniek. Ik heb mijn kinderen nooit opgegeven uit onverschilligheid.

Als ik nu in de couveuse kijk, voel ik niks. Het lijkt wel of het niks met mij te maken heeft, alsof het het kind is van een vreemde. Ik bedoel, ik weet dat het genetisch bij mij hoort. Ik weet misschien niet precies wie de vader is, maar zelfs ik kan uitvogelen wie de moeder is.

Dat zou je tenminste denken. Maar eerlijk gezegd voelt dit helemaal niet als mijn kind. Als ik in karma en voodoo en zo zou geloven, zou ik me bijna gaan afvragen of dit hele draagmoedergedoe niet al vanaf het moment dat het zaad bij het eitje kwam, alles in de war heeft geschopt.

De nierarts doet iets vriendelijker als ik hem heb verteld over Grace. Je wint hier duidelijk bonuspunten als je zus probeert je kind te kapen in ruil voor een lichaamsdeel. En in dit stadium van het spel pak ik die waar ik ze krijgen kan.

'Laten we eens bekijken wat je mogelijkheden zijn,' zegt hij, terwijl hij gezellig op mijn bed zit. 'Je zit in stadium vijf, wat ervoor zorgt dat je voorrang krijgt op de transplantatie-wachtlijst, maar ik moet je alvast waarschuwen dat het niet makkelijk zal zijn om een match met jouw bloedgroep te vinden. We kunnen je zus zeker niet overhalen om er nog eens over na te denken?'

Natuurlijk, ik ben weer bijzonder op een manier waar ik helemaal niks aan heb.

'Vergeet het maar,' zeg ik.

'Sorry?'

'Grace. Die gaat niet van gedachten veranderen. En verder heb ik geen broers of zussen.'

'Misschien een ander familielid? Leven je ouders nog? Zou een van hen het misschien willen overwegen?'

Pap zou dat pas doen nadat hij zijn hart eruit had gerukt en voor mijn ogen had opgegeten. Maar ik vertel dat mam misschien nog wel een nier of twee over heeft, vooral omdat ze zelf nog steeds een goede imitatie van een plant weggeeft.

Een paar dagen later komt de arts terug met de resultaten. Het goede nieuws: ze is een perfecte match. Het slechte nieuws: pap weigert het ziekenhuis toestemming te verlenen om wat reserveonderdelen uit haar lichaam te plunderen.

Maar, denk ik bij mezelf, terwijl ze me voor de derde keer in vijf dagen aan de dialyse leggen. Pap heeft geen volmacht. Die heb ik.

Ik heb geen dure advocaat nodig om het me uit te leggen: zelfs ik kan zien dat hier sprake is van belangenverstrengeling. Maar ik heb weinig keus. Anders sta ik misschien wel jaren op die transplantatiewachtlijst. Om de dag komt er hier een supermooi blond meisje voor haar dialyse, op dezelfde tijd als ik. Ze is eenentwintig, en ze komt hier de afgelopen zes jaar al drie keer in de week. Zes jaar! Ze is verdomme nog steeds maagd! Ik ga flippen als ik nog zes jaar moet wachten op een beurt. Ik hang mezelf nog liever op.

Had Grace me nou maar niet zo openlijk in een hoek gedrukt. We waren er heus wel uitgekomen. Zij geeft me een nier, ik teken de adoptieverklaring, zij overhandigt mij een ticket naar Hawaï, iedereen blij. Het is niet alsof ik dat… ding nou echt wil.

Ik slaag erin om hierna de neonatale IC te ontwijken. Elke keer als een van de zusters me aanbiedt om me erheen te brengen, zeg ik dat ik me niet lekker voel, of moe, of gestrest. Ze zijn heel begripvol.

'Ik denk dat je het goed aanpakt, lieffie,' zegt een van hen op vertrouwelijke toon. 'Je kunt je maar beter niet te veel hechten tot je zeker weet dat de kleine het gaat redden.'

Een week later, wanneer ze me ontslaan uit het ziekenhuis, ga ik gelijk naar Grace toe. Het regent dat het giet en eerlijk gezegd voel ik me nog steeds kut; het litteken van mijn keizersnede heeft nog geen tijd gehad om te genezen, mijn tieten zijn opgezwollen en kunnen elk moment uit elkaar barsten omdat ik geen borstvoeding kan geven, en ik heb overal pijn door die dialyse. Het voelt alsof ze mijn bloed spoelen en vervangen door water. Maar dit kan niet wachten. Ik moet ervoor zorgen dat Grace het opgeeft. Ik wil mijn leven terug.

Grace kijkt naar me door het raam en neemt rustig de tijd om te bedenken of ze me met een koninklijke audiëntie zal vereren.

Eindelijk doet ze de deur open. 'Ben je van gedachten veranderd?'

'Grace, alsjeblieft.' Het heeft geen zin om dit tactvol aan te pakken. Ik kan maar net zo goed gelijk mikken op haar schuldgevoel. 'Als je het niet voor mij doet, doe het dan voor Ava.'

'Ava?'

'Ze heeft me nodig. Ik ben haar moeder.'

Geen antwoord. 'Ze heeft me nodig,' herhaal ik zwakjes.

'Hebben we een afspraak? Ben je bereid om te delen?'

Verdomme Grace! denk ik kwaad. Kun je me niet een heel klein beetje ruimte geven? Als ze me nou een beetje tegemoetkomt, dan kan ik mijn gezicht redden! Ik kan niet leven met de gedachte dat mijn jongens ervan uitgaan dat ik ze zou verkopen voor een nieuw paar ogen. Ze moet me hierbij helpen.

Ik kan niet geloven dat mijn zus de deur voor mijn neus

dichtslaat nadat ik nee heb gezegd. Hoe kan ze zo koud zijn! Dit is Grace. Mijn zus, Grace. Dezelfde Grace die mijn hele leven voor me heeft gezorgd en als een kindermeisje achter me aan liep. Zij zorgde er altijd voor dat ik wel mijn jas aandeed en zij controleerde of ik mijn huiswerk had gemaakt en gaf me zakdoekjes als een of ander joch mijn hart gebroken had. Hoe kan ze me dit aandoen terwijl ze weet dat ik haar nodig heb? Ik ben haar zus! Hoe kan ze me dit aandoen?

'Ik wil het niet eens hebben!' jammer ik tegen Michelle zodra ik thuis ben. 'Het wordt waarschijnlijk toch spastisch!'

Michelle houdt mijn badjas voor me open en ik stap uit de douche en steek mijn armen erin. 'Het is "zij", en niet "het", ze is je dochter,' zegt ze scherp. 'Hou verdomme eens op met al dat zelfmedelijden en denk eens aan haar. Zij heeft er niet om gevraagd om drie maanden te vroeg te worden geboren, Susannah. Daar ben jij verantwoordelijk voor. En voor je eigen gezondheidsproblemen trouwens ook. Je zus heeft alle reden om kwaad op je te zijn.'

'Ik wist wel dat je het voor haar op zou nemen. Waarom ga je niet gewoon naar haar toe en vertel je haar dat ze het mag hebben, als je mij zo'n vreselijk mens vindt?'

Michelle duwt me de slaapkamer in en zet me neer op de kruk voor de spiegel. Ze haalt mijn natte haar uit mijn nek en begint het zachtjes te kammen. 'Je bent geen vreselijk mens. Je bent gewoon bang. Zelfs Grace zou het moeilijk hebben als ze had moeten doormaken wat jij de afgelopen weken hebt moeten doorstaan. Ze is kwaad op je, maar ze haat je niet. Jij bent de enige die dat doet.'

'En nu ga je me zeker ook vertellen dat ik het verleden achter me moet laten en contact moet leggen met het kind in mezelf?'

'Zoiets, ja,' zegt Michelle peinzend.

273

De volgende dag biedt ze aan om er samen een dagje op uit te gaan om me op te vrolijken. Ik verwacht dat we gaan winkelen of misschien zelfs naar een sauna waar ze ook massages geven. Wanneer we aankomen op de plek van bestemming en ik doorheb wat ze werkelijk in gedachten heeft, flip ik.

Maar Michelle laat zich niet vermurwen. 'Het kan me niet schelen als je haar nooit mee naar huis wilt nemen,' zegt ze. 'Maar je moet accepteren dat je haar moeder bent. Als je dat niet doet, kom je nooit over je schuldgevoelens heen.'

'Ik voel me niet schuldig!'

'Natuurlijk wel. Steeds als je naar haar kijkt, zie je het bewijs van wat je gedaan hebt. Daarom walg je zo van haar. Daar moet je overheen komen als je ooit verder wilt kunnen met je leven.'

Ik weiger om de auto uit te komen. Michelle pakt gewoon *Het Leven van Pi* erbij en begint te lezen. Twee uur lang zitten we in de parkeergarage van het ziekenhuis te wachten wie de langste adem heeft, en dan geef ik het op en stem erin toe om naar het ding te gaan kijken. Michelle loopt met me mee naar de neonatale IC, maar weigert mee naar binnen te gaan om me te steunen.

'Jij hebt deze puinhoop zelf veroorzaakt, Susannah,' zegt ze kordaat. 'Doe er wat aan.'

Dertig minuten lang zit ik in de neonatale IC en bekijk alles, behalve de couveuse. Daarna kom ik naar buiten en zeg dat het gedaan is. Maar daar wil Michelle niets van weten. Ze sleept me de volgende dag gewoon weer mee naar het ziekenhuis, en de dag daarna weer. Ik moet wel met haar meegaan: ik ben moe en ziek en eerlijk gezegd verdomme te afgepeigerd om tegen te stribbelen. Misschien, denk ik vluchtig, was ik wel nooit zo ontspoord als mijn moeder net zo streng was geweest als Michelle.

Uiteindelijk, op de derde of vierde dag, dwing ik mezelf om ernaar te kijken. Heel even, maar in elk geval lukt het me om mijn eten binnen te houden. De volgende dag gaat het iets gemakkelijker, en elke dag daarna nog makkelijker. Af en toe krijg ik nog steeds kotsneigingen, maar zo nu en dan heb ik ook een beetje medelijden met haar. Ze is zo klein, en ze ligt zo hard te vechten. Elke ademhaling is een gevecht voor haar. Maar petje af: ze geeft niet op. Ze blijft maar zuurstof opzuigen in haar kleine, onvoltooide longetjes, en ze blijft de kooldioxide eruit blazen. In, uit. In, uit. In, uit. Haar nieren begeven het, haar lever gaat eraan, haar ademhaling stopt soms en ze heeft meerdere infecties, maar ze blijft maar doorvechten. In, uit.

Als Ava vier weken oud is – op dat moment zou ik drieendertig weken zwanger zijn geweest – zeggen de artsen heel voorzichtig dat ze tevreden zijn over de vooruitgang die ze boekt.

Ik moet toegeven dat ik opgelucht ben. Ik zal niet ontkennen dat ik haar lief begin te vinden, maar dat wil nog niet zeggen dat ik een spast als dochter wil.

Om het te vieren, halen ze haar eindelijk een keer uit de couveuse en laten ze me haar vasthouden. En op het moment dat ze in mijn armen ligt, weet ik het: hier kan ik niet van weglopen.

'Ze is nog niet uit de gevarenzone,' vertel ik aan Michelle als we naar huis rijden. 'Ze ligt nog steeds het grootste deel van de tijd aan de beademing, maar met haar longen gaat het al stukken beter. Ze mag nog lang niet naar huis; meestal laten ze de prematuurtjes pas naar huis gaan vanaf de dag dat ze geboren hadden moeten worden. Maar ze zeggen dat ze een echt vechtertje is. Ik heb wel echt vet respect voor haar.'

Ik zet me schrap en wacht tot Michelle aan een vreugdedans begint omdat ik iets heb gezegd over het mee naar huis nemen van Ava. Ze zegt niks, en ik ontspan weer. Het is niet alsof ik definitief heb besloten dat ik haar wil houden of zo. Ik wil alleen maar zeggen… nou ja, gewoon.

Maar wanneer ik de maandag daarop de brief van de advocaat van Grace krijg, flip ik. Gek dat alleen al de gedachte dat ik Ava kwijt zou raken, genoeg is om me door het lint te laten gaan tegenwoordig.

Het is Michelle die ervoor zorgt dat ik niet van het dak spring. Ze wijst me erop dat ik het recht aan mijn kant heb. Twee dagen nadat we de brief kregen, heeft ze al een keiharde advocaat gevonden die helemaal nat wordt bij de gedachte dat ze de strijd kan aanbinden met die Londense topadvocaat van Grace.

'Nicholas Lyon is een fatsoenlijke man, maar hij mag best weten dat hij geen schijn van kans maakt,' zegt Siobhan Meaghan, bijna likkebaardend. 'Het komt bijna nooit voor dat de vader de voogdij krijgt in dit soort zaken. Ik ben eerlijk gezegd verrast dat Nicholas deze zaak überhaupt heeft aangenomen.'

Ze heeft dus duidelijk nooit mijn zus ontmoet. Grace heeft hem waarschijnlijk het mes zodanig op de keel gezet dat hij geen nek meer overheeft.

'Het belangrijkste wat we nu moeten doen is een DNA-test bij de baby,' zegt Siobhan terwijl ze met haar vingers knipt naar haar secretaresse. 'Mr Stabler kan dan wel beweren dat hij onvruchtbaar is, maar dat moeten we heel zeker weten. De zaak van je zus berust geheel op het feit dat haar man de vader is. Op basis daarvan kan ze aanspraak maken op het kind. Dus laten we dat varkentje maar eerst wassen, en zien of het iets oplevert.'

De tweede brief van Grace' advocaat is vanmorgen bezorgd. Ik stel me zo voor dat ze gelijk in de telefoon is geklommen om hem te bellen toen ze hoorde dat Blake geopereerd was. Wat zal ze verdomme in haar nopjes geweest zijn.

Ik had echt gehoopt dat Ava van hem zou zijn. Om te beginnen zijn zijn genen een stuk knapper dan die van Tom de hobbit. En ik denk dat ik misschien ergens diep vanbinnen nog steeds hoopte dat het iets zou uitmaken voor Blake en mij. Stom, ik weet het. Maar het hart gaat nou eenmaal z'n eigen gang.

Michelle geeft me een energiek 'kop op'-knikje. Zij snapt dat ze maar beter niet soft en sentimenteel kan gaan doen. Ik weet eerlijk gezegd niet wat ik zonder haar zou moeten beginnen. Naast alle praktische dingen, zoals een dak boven mijn hoofd en geld voor een advocaat, is ze de beste vriendin die ik ooit heb gehad. De enige zelfs. Toen ik opgroeide waren het altijd de jongens die me leuk vonden, nooit de meisjes, en het was geen vriendschap waar ze op uit waren. Oké, vanuit technisch oogpunt is hij een van hen. Maar ik ben zo gewend geraakt aan Michael/Michelle, dat ik eigenlijk het grootste deel van de tijd niet doorheb wie van de twee nou aanwezig is.

Ik hou me goed tot we Siobhans kantoor uit zijn, en dan stort ik weer in. Ik lees de kranten (oké, *News of the World*), en wat Siobhan ook zegt over 'inkoppertjes', ik weet dat niets meer zeker is wanneer je voor de rechtbank moet verschijnen. En ik heb niet bepaald bewezen dat ik een goede moeder ben. Ik heb mijn zoons in een pleeggezin laten belanden, en mijn dochter in een couveuse. Ik woon in de logeerkamer van een travo en heb geen man, geen baan en geen rooie rotcent. Elke willekeurige rechtbank moet Grace toch wel boven mij verkiezen? Zelfs Tom heeft zich op het laatst tegen me gekeerd. Ik dacht dat hij aan mijn kant stond, maar zijn handtekening staat op de papieren. Hij en

Grace komen weer bij elkaar en pakken me mijn baby af. Ze zullen Ava bij me weghalen, en er is niks wat ik ertegen kan doen.

Michelle slaat haar armen om me heen als ik begin te schreeuwen. Haar dure blonde pruik (echt Oekraïens haar, schijnt) kriebelt tegen mijn wang en ze ruikt naar Chanel No. 5. Ze mag dan een travo zijn, ze is er wel een met klasse, dat moet ik haar nageven.

'Misschien moet ik Grace maar gewoon geven wat ze wil,' jammer ik. 'Ze krijgt Ava sowieso wel. Ik zou haar Ava moeten geven en de nier aannemen. Dan heb ik er ook nog wat aan.'

'Ja, met zwelgen in zelfmedelijden schiet je wat op. Grace gaat echt jouw dochter niet krijgen, hoor. Waar is je lef gebleven! Siobhan is nu een brief aan het ziekenhuis van je moeder aan het schrijven over een mogelijke transplantatie van haar nier. Als iemand dat voor elkaar kan krijgen, is zij het wel. Maar als dat niet lukt, sta je boven aan de transplantatielijst.' Ze wrijft over mijn rug alsof ik een klein kind ben. 'Hou eens even op met dat negatieve gedoe. Je blijft jezelf maar straffen. Je moet leren om met het verleden te leven en vooruit te kijken.'

In een impuls draai ik me om en zoen haar op haar wang. Een seconde later kust ze me terug, maar dan echt, op mijn mond. Lippen, tongen, alles. Lust trekt door me heen en doet mijn kruis kolken met de kracht van een orkaan. Ik sta versteld van de heftigheid van mijn reactie.

Geschokt maak ik me los. 'Zo moet je me helemaal niet zoenen! Je bent mijn beste vriendin!'

'Dat is precies waarom ik je wel zo moet zoenen.' Ze lacht en start de auto. 'O, stel je niet zo aan, mejuffrouw Havisham. Ik zal je heus niet opeten.'

Mijn wangen worden knalrood. Ik voel die kus nog steeds

in mijn onderbuik. Jezus! Word ik een lesbo of zo? Ik heb me nog nooit zo gevoeld als een kerel me zoende, zelfs niet bij Blake! Wat is hier in jezusnaam aan de hand?

Michelle rijdt ons kalmpjes naar huis, zo bedaard als de koningin op een staatsbezoek. Ik voel me als een kat in het nauw. Als we er zijn ren ik als een verschrikt konijn het tuinpad op en bedenk dan dat zij de sleutels heeft. Ik zorg dat er drie meter afstand tussen ons blijft wanneer ze de deur opendoet. Was die kus eenmalig? Ben ik vannacht wel veilig in mijn eigen bed? Of zal ze naar binnen sluipen en bij me onder de dekens kruipen en…

Ik kan er niks aan doen. De gedachte alleen al is genoeg. Zonder te aarzelen, bespring ik haar en kus ik haar opnieuw.

We redden het maar net tot aan de slaapkamer. We storten ons op het bed en rukken elkaars kleren uit, terwijl onze lippen en handen elkaar onderzoeken, uitproberen, proeven, aanraken. Ik weet zeker dat als het Michelle was die me daarstraks kuste, het nu Michael is die de liefde met me bedrijft. Zijn pik drukt hard tegen mijn buik aan en ik worstel buiten adem met de rits van zijn rok. Ik ben zo geil dat ik niet eens stilsta bij het bizarre feit dat hij ruches draagt. Hij glijdt uit zijn rok, onder het geknisper van zijde en kant. Binnen een paar tellen schiet zijn pik mijn hand in, en nadat hij mijn slipje van me af heeft gerukt leid ik hem bij me naar binnen.

Ik krom mijn rug, doe mijn ogen open en verdrink in de zijne. Ze zijn grijsgroen en druipen van verlangen. Het kan me geen ruk schelen dat ze ook prachtig zijn opgemaakt met subtiele paarstinten en twee laagjes mascara.

'Ik wil je geen pijn doen,' zegt hij terwijl hij over mijn buik streelt die nog niet genezen is.

'Dat zou je nooit kunnen,' fluister ik.

Heel voorzichtig, met aandacht voor mijn littekens en het

dialysebuisje en mijn breekbare hart, komt Michael voorzichtig in actie. We blijven elkaar aankijken. We bewegen nauwelijks, en toch zijn de gevoelens in mijn lichaam intenser dan ik ooit eerder heb ervaren. Ik voel hem vanaf mijn oorlel tot aan mijn kleine teen.

Zijn pupillen verwijden zich, en ik weet dat hij hetzelfde voelt als ik. We staan samen aan de rand van de Niagara Falls, klaar om door de golf meegesleurd te worden.

En dan komt het, en ik besef opeens dat alles wat ik hiervoor heb meegemaakt niet meer was dan gerommel in de marge.

Even later liggen we, nog steeds in elkaar verstrengeld, samen voor een moment dat een eeuwigheid lijkt. 'Je bent mijn beste vriend,' fluister ik, terwijl hij langzaam slap in me wordt. 'Zo moet je helemaal niet met me vrijen.'

'Dat is precies waarom ik wel zo met je moet vrijen,' antwoordt hij met een glimlach.

Als de telefoon overgaat, verzet ik me tegen die inbreuk. 'Laat maar gaan.'

'Misschien is het iets met Ava,' antwoordt hij.

Het telefoonnummer van het ziekenhuis verschijnt op de nummerweergave. Michael knijpt in mijn hand en staat op om hem te beantwoorden. Ik zet me schrap, want ik weet dat niks me zou kunnen voorbereiden op de dood van mijn dochter.

Maar als Michael de telefoon neerlegt, heeft hij een verdomd brede grijns op zijn gezicht.

'Je hebt je zus niet nodig, en je moeder ook niet,' zegt hij. 'Ze hebben zojuist een donor voor je gevonden.'

23

Grace

Ik kan haar dit niet laten doen. Zelfs Susannah heeft een geweten, hoe hard ze het ook probeert te verbergen. Als ze dit
nu doorzet, gaat ze er later spijt van krijgen.

Mama's nier stelen! Hoe komt het überhaupt in haar op?
Mam is niet hersendood! Ze ligt niet te vegeteren, zoals die
arme jongen die onder de voet was gelopen bij de voetbal-
ramp in Hillsborough. Of dat meisje in Amerika, dat ze jarenlang aan de beademing hebben gehouden tot haar man eindelijk het recht kreeg om de stekker eruit te trekken. Mam
heeft alleen maar een herseninfarct gehad. Ze zou elk moment wakker kunnen worden. Susannah kan haar organen
niet stelen, nu ze even niet oplet!

Misschien is het omdat ik te lang kwaad ben geweest,
maar tot mijn verrassing kan ik het niet meer opbrengen om
Susannah hierom te haten. Ik ben nou niet echt in de positie
om de moraalridder uit te hangen, als je bedenkt dat ik door
omkoping geprobeerd heb haar dochter te krijgen. En ik
weet zeker dat als mam bij bewustzijn was, ze erop gestaan
zou hebben dat Zee haar nier zou krijgen, en haar hart en
longen ook, mocht ze die nodig hebben.

Uiteindelijk heb ik gewoon geen keus. Ik weet vrijwel zeker dat die pittige Ierse advocate van Zee nooit het voornemen had om hier een zaak van te maken; het zou direct verworpen worden, ook al heeft Susannah de volmacht over mam. Die advocate wist dat ik dat zou willen voorkomen. Slim van haar.

Ik hou er niet van om gemanipuleerd te worden, maar in dit geval zal ik het door de vingers zien. Als ik meteen juist had gehandeld, was Susannah nooit dit pad in geslagen. Ik kan het haar niet kwalijk nemen.

De liftdeuren gaan open en ik loop de gang in zonder ook maar op te kijken. Deze plek is een tweede huiskamer voor me geworden. Het lijkt soms wel alsof mijn leven zich heeft afgespeeld in en rondom ziekenhuizen. Susannah, toen ze klein was. Mam, de afgelopen negen maanden. En nu Ava.

Ik ben de afgelopen weken niet bij haar langs geweest, niet sinds ik hoorde dat Michael Susannah hier elke dag naartoe bracht. Ik zal moeten accepteren dat Ava haar dochter is, niet de mijne. Ik zal op de een of andere manier de kracht moeten vinden om haar los te laten.

Maar eerst moet ik afscheid nemen. Het is zover. Na vandaag is ze mijn kindje niet meer. Ze wordt mijn nichtje. Het zal even duren voor ik daaraan zal kunnen wennen; ik denk niet dat de knagende pijn ooit helemaal zal verdwijnen.

De verpleegkundige op de neonatale IC glimlacht als ze me bij de deur ziet en drukt snel op de knop om me binnen te laten. 'Jou heb ik lang niet gezien,' zegt ze, als ze me energiek voorgaat naar het kijkraam. 'Ben je weggeweest?'

'Ik wilde niet in de weg lopen,' zeg ik. 'Nu de moeder gezond genoeg is om elke dag langs te komen.'

'Jammer. Je bent mama net misgelopen,' kakelt de verpleegkundige. 'Ze is nog geen vijf minuten weg.'

Ik had niet in de gaten dat het zo op het nippertje was. Ik

wil Susannah pas zien als dit allemaal lang en breed achter de rug is; ze mag niet denken dat ik iets met die transplantatie te maken heb. Dat was mijn enige voorwaarde, toen ik overlegde met het transplantatieteam. Ze mag nooit te weten komen dat ik degene ben die haar een nier heeft gegeven. Voor Susannah moet de donor naam- en gezichtsloos blijven. Gewoon een onfortuinlijke ziel die tragische pech had, en heel toevallig ook een donorkaart en dezelfde zeldzame bloedgroep als die van haar.

Ik smeer mijn handen in met antibacteriële gel en zet mijn masker op. Dan loop ik achter de verpleegkundige aan naar Ava toe. Tot mijn grote verrassing ligt ze niet meer in de couveuse, maar in een open bedje van perspex, met een soort warmtelamp erboven. Ik kan niet geloven hoe groot ze is geworden sinds de laatste keer dat ik haar zag. Ze is nu zes weken oud, hoewel haar uitgerekende datum pas over een maand is. Ze is klein, maar ondanks de draden en buisjes nog steeds springlevend. Ze ziet er roze en gezond uit en ze ademt zelfstandig. Haar armpjes en beentjes zijn dikker geworden, en ze heeft dik en krullend haar. Het heeft een onmiskenbare rode ondertoon. *Toms haar*, denk ik bij mezelf. *Toms dochter. Een klein wondertje.*

'Wil je haar even vasthouden?' vraagt de verpleegkundige, en ze strekt haar armen uit naar het wiegje.

Ik snak naar adem van blijdschap. 'Meen je dat?'

Ze lacht. 'Ava is gek op knuffelen. Het is goed voor die kleintjes om wat menselijk contact te voelen. Daar bloeien ze van op.'

Daar bloeien we allemaal van op.

Voorzichtig legt ze Ava in mijn armen. Ik staar naar haar en neem haar helemaal in me op. Ze is zo licht als een veertje, een en al warmte en snoezigheid. Ik leg mijn vinger in haar handpalm, en ze krult er vijf kleine vingertjes omheen.

Mijn hart slaat een slag over. Ze is perfect. Het beste van Susannah en Tom en mij.

Ik kan het verlangen naar haar fysiek voelen. Ik voel het in mijn buik, in mijn borstkas, in mijn vingernagels. Ik zou alles geven wat ik had, om dit kind echt van mij te laten zijn.

Maar ze heeft al een moeder, en dat ben ik niet. Nu zal haar in elk geval het verdriet van afgestaan zijn bespaard blijven. Daar komt toch geen enkel kind helemaal overheen? Ik druk een zacht kusje op haar voorhoofd en adem haar geur in. Ik zou alles doen om dit kleine meisje te beschermen, echt alles. Zelfs haar laten gaan.

Ik geef haar terug aan de verpleegkundige en ga snel weg, mijn keel doet pijn van alle ingehouden tranen. Ik strompel terug naar de lift en ga naar beneden, naar de afdeling chirurgie. Daar wacht het transplantatieteam om me op te nemen en de laatste testjes af te nemen. In een andere kamer, misschien nog geen drie meter verder, zal Susannah wachten op haar eigen preoperatieve onderzoeken. Binnen vier uur zal het allemaal voorbij zijn, als alles goed gaat. Zij zal haar leven terug hebben, en ik zal verder moeten met wat er over is van het mijne.

Alle preoperatieve evaluaties zijn inmiddels achter de rug. Uiteraard was ik weer de beste van de klas. Een menselijke nier heeft zes antigenen: substanties die de productie van antilichamen stimuleren. Het weefsel van de donor wordt vergeleken met dat van de ontvanger en komt overeen bij nul tot zes van die antigenen. De verenigbaarheid hangt af van het aantal en de sterkte van die overeenkomende paren. De bloedgroep moet natuurlijk ook overeenkomen. Ik heb een stevige zes van de zes gescoord. Alleen een identieke tweeling zou het er beter afgebracht hebben.

In de afgelopen week ben ik getest op nierfunctie, leverfunctie, hepatitis, hartkwalen, longkwalen en blootstelling aan virale ziektes in het verleden. Ik heb röntgenonderzoeken gehad, een ECG en een CT-scan, waarbij contrastvloeistof in mijn bloedbaan werd gespoten. Ik ben voor elke test met vlag en wimpel geslaagd. Zoals altijd.

Dokter Mark Jaylor had me de hele procedure al tot in detail uitgelegd. Je kunt kennelijk een prima leven leiden met maar één nier. Die neemt gewoon alle verantwoordelijkheid op zich en doet het werk van de ander erbij; eigenlijk net als een alleenstaande moeder, denk ik spottend. Hij gaat een laparoscopische nefrectomie uitvoeren; in plaats van me gewoon open te snijden, gaat hij hengelen naar mijn nier met vier smalle staafjes, door vier piepkleine incisies in mijn onderbuik. Het klinkt allemaal bijzonder buitengewoon: eerst zal hij kooldioxide in mijn buik pompen zodat die opzwelt en hij meer ruimte heeft om alles te kunnen zien. Dan zal hij met behulp van een videoscoop zijn instrumenten bij me inbrengen. Zodra de nier eruit is, wordt hij veiliggesteld in een tas – eigenlijk net als kalkoenlevertjes, stel ik me zo voor – en door een vijfde incisie net onder mijn navel getrokken. En dan, terwijl mijn nier met spoed bij Susannah wordt afgeleverd, zal hij me weer dichtnaaien en binnen een dag of twee kan ik dan weer naar huis.

Ik heb niemand verteld wat ik ga doen, zelfs Tom niet. Ik wil niet dat hij bij me terugkomt omdat ik Susannah mijn nier heb gegeven. Ik wil dat hij terugkomt omdat hij zich net zo verloren en alleen en ellendig zonder mij voelt als ik me voel zonder hem.

Ik kan nu zien wat ik eerder niet zag: ik heb Tom behandeld alsof hij er niet toe deed, alsof hij niet belangrijk was, terwijl hij juist het allerbelangrijkste voor me is. Ik wil een kind, liever dan wat ook, maar niet liever dan Tom.

Ik wil hem niet terugkrijgen omdat ik eindelijk heb gedaan wat goed is, maar stiekem hoop ik ergens toch dat ik door het juiste te doen, het Lot aan mijn kant krijg.

En mijn man weer terug.

Het doet pijn, maar niet zo erg als ik had verwacht. Als ik na de operatie wakker word, ben ik een beetje versuft van de narcose en zo'n katheter is nou niet echt inspirerend te noemen, maar na een halve dag ben ik mijn bed al uit. En nadat Mark Jaylor heeft vastgesteld dat mijn overgebleven nier het prima doet, word ik ontslagen.

Hij vertelt me dat de operatie bij Susannah ook geslaagd is, hoewel ze natuurlijk nog niet kunnen zeggen of haar lichaam de nier zal afstoten. Dat zou direct kunnen gebeuren, of pas jaren later. Ze zal de rest van haar leven immunosuppressieven moeten slikken. Ik kan me niet voorstellen hoe het is om te moeten leven met een chronisch slechte gezondheid, zoals zij zo lang heeft gedaan. Voor het eerst vang ik een glimp op van hoe het voor haar moet zijn. Weten dat je lichaam het meest basale niet aankan: in leven blijven.

Er is niemand die me komt ophalen uit het ziekenhuis. Ik heb Claudia wijsgemaakt dat ik in Normandy aan een ingewikkelde rechtszaak werk. Tom is weg uit het hotel en logeert in Londen, in het pied-à-terre van een vriend die met sabbatical is in Nieuw-Zeeland. Ik zal hem dus niet tegenkomen in het dorp. Er is verder waarschijnlijk niemand die zich afvraagt waar ik ben. Ik zal naar huis gaan, de lichten dimmen en de gordijnen dichtdoen, en in mijn eentje mijn wonden likken.

Heel voorzichtig doe ik mijn veiligheidsriem om. Ik voel me alsof ik tien ronden tegen Mike Tyson achter de rug heb. Ik doe het rustig aan en ontwijk de snelweg. Het winterse landschap van Oxfordshire is bleek en grijs. Kale takken vormen silhouetten tegen de opdoemende novemberlucht.

De sfeer van dorheid en verlatenheid past precies bij mijn stemming.

Het is al een tijd geleden dat ik zo ver ben gereden. Het valt me op dat er in veel van de dorpjes waar ik doorheen rij verweerde borden buiten hangen waar TE KOOP op staat. Allemaal voor huizen die vroeger in een mum van tijd weg zouden zijn geweest. Zelfs dit welvarende deel van Engeland heeft flink onder de recessie geleden. Ik besef dat Tom en ik van geluk mogen spreken als we voor ons sprookjeskasteel terugkrijgen wat we ervoor hebben betaald. Vooral als je meerekent hoeveel geld we erin hebben gestoken om het op te knappen. Nadat we de hypotheek hebben afbetaald, zullen we nauwelijks genoeg overhouden voor twee appartementjes, zelfs in deze ingezakte markt.

Ik schrik van de gedachte. Het lijkt wel alsof er twee mensen in mijn hoofd zitten: een die allemaal koele, rationele beslissingen neemt over de praktische aspecten van uit elkaar gaan en een echtscheiding, en een ander die haar ongelovig aanstaart en alles aanhoort, nauwelijks in staat te geloven dat dit allemaal echt gebeurt.

Uit elkaar. Echtscheiding. Ik schud mijn hoofd, alsof ik daardoor weer alles op een rijtje krijg. Tom en ik waren voorbestemd om voor altijd bij elkaar te blijven. Hoe kan ik ooit bevatten dat dit allemaal echt gebeurt?

Als ik langs het hotel rij waar Tom logeerde, minder ik automatisch vaart. Wat raar dat hij die niet heeft meegenomen, denk ik als ik zijn auto op de parkeerplaats zie staan. Hoe heeft hij dan al zijn spullen naar Londen verhuisd? Dat kan onmogelijk per trein.

Dan gaat de voordeur van het hotel open en komt Tom naar buiten. Mijn hart klopt sneller dan het in jaren heeft gedaan.

Hij is magerder geworden. En flink ook: zijn kleren slobberen om hem heen. Zijn normaal gesproken rossige haar lijkt slap en dof, en hij loopt met de slepende tred van een oude man. Ik herken die uitdrukking van verwarde verbijstering uit mijn eigen spiegel. Het lijkt wel alsof we allebei ineens in een vreemd land wakker zijn geworden en geen idee hebben hoe we daar terecht zijn gekomen.

Nog maar een jaar geleden verheugden we ons op ons reisje naar New York om Thanksgiving te vieren met een van Toms studievrienden. Het was een van de leukste vakanties die we ooit hadden gehad. We slenterden urenlang door Greenwich Village, waar we kerstcadeautjes uitzochten voor vrienden, familie en elkaar. We schaatsten hand in hand in het Rockefeller Center, en kropen dicht tegen elkaar aan in de kou terwijl we de kerstboom bewonderden. We namen zelfs zo'n toeristisch ritje met paard en wagen in Central Park. Het was net onze eigen montage uit een romantische komedie, met 'Jingle Bells' als soundtrack in een schilderachtig sneeuwlandschap. We waren misschien niet op huwelijksreis, maar we deden zeker niet onder voor een pasgetrouwd stel.

Dit willen we allebei niet, denk ik bij mezelf, en ik voel ineens een sprankje hoop. Tom is niet gelukkig zonder mij. Hij heeft er nog nooit zo ellendig uitgezien. Misschien kunnen we dat zoenende en giechelende stel weer terugvinden, dat koppel dat warme kastanjes at op Times Square. Ik ben niet meer de persoon die ik een paar maanden geleden was. Ik weet waar ik de fout in ben gegaan. Het is vast niet te laat. Toch?

Ik zet mijn auto aan de bevroren kant van de weg en ben ineens zo opgewonden als een tiener. Ik wil niet langer wachten tot alles zich vanzelf oplost. Ik moet nú iets doen, voordat we ineens door onze eigen luiheid verzeild raken in de wereld van eenpersoons kant-en-klaarmaaltijden en juridische verklaringen.

Ik voel vlinders in mijn buik terwijl ik mijn veiligheids-riem losmaak, en doe de autodeur open. Tom heeft me niet gezien. Hij heeft een doos met papieren in zijn handen en probeert zijn autosleutels uit zijn jaszak te halen zonder die te laten vallen. Alles komt goed, denk ik blij. Hij mist me net zo erg als ik hem. We komen hier wel doorheen. Het is nog niet te laat.

En dan gaat de voordeur van het hotel weer open, en komt er een prachtige vrouw naar buiten, met een weelderi-ge bos roestbruine krullen tot over haar schouders. Ik zie hoe Tom zich naar haar omdraait en glimlacht, en ik zie hoe zij haar hand in zijn jasje steekt om zijn sleutels te pakken, en hem op zijn wang kust met het gemak van iemand voor wie dat soort gebaren routine is. Mijn knieën knikken, en ik moet het dak van mijn auto vastgrijpen om niet om te vallen.

Ik heb het weer gedaan, denk ik somber. Ik heb het weer allemaal om mezelf laten draaien. Ik ging er stom genoeg van uit dat Tom hetzelfde voelde als ik, dat ik wist wat er in hem omging, terwijl ik in werkelijkheid helemaal niets van hem weet.

Het is ongelofelijk dat je, in een wereld waar iedereen zo met elkaar is verbonden en waarin alles zo gecontroleerd wordt, door internet en BlackBerry's en Twitter, door veilig-heidscamera's en GPS en Facebook, nog steeds zo makkelijk kunt verdwijnen. Maar toch kan het, en in de tien dagen die volgen doe ik dat ook.

Mijn boodschappen worden bezorgd, net als mijn krant en de zakelijke mail van mijn werk. Ik werk thuis vanaf mijn laptop op de bank, en vaak ook in mijn bed. Er zijn dagen dat ik niet eens de moeite neem om me aan te kleden. Ik trek de stekker van de vaste telefoon eruit en communiceer al-leen via mijn mobiel. Niemand heeft enig idee waar ik ben of wat ik aan het doen ben. Ik praat met niemand, tenzij het absoluut noodzakelijk is. Ik sluit mezelf af voor de buitenwereld. Er gaat een vreemde troost uit van deze eenzaamheid en afzondering. In mijn eentje hoef ik niet te doen alsof ik alles onder controle heb. Ik kan mezelf toestaan om te voelen.

Het is niet wat je denkt! Tom zou je zoiets nooit aandoen. Vertrouw op je gevoel!

Ik vertrouw liever op mijn eigen ogen.

Mijn stemming schiet alle kanten op. Op sommige dagen ben ik rustig en heb ik alles op orde. Ik neem contact op met een makelaar in Oxford en e-mail hem foto's in hoge resolutie en een uitgebreide plattegrond van het huis, die ik nog had liggen van toen we het zelf zes jaar geleden kochten. Zoals ik al verwacht had, komt hij met wat cijfers op de proppen en stelt dan een vraagprijs voor die maar net onze schulden dekt en nog een beetje overlaat voor twee kleine aanbetalingen, maar ik kan het niet aan om dit lang te laten voortslepen, dus stem ik ermee in. Ik spreek af dat ik hem over een week of twee een sleutel overhandig, als ik me iets rustiger voel. In de tussentijd begin ik onze spullen te sorteren en verdeel alles in drie groepen: spullen die duidelijk van mij zijn, zoals mijn kleren en mijn tennisracket; spullen die op dezelfde manier van Tom zijn; en spullen, zoals huwelijksgeschenken, waar we over zullen moeten bakkeleien.

Het moet niet moeilijk zijn om onze financiën te regelen. We verdelen de schamele opbrengst van het huis fiftyfifty en daarmee is de kous af. We werken allebei, er zijn geen kinderen in het spel, uiteraard, dus er is geen sprake van alimentatie. Ik denk dat het allemaal redelijk eenvoudig te regelen valt. Ik kan me niet voorstellen dat dit veel tijd in beslag zal nemen.

Zodra het huis verkocht is, neem ik vakantie op en ga ik

reizen, zo besluit ik. Het gaat nu een stuk beter met mijn zaak, wat voor een groot deel te danken is aan het grote aantal bedrijven dat tegenwoordig op de fles gaat. Ik kan het van een afstandje runnen en het aan mijn team overlaten om de dagelijkse dingen af te handelen. Ik kan het me financieel veroorloven om een paar maanden vrij te nemen als ik dat wil. Door Toms strakke rooster in het ziekenhuis konden we nooit meer dan tien dagen achter elkaar vakantie opnemen, wat veel te kort was om naar de plekken te gaan die ik al mijn hele leven wil zien. Ik heb altijd een keer naar China gewild. Ik kan eindelijk doen wat ik wil met mijn vrije tijd, zonder rekening te hoeven houden met Tom. Hij heeft het bijvoorbeeld nooit leuk gevonden om te snuffelen in antiekwinkeltjes. En hij haat het om landhuizen te bekijken of naar kunstexposities te gaan. Voor ik getrouwd was, ging ik elke week naar de Royal Academy. Het lijkt me leuk om dat weer op te pakken.

Maar er zijn ook andere dagen. De dagen dat ik mijn bed niet uit kan komen, dat ik me oprol onder de dekens en huil tot ik geen tranen meer overheb. Dat zijn de dagen dat ik weet dat ik alles kwijt ben, en dat zelfs de Chinese Muur en Millais dat niet kunnen compenseren.

Een week nadat ik de gegevens van het huis aan de makelaar heb verstuurd, belt hij me op. Hij raadt me aan om zo snel mogelijk kijkers te laten komen. Ondanks de lastige markt heeft ons extravagante kasteeltje kennelijk een onverwacht grote interesse gewekt op de website van het kantoor. Ik druk net mijn telefoon uit, nadat ik de man heb afgescheept en nog een paar dagen uitstel van executie heb weten te krijgen, als ik hoor dat er op de achterdeur wordt geklopt. Ik ben geneigd dat te negeren, maar dan herinner ik me dat mijn secretaresse via een koerier een belangrijk pakketje uit Londen heeft verstuurd.

Het is een van mijn betere dagen. Ik heb het zelfs voor elkaar gekregen om te douchen en me aan te kleden, ook al is het in een verwassen spijkerbroek en een dikke sherpa fleece trui. Ik neem niet de moeite om in de spiegel te kijken voor ik de keuken door loop. Waarom zou ik.

Dat is een vergissing waar ik van baal wanneer ik aan de andere kant van het ruitjesglas Blake zie staan. Automatisch strijk ik mijn haar glad, en dan vind ik mezelf ineens heel stom en doe het snel weer door de war.

Hij glimlacht warm wanneer ik de deur opendoe, alsof hij wordt verwacht. 'Hi.'

Ik staar hem blanco aan. Waarom denkt hij dat wij ook maar iets tegen elkaar te zeggen hebben? Hij is met mijn zus naar bed geweest en heeft het hart van mijn beste vriendin gebroken. Hij heeft mij gekust. Een maffioso heeft een groter geweten.

'Mag ik binnenkomen?'

Hij wacht niet op een antwoord en glipt soepel de deur door, als een gladde vertegenwoordiger.

'Ze is er niet,' zeg ik met verstikte stem.

'Kom nou, Grace. Ik ben hier niet voor Zee.'

Ik word ongemakkelijk als ik voel hoe mijn lichaam op zijn nabijheid reageert. Ik rommel wat met de fluitketel om afstand tussen ons te creëren.

'Waarom ben je hier, Blake?'

'Tom is een idioot,' zegt hij bars. 'Hij voelde zich altijd al te verheven voor de echte wereld.'

'Blake, ik heb hier echt geen tijd voor. Ik heb het ontzettend druk...'

Deze keer zie ik de kus aankomen. Ik draai mijn hoofd opzij en hij belandt op mijn oor. Blake haalt zijn schouders op en brengt zijn gezicht weer in de plooi, maar blijft gewoon staan.

'Ik denk dat je maar beter kunt gaan,' zeg ik nerveus.

Hij negeert wat ik zeg en blijft tegen het fornuis geleund staan, terwijl hij met zijn stormachtige grijze ogen geamuseerd kijkt hoe ik zenuwachtig de ketel met water vul. In zijn ouderwetse gestreepte rugbyshirt en perfect verweerde broek ziet hij eruit alsof hij zo uit een modecatalogus komt. Hij is veel te knap en sexy. En ik ben compleet immuun voor zijn charmes.

'Denk je dat Tom lang alleen zal blijven?' vraagt hij zachtjes.

Dat komt aan als een klap in mijn zonnevlecht. 'Daar had ik nog niet over nagedacht,' krijg ik er nog net uit.

'Natuurlijk heb je dat wel.'

Hij strekt zijn armen naar me uit. Ik deins achteruit, maar hij veegt alleen een haarlok uit mijn gezicht. 'Je bent buitengewoon mooi,' zegt hij simpelweg.

Het is niet meer dan een flauwe openingszin, dat weet ik. Hij heeft deze woorden al duizend keer uitgesproken bij wel duizend vrouwen, onder wie mijn eigen zus. En toch bloos ik als een puber van zestien en bonkt mijn hart nog steeds ongemakkelijk in mijn borstkas.

'Ik wilde je al neuken vanaf het moment dat Tom je mee naar huis nam,' zegt hij gemoedelijk. 'Ik weet niet wat het is met jou. Misschien omdat je me nooit een blik waardig gunde. Ik lag vroeger 's nachts in bed te luisteren hoe jij en Tom het in de kamer naast mij aan het doen waren. Dan trok ik me af, en stelde me voor dat ik het was die in jouw bed lag. Ik heb Claudia alleen maar mee uitgevraagd omdat ik jou beter wilde leren kennen.'

Ik heb je nooit een blik waardig gegund omdat ik wist dat ik je nooit zou kunnen krijgen, denk ik.

Het gepraat over seks heeft de temperatuur in de kamer aardig opgeschroefd. Ik kan het beeld van Blake die zichzelf bevredigt niet uit mijn hoofd zetten. Ik voel een pijnlijk geklop tussen mijn benen, en mijn tepels tintelen van de kleine elektrische schokjes. 'Je moet nu gaan,' herhaal ik.

Hij strijkt met het kussentje van zijn duim over mijn lippen. 'Ga me niet vertellen dat jij er nooit over hebt gefantaseerd,' mompelt hij. 'Sinds die kus heb ik het niet meer als ik aan je denk. Ik wil dat je weet wat je met me doet. Je maakt me helemaal gek. Ik denk dat ik verdomme gek word als ik je niet nog een keer kus.'

Deze keer beweeg ik niet. Het lukt niet. De kus is zoet en heet, net wijn. Mijn lichaam siddert van verlangen en zonder erbij na te denken sla ik mijn armen om zijn nek. Zijn hand glijdt onder mijn trui, omhoog naar mijn naakte borsten, en hij knijpt in mijn tepels tot mijn benen trillen van de opwinding. Ik heb nauwelijks door dat hij met me naar achteren danst, en zijn vrije hand glijdt de achterkant van mijn spijkerbroek in en grijpt mijn bil. Zijn vinger glijdt tussen mijn benen en ik sidder terwijl hij mijn poes streelt. Ik raak de achterkant van de bank met mijn knieën, en stort me erop neer. Ik schakel expres mijn hersens uit en laat mijn lichaam het werk doen. Ik wil niet denken aan Tom en zijn roodharige meisje. Ik wil überhaupt niet nadenken.

Ik heb in mijn hele leven maar één minnaar gehad: Tom. Susannah heeft meer mannen gehad dan ik avondeten. Voor één keer wil ik zijn zoals zij. Ik wil haar leven. Ik wil haar minnaar.

Ik heb dit nodig.

Ik doe mijn armen omhoog als een kind, en Blake trekt mijn trui over mijn hoofd, en dan ga ik staan en laat ik hem mijn spijkerbroek naar beneden rukken. Ik weet niet of mijn littekens hem opvallen, maar hij zegt er in elk geval niets van. Hij heeft het veel te druk met zijn eigen kleren uittrekken en mij op mijn buik te draaien. Zijn knie duwt mijn benen uit elkaar en hij graaft zijn handen in mijn haar. Hij trekt mijn hoofd omhoog zodat ik gebogen tegen de fluwelen kussens aan sta. Het doet pijn, en ik begin te protesteren, maar Blake duwt zijn vingers bij me naar binnen en plotseling weet ik niet meer of ik nou genot of pijn voel.

Zijn grip op mijn haar verstrakt en ineens duwt hij zijn stijve penis tussen mijn benen. Ik probeer hem naar me toe te leiden, maar hij slaat mijn hand weg en duwt mijn billen uit elkaar. Nog voor ik doorheb wat er gebeurt, voel ik een vreselijke, snijdende pijn. Hij is bij me naar binnen gedrongen en neemt me van achteren. Het voelt alsof ik uit elkaar word gescheurd. Ik schreeuw het uit, maar óf hij ziet dat als een teken dat ik het lekker vind, óf het kan hem gewoon niet schelen.

Zijn gewicht drukt me tegen de kussens aan. Zijn vingers zitten nog steeds in mijn vagina, en de druk in mijn anus wordt heviger. Dit is allesbehalve prettig. Zijn warme, onstuimige kussen van daarnet lijken een verre droom. Dit is niet spannend of erotisch. Het is kil, onaangenaam, grof en vernederend.

Hij stoot steeds harder en sneller. Ik bijt in de kussens tot mijn lippen bloeden, en bid dat het snel voorbij is. Ineens kreunt hij, en zakt tegen me aan. Ik blijf stilliggen, mijn anus brandt van de pijn. Tranen druppelen uit mijn stijf dichtgeknepen ogen.

Blake rolt van me af en pakt zijn spijkerbroek. 'Ik wist wel dat het lekker zou zijn. De IJskoningin die klaarkomt. Lekker hè?'

Ik graai naar mijn trui en pak de rest van mijn kleren. 'Ik moet douchen,' fluister ik.

Hij knikt laconiek. Ik vlucht naar boven, met een brok in mijn keel. De enige die ik hier de schuld van kan geven, ben ik zelf. Ik stap onder de douche en schrob mezelf schoon tot mijn huid helemaal rood is. Hoe kon ik ooit denken dat ik me beter zou voelen door onbetekenende seks? Het heeft de pijn in mijn hart alleen maar erger gemaakt.

Is dit hoe het is voor Susannah? denk ik plotseling. Zo leeg? Zo zinloos?

Ik blijf boven tot ik zeker weet dat Blake weg is. Ik wikkel mezelf in mijn badjas en ga weer naar beneden om de deuren op slot te doen. Ik wil niemand zien. Ik wil niemand spreken. Ik wil alleen maar in bed kruipen en dit allemaal zo snel mogelijk vergeten.

Maar wanneer ik de zitkamer in loop, zit Blake nog steeds met ontbloot bovenlijf op de bank. De geur van seks hangt nog in de lucht.

En in het midden van de kamer staat, met een blik van totale verstandsverbijstering, Tom.

24

Susannah

Ik ben dan misschien niet zo'n slimmerik als Grace, maar ik ben ook niet achterlijk. Het kost me nog geen vijf minuten om te bedenken dat de nier die ik krijg van haar komt.

'Ach toe, zeg nou,' zeg ik tegen Mark Jaylor als ze mijn karretje naar de operatiekamer rijden. 'Ik weet dat zij het is. Waar zou anders ineens een nier met precies dezelfde zeldzame bloedgroep vandaan getoverd kunnen worden? Ik heb maar iets van twee seconden op die transplantatie-wachtlijst gestaan. Zoveel geluk heeft niemand.'

'Als ik het je al zou willen vertellen, Zee, dan nog zou het niet mogen. Regels. Dat weet je best.'

'Wat heb je tegen haar gezegd waardoor ze van gedachten is veranderd? Je hebt niet net een kind gekregen, toch?'

'Hè?'

'Laat maar. Flauw grapje.'

Een zuster in roze operatiekleding sluit het infuus aan op de naald in de rug van mijn hand. 'Alles staat klaar, dokter.'

Shit. Ik ben echt godvergeten nerveus, zelfs met de valium die ze me daarstraks hebben gegeven. Zoals de arts maar bleef herhalen, kent elke operatie risico's. Sommige mensen schieten kennelijk in een soort anafylactische shock als er vreemd weefsel in hen wordt geïmplanteerd. Als je nagaat dat deze nier van Grace afkomstig is, zou ik zeggen dat ik een extra groot risico loop.

'Zie ik je straks?' zeg ik.

'Ik zie je straks.'

Voor de tweede keer in evenzoveel maanden staat er iemand met een scalpel boven mijn buik te zwaaien. In elk geval hoef ik deze keer niet te luisteren naar Grace die in vervoering raakt terwijl ze me opensnijden. Lang leve de narcose.

Ik weet niet precies wat er daarna gebeurt, details zijn altijd meer aan Grace besteed dan aan mij, maar wanneer ik wakker word, heb ik een gloednieuwe nier die pies uitpompt als een reiger. Om precies te zijn heb ik er drie, omdat ze de oude er niet uithalen, te veel gedoe en moeilijk genaai. Ze stoppen de nieuwe gewoon onder de oude. Daar wordt in elk geval mijn autopsie een stuk boeiender van als ik op een dag onder de spreekwoordelijke tram loop.

Ik verwacht me heus niet te voelen alsof ik net een dag in een kuuroord achter de rug heb, maar jezusmina, het lijkt wel of ik verdomme sterf van de pijn. Het lijkt wel of er een olifant zit te kakken op mijn buik.

'Je moet me echt iets geven,' smeek ik wanneer de zuster mijn temperatuur komt opnemen en mijn katheter onderzoekt alsof het de Heilige Graal betreft.

'Je hebt al het dubbele van de gebruikelijke dosis gehad,' zegt ze uit de hoogte. 'De dokter zegt dat je tot bedtijd niks meer mag hebben.'

Zodra Mark Jaylor verschijnt om me te onderzoeken, krijgt hij de wind van voren. 'Je hebt helemaal niet verteld dat het zo'n pijn zou doen,' klaag ik. 'Kun je me verdomme geen ruggenprik geven of zo?'

'Als ik je had verteld dat het zo'n pijn zou doen, had je voor de operatie net zo'n heibel gemaakt als erna. Zo erg is het nou ook weer niet. En het gaat hartstikke goed met je,' voegt hij eraan toe, terwijl hij die verdomde katheterzak nog een keer nauwkeurig bekijkt. 'Mooie kleur, zeg.'

De fascinatie voor mijn pis gaat de vijf volgende dagen door. Ik bedoel, ik heb goeie tieten, al zeg ik het zelf, en ik heb mijn mooiste zijden negligé met spaghettibandjes aan (oké dan, van Grace), maar niemand is geïnteresseerd in wat er zich boven mijn middel afspeelt. Zelfs mijn tweede echtgenoot, die gek was op plasseks, had niet zóveel aandacht voor mijn lichaamssappen.

Het lijkt erop dat ik het fantastisch doe: 'beste van de klas,' zoals Jaylor het zo mooi zegt. Ik had niet anders verwacht van een lichaamsdeel van Grace.

Ik snap nog steeds niet waarom Grace van gedachten is veranderd. Ze is slim genoeg om te weten dat je je gijzelaar niet overdraagt voordat de andere partij het losgeld heeft betaald. Waarom zou ik Ava aan haar geven als ik haar nier al veilig tussen mijn ingewanden heb verstopt? Maar als ze dit niet doet om Ava te krijgen, waarom dan wel? Tom komt echt niet bij haar terug, tenzij hij weet wat Grace gedaan heeft. En ze heeft duidelijk ontzettend haar best lopen doen om ervoor te zorgen dat het stiller wordt gehouden dan een staatsgeheim. Er is iets niet in de haak. Mijn zus is nou eenmaal niet het type voor anonieme goede daden. Er is beslist iets aan de hand.

Wanneer Jaylor me eindelijk ontslaat met een zak vol pillen, besluit ik meteen bij Grace langs te gaan en het uit te zoeken. Ik moet weten wat voor spelletje ze speelt. Ik kan niet de rest van mijn leven blijven wachten op haar volgende zet.

Het duurt een paar dagen voor ik me sterk genoeg voel

om vanuit Michaels huis naar haar toe te wandelen. Ik heb hem niet verteld dat de nier van Grace is: er is een reden waarom ze het stilhoudt, en voor ik die ken, ga ik de verrassing niet bederven door het aan wie dan ook te vertellen, zelfs niet aan Michael.

De eerstvolgende keer dat hij aan het werk is, trek ik mijn Uggs en de winterjas van Grace aan, en loop de weg af. Ik ben zo zwak als een ziek vogeltje, maar ik buig mijn hoofd tegen de ellendige novemberijzel en ik hou vol. Ongelofelijk wat voor sterke motor nieuwsgierigheid kan zijn.

Ik kom net haar oprijlaan op gewandeld als ik Blake zijwaarts lopend de achtertuin in zie gaan. Ik kan het niet anders omschrijven: hij loopt zijwaarts. Hij ziet eruit alsof hij op het punt staat in te breken: zoals hij schichtig om zich heen kijkt en de muren van het huis omarmt. Ik snap er niks van. Hij is hier kind aan huis – hoewel ik me kan voorstellen dat dat minder is geworden, nu Tom is verhuisd – dus waarom loopt hij nu ineens de James Bond uit te hangen?

Tenzij…

Dat zou ze nóóit… of wel?

Sorry, maar dit is te intrigerend voor goede manieren. Ik sluip net zo stil als Blake naar de voordeur, en kijk onder de misvormde steen waar Grace de reservesleutel heeft liggen.

Ik doe de deur open en loop op mijn tenen naar de eetkamer. Door een klein kiertje tussen de zijwand en de muur zie ik hoe Grace Blake binnenlaat. Misschien zie ik maar een klein deel van wat er zich allemaal afspeelt, maar ik mis niks.

De gore klootzak! Ik verwacht van hem dat hij Claudia bedriegt, om nog maar te zwijgen over de rest van zijn dames, dat is nou eenmaal wat je kunt verwachten van een man als hij. Maar Tom is zijn beste vriend! Hij heeft al die jaren Blake's smerige geheimpjes bewaard. En nu betaalt

Blake hem terug door zijn vrouw te neuken zodra Tom even van het toneel verdwenen is?

Grace kan ik het niet kwalijk nemen. Die is gewoon doorgedraaid door het hele babygedoe en Tom die bij haar weg is. Ze weet van voren niet dat ze van achteren leeft; en Blake weet dat verdomd goed en bespeelt haar gewoon. Waardeloze hufter. Ze is nu op haar zwakst, en hij maakt er dankbaar misbruik van.

Ik duik snel weer weg als ze de keuken uit komen vallen, hij betast haar overal. Grace ziet eruit alsof ze er niet bij is: haar ogen zijn dicht, en het lijkt wel of er een vreemde in haar lichaam zit.

Dit komt allemaal door mij, denk ik schuldbewust. Ik heb gezegd dat Grace over hem fantaseerde. Het was als grapje bedoeld. Ik had nooit gedacht dat hij het zo ver zou doorvoeren.

Ik zit opgesloten in de eetkamer, want als ik weg wil zal ik weer langs die twee door de woonkamer moeten. Ik ga tegen de achterste muur staan en stop mijn vingers in mijn oren. Tralala. Ik hoor je niet.

Eindelijk houdt het gekreun op. Ik hoor hoe Grace naar boven rent en niet veel later het geluid van de douche. Ik hoef haar niet te zien om te weten dat ze eindeloos aan het boenen is om weer een schoon gevoel te krijgen. Verdomme. Had ik haar maar kunnen tegenhouden voordat dit gebeurde. Grace heeft liefde nodig, en wat Blake doet is seks. Obscene, fantastische, totaal emotieloze seks.

Ik wacht tot hij vertrekt zodat ik hem snel kan smeren, maar hij ligt onderuitgezakt op de bank, zich uit te rekken en te gapen alsof hij alle tijd van de wereld heeft. Hij heeft verdomme nog niet eens zijn shirt aangetrokken.

Ik word onrustig van ongeduld. Kom op nou smeerlap! Ik wil naar huis. En ik moet plassen!

De achterdeur gaat weer open. Vanuit mijn verstopplaats zie ik vol verbijstering Tom aarzelend door de keuken lopen. O jezus! Moest hij per se nú komen?

Ik kan er bijna niet naar kijken, maar het is allemaal veel te spannend. Het lijkt wel een kerstspecial van *EastEnders*: de ex-man komt zijn eigen woonkamer binnengewandeld en ziet daar zijn beste vriend halfnaakt op de bank hangen. Op dat moment komt de vrouw binnen in alleen een badjas, haar haren nog nat van de douche. De camera zoemt in op alle geschokte gezichten. En... *cut*!

Behalve dat deze scène gewoon verdergaat.

'Wat krijgen we...?'

'Tom! Kerel!' Blake springt van de bank en ziet er zo schuldig uit als maar kan. 'Ik had jou hier niet verwacht!'

Jezus. Die gast is echt geschift. Ik snap niet wat ik in jezusnaam ooit in hem gezien heb.

Grace staat vastgenageld in de deuropening, het bloed trekt weg uit haar gezicht. Ze ziet eruit alsof ze elk moment kan overgeven. 'Wat... wat doe jij hier?' fluistert ze.

Tom negeert Blake volledig, zijn ogen zijn gefixeerd op Grace. 'Ik kwam om jou te zien. Om je te vertellen dat ik je mis, en je te vragen of je mij ook mist.' Hij snuift. 'Maar het is duidelijk dat ik er goed naast zat. Nou, het spijt me dat ik jullie heb gestoord. Ik kom zelf wel naar buiten.'

Nee. Dit kan ik niet laten gebeuren. Grace verdient het niet om haar hele leven te laten verpesten door één stomme neukpartij. Zij en Tom horen bij elkaar. Ik kan dit niet laten gebeuren.

Snel trek ik mijn Uggs en mijn jas uit, doe wat knoopjes van mijn shirt los en gooi mijn haar door de war. Ik zou prima kunnen doorgaan voor iemand die net uit bed komt. Die look is mijn handelsmerk.

Voordat Grace de kans krijgt om domme dingen te doen,

zoals de waarheid vertellen, kom ik mijn verstopplaats uit, loop naar Blake en sla mijn armen om zijn nek. 'Kom nou, schatje. Je zei toch dat we misschien nog iets zouden gaan drinken. Ik heb geen zin om de hele dag binnen te blijven.' Ik kijk op naar Tom alsof ik hem nu pas opmerk. 'Hoi, Tom.'

Blake weet ogenblikkelijk wat hij moet doen. Die heeft dit soort situaties duidelijk vaker meegemaakt.

'Dat wordt dan wel een vluggertje, schatje. Claudia is om twee uur weer thuis.'

'Prima. Sorry dat we je wakker hebben gemaakt, Grace. Ik hoop dat het wat beter gaat met je hoofdpijn.'

Ze gaapt me aan als een vis op het droge. Gelukkig heeft Tom dezelfde geschokte uitdrukking op zijn gezicht en valt het hem niet op.

'Grace, het spijt me zo,' hakkelt hij. 'Ik weet niet wat me bezielde...'

'Goed gedaan,' fluistert Blake terwijl we vlug ontsnappen via de keukendeur. 'Zullen we alvast onze volgende stap bij jou thuis gaan oefenen?'

Ik duw zijn handen weg van mijn kont en trek mijn laarzen weer aan. 'Ik heb dit niet voor jou gedaan,' sis ik. 'Het was voor Grace. Wat mij betreft had Tom alle reden om je hersens in te slaan. En ik zou hebben toegekeken en zijn jas voor hem hebben vastgehouden.'

'Wat ben je mooi als je boos bent.'

'O ja? Eens kijken hoe mooi je me nog vindt nadat ik je ballen eraf heb gehakt en aan mijn cavia heb gevoerd.'

Zodra we uit het zicht van het huis zijn zeg ik dat hij op moet rotten. Het duurt even voor hij doorheeft dat ik het echt meen, maar dan haalt hij zijn schouders op en slentert in de richting van het café. Vieze vuile leugenaar. Ik hoop dat zijn leuter verschrompelt en eraf valt.

Lusteloos sjok ik terug naar huis. Ik geef het niet meer dan een uur voordat de tamtam op gang komt. Michael zal niet echt blij zijn wanneer hij hoort wat er zojuist allemaal is gebeurd, maar ik kan hem niet vertellen hoe het echt zit. Als ik dat doe, komt het vroeg of laat bij Tom terecht; er bestaat niet zoiets als een gedeeld geheim. Ik zal gewoon mijn mond moeten houden en hopen dat Blake hetzelfde doet. Ik zal maar niet rekenen op de prijs voor Beste Vriendinnetje Van Het Jaar. Schijtzooi. Ik vond Michael echt leuk.

Beschouw dit maar als de afbetaling voor je nier, Grace.

Michael is over zijn toeren, maar irritant genoeg niet verbaasd wanneer Tom mij onopzettelijk verklikt. Niet Toms schuld: hij kon niet weten dat er iets speelt tussen Michael en mij.

Ik zit in het atelier wanneer hij nog geen uur nadat ik thuis ben – die tamtam is behoorlijk luid – langskomt om Michael bij te praten over de laatste ontwikkelingen. Ik verstop me in de achterkamer zodat de details aan me voorbijgaan, maar het is duidelijk dat de situatie tussen hem en Grace er niet beter op geworden is, ondanks alle moeite die ik heb gedaan. Wat is er nou weer misgegaan?

'Wat was er?' vraag ik, zodra Tom weg is. 'Heeft hij het weer goedgemaakt met Grace?'

'Hij heeft me verteld van Blake,' zegt Michael. 'Ik dacht dat we een afspraak hadden. Je had gezegd dat je daar niet meer heen zou gaan.'

Ik frunnik aan een plastic bekertje. Daar kan ik weinig op zeggen.

'Ik ga je niet tussen ons laten kiezen,' verzucht Michael. 'Ik had al zo'n voorgevoel dat er zoiets zou gebeuren. Ik weet hoe je bent, Zee. Maar ik ga niet eeuwig op je wachten. Ik heb het niet zo op afgelikte boterhammen.'

O, hij weet hoe ik ben? En waarom weet hij dan niet dat ik godverdomme een held ben! Ik heb zojuist het huwelijk van mijn zus gered! Initiatief telt kennelijk niet meer mee in de puntentelling, laat staan onbaatzuchtigheid.

Maar daar heeft hij natuurlijk geen idee van. Ik probeer het van zijn kant te bekijken. Wat hem betreft, ben ik gewoon weer bij Blake in mijn rol van sletje geschoten, en het zou raar zijn als hij niet pissig was. Hoewel hij eerder teleurgesteld lijkt dan boos. Dat doet me denken aan mijn vader, en niet op een manier waar ik blij van word. Het is al niet leuk om beschuldigd te worden van iets wat ik niet heb gedaan, maar het is nog veel erger om te merken dat hij niet anders had verwacht dan dat ik bij de eerste de beste gelegenheid mijn broek zou laten zakken. Wat voor hoer denkt hij wel niet dat ik ben? Denkt hij soms dat wat er tussen ons is gebeurd niks voor mij betekende?

'Het is niet wat je denkt,' begin ik, gefrustreerd omdat ik niets uit kan leggen.

'Moet je horen, Zee. Ik snap het wel. Jij bent gewoon niet het type om je vast te leggen. Ik maak mezelf heus niet wijs dat ik meer voor je ben dan alleen een rots in de branding. Ik had alleen gehoopt dat je vanwege Claudia niet meer naar hém terug zou gaan. En het verbaast me toch ook een beetje dat je hem mee naar het huis van Grace hebt genomen, ik had je iets meer klasse toegedicht. Maar aan de andere kant kon je hem natuurlijk moeilijk hier mee naartoe nemen; dank daarvoor, trouwens. En hij kon jou natuurlijk ook niet in het bed van zijn vrouw leggen. Dat is het probleem als je een getrouwde man dekt, Zee. Geen plek om je te verstoppen.'

Dekt? Wie gebruikt dat woord in hemelsnaam nog?

'Het is voorbij, dat beloof ik je,' zeg ik. Dat is in elk geval waar.

'Je moet geen beloftes doen waar je je niet aan kunt houden.'

'Michael...'

'Ik moet naar mijn werk, Susannah. Ik zie je later.'

Ik voel me knap waardeloos als ik hem zie vertrekken. Wat moet hij wel niet van me denken. Ik sta op het punt achter hem aan te rennen om hem de waarheid te vertellen. Maar dan zie ik het gezicht van Grace voor me op het moment dat Tom haar aankeek alsof ze poep onder zijn schoen was. Ik ben gewend aan die blik; ik kan ermee omgaan. Grace is in haar hele leven nog nooit veroordeeld. Ze zou compleet instorten als ook maar iemand erachter kwam wat er vandaag echt was gebeurd.

Michael vertrekt en ik blijf thuis zitten tobben. Grace belt een paar keer, maar ik laat hem overgaan op voicemail. Ik ben heus wel dankbaar voor de nier en zo, maar ze heeft zojuist mijn eerste normale relatie in een eeuwigheid verknald. Misschien wel mijn eerste normale relatie ooit.

Behalve... behalve dat je je kunt afvragen hoe perfect het allemaal was, als hij toch alleen maar zat te wachten tot ik het zou verkloten. Geaccepteerd worden om wie je bent is één ding. Maar daarom veroordeeld worden, is iets heel anders. Het doet echt pijn dat hij me zo laag heeft zitten. Hij was er al van uitgegaan dat ik vroeg of laat met een ander het bed in zou duiken, nog voordat hij iets over Blake had gehoord. Een oude vos verliest zijn streken niet, en een oude slet verander je niet in een maagd.

Ik had gedacht dat hij iets meer vertrouwen in me zou hebben. In óns.

De volgende ochtend zit ik een hele tijd naast Ava's bed nadat Michael me bij het ziekenhuis heeft afgezet. Het was een ongemakkelijk ritje; zijn teleurstelling is overgegaan in ijzige afkeuring, en ik ben niet meer verdrietig maar kwaad.

306

Hoezo loopt hij mij te veroordelen? Ik wil niet gered worden of bevrijd of vergeven! Ik dacht dat we hier als gelijken in stonden. Ik heb echt geen tweede vader nodig die me vertelt wat ik allemaal fout doe, of een of andere martelaar die bereid is een oogje toe te knijpen. Als ik nu de waarheid vertel, voelt hij zich misschien wel beter, maar voor mij maakt het niks meer uit. Ik weet niet hoe het verder zal lopen tussen ons, maar ik voel aan mijn water dat het niet veel soeps zal zijn.

Laten we wel wezen: ik ben niet van de relaties. Net zomin als van het moederschap.

'Over twee weken zou je zijn geboren,' fluister ik tegen Ava, terwijl ik met mijn duim onder haar handjes kietel en haar poppenvingertjes zich eromheen klemmen. 'Binnenkort ben je groot genoeg om hier weg te mogen. Misschien vieren we onze eerste kerst samen wel in ons eigen huisje. Waar dat ook mag zijn.'

Ineens zie ik een beeld voor me van de vorige kerst: Oakey en ik die ons op het strand volstopten met tortillachips en goeie Colombiaanse skunk rookten en keken hoe de zon in de oceaan zakte. Niet echt iets wat je doet met een baby erbij. Shit, ik mis mijn leven. De tattoos, de klanten, de vrijheid om mijn boeltje te pakken en vrij zijn om te gaan en te staan waar ik wil. Het was af en toe goed klote, maar Grace' leven is daarmee vergeleken zo ingekapseld en benauwend. Het maakt haar echt uit wat de buren denken. Hoe houdt ze het uit?

Ik ben zo lang jaloers op haar geweest, maar nu niet meer, besef ik opeens. Al die dingen die me zo verdomde prachtig leken – de geweldige carrière, het prachtige huis, zelfs de liefhebbende echtgenoot – zorgen er alleen maar voor dat ze gevangenzit. Iedereen verwacht dat haar leven perfect is, met name Grace zelf. Ze loopt het gevaar dat allemaal te verliezen, alleen maar omdat ze niet kan accepteren dat het leven nou eenmaal niet netjes en opgeruimd is. Het is een godvergeten ingewikkelde teringzooi.

Nee, ik wil haar leven niet. Ik wil het mijne terug.

Ik dacht dat ik mezelf kon veranderen, en iemand kon worden die elke avond thuiskwam bij dezelfde persoon en dan eten zou koken en haar kind met haar huiswerk zou helpen. Misschien zou ik het ook wel kunnen. Maar ik wil het niet.

Michael had gelijk. Hij wist dat ik vroeg of laat weer zou terugvallen in mijn oude gewoonten. Deze keer ben ik niet met Blake naar bed geweest, maar dat had makkelijk gekund, als hij het goed had gespeeld. Ik ben niet in de wieg gelegd voor huisje-boompje-beestje. Ik zou me kapot vervelen. Ik verveel me nu al kapot.

Grace zou een goede moeder zijn geweest, denk ik terwijl ik naar mijn dochter staar. Ze probeert altijd te doen wat juist is. Is dat niet typisch iets voor goede moeders?

'Wat moet er van ons terechtkomen, Ava?' zucht ik. 'Zullen we in het appartement gaan wonen dat tante Grace voor ons heeft gehuurd? Het schijnt dat er een heel leuke basisschool om de hoek zit. En volgens haar wonen er ook een heleboel andere leuke moeders in het gebouw.'

Ava lacht. De zuster zegt dat het een darmkrampje is, maar ik weet wel beter. Ze heeft nu al een interessante kijk op het leven, die dochter van mij.

'Nee, inderdaad, ik vind ook niet dat dat bij me past. Ik ben niet echt zo'n kittig moedertje, hè? Ik zie mezelf niet op het schoolplein staan in een vlot jasje en ballerina's,' zeg ik grijnzend. 'Laten we wel wezen, het is veel waarschijnlijker dat ik op de achterbank van een Landrover lig te wippen met de vader van een van je vriendinnetjes.'

Ik blijf bij Ava zitten tot de neonatoloog langskomt op zijn ronde. Ava is goed gezelschap. Ze lacht op alle goede momenten en onderbreekt me niet. Ik kan goed nadenken als ik bij haar ben. En ik heb een hoop om over na te denken.

Wanneer Michael me een uur later ophaalt, vraag ik of hij me wil afzetten bij het Bicester North station. Hij doet geen moeite om te vragen wat ik daar te zoeken heb, dus vertel ik het hem ook niet. Als hij me weer wil doodzwijgen, moet hij dat zelf weten.

Ik heb de juiste keus gemaakt, denk ik. Ik kan verdomme echt niet tegen pruilende kerels.

Zodra de trein in Londen aankomt, neem ik een taxi naar het stadhuis en breng de uren daarna door met het invullen van formulieren. Ik heb geen afspraak, maar het gebruikelijke mierenneukende ambtenaartje is vast en zeker met vakantie, want er zit een heel vriendelijke vrouw die me stiekem de plek geeft van iemand die niet is komen opdagen. Ik heb een nieuw paspoort nodig met zo'n chipding erin, anders kan ik de VS niet in zonder visum. Op deze manier krijg ik negentig dagen als toerist; daarna blijf ik gewoon hangen en voeg ik me bij de miljoenen illegale arbeiders die van de radar zijn verdwenen. Eerlijk gezegd heb ik wel behoefte om even onzichtbaar te zijn. Zodra Grace erachter komt wat ik heb gedaan, wil ze vast en zeker achter me aan komen.

Mijn paspoort is pas om vijf uur klaar, dus ga ik naar een internetcafé in de buurt, waar ik mijn vlucht naar Florida boek en Oakey een kort mailtje stuur met mijn vluchtgegevens. Hij moet online zijn, want hij belooft meteen dat hij me op komt halen en biedt me aan te komen werken in de nieuwe tattoozaak die hij net in Miami heeft geopend.

Hup, Oakey! denk ik. Misschien komt alles toch nog goed.

Dan roep ik nog een taxi aan, en ga op weg naar Nicholas Lyon.

25

Grace

'Het spijt me zo, Grace,' hakkelt Tom. 'Ik weet niet wat me bezielde…'

Ik laat hem niet uitpraten, meer kan ik niet aan. 'Tom, alsjeblieft. Niet doen.'

'Wat stom van me. Ik zag hem daar zo zitten op de bank en ik dacht… Het werd me gewoon rood voor mijn ogen. Jij zou nooit zoiets doen, natuurlijk niet. Niet met de man van Claudia. Ik bedoelde er niets mee, alsjeblieft, je moet me geloven…'

'Dat doe ik ook, Tom.'

Even zijn we allebei stil. Ik trek mijn badjas strakker om me heen, verteerd door schuldgevoelens. Hoe heb ik zo stom kunnen zijn? Als Susannah er niet was geweest, als ze niet zo snel had bedacht om de schuld op zich te nemen, was niet alleen mijn leven verwoest geweest, maar ook dat van Claudia.

Wat dééd mijn zus hier eigenlijk?

'Grace,' zegt Tom nerveus. 'Wat ik zei, over dat ik je mis. Dat is echt waar. Het is verschrikkelijk zonder jou. Ik wil weer naar huis komen. Alsjeblieft, kunnen we dit achter ons laten en het opnieuw proberen?'

Was hij hier maar vierentwintig uur geleden mee gekomen. Vóór Blake; voor ik een grens overging naar een plek waar ik mezelf niet meer herkende.

En zijn vriendinnetje dan? denk ik ineens. Hoe past zíj in dit plaatje? Is dat helemaal misgelopen en wil Tom daarom ineens bij me terugkomen? Of is hij van plan om een voorbeeld aan Blake te nemen en lekker van twee walletjes te eten?

Hoe haalt hij het in zijn hoofd om hiernaartoe te komen en helemaal verontwaardigd en jaloers over Blake en mij te doen, terwijl hij al ik weet niet hoe lang iets heeft met die vrouw! Zij was waarschijnlijk al lang voordat hij het huis uitging in het spel. Mannen verlaten een nest nooit voor ze het volgende hebben gebouwd. Alle schuld die hij op mij schoof, over Ava, was alleen maar een rookgordijn. Hoe heeft hij zijn eigen dochter zo kunnen inzetten? Hoe heeft hij mij het gevoel kunnen geven dat dit mijn schuld was?

Ik duw hem naar de keuken en pak de brochure die de makelaar me heeft opgestuurd.

'Ik heb het huis in de verkoop gezet,' zeg ik koeltjes en overhandig hem de folder. 'Jouw advocaat zal het vast en zeker onafhankelijk willen laten taxeren. Laat me maar weten wanneer je langs wilt komen, dan zorg ik dat ik er niet ben.'

Tom staart naar de brochure in zijn hand alsof die is geschreven in het Aramees. 'Alsjeblieft, Grace. Doe dit niet.'

'Ik kan het niet betalen om hier alleen te blijven wonen. Waarschijnlijk blijft er voor ons allebei wel genoeg over om opnieuw te beginnen. Dat is toch wat je wilt, of niet soms?'

'Nee!' Hij smijt de folder op de keukentafel. 'Dat is niet wat ik wil! Ik wilde niet weg; ik wilde helemaal niets van wat er is gebeurd!'

'Maar toch deed je het,' zeg ik. 'Toch ben je vertrokken.'

'Ik kon het gewoon niet meer aan,' verdedigt hij zich. 'Jij was geobsedeerd door de baby. Ik had gewoon een time-out nodig, ik wilde even weg van alles.'

'Hoe denk je dat het voor mij was, Tom? Eerst kom ik erachter dat ik geen kinderen kan krijgen, en dan ontneemt mijn zus me de enige kans die ik nog heb! En jij kiest haar kant! Geobsedeerd? Ja, misschien was ik dat wel, maar kun je me dat kwalijk nemen?'

'Het spijt me,' zegt hij hulpeloos. 'Het spijt me allemaal zo.'

'Ava is jouw dochter. Je kunt niet maar doen alsof ze niet bestaat.'

'Dat weet ik, en dat doe ik ook niet. Ik zal haar financieel ondersteunen, dat spreekt voor zich. Susannah en zij zullen alles krijgen wat ze nodig hebben. Ik zou graag deel uitmaken van haar leven, als dat kan. Ik wil niet dat ze opgroeit zonder vader. Maar ze is het beste af bij haar moeder, Grace,' zegt hij bedroefd. 'Dat weet je best. Je kunt Susannah niet dwingen haar baby af te staan, dat moet je toch inzien.'

Ik kijk de andere kant op. 'Er is een donor gevonden. Susannah heeft al een nieuwe nier. Ze wordt weer helemaal de oude. Ze heeft mij niet nodig.'

Ik weet niet wat me ervan weerhoudt hem de waarheid te vertellen. Waarschijnlijk omdat ik niet wil dat wat ik voor mijn zus heb gedaan iets uitmaakt. Ik wil zien wat hij echt denkt, wat hij voelt voor de echte, ongepolijste ik.

Tom kijkt geschrokken. 'Maar dat is geweldig!' roept hij uit. 'Toch?'

'Ja, je hoeft je nergens meer zorgen om te maken. Alles is mooi op zijn pootjes terechtgekomen, hè? Voor jou.'

'Ik begrijp het niet, Grace. Waarom doe je zo?'

Ik werp hem een vernietigende blik toe. 'Dacht je nou echt dat ik er niet achter zou komen, Tom?'

Hij verbleekt. 'Waar achter?'

'Kom op. Ik ben toch niet gek.'

Ik kan het op zijn gezicht lezen: zal ik liegen en erop gokken dat ze bluft, of zal ik toegeven en de waarheid vertellen en duimen dat ik ermee wegkom?

'Ik wilde het je vertellen,' zegt Tom uiteindelijk. 'Ik wist alleen niet waar ik moest beginnen. Er speelde al zoveel, je moeder en Susannah en de baby...'

'Ava.'

'Ava,' verbetert hij zichzelf. 'Ik wilde niet dat je nog meer stress zou krijgen. Ik wilde niet dat je je zorgen ging maken.'

Ik kan niet geloven dat hij het heeft toegegeven. Zo gemakkelijk. Ik word gekweld door de gedachte dat hij erachter komt wat er met Blake is gebeurd, en hij geeft zonder blikken of blozen toe dat hij een verhouding heeft. En nu probeert hij zijn verraad ook nog te verpakken als altruïsme?

'Je wilde niet dat ik me zórgen maakte?' roep ik uit.

'Ik had het meteen moeten vertellen,' zegt hij vlug. 'Maar hoe langer het duurde, hoe moeilijker het werd om toe te geven. Ik zal nooit meer tegen je liegen, dat zweer ik. Grace, ik hou van je. Ik wil weer naar huis komen. Kunnen we dit niet achter ons laten?'

'Ik heb liever dat je gaat, Tom,' zeg ik vermoeid. 'Ga weg. En de volgende keer dat je me wilt zien,' voeg ik eraan toe, 'kom dan niet onaangekondigd langs. Regel het maar via mijn advocaat.'

'Nee,' zeg ik tegen Nicholas. 'Dat heeft ze niet gedaan.'

'Ik ben bang van wel.' Hij doet een map open en haalt er een brief uit. 'Ze vroeg me dit aan je te geven. Het spijt me dat ik zo mysterieus deed aan de telefoon, Grace. Ik had geen keus.'

'Dat heeft ze niet gedaan,' zeg ik weer. 'Ze kan niet zomaar zijn vertrokken.'

'Lees de brief maar. Dat zal een en ander misschien een beetje verduidelijken.'

Hij is geschreven in Susannah's slordige, weelderige handschrift en windt er, net als Susannah zelf, geen doekjes om.

'*Lief zusje, als je dit leest, heeft Nicholas je vast al verteld dat ik weg ben,*' lees ik hardop voor. '*Ik hoop dat je niet al te boos bent dat ik geen dag heb gezegd maar ik wist dat je hier nooit mee in zou stemmen, daar ben je te koppig voor net zoals pap.*

Ik hou meer van Ava dan van wie ook, ze is een liefje, maar ik ben een moeder van niks en dat weten we allebei. Ik was me vroeg of laat gaan vervelen. Eens een zwart schaap altijd een zwart schaap, denk ik maar zo.'

Ik kijk op, met mijn ogen vol tranen. 'Ze heeft altijd zo haar eigen manier gehad om zich te uiten.'

Nicholas glimlacht, en ik lees verder.

'*De beste plek voor Ava is bij jou en haar vader, zoals we in het begin hadden afgesproken. Ik had daar nooit mee mogen rotzooien en proberen om haar te houden, sorry daarvoor.*

Ik weet dat Tom en jij er wel uit komen. Neem van mij aan dat eerlijk niet altijd het langst duurt! Het verspreidt de pijn alleen maar.

Ik weet dat je van Ava zult houden en haar zult beschermen. Ik heb alle formulieren getekend. Nick heeft ze, je kunt haar adopteren en alles en het officieel maken. Ik hoop dat je haar naam houdt, ik heb haar genoemd naar Ava Gardner, die heb ik altijd al leuk gevonden, maar ik begrijp het ook als je hem wilt veranderen.

Ik denk dat ik wel een poosje wegblijf. Ik krijg een goeie baan bij een vriend in Miami, dus daar ga ik denk ik eerst heen. Als ik helemaal gesetteld ben stuur ik je mijn adres.

Als ze wat ouder is, zeg haar dan dat ik van haar hield en daarom de beste mama voor haar heb uitgezocht die er bestaat. Veel liefs, Zee.'

Tegen de tijd dat ik klaar ben met lezen, zit ik te snikken. En weer geeft Nicholas me een doos tissues alsof dit de normaalste zaak van de wereld is.

'Ze heeft alle papieren tien dagen geleden getekend, toen ze bij me langskwam,' zegt hij. 'We zullen haar verklaring aan de rechtbank overhandigen en verzoeken om jou in het nieuwe jaar een gerechtelijk bevel tot ouderschap toe te kennen. Maar je mag haar al voor die tijd meenemen. Susannah's verklaring moet genoeg zijn om jou tijdelijk het voogdijschap toe te kennen terwijl we wachten tot al het papierwerk in orde is. Zodra Ava het ziekenhuis kan verlaten, mag je haar mee naar huis nemen.'

Ik zit daar alleen maar, te verdoofd om antwoord te geven. Ik weet niet wat ik moet denken. Susannah heeft zo lang met mijn emoties gespeeld dat ik echt niet meer weet wat ik nu voel. Ik weet zeker dat ze had gedacht dat ik buiten mezelf van blijdschap zou zijn, en dat zou ik ook moeten zijn…

Waarom nú, Zee? Waarom moest je per se tot dit moment wachten?

Een paar maanden geleden had ik nog een man en een huis, toen had ik dit meisje een stabiel gezinsleven kunnen bieden. Maar mijn leven gaat er van nu af aan heel anders uitzien. Tussen Tom en mij komt het nooit meer goed. Ik hou veel te veel van hem om hem met een ander te delen. Als hij tegen me had gezegd dat het niets voorstelde, had ik hem dat kunnen vergeven, dat zou toch het minste zijn geweest na wat ik zelf heb gedaan? Maar ik merkte aan de manier waarop hij over haar praatte dat het veel dieper ging dan dat. Hij gaf zelf toe dat hij dingen met haar deelde die hij met mij niet kon delen. Dat doet nog meer pijn dan het feit dat hij met haar naar bed is gegaan.

Ik geloof best dat Susannah van Ava houdt, op haar manier, maar ze behandelt haar dochter als een appartement of vakantiehuis dat je gewoon aan iemand anders kunt over-doen. Ze gaat ervan uit dat ik alle rotzooi achter haar op-ruim en me aanpas aan wat zij wil, zoals ik altijd heb ge-daan. Ze heeft alweer haar kinderen verlaten, zowel de jongens als Ava. En ze is alweer onderweg naar allemaal nieuwe dingen, het volgende baantje, het volgende avon-tuur. De volgende man.

Ik doe mijn ogen dicht en probeer de stortvloed aan emo-ties onder controle te krijgen. Ik heb al een keer afscheid van Ava genomen. Ik heb al mijn gevoelens zo diep weggestopt dat ik niet zeker weet of ik er nog bij kan. Ik weet niet eens zeker of ik dat wel wil.

'Ze kan niet van gedachten veranderen,' zegt Nicholas, de mijne lezend. 'Dat weet ze. Draagmoeders krijgen nadat het kind is geboren wettelijk zes weken de tijd om toestem-ming te geven voor een bevel tot ouderschap, maar zodra ze die eenmaal hebben gegeven, kunnen ze het niet meer te-rugdraaien. Niemand kan haar nog bij je weghalen.'

'Maar Tom en ik… We zijn niet meer…'

'Een scheiding heeft hier niet meer invloed op dan wan-neer jullie Ava samen hadden gekregen.'

Ik wil ja zeggen. Ik wil deze kostbare kans met beide han-den aangrijpen en nooit meer laten gaan, maar er is iets wat me tegenhoudt. Is dit, los van wat ik wil, het beste voor Ava? Om haar deel uit te laten maken van een gebroken gezin nog voor ze weet wat familie is?

'Je hoeft vandaag geen beslissing te nemen,' zegt Nicho-las. 'Er ligt ineens heel wat op je bord. De rechtbank werkt tijdens kerst sowieso op halve kracht. Zoals ik al zei, je hebt de bevoegdheid om Ava mee naar huis te nemen, als ze wordt ontslagen voordat de papieren in orde zijn. Misschien kunnen we de eerste maandag in januari afspreken en kij-ken hoe alles er dan voor staat?'

Ik knik, te overrompeld om iets te zeggen.

'Mijn vrouw en ik zijn even uit elkaar geweest nadat onze jongste dochter geboren was,' zegt Nicholas ineens. 'Ik had een verhouding die nergens op sloeg, en ik heb zelfs een tijdje met iemand anders samengewoond.'

'Jij?'

'Ik weet het.' Hij glimlacht berouwvol en voor het eerst zie ik zijn charme. 'Je zou niet denken dat ik het in me had, hè?'

'Maar je vrouw heeft je teruggenomen?'

'Ik ben altijd van haar blijven houden, en dat wist ze. Onze zoon is het jaar daarop geboren en Finn – ook wel bekend als Oeps – achttien maanden later. Ik ben nog nooit zo gelukkig geweest als nu. Ik geloof ook niet dat zij er ooit spijt van heeft gehad dat we het opnieuw hebben geprobeerd.'

Ik weet wat hij me probeert te vertellen. Ik wil ook geloven dat het bij Tom en mij zo zou kunnen gaan, dat mijn droom van een gelukkig gezinnetje met mijn man en kind nog niet aan diggelen is.

Maar het leven is geen sprookje. En ik geloof niet langer in eind goed, al goed.

Het weekend daarna zit ik net door een stapel oude foto-albums te bladeren als de telefoon gaat. Ik neem hem op zonder op het display te kijken, door de foto's met mijn hoofd nog in Sardinië. Ik kan er niet over uit hoe slank en gelukkig Tom en ik er allebei uitzagen! Het was een jaar nadat we getrouwd waren. We hadden geen rooie cent en brachten het grootste deel van de tijd door met drinken van mierzoete Chianti in goedkope restaurantjes, met pasta eten en elkaar in de buitenlucht bespringen, omdat de enige hotels die we konden betalen onder de vlooien zaten. Daar wilde je echt niet je kleren uittrekken.

Ik klem de telefoon tussen hoofd en schouder en haal het volgende album tevoorschijn. *Atlanta, 1997.* 'Hallo?'

'Mevrouw Hamilton? U spreekt met Jean Rook. Ik ben een van de verpleegkundigen op de afdeling van uw moeder. Ik heb heel goed nieuws voor u.' Ze wacht even, nu ze mijn volledige aandacht heeft. 'Uw moeder is wakker, en ze vraagt naar u.'

Ik doe minder dan anderhalf uur over de twee uur durende rit. Pap is al in het ziekenhuis en ziet er net zo geschokt en gespannen uit als ik me voel. Mam heeft langer dan tien maanden in coma gelegen. Ik denk dat we allebei diep in ons hart al afscheid van haar hadden genomen. Zelfs nu ben ik nog bang. Wat als mam een hersenbeschadiging heeft; en ze op de een of andere manier mam niet meer is? Zou het dan misschien beter zijn geweest als ze nooit meer wakker was geworden?

We gaan samen haar kamer binnen. Zodra ze haar ogen opendoet en naar ons lacht, weet ik dat we niets te vrezen hebben.

'David,' fluistert ze, met een krakende stem omdat ze hem zo lang niet heeft gebruikt. 'Het spijt me dat ik je zoveel ellende heb bezorgd.'

Pap knielt neer naast haar bed en trekt haar in zijn armen. Ik kijk de andere kant op, in verlegenheid gebracht en tegelijkertijd diep ontroerd. Ik kan de keren dat ik mijn ouders heb zien zoenen op de vingers van één hand tellen.

Wanneer mijn vader haar eindelijk loslaat, glimlacht ze naar me. Ik ga op de rand van het bed zitten en pak haar hand, die helemaal onder de blauwe plekken zit door al die maanden aan het infuus.

'Ik hou van je, Grace,' zegt ze vastberaden. 'Evenveel als van Susannah. Onthou dat. Ik heb altijd van je gehouden, ook al heb ik het niet altijd laten merken.'

'Sst, mam,' zeg ik. 'Daar hoeven we het nu niet over te hebben.'

'Jawel. Het moet gezegd worden. Ik had het mis.'

Ze stopt met praten en begint te hoesten, en pap gaat beschermend bij haar staan. Mam wuift hem weg. 'Ik ben trots op je, Grace. Dat heb ik je niet vaak genoeg gezegd.'

'Mam, het doet er nu niet toe…'

'Kon ik de baby maar vasthouden,' zegt ze verlangend. 'Ava. Mijn eerste kleindochter.'

Ik kijk pap verrast aan. 'Hoe weet ze dat?'

'Waarschijnlijk heeft ze een van de zusters horen praten. Susannah kwam hier elke dag. Ze wisten er allemaal van.'

'Je zult een geweldige moeder zijn,' zegt mam tegen me. 'Wees er niet bang voor. Het komt vanzelf.'

Ik knijp in haar hand en kan even geen woord uitbrengen. Mijn moeder heeft nog nooit gezegd dat ze in me geloofde. Het betekent meer voor me dan alle goede cijfers die ik ooit heb gehaald.

'Je moet nu gaan,' zegt mam dringend.

'Sorry, mam. Natuurlijk, je zult wel moe zijn.' Ik ga weer staan. 'Ik zal een zuster roepen, pap, blijf jij maar even bij haar zitten…'

Ze grijpt mijn hand, met een verrassende kracht. 'Grace, je moet Tom gaan zoeken. Je moet nu gaan. Het kan niet wachten.'

'Mam…'

'Grace, luister naar me. Je moet nu naar Tom toe.'

Iets in haar stem zorgt ervoor dat ik een diepe en verschrikkelijke angst voel opkomen. Ik bestudeer haar gezicht, waar de paniek op staat geschreven.

'Oké, mam,' zeg ik nerveus. 'Ik ga wel. Ik zal hem zoeken.'

Ik geef haar een kus op haar voorhoofd, en heel even houdt ze me vast, met haar droge hand op mijn wang. Dan

319

sta ik op, pak mijn jas en tas en loop zo snel mogelijk naar de auto.

Ik zit al op de snelweg naar Londen als tot me doordringt dat ik geen idee heb waar ik heen ga. Tom neemt zijn mobiel niet op. Ik ken het adres niet van de flat waar hij woont, ik weet zelfs niet of hij daar überhaupt nog woont. Misschien is hij wel bij háár ingetrokken.

Nee. Hij is alleen. Dat weet ik zeker. Anders was mam nooit zo bezorgd geweest.

Ik sla met mijn vuist op het stuur. Denk na! Het is zondagavond. Waar zou hij kunnen zijn?

Ineens weet ik het. Zijn kantoor. Natuurlijk! Als hij ergens mee zit, stort hij zich altijd op zijn werk.

Voor de tweede keer die avond rij ik als een idioot, ik ga door rood en slinger gevaarlijk tussen auto's door. Het is al een tijd geleden dat ik naar het ziekenhuis ben gereden, maar ik ken de weg nog. Godzijdank is het op dit tijdstip redelijk rustig op de weg. Ik bid dat ik op tijd bij hem ben. Ik begrijp niet hoe mam weet dat hij me nodig heeft, maar ze weet het, net zoals ze wist van Ava, en net zoals ze precies wist wat ik moest horen. Tom is in gevaar, en ik heb niet veel tijd.

Zodra ik bij het ziekenhuis aankom, laat ik mijn auto achter op een invalidenparkeerplaats naast de hoofdingang. Het kan me niet schelen of hij een wielklem krijgt of wordt weggesleept. Het bestuursgebouw is gehuisvest in een barak aan de achterkant van het hoofdgebouw. De meeste kantoren zijn donker zo laat op de zondagavond, maar een paar lampen verlichten de kamers op de hogere verdiepingen. De beveiliging is minimaal; niemand houdt me tegen wanneer ik in paniek door de slecht verlichte gangen ren. Alsjeblieft, God, laat me op tijd zijn. Laat me alsjeblieft op tijd zijn.

Eerst denk ik dat Toms deur op slot zit. Dan besef ik dat er iets is wat de deur blokkeert. Ik duw er hard tegenaan en dan lukt het me om de kamer binnen te komen.

Eerst denk ik dat hij dood is. Zijn gezicht heeft de kleur van havermoutpap, en ik zie niet of zijn borstkas op en neer gaat. Ik zak op mijn knieën en ga op zoek naar een polsslag. Die is zwak, maar in elk geval aanwezig.

Snel pak ik de telefoon en druk op de sneltoets voor het alarmnummer. Als Tom dan per se een hartaanval moest krijgen, denk ik nog, is het in elk geval in een ziekenhuis gebeurd.

Ik blijf de hele nacht bij hem, heen en weer geslingerd tussen schuldgevoel en angst. De arts zei dat als hij twintig minuten later was gevonden, het te laat zou zijn geweest. Ze kunnen me niet vertellen of het goed komt met hem, niet eens of hij nog wel wakker zal worden. Ze weten niet hoelang hij bewusteloos is geweest, hoeveel schade zijn hersenen hebben opgelopen. *Kritiek*, vertellen ze me. *De komende vierentwintig uur zijn doorslaggevend. Misschien wilt u de rest van zijn familie inlichten.*

Ik heb dit gedaan, denk ik. Dit komt door mij. Ik heb letterlijk zijn hart gebroken.

Om iets voor zevenen word ik wakker van een hand op mijn schouder en ik besef dat ik in slaap moet zijn gevallen, met mijn hoofd op Toms schoot.

'Het spijt me dat ik u stoor,' fluistert de zuster. 'Maar er is iemand voor u. Ze zegt dat het dringend is.'

Ik kom rillend overeind, terwijl mijn bloed weer begint te stromen, en ik loop achter de zuster aan van de IC af, weer naar een andere saaie, deprimerende wachtkamer. Ik heb het zo gehad met ziekenhuizen.

Er zit al iemand op me te wachten op de beige bank. In

deze kleurloze ruimte valt ze enorm op. Ze lijkt wel een paradijsvogel, haar rode haar is zo helder dat het lijkt alsof het in brand staat.

Ze staat op als ze me ziet, maar steekt geen hand uit. 'Ik ben Ella Stuart,' zegt ze. 'En ik geloof dat ik u mijn verontschuldigingen moet aanbieden.'

'Ja,' zeg ik kalm. 'Dat geloof ik ook.'

We gaan zitten. 'Koffie?' vraagt ze, alsof we bij Claridges zitten te ontbijten.

Ik schud mijn hoofd. Ze bestudeert een paar minuten lang haar handen, alsof ze haar moed verzamelt, en kijkt dan op. 'Ik vond dat hij het u moest vertellen,' zegt ze. 'Ik heb al eerder dingen niet verteld, en dat heeft me tot dusver alleen maar ellende opgeleverd.'

Ik neem haar lange, elegante benen in me op, haar grote bruine ogen en dat buitengewone haar. Ik geloof haar.

'Misschien helpt het,' voegt ze er snel aan toe, 'om te weten dat Tom het alleen maar wilde verzwijgen om u niet ongerust te maken.'

'Dat helpt niet, eerlijk gezegd.'

'U had al zoveel zorgen, en hij wilde het niet nog erger maken. En toen we erachter kwamen hoe belangrijk het was, was het te laat om het terug te draaien...'

'Ik ben echt niet geïnteresseerd in de details van jullie verhouding,' zeg ik kil. 'Ik weet niet wat je wilt. Ik zal je heus niet weghouden bij zijn ziekbed, mocht je daar soms bang voor zijn. Zo hard ben ik niet. Maar ik zou het op prijs stellen als je ervoor kon zorgen dat wij elkaar niet meer tegenkomen. Misschien kunnen we een soort schema opstellen...'

'Een verhouding?' Ze staart me ongelovig aan. 'Denk je dat we een verhouding hebben?'

Ineens weet ik het niet meer zo zeker. 'Hij heeft het toegegeven. Hij zei dat hij nog steeds van mij hield,' voeg ik er uitdagend aan toe. 'Hij zei dat hij weer bij me terug wilde komen.'

'Natuurlijk houdt hij van jou! We hebben helemaal geen verhouding!' Haar gezichtsuitdrukking wordt milder. 'Grace, ik ben Toms arts, en een goede vriendin, maar absoluut niet zijn minnares. Er is maar één vrouw voor wie Tom oog heeft, en dat ben jij.'

'Zijn arts?'

'Nou ja, niet helemaal. Ik ben gespecialiseerd in neonatologie, niet in cardio. Maar Tom is begonnen aan een experimentele behandeling voor zijn migraine... het is een lang verhaal,' verzucht ze, als ze mijn verwarde blik ziet. 'Tom heeft een *patent foramen ovale*, oftewel PFO, wat erfelijk is, maar meestal niet heel ernstig. Technisch gezien is het een klein gaatje in het hart. Hij heeft je er vast over verteld. Ongeveer een jaar geleden begon hij zware migraineaanvallen te krijgen, en volgens een aantal wetenschappelijke onderzoeken zouden die gerelateerd kunnen zijn aan de PFO.'

Ik moet ineens denken aan afgelopen januari, toen Tom en ik op skivakantie waren in Colorado. Tom heeft toen twee dagen met barstende koppijn in bed gelegen. Op dat moment gingen we er allebei van uit dat het door de hoogte kwam.

'Er is wel onderzoek dat aantoont dat het chirurgisch dichtmaken van de PFO kan leiden tot afname van het aantal en de ernst van de migraineaanvallen. Maar toen hoorde Tom dat er een nieuw medicijn was waarmee hetzelfde bereikt zou kunnen worden. Hij wilde meedoen aan de testronde in het ziekenhuis in Oxford, maar hij wilde niet dat jij het wist. Er zouden bijwerkingen kunnen optreden, en hij had het idee dat jij al genoeg had om je druk om te maken.

Ik wilde je niet ongerust maken. O, Tom.

Alsof mijn Tom ooit vreemd zou gaan. Een testronde voor

medicijnen. Ik zou het bijna grappig vinden als ik niet wist dat hij dertig meter verderop in een kamer lag te vechten voor zijn leven.

'De medicijnen moesten via een infuus worden toegediend, een beetje zoals chemotherapie, en hij werd er een paar uur draaierig en misselijk van. Daarom moest ik hem steeds ophalen uit het ziekenhuis. Het spijt me zo, Grace,' zegt Ella vol berouw. 'We hadden het nooit stiekem moeten doen. We hadden het je gewoon moeten vertellen.'

'Die bijwerkingen,' zeg ik onverstoorbaar. 'Heeft hij daardoor die hartaanval gehad?'

Ze knikt. 'Het is heel zeldzaam dat dat gebeurt, bij minder dan een half procent. En daarvan waren de meesten een stuk ouder dan Tom. Hij was bereid het risico te nemen.'

Er komt een tijd dat ik dit allemaal zal moeten verwerken, en onder ogen zal moeten zien dat Tom niet in staat was me zoiets belangrijks te vertellen, iets wat zo'n grote rol speelt in zijn leven. Alleen maar omdat ik te druk was met het mijne. Er was een tijd dat we elkaar alles konden vertellen. Ik moet wel heel ver van hem verwijderd zijn geweest als hij het gevoel had dat hij dit helemaal in zijn eentje moest opknappen. Ik was zo aan het navelstaren dat ik niet eens in de gaten had wat er zich vlak onder mijn neus afspeelde.

Maar de schuldgevoelens en zelfbeschuldigingen komen later wel. Dit gaat even niet om mij.

Nu gaat het erom dat ik bij mijn man ben. Ik moet er zijn wanneer hij wakker wordt, zodat ik hem kan vertellen hoezeer het me spijt. Zodat ik kan zeggen dat ik van hem houd, dat ik voor hem kies, en altijd voor hem zal blijven kiezen, als hij me tenminste nog wil.

Mijn leven speelt zich af in drie ziekenhuizen. Een tijdje later, wanneer de artsen binnenkomen om nog wat tests af te nemen – 'Ik wil u niet ongerust maken, mevrouw Hamilton, maar hij moet nu echt snel wakker worden' – ga ik naar mijn auto, die een wielklem heeft maar die nog niet is weggesleept, en bel mijn vader. Mijn moeder heeft een goede nacht achter de rug, vertelt hij. Ze hebben een tiental tests gedaan en het is nog te vroeg om iets met zekerheid te kunnen zeggen, maar ze gaan ervan uit dat ze weer helemaal de oude zal worden. Ik vraag of hij haar veel liefs wil overbrengen, ook van Susannah, en klap mijn telefoon dicht.

Afgepeigerd leg ik mijn hoofd op het stuur. Er zijn momenten, zelfs nu, dat ik wilde dat ik Susannah was. Zij zit nu waarschijnlijk op een zonovergoten strand in Miami, drankje in haar hand, zonder zorgen of verantwoordelijkheden. Ongebonden.

Ik zou het niet kunnen, besef ik dan. Het lijkt misschien soms verleidelijk om op een vliegtuig te stappen en alles achter me te laten, maar ik zou het nooit daadwerkelijk kunnen doen. De band met anderen maakt ons menselijk. Die kun je niet zomaar doorknippen.

Mijn telefoon gaat, en ik hou hem in mijn hand, de zilveren kogel. Heel even heb ik zin om hem de goot in te smijten, maar natuurlijk doe ik het niet. Dat zou ik nooit doen.

'Hallo?'

'Met Lucy van de neonatale IC?' kondigt een opgewekte jonge stem aan. 'Spreek ik met Grace?'

Ik ben te uitgeput om bang te worden. 'Is er iets met Ava?'

'Het gaat heel goed met haar?' zegt het meisje. 'De dokter zegt dat u haar vandaag mee naar huis mag nemen? Is dat niet geweldig? Dus misschien kunt u strakjes langskomen? Er moeten nog wat formulieren worden ingevuld...'

'Het spijt me,' zeg ik. 'Mijn man is ziek. Ik kan niet komen.'

'O, wat vervelend. Nou, misschien morgen dan...'

325

'U begrijpt me verkeerd. Ik kan niet komen. Vandaag niet en morgen ook niet. Ze is niet mijn dochter. Ik kan niet voor haar zorgen. Het spijt me. Jullie zullen iemand anders moeten zoeken.'

Ik klap de telefoon dicht. En dan zet ik hem uit en leg hem voorzichtig neer op de stoel naast me.

Ik kies voor Tom.

26

Tom

Ik kan me er niks van herinneren, godzijdank. Het licht ging gewoon uit. Het ene moment zit ik nog achter mijn bureau, me af te vragen hoe ik in hemelsnaam verder moet zonder Grace, en het volgende moment zit ze naast me aan mijn ziekbed, mijn eigen kerstwonder. Ze zegt dat ik al twee dagen na de hartaanval ben bijgekomen, maar ik kan me niets meer herinneren van voor het moment dat ik wakker werd op eerste kerstdag. Twee weken van mijn leven zijn gewoon weg.

Ze zeggen dat ik bijna het loodje had gelegd. Ik heb David Latham gesproken; volgens hem is het precies zo gegaan als Grace het me vertelde. Catherine werd wakker na tien maanden in coma te hebben gelegen en zei dat Grace me moest gaan zoeken. Dat deed ze meteen. Ik ben niet van de helderzienden en geesten en die hele poppenkast, maar ik zal niet ontkennen dat er ergens iemand is die een oogje in het zeil houdt.

Ik parkeer even in de berm en kijk weer naar de routebeschrijving die ik op een papiertje heb gekrabbeld. Er moet hier ergens een afslag naar links komen. Het kan niet ver meer zijn.

Ik moet toegeven dat ik redelijk nerveus ben over deze hele onderneming. Grace zou door het lint gaan als ze erachter kwam dat ik in mijn eentje door het landschap van Oxfordshire aan het rijden ben. Van mijn arts mocht ik zes weken niet achter het stuur, maar ik voel me prima. Ik ben al bijna een maand weer thuis. Ik kan niet eeuwig blijven duimendraaien. Ik moet de teugels weer in handen nemen. Grace is echt een kei geweest, maar ik kan niet van haar verwachten dat ze alles voor me blijft doen.

Als ik bedenk dat we elkaar bijna kwijt waren geweest, word ik gek. Ik heb me als een idioot gedragen. Ik had beter mijn best moeten doen om te begrijpen wat Grace doormaakte. Ella had me nog zo gewaarschuwd. Zij had een tijdje terug iets vergelijkbaars meegemaakt. Buitenbaarmoederlijke zwangerschap, geloof ik. Kan nu in elk geval geen kinderen meer krijgen. Zij en haar man hebben uiteindelijk geadopteerd. Ze zei nog dat ik iets gevoeliger moest zijn, maar ik luisterde natuurlijk weer niet, hè. Ik dacht dat Grace er hetzelfde over dacht als ik, dat een baby leuk zou zijn, maar als het niet zou lukken, we altijd nog elkaar hadden, en een geweldig leven. Ik had verdomme geen flauw idee.

Ik had nooit moeten instemmen met het belachelijke plan van Susannah. Ik wist dat het een slecht idee was. Dat kind is gewoon maf. Het kon alleen maar slecht aflopen.

Grace zegt dat ze weer naar Amerika is vertrokken, zonder enige waarschuwing, en natuurlijk mag Grace haar rotzooi weer opruimen. Kan niet zeggen dat het me verbaast. De baby is nu in een pleeggezin, tot we het papierwerk op orde hebben en haar kunnen laten adopteren. Het was de beslissing van Grace, niet van mij: maar als haar vader moet ik er kennelijk mijn toestemming voor geven. Grace zegt dat ze haar blik op de toekomst wil richten, niet op het verleden.

Ik ga de weg weer op, en beland achter een tractor die

brokken modder op de weg smijt. Het regent dat het giet, en ik kan nauwelijks zien waar ik rij. Het heeft geen zin om te proberen hem in te halen. Grace zou het me nooit vergeven als ik nu zou verongelukken.

Grace en ik hebben de afgelopen maand heel veel gepraat. Er is een hoop duidelijk geworden. Dat hele gedoe met Ella, bijvoorbeeld. Een verhouding! Alsof ik ooit naar een andere vrouw zou kijken! Aan de andere kant was ik eigenlijk net zo erg, door meteen van het ergste uit te gaan toen ik Blake halfnaakt in mijn eigen woonkamer zag zitten. Ik had het mis over hem en Grace, maar toch denk ik niet dat ik hem ooit nog met dezelfde ogen zal bekijken. Hij heeft Claudia iets te vaak bedrogen. Daardoor kan ik hem niet meer vertrouwen.

Als je het van Grace' kant bekijkt is het niet zo gek dat ze het op die manier uitlegde. Mijn eigen schuld, ik had haar gewoon moeten vertellen over die medicijnen. Misschien had ik het haar wel iets eerder verteld als ik niet zo kwaad op haar was geweest. Ik had het gevoel dat ze me buitensloot, dus deed ik hetzelfde bij haar. Verdomd kinderachtig eigenlijk. Ik vind het heel erg dat ik haar dat heb aangedaan. Ze moet zich ontzettend veel zorgen hebben gemaakt. Volgens Ella is ze twee weken lang niet van mijn bed geweken.

De tractor rijdt eindelijk een oprit op en ik zie een paar meter verder de afslag waar ik naar op zoek was. Ik draai de Range Rover de hobbelige landweg op en vervolg rustig mijn weg naar een stenen huisje aan het eind ervan. Het is een schattig klein huisje, zelfs in januari. Er komt rook uit de schoorsteen, en er liggen rode bessen en hulst bij de voordeur. Amerikanen zouden dit huisje fantastisch vinden.

Ik parkeer de auto en stap uit, blij dat ik niet met de hybride ben gekomen. Die was nooit door deze modder heen gekomen. Tegen de tijd dat ik bij de voordeur ben, zit het zowat tot aan mijn knieën.

Ik klop en niet veel later gaat de deur open. 'Meneer Hamilton? Komt u binnen. Sorry van de modder. We moeten de oprit een keer schoonmaken, maar er komt steeds iets tussen wat belangrijker is.'

'O, maakt u zich alstublieft geen zorgen, mevrouw Phillips. Dat maakt helemaal niks uit.'

'Zeg maar Diana, hoor.'

Ze gaat me voor naar de keuken. Een vertrouwd Aga-fornuis verwarmt de ruimte, maar dat is het enige wat overeenkomt met onze keuken thuis. Er liggen jassen en parka's over de stoelleuningen, er hangen kindertekeningen aan de muur, er slingeren overal boeken, papieren en andere rommel rond. Zeker vier paar kaplaarzen liggen op een hoop bij de achterdeur. Ik hou wel van dit soort huiselijke chaos, maar Grace zou er helemaal gek van worden.

'Heb je de brief ontvangen?' vraag ik, terwijl ze een stapel kranten van een stoel pakt en me uitnodigt om te gaan zitten. 'Ik heb gevraagd of ze hem vanuit Londen per koerier wilden versturen om er zeker van te zijn dat hij op tijd zou aankomen.'

'O ja hoor, we hebben hem gisteren gekregen. Alles is in orde, daar hoef je je geen zorgen om te maken.'

Ze glimlacht warm, en ik mag haar direct. Ik kan zien waarom ze dit werk doet. 'Ze is boven, zal ik haar halen?'

'Ik wil haar niet wakker...'

'O nee hoor, ze is er helemaal klaar voor. Een momentje.'

Mijn hart klopt twee keer zo snel als normaal. Als ik niet wist hoe een hartaanval voelt – als een verdomd grote tank die zijn motor op je borst laat draaien – zou ik denken dat ik er nu een kreeg.

Mevrouw Phillips komt de keuken weer in en ik spring

op. Ze glimlacht en houdt haar armen schuin, zodat ik het gezicht van mijn dochter kan zien. 'Zeg eens dag tegen je papa, Ava.'

Grote blauwe ogen kijken me aan. Er ligt een donzig waasje van rossig haar om haar hoofd. Ze is zo piepklein, dat ik me bijna niet voor kan stellen dat ze echt is. Ze lijkt wel een perfect porseleinen poppetje.

Ineens lacht ze. Op dat moment weet ik dat ik mijn hart verloren heb. Ik weet dat mijn leven nooit meer hetzelfde zal zijn. Ik zal er alles aan doen om mijn kleine meisje te beschermen.

Ik ben verbijsterd door wat Grace voor mij heeft opgegeven. Wat mijn vrouw in het verleden allemaal wel of niet mag hebben gedaan, met die ene daad van liefde is dat allemaal ongedaan gemaakt. Ze had de mogelijkheid om dit perfecte kleine mensje mee naar huis te nemen, en ze koos voor mij.

'Wil je haar vasthouden?'

Ik aarzel.

'Jullie kunnen maar beter snel aan elkaar wennen,' zegt mevrouw Phillips lachend, en ze legt haar voorzichtig in mijn armen. 'Van nu af aan zullen jullie veel met elkaar te maken krijgen.'

Heel voorzichtig wieg ik mijn dochter in mijn armen en hou haar tegen mijn hart. 'Dag Ava,' fluister ik. 'Ik ben je papa.'

'Mooie naam,' zegt de vrouw met een glimlach. 'Vernoemd naar de filmster?'

Ik knik en hou mijn ogen gericht op de baby. 'Ava Catherine. Naar de moeder van mijn vrouw. Ze is vlak na kerst overleden.'

'Gecondoleerd. Maar ik weet zeker dat ze het geweldig zou hebben gevonden dat jullie de baby naar haar hebben vernoemd. Dat is ontzettend lief.'

De dood van Catherine kwam voor iedereen onverwacht. Het ging zo goed met haar. Zoals Grace al zei, het was misschien op de een of andere manier makkelijker geweest als ze nooit uit het coma was ontwaakt. Grace had al afscheid van haar genomen. Op deze manier was het alsof ze haar nog een keer kwijtraakte. Maar als ze niet was bijgekomen, was ik natuurlijk het haasje geweest.

We konden Susannah niet op tijd vinden voor de begrafenis. Ze stuurde Grace een week of twee erna pas een e-mail, vol nieuws en leuke dingen, maar zonder adres of telefoonnummer erin. Grace moest haar het nieuws via de mail overbrengen. Ze heeft nog steeds niets teruggehoord.

Susannah vroeg niet eens naar Ava. Maar ze vroeg wel naar Michael, een keer of tien zelfs. Uit het oog betekent dus kennelijk niet echt uit het hart: sinds ze zo ver bij elkaar vandaan zijn is ze erachter gekomen dat ze zielsverwanten zijn. Hij komt hier ook ongeveer elke dag langs om te vragen of we al wat van haar gehoord hebben, dus hij is overduidelijk net zo verliefd. Ik geef het zes maanden en dan is Susannah weer aan deze kant van de grote plas te vinden. Dan kan ze opnieuw beginnen met het op haar eigen unieke manier veroorzaken van chaos en overlast.

Mevrouw Phillips verzamelt Ava's spulletjes en loopt met ons mee naar de auto. 'Heb je een autozitje?'

'Een autozitje?'

Ze lacht. 'Wacht even, dan pak ik die van mij. Je kunt hem de volgende keer dat je in de buurt bent weer terugbrengen.'

Ik zie hoe ze het geroutineerd op mijn achterbank installeert, en dan zet ik Ava er voorzichtig in, om daarna te gaan worstelen met het ingewikkelde stoelriempje. Mevrouw Phillips zwaait ons uit als we de oprit af slingeren. Het schijnt dat ze al meer dan honderd baby's heeft verzorgd; en ze heeft met allemaal nog contact.

Ik rij in een slakkengang naar huis, met een hele rij woedende automobilisten achter me. Tegen de tijd dat ik thuiskom, is het al bijna donker. De lichten in de keuken branden, en ik zie het silhouet van Grace bij het aanrecht, ze is de afwas aan het doen. Ik heb haar niet verteld van Ava, ik wilde haar verrassen.

Heel voorzichtig maak ik de stoelriem van mijn dochter los en neem haar in mijn armen. Ze glimlacht naar me, alsof ze al weet waar we naartoe gaan.

We komen binnen en Grace draait zich om en kijkt ons aan met op haar gezicht een mengeling van ongeloof en verwondering.

'Dag lieverd,' zeg ik. 'We zijn thuis.'

Dankwoord

Mijn dank gaat uit naar mijn briljante impresario, Carol Blake, en de oneindig geduldige en charmante Imogen Taylor, een van de beste redacteuren die er is. Ik voel me bevoorrecht om met jullie te mogen werken.

Iedereen bij Blake Friedman en Pan MacMillan – Oli Munson, Trisha Jackson, Thalia Suzuma, Sandra Taylor, Eli Dryden: dank jullie wel. Ik weet dat we altijd tegen de klok moeten werken, en jullie laten me nooit in de steek.

Een speciaal woord van dank voor Simon Pigott van Levision Meltzer Pigott, voor al zijn onderzoek aangaande draagmoederschapsrecht; en voor Katrina Erskine van het portland Ziekenhuis voor haar adviezen over de medische kwesties die in het boek aan bod komen. Als er fouten in staan, zijn die geheel en al aan mijzelf toe te schrijven.

Mijn zus Philippa was een geweldige hulp bij dit boek, zij wist alle vreselijke misdaden die haar toen we klein waren zijn aangedaan op te sommen, in kleurrijke details en met een buitengewoon levendig geheugen. Zij is altijd en op alle fronten ontzettend lief geweest, en de zonden van de zussen in dit boek zijn allemaal verzonnen. Maar, voor de goede orde: ik gaf haar make-up altijd terug.

Mijn vader Michael en WSM Barbi hebben me voorzien van een heerlijk en rustig onderkomen in Nieuw-Zeeland, waar ik mijn laatste wijzigingen kon doorvoeren. De rest van de familie heeft haar crises tot een minimum beperkt op de krankzinnige dagen dat ik als een gek moest werken om het manuscript op tijd af te leveren, waarvoor veel dank.

Mijn kinderen hebben heel lief op hun tenen gelopen als ik instortte. Henry, Matthew en Lily: het was nu eens een keer niet jullie schuld.

Maar boven alles wil ik mijn man Erik bedanken: voor het lezen van elke versie en omdat hij het nooit heeft laten merken als het hem verveelde. Hij heeft alle stomme fouten eruit gepikt voor ik mezelf publiekelijk voor gek zou hebben gezet. Hij heeft pittige, opbouwende kritiek geleverd, en is niet bij me weggegaan omdat ik onmogelijk, onredelijk, paranoïde, hysterisch, psychotisch en ontroostbaar was. Zonder jou had ik dit nooit voor elkaar gekregen.

Tess Stimson
Vermont, januari 2010